Barbara Grieshaber,
Siegmund Kopitzki (Hrsg.)

TOD AM BODENSEE

Barbara Grieshaber,
Siegmund Kopitzki (Hrsg.)

TOD AM BODENSEE

KRIMI IM GMEINER-VERLAG

Wir machen's spannend

Bibliografische Information
der Deutschen Bibliothek
Die Deutsche Bibliothek verzeichnet diese
Publikation in der Deutschen Nationalbibliografie;
detaillierte bibliografische Daten sind im Internet
über http://dnb.ddb.de abrufbar.

Besuchen Sie uns im Internet:
www.gmeiner-verlag.de

Im Ehnried 5, 88605 Meßkirch
Telefon 07575/2095-0
info@gmeiner-verlag.de

3. Auflage 2008

Lektorat: Claudia Senghaas, Kirchardt
Umschlaggestaltung: U.O.R.G. Lutz Eberle, Stuttgart
unter Verwendung eines Fotos von photocase.com
Gesetzt aus der 9,55/13,3 Punkt GV Garamond
Druck: Fuldaer Verlagsanstalt, Fulda
Printed in Germany
ISBN 978-3-89977-733-8

Inhaltsverzeichnis

Uta-Maria Heim

Plan D – Das todsichere Allensbacher Rezept

Für meine Lieblingscousine

›Manchmal muss man auf die alten Methoden vertrauen, die ihre Wirksamkeit über die Jahre bewiesen haben.‹
Nicolas Michel, Emilies letzte Reise

Das kalte Wasser schießt aus der Leitung. Es spritzt. Ich drehe den Hahn zurück und halte die Entenbrust unter den schwachen Strahl. Hinter mir sitzt Diotima und fixiert mich mit einem undeutbaren Blick, während ich das Fleisch abtupfe und mit Knoblauch, Peperoncino und Petersilie einreibe. Dann gebe ich es in die heiße Pfanne, mit der Hautseite nach unten, und schalte auf mittlere Hitze.

Es ist nirgends so schön wie am Bodensee. Ich habe mein ganzes Leben hier verbracht und würde um nichts in der Welt wegziehen. Schließlich bin ich eine Einheimische und habe mehr als andere das Recht, mich hier zu Hause zu fühlen. Trotzdem ist es nicht leicht, in einem Weltort wie Allensbach soziale Anerkennung zu bekommen. Du musst im Golfclub sein und im Yachtclub und im Ski- und im

Motorradverein. Albert ist im Kirchenchor. Dabei haben wir doch so ein tolles Haus. Wir sind auch wer. Wir brauchen uns nicht hinter anderen Leuten zu verstecken. Wir halten schon mit. Auch mit den Sauschwaben und den vergoldeten Gartenzwergen aus der Schweiz. Die Stuttgarter Wochenendtouristen bringen uns langsam aber sicher um unsere Lebensqualität. Und die reichen Schweizer habe ich gefressen, aber um die kommst du nicht herum. Was solls? Man lebt nur einmal und wer sich streckt, der gewinnt. Ich glaube nicht, dass ich meine Traumposition schon erreicht habe. Dafür kann ich selbst etwas tun. Dasselbe gilt für meinen Mann. Wir müssen uns nur ins gesellschaftliche Leben stürzen. Seit Jahren versuche ich, ihm das klar zu machen, aber er winkt ab. Albert und seine Komplexe.

Auf dem Tisch liegt die tranchierte Ente. Diotima streckt die Nase in die Luft und schnuppert. Sie lässt den Vogel in Ruhe, das weiß ich. Denn sie rührt die Fleischstücke, mit denen hantiert wird, grundsätzlich nicht an. Das ist eigenartig, weil sie fressgierig ist und vor keinem Wesen Respekt hat. Aber wahrscheinlich ekelt sie sich vor dem fremden Tod und frisst nur, was sie selbst getötet hat. Sie würde sich auch nie an den toten Tieren zu schaffen machen, die Albert in die Küche schleppt: Fische, Hasen und Geflügel vor allem. Bei uns ist Albert der Fleischkoch und ich rühre die Pasta. Ich habe nichts dagegen, soll er sich ruhig blutige Finger holen. Was Albert brät, das schmeckt. Er ist ein Meister im Zubereiten von Kleinvieh und Diotima sitzt reglos da und sieht ihm dabei zu.

Jetzt wartet sie einfach. Manchmal habe ich das unheimliche Gefühl, dass sie bereits ihr ganzes Leben lang auf etwas Ungutes wartet, das bislang noch nicht eingetroffen ist. Doch vielleicht laufen wir ja in der Zielgeraden ein, eben in diesem Moment, in dem sich das Fleisch in der Pfanne goldbraun verfärbt. Noch nie war ich meinem Ziel so nah, wobei ich nicht glaube, dass Diotima mit meinen Plänen einverstanden wäre. Leider ist sie zu begriffsstutzig, um irgendwas zu begreifen. Sie starrt mich an und schweigt. Falls sie sich über mein Tun und meine Aufmachung wundert, lässt sie sich zumindest nichts anmerken.

Der Duft nach Gebratenem durchzieht die Küche. Ich nehme ihn aber nur schwach wahr unter meinem feuchten Mundschutz, der auch die Nase bedeckt. Zumal ich versuche, flach zu atmen. Meine Hände schwitzen in den dicken Gummihandschuhen. Ich trage einen weißen Maleranzug mit Kapuze und eine große Schutzbrille. Der Tisch ist mit Plastikfolie ausgelegt. Über die Schaufel habe ich eine Einkaufstüte geschoben. Der Rest der zerlegten Ente verschwindet im Müllsack. Dann falte ich die blutige, mit Federn verschmierte Tüte zusammen und werfe sie obendrauf.

Nach acht Minuten wende ich die Entenbrust. Sie soll medium sein und innen noch blutig. Diotima hockt wie ausgestopft auf dem Boden und stiert mich an. Ihr Gehirn ist nicht größer als eine Walnuss. Ich glaube nicht, dass sie sehr viel denkt. Ihre Intelligenz ist sicherlich mager. Aber etwas an ihrem Blick stört mich. Diese Mischung von Hass, Verachtung, Spott und innerer Leere irritiert mich vom ersten Tag an.

Diotima ist uns zugelaufen. Besser gesagt, sie ist Albert zugelaufen. Das ist jetzt drei Jahre her und in diesen drei Jahren hat sie unsere Ehe komplett ruiniert. Während ich damals dachte, wir seien füreinander geschaffen, weiß ich heute, wir haben überhaupt nichts gemeinsam. Diotima hat mir die Augen geöffnet, indem sie unablässig Bedürfnisse anmeldete, die Albert befriedigt hat. Kann sein, ich bin eifersüchtig. Aber für mich wäre er nicht im schlimmsten

Samstagsstau in den Baumarkt gefahren und hätte einen fünfstöckigen Kratzbaum besorgt, den er dann am heiligen Sonntag ohne zu fluchen montiert hat. Damit fing das Theater erst an. Albert kommt nie nach Hause, ohne dem Viech etwas mitzubringen: ein Leckerli, eine Wurmkur, ein neues Halsband.

Seit einigen Monaten hege ich einen schrecklichen Verdacht. Es fällt mir nicht leicht, darüber zu sprechen, weil es in unserem Kulturkreis nicht üblich ist. Schließlich sind wir hier nicht in Indien. Dennoch muss ich mich der beklemmenden Tatsache stellen. Wie grauenhaft: Ich fürchte tatsächlich, die Katze ist wiedergeboren. Diotima ist Alberts Mutter! Nun ja, so seltsam das vielleicht klingen mag, dafür gibt es ernsthafte, nicht von der Hand zu weisende Anzeichen. Da sind gewisse abstoßende Vorlieben. Sardellen. Erdnüsse. Gänseleberpastete. Und Untugenden. Das schamlose Kratzen hinter dem Ohr. Die Angewohnheit, aufdringlich zu glucksen. Man bemerkt es auch an diversen unvorteilhaften Äußerlichkeiten, an den spitzen Fingernägeln und an der schütteren Haarfarbe. Strichmund, Stupsnase, Flachkinn – identisch. Am deutlichsten sieht man es an den Augen. Dieser seelenlose, unverwandte Blick! Seit ich weiß, dass Diotima Alberts verstorbene Mutter ist, kapiere ich einiges.

Nach weiteren acht Minuten nehme ich das Fleisch aus der Pfanne. Salzen, pfeffern, in Alufolie packen und abkühlen lassen. Ich lüfte. Mit peinlicher Sorgfalt und einer halben Flasche Desinfektionsmittel reinige ich die Küche. Danach stopfe ich den Abfall in einen weiteren Müllsack und ziehe mich aus. Erst die Handschuhe, dann den Anzug. Bevor ich den Mundschutz abnehme, desinfiziere ich mir nochmals die Hände. Dann lege ich die Alufolie ins untere Fach des Kühlschranks. Im oberen Fach liegt bereits eine weitere Alufolie mit Entenbrust. Die hat Albert am Vortag zubereitet. Ich habe mich an sein Rezept gehalten. Diotima steht auf und streicht mir um die Beine. Sie begrüßt mich, als ob ich eben erst zur Tür hereingekommen wäre. Wahrscheinlich nimmt sie an, sie kriegt etwas zu fressen. Ein weiteres Zeichen dafür, dass sie nicht viel Verstand hat.

Ich dusche, obwohl ich weiß, dass das nicht nötig ist. Dann ziehe ich mir meine Bürosachen wieder an, schnappe den Müll und fahre mit dem Audi zum Campingplatz in Hegne. Dort ist seit Wochen kein Betrieb mehr, aber es wird renoviert und vor dem Eingang steht ein Container mit Bauschutt. Es ist stockdunkel und niemand sieht, wie ich einen Müllsack entsorge.

Das ist jetzt schon mein dritter Versuch, Klarheit in mein Leben zu bringen. Plan C sozusagen. Ich möchte herausfinden, was geschieht, wenn man die Anzahl der in meinem Haushalt befindlichen Personen drastisch reduziert. Im Frühjahr habe ich es schon einmal versucht, mit Bärlauchpesto. Das war Plan A. Und im Herbst, Plan B, mit einem Pilzgericht. Jeder weiß, dass Herbstzeitlose und Knollenblätterpilze absolut tödlich sind. Keine Ahnung, wie Herbstzeitlose wirken, aber die nach Honig riechenden Knollenblätterpilze zerstören jedenfalls die Leber. Das Gift ist koch- und hitzebeständig und auch bei getrockneten Pilzen noch jahrelang wirksam. Fünfzig Gramm Frischpilze führen bei einem Erwachsenen sofort zum Tod. Es hat nicht funktioniert. »Ah, Wiesenchampignons«, rief Albert begeistert. »Du fängst an, dich zu einer absoluten Pilzkennerin zu entwickeln.«

Nun wird es Winter und in vier Wochen ist Weihnachten. Nächtens kam mir eine Idee. Noch vor dem Morgengrauen stand ich leise auf und ging in Gummistiefeln über die Hauptstraße und zum See hinunter. Es war duster, kaum ein Licht blinkte, die Reichenau lag hinter einer undurchdringlichen Wand. Ich sah fast nichts. Die Luft war schwer und nass und kaum zu atmen. Ich hauchte ins Dunkel. Die Kälte kroch mir unter den Mantel und meine bettschweren warmen Beine kühlten aus. Es roch nach Schnee und nach Fäulnis. Der See lag glatt und stumm vor mir. Ich kenne sein Schweigen und weiß, wenn etwas nicht stimmt. Der See ist mir seit Kindertagen vertraut.

Mit der Taschenlampe leuchtete ich das Ufer ab. Die tote Ente trieb mit unnatürlich verrenktem Kopf auf dem schwarzen Wasser. Ich hatte nur ein Salatsieb und eine Plastiktüte dabei, aber es gelang mir, sie nicht zu berühren. Ich legte die Tüte in den leeren Hasenstall im Garten und streute Stroh darüber. Der Morgen war neblig und kalt. Die Temperaturen blieben den Tag über niedrig. Daran konnte Ende November auch die Sonne nichts ändern. Der Vogel würde, während ich im Büro war, nicht zu stinken anfangen.

Daheim machte ich mich zurecht, stellte Albert sein Frühstück hin, trank eine Tasse Kaffee, aß ein Hörnchen und fuhr ins Geschäft. Der Tag ging schnell rum. Ich konnte mich gut auf die Vorgänge auf meinem Tisch konzentrieren. Den ganzen Arbeitstag über bin ich zuversichtlich gewesen, dass Plan C läuft. Was noch fehlte, habe ich gleich nach Feierabend besorgt: reichlich Feldsalat, Cocktailtomaten, Holzofenbrot, mehrere Sorten Käse, Wein. Alles, was man für ein kleines, improvisiertes Festessen braucht.

Nun stehe ich in Nacht und Nebel vor diesem Bauschuttcontainer. Mir wird schwindlig, die Beine sacken weg, für einen Augenblick sehe ich alles verschwommen. Seit dem Morgen habe ich nichts gegessen. Langsam bekomme ich Gähnhunger. Ich setze mich ins Auto und wende. An der Bahnschranke muss ich halten, weil der Seehas kommt. Er fährt von Konstanz Richtung Allensbach. Die Zugabteile sind hell erleuchtet. Am Fenster sitzt Albert und liest Zeitung. Er hat seinen Hut auf, um sich vor Erkältungen zu schützen und seine Glatze zu verbergen. Ich winke ihm zu. Fast fröhlich fahre ich nach Hause, mache aber noch einen Schlenker in den Feinkostladen, wo ich eine gekühlte Flasche Champagner und frisch gepressten Orangensaft kaufe.

Als ich die Haustür aufschließe, höre ich drinnen Stimmen. Ein Mann sagt etwas, eine Frau lacht. Aber hallo! Nichts wie rein ins Getümmel! Albert hat zwei Kollegen mit nach Hause gebracht, Beat und Kati. Beide arbeiten in seiner Bank und sind Schweizer. Beat ist Single, Kati geschieden. Albert behauptet, sie wären ein gutes Paar. Theoretisch. Ich sehe das anders. Erstens gehe ich davon aus, dass Albert selbst ein Auge auf Kati geworfen hat, und zweitens gehört Beat mir. Aber was weiß ich denn. Wenn nun auch noch Kati und Beat Sex miteinander haben, dann ist wirklich keiner mehr benachteiligt. Vielleicht sollten wir mal darüber reden.

Im Flur sind alle damit beschäftigt, sich gegenseitig aus Bergen von Jacken und Mänteln zu helfen. An eine zivilisierte Begrüßung ist nicht zu denken und so gewinne ich Zeit. Stocksteif stehe ich da und warte darauf, dass mich auch einer auszieht.

»Wir sind eben zur Tür hereingekommen«, sagt Albert linkisch. Er klingt wie immer nach Feierabend: kleinlaut und entschuldigend. Gleichzeitig versucht er, sich zu rechtfertigen, weil er vor mir daheim ist. Es tut ihm halt leid, dass ich so viele Überstunden mache. Dabei treffe ich mich nur zweimal die Woche mit Beat. Heute ist nicht unser Tag, und dass Beat hier in meinem Hausgang steht, habe ich der Aufdringlichkeit von Albert zu verdanken. Er überspielt seine Schüchternheit damit, dass er Mitmenschen zu fatalen Handlungen nötigt. Beat ist ein diskreter Mensch und hätte Alberts Einladung nie angenommen, wenn der ihn nicht praktisch gewürgt hätte.

Ich versuche, Beat anzusehen, doch der ist rot wie ein Truthahn und glotzt wie hypnotisiert auf einen Kunstdruck, der eine Schar Zugvögel zeigt. Dann niest er. Es ist mir unangenehm, aber Beats Niesen ist indiskret. Sozusagen brachial. Er niest oft, wenn wir uns sehen, und er sagt im Spaß, er sei gegen mich allergisch. Sonst, sagt er, würde er nämlich nicht niesen. Wenn wir ins Restaurant gehen, bringe ich Meersalz mit, und auf unserem Zimmer reibe ich ihn ein mit Menthol, bevor wir zur Sache kommen. Das wirkt, aber ich muss schon zugeben, dass Beat leidet. Dafür gibt es eine einfache Erklärung: In einer Zeitschrift habe ich gelesen, dass Männer, die Angst haben vor Sex, körperliche Symptome entwickeln, um der Befriedigung ihrer Lust zu entgehen. Und ein Mann mit dauerndem Niesreiz ist ein absoluter Lustkiller. Aber Beat behauptet, er habe keine Angst vor sexueller Nähe, und er macht auch sonst wirklich nicht den Eindruck. Das Verhältnis mit ihm ist traumhaft. Abgesehen davon, dass ihm wie wild die Nase juckt, ist er der fantasievollste und ausdauerndste Liebhaber, den ich jemals gehabt habe. Außerdem sieht er gut aus: groß, schlank, blond. Dass er keine Kinder will und niemanden braucht, der ihm die Socken stopft, ist auch kein Fehler. Seine Hobbys sind Segeln, Klettern, Skifahren und Tennis.

Albert hingegen ist ein Langweiler. Er geht gern in die Bank. Er kommt gern am Abend nach Haus. Aber am liebsten hätte er noch zwei bis drei Kinder, schon deshalb, weil das Haus so groß ist. Für sie würde er dann große Portionen kochen, Hühnerbeine mit Pommes und Kaninchengulasch. Trotzdem wäre er kein guter Vater, weil er sich daheim nicht durchsetzen kann. Er ist harmoniesüchtig und liest in seiner Freizeit Fantasyromane. Auch vom äußeren Erscheinungsbild her kann er mit Beat nicht mithalten, denn er ist klein und dick. Und kahl natürlich.

Ich habe die Heimlichkeiten satt. Aber ich habe das Haus auch nicht umsonst gebaut. Mit meinem Gehalt und mit meiner Erbschaft. Albert ist mit seinem Krempel einfach eingezogen. Das ist schon ein paar Jahre her. Wenn ich mich jetzt scheiden lasse, wird durch zwei geteilt. Das kann ich mir nicht leisten. Mein Plan C ist todsicher. Jeder weiß, wie gerne Albert Fleisch zubereitet. Und wie bereitwillig ich das, was er gekocht hat, esse.

Nach einer Ewigkeit findet die rituelle Heuchelei statt: Begrüßung der Hausfrau und Gattin. Albert küsst mich ungeschickt auf den Mund. Kati küsst mich auf beide Backen und Beat gibt mir die Hand: »Salü, Anna-Susanne.« Er hat noch nie Anna-Susanne zu mir gesagt. Bis eben war ich Susi für ihn. Auch Diotima spielt Theater. Sie begrüßt mich mit einem unterwürfigen, falschen Butzekäppele. Sie muss wirklich ausgehungert sein, denn sie reibt ihren Kopf verlogen an meiner Strumpfhose und schnurrt.

»Wie sauber es bei euch ist«, meint Kati, die mit einem neidischen Blick durch die polierte Glastür unsere Ideenküche taxiert. Durch ihr Gehirn rattern Zahlen. »Eure Putzfrau muss ein Vermögen kosten, hghm.«

Ich sehe ihrem Gesicht an, was sie eigentlich sagen will: Kaum zu glauben, dass eine deutsche Wohnung sauberer sein kann als eine Schweizer Wohnung.

Kati wohnt in Tägerwilen und spricht ein gestochenes Hochdeutsch. Sie hat keinerlei Probleme mit dem R, und auch das K kommt kalt über ihre Lippen. Ich habe ihr mehrfach klargemacht, dass sie ruhig Schwyzerdütsch mit mir sprechen kann, weil meine Muttersprache auch Alemannisch ist. Natürlich besteht zwischen dem süddeutschen Alemannisch und dem schweizerischen Alemannisch klanglich ein Unterschied; mentalitätsmäßig jedoch sind wir eng verwandt. Ich kann einen Schweizer Knurr-, Zisch-, Zieh- oder Schrumpflaut sofort interpretieren, was ich bei einem hannoverischen oder Berliner Gebruddel nie könnte, und alles, was sich nördlich vom Bodensee abspielt, ist mir, ehrlich gesagt, auch schnurz.

Leider spricht auf der deutschen Seite keine Sau mehr richtig Alemannisch. Die Bodenseeler haben sich einschüchtern lassen von den Drecksschwaben. Inzwischen schwätzt man bei uns wie in Stuttgart. Dass wir mundtot sind, ist das Ergebnis von falsch verstandener Toleranz. Diesen Fehler machen die Schweizer nicht. Die reden mit keinem. Das beelendet mich. Schade. Das Schweizerische wäre mir Heimat gewesen.

»Wir haben keine Reinigungshilfe. Das macht alles meine Frau.« Albert steht in der Küche und entkorkt unbeholfen eine Flasche Prosecco. Auch er spricht, so gut es geht, korrektes Hochdeutsch, was die Situation vollends der Lächerlichkeit preisgibt. »Möchtest du auch einen Schluck, Liebste?«

Dann trinken wir den Champagner halt hinterher. Endlich bringe ich es über mich. An der Garderobe helfe ich mir aus dem Ledermantel und lasse meine Pumps fallen. »Gern. Aber ich habe einen Mordshunger. Ich muss unbedingt etwas essen. Ihr etwa nicht?«

»Nain, ich fahre lieber haim, odr«, sagt Beat. Er stammt aus Lengwil und wohnte in Ruederbomm, bevor er nach

Chappeli zügelte. Das liegt alles auf einem sprachlich sehr selbstbewussten Flecken und so wurde Beat kulturell nie irritiert. Trotzdem versucht auch er verzweifelt, hochdeutsch zu sprechen, um sich in einem Weltort wie Allensbach nicht hoffnungslos zu blamieren. »Das ist doch viel zu viel Umstand.«

Ich winke ab. »Kommt gar nicht infrage!« Was sage ich da. Soll mein Liebhaber dabei zusehen, wie mein Ehemann eine toxische Entenbrust verspeist? Warum eigentlich nicht. Mit zitternden Fingern öffne ich den Kühlschrank. Im oberen Fach liegt, in Alufolie gewickelt – nichts. Nur ganz hinten steht die Dose mit dem Käse. Im unteren Fach liegen eingepackt nebeneinander zwei Entenbrüste.

»Albert!«, rufe ich verstört. »Bist du am Kühlschrank gewesen?«

Ich reiße die Tür zum Esszimmer auf und lausche. Keine Antwort. Mein Mann ist mit den Gästen ins Wohnzimmer gegangen. Notgedrungen widme ich mich wieder dem Inhalt des unteren Fachs. Zwei Entenbrüste also. Die Verpackung sieht ziemlich gleich aus. Ich kann zumindest von den Falten und Knittern keine Schlüsse daraus ziehen, welche Entenbrust welche ist. Und blöderweise habe ich mir die Entenbrust, die Albert gestern gebraten hat, gar nicht angesehen. Nun kann ich nur hoffen, dass ich mein Fleischstück wiedererkenne, aber wahrscheinlich ist es in der Kälte geschrumpelt, verfärbt oder sonst wie entstellt.

Vorsichtig nehme ich die linke Alufolie in die Hand und schiebe sie ganz leicht auseinander. Durch die Folie hindurch wird das Gift ja wohl nicht wirken, zumal das Fleisch gebraten ist. Medium. Solange der Saft da drin bleibt, ist alles gut. Vogel Nummer eins sieht gut aus. Er ist goldgelb und knusprig. Die Form der Brust erinnert mich ein bisschen an die Umrisse der Schweiz. Vogel Nummer zwei sieht eher aus wie Belgien. Aber wer schon mal auf eine Landkarte geschaut hat, der weiß, dass Belgien und die Schweiz sich zum Verwechseln ähneln, wenn man die Schweiz nur genügend nach rechts dreht. Auch der zweite Vogel hat eine gesunde Farbe und eine einnehmend angebratene Oberfläche.

Jemand stupst mich am Ellenbogen. Ich fahre zusammen. Es ist Diotima. Sie glotzt mich an, stumm, mit einem irren Blick, den ich ernsthaft bedrohlich finde: FRESSEN! Ihre dreifarbigen Augen glänzen fiebrig im Licht des Kühlschranks, als spiegelten sich die Federn eines kranken Erpels darin.

Doch genau hier beginnt das Problem. Es gibt nun verschiedene Möglichkeiten, wie wir mit der Vogelgrippe verfahren: Variante 1 wäre der erweiterte Selbstmord. Feldsalat mit Cocktailtomaten und warmen Entenbruststreifen für alle. Vogel eins und zwei gemischt und geteilt durch vier Erwachsene: Das ist die einfachste Lösung. Aber auch die dämlichste. Schließlich habe ich nicht vor, die Selbstbeseitigung zu planen, sonst könnte ich auch in dieser Ehe bleiben. Variante 2: Ich schmeiße die kostbaren Viren in den Müll und wir gehen zu viert in die Pizzeria. Doch wofür habe ich mir dann die Mühe gemacht? Variante 3: Spaghetti. Die Entenbrüste bleiben im Kühlschrank, denn morgen ist auch noch ein Tag. Variante 4: Ich schneide die beiden Fleischstücke auf und überlasse es dem Zufall, wer überlebt und wer nicht. Zwei von uns bekommen den toxischen Vogel, zwei den gesunden. Verschiedene Konstellationen sind möglich: Albert und Kati sterben, das wäre ideal. Oder Albert und Beat sterben, dann könnte ich nochmals bei null anfangen. Auch nicht übel. Oder Albert und ich, dann hätte Beat freie Bahn. Beat und ich – nicht auszudenken! Kati und ich? Dumm! Lieber Kati und Beat – das wäre zwar ein relativ sinnloser Doppelmord an zwei nicht ganz unschuldigen Schweizern, aber doch zu verkraften. Besser, als wenn ich dran glaube.

Da mir keine Lösung wirklich befriedigend vorkommt, mache ich mich erst mal an den Salat. Bis der Feldsalat geputzt ist und die Cocktailtomaten geschnitten, wird mir schon etwas einfallen. Vorher sollte ich vielleicht Diotima füttern. Ich drehe mich nach ihr um. Sie hat die Küche lautlos verlassen.

Als ich das aufgeschnittene Brot ins Esszimmer trage, höre ich durch die halboffene Tür ein Röcheln. Albert ruft ins Telefon: »Notarzt! Er erstickt! Kommen Sie schnell!«

Ich laufe ins Wohnzimmer. Beat sitzt zusammengesunken auf dem Designersofa. Sein Gesicht ist so violett wie der Seidenbezug. Verzweifelt schnappt er nach Luft. Die Zunge hängt ihm aus dem Mund. Er greift sich an den Hals und rollt mit den blutunterlaufenen Augen, die weit aus den Höhlen treten. Dann hebt er die freie Hand, wie um mir ein Zeichen des Abschieds zu geben. Falls er je wirklich attraktiv war – jetzt ist er das jedenfalls nicht mehr. Vielleicht hilft mir das, einen kühlen Kopf zu bewahren. Jedenfalls weiß ich sofort, worauf es ankommt: »Er muss hier raus. Sofort! Los, schnell!«

Auf Albert und mich gestützt schleppt sich Beat zur Terrassentür. Kati zieht sie auf und macht draußen das Licht an. »Ich wusste gar nicht, dass er Asthma hat.«

»Katzenallergie«, presse ich zwischen meinen Lippen hervor, während ich unter dem Gewicht von Beat schier zusammensinke. Ich bin mir ganz sicher. Das ist der definitive Beweis. Diotima ist Alberts Mutter. Die ein knallhartes Motiv hat, den Liebhaber ihrer Schwiegertochter zu beseitigen.

Gemeinsam mit Albert hieve ich Beat auf einen feuchten Gartenstuhl. Albert legt ihm von hinten die Hände auf die Schultern. Beat nickt. Es geht ihm wirklich nicht gut, aber immerhin fängt er wieder an zu röcheln. Albert scheint ihm mit seinem sinnlosen Handauflegen das Leben zu retten. Er wirkt plötzlich besonnen und geschickt. So kenne ich ihn gar nicht! Was auch immer er da tut, den Wert von Alberts Rettungsaktion kann man gar nicht hoch genug einschätzen. Das sehe ich an der erstaunlichen Reaktion von Beat. Sein Atem ist zwar noch flach, seine Lunge pfeift und sirrt, aber das ist ein deutliches Zeichen, dass sie arbeitet. Immerhin. Da hat Albert wohl etwas bei mir gut. Ich seufze. Die Sekunden ziehen sich endlos. Wir sprechen kein Wort. Es ist kalt. Ich friere in meinem blöden Kleidchen. Kati kommt und bringt uns Decken und Mäntel. »Tu die Decken weg«, schreie ich. »Da war die Katze drauf! Du bringst ihn um!«

Beleidigt geht Kati rein und kommt irgendwann wieder.

»Dauert verflucht lange.« Ich meine den Notarzt, aber Kati bezieht alles immer auf sich. Die beiden Männer schweigen. Beat pumpt und Albert steht ihm bei.

»Eure Diotima hat mich angebettelt«, meint Kati munter. »Die sah so hungrig aus. Da bin ich zum Kühlschrank gegangen und hab ihr was von dem Katzenfutter in den Napf getan.«

»Katzenfutter?« Ich fasse mir an die Brust.

»Wohl. Find ich gut, dass sie selbstgemachtes Futter kriegt. Das ist viel besser als das Zeugs aus der Dose, odr. Unsere Minusch liebt auch gebratenes Geflügel. Du musst nur aufpassen, dass keine Knochen …«

»Hast du ihr das ganze …«

»Aber nein. Ich hab das Fleisch in feine Streifen geschnitten. Die hatte echt Appetit!« Kati lacht. Sie sieht mich an und stockt. »Es war doch in Ordnung?«

»Aber klar, Kati. Absolut.«

Die Chancen für Diotima stehen fünfzig zu fünfzig. Beat hat eine weit bessere Prognose. Er schnauft die dicke, nasse Luft. Dünne weiße Schwaden kommen aus seinem Mund. Es riecht nach Schnee. Ich lausche in die Nacht.

Entenbrustsalat nach Bodensee-Art?

… wies geht, erfahren Sie auf der nächsten Seite.

Entenbrustsalat nach Bodensee-Art

Ein Geheimtipp aus Allensbach
Für 4 Feinschmecker

1 Entenbrust
Salz, frisch gemahlener Pfeffer, Peperoncino, Senf, Zucker
3 Esslöffel Schlagsahne
½ Zitrone
2 Esslöffel heimisches Walnussöl
3 Esslöffel Fett zum Braten
2 Esslöffel Obstessig vom Bodensee
nach einem Ausflug auf die Reichenau je nach Jahreszeit und Laune:
Bärlauch, Knoblauch, Petersilie, Frühlingszwiebeln oder Lauch, Dill
dazu Feldsalat und Cocktailtomaten bzw. eine Schale Erdbeeren oder 2 frisch gepflückte Bodensee-Äpfel

Entenbrust kalt waschen, abtrocknen. Zutaten vorbereiten, Petersilie, Bärlauch oder Knoblauch waschen bzw. schälen, zerkleinern und mit Gewürzen und Öl verrühren, Entenbrust damit einreiben. Falls keine Eile, bis zu einer Stunde ziehen lassen. Fett in der Pfanne sehr heiß werden lassen, Entenbrust mit der Hautseite nach unten acht Minuten bei mittlerer Hitze braten. Dann umdrehen, nochmals acht Minuten braten. Frühlingszwiebeln oder Lauch dünsten, Salat etc. waschen, Cocktailtomaten oder Erdbeeren teilen bzw. Äpfel in feine Streifen schneiden. Entenbrust abkühlen lassen. (Falls genug Zeit ist, in Alufolie legen.) Aus Salz, Pfeffer, Zucker, Senf, Walnussöl, Schlagsahne, Essig und Zitrone Salatsoße zubereiten. Die erkaltete Entenbrust in sehr dünne Scheiben schneiden (evtl. vorher kurz ins Gefrierfach tun).

Entenbruststreifen mit dem Gemüse / Salat / Obst mischen oder obendrauf legen – fertig. Dazu Holzofenbrot und Weißwein aus der Region servieren.

Guten Appetit!

Marc Buhl

Hammer

Zuerst weinen wir alle ein bisschen, aber dann sagt Kevin, jetzt ist genug rumgeheult. Ich höre gleich auf, nur der Kleine schluchzt noch weiter und Kevin schlägt ihm ein wenig ins Gesicht und dann ist Ruhe. Blöd ist der Kleine ja nicht, nur manchmal dauert es ein wenig länger, bis er etwas kapiert. Zum Glück hat er Brüder wie uns. Ich bin auch froh, einen Bruder wie Kevin zu haben, der schon sechzehn ist und weiß, was geht. Selbst jetzt ist er ganz ruhig und raucht erst mal eine von Papis Zigaretten. Das hätte dem nicht gefallen, aber den fragt keiner mehr, im Gegenteil, eher scheint er uns etwas zu fragen, so wie er dasitzt mit diesem stieren Blick. Er sieht aus, als kapiere er überhaupt nicht, was hier los ist und das stimmt wohl, und bei dem Gedanken muss ich lachen, das heißt, ich denke, dass ich lachen muss, aber dann kommt kein Lachen, sondern so ein verdammtes Schluchzen und Kevin sieht mich wütend an und sagt, dass ich dem Kleinen ein Vorbild sein soll, aber er schlägt mich nicht und ich bin ganz gerührt. Der Kleine sagt, dass er Hunger hat und Kevin macht uns eine Pizza in der Mikrowelle. Anschließend schickt er uns ins Bett. Ich kann nicht schlafen, aber das hat nichts zu bedeuten, ich schlafe immer schlecht, wegen der verdammten Träume. Mitten in der Nacht kommt der Kleine und legt sich zu mir ins Bett, obwohl ich ihn nicht bei mir haben will, weil er so kalt ist; klein, kalt und feucht wie ein Fisch. Am nächsten Morgen will der Fisch nicht in die Schule und ich auch nicht, aber Kevin sagt, wir müssen gehen, sonst rufen die Lehrer hier an, und wenn wir Pech haben, kommt das Jugendamt und alle müssen ins Heim oder die Polizei kommt und wir müssen in den Knast. Ich kann nicht aufpassen, den ganzen Morgen nicht und in der großen Pause fragt mich Lidia, ob ich zu viel an mir rumgespielt habe, ich sähe so tranig aus, und ich schubse sie nur so ein kleines bisschen und die blöde Kuh fängt sofort an zu bluten und muss ins Sanitätszimmer, und dann haben wir Reli und Frau Greiner schaut mich mit ihren traurigen Augen an und denkt sich, der arme Junge hat keine Mutter, da muss so etwas ja passieren. Aber die arme Frau Greiner hat keine Kinder, da muss sie so gucken, denke ich. Zum Glück sagt sie nichts und es gibt keinen Eintrag.

Als ich mittags heimkomme, sind beide schon da. Der Kleine hat wieder geweint und rote Backen, obwohl Kevin Fischstäbchen aufgetaut hat, aber irgendwie sind die zu lasch und nur lauwarm, doch ich traue mich nicht, sie liegen zu lassen und schlecht ist mir sowieso. Die Hausaufgaben mache ich in der Küche. Ich will nicht ins Wohnzimmer, wo Vater noch sitzt und glotzt. Wenigstens die Augen hätte er zumachen sollen. In Deutsch sollen wir ein Gedicht schreiben, das sich reimt, aber mir fallen keine Reimwörter ein. Ich suche ein Wort, sonst fallen mir immer viele Wörter ein, doch heute bin ich zu dumm. Der Kleine will keine Hausaufgaben machen, aber Kevin sagt, er soll sich setzen und hilft ihm mit Mathe. Ich habe wieder Hunger, obwohl mir noch schlecht ist, aber im Kühlschrank ist nur noch ein dicker Stapel geschnittene Salami, Margarine und fettarmer Joghurt. Papi hat ihn immer gekauft, weil das so gesund ist, aber er hat ihn nicht gegessen, auch das letzte Glas würde er nicht mehr essen. Er schmeckt ganz gut, als ich eine Handvoll Zucker rein mache, sogar dem Kleinen, der den Schnabel aufsperrt wie ein junger Vogel. Wir müssen uns überlegen, was mit Papi geschehen soll, sagt Kevin. Auf jeden Fall muss er raus hier. In Filmen stecken sie die immer in Tiefkühltruhen, aber wir haben keine Truhe, nur ein Eisfach, in das höchstens die Unterarme passen und auch das nur ohne Hände. Das bringt uns nichts, außerdem ist es immer noch Papi, und so etwas macht man nicht. Eine Familie muss zusammenhalten, hat Papi gesagt, erst recht wenn die Mutter gestorben ist bei der Geburt von dem Kleinen. Das mit der Tiefkühltruhe geht also nicht. Man könnte ihn vergraben, schlage ich vor, im Wald zum Beispiel, aber das ist zu auffällig, sagt Kevin, weil man den Erdhaufen sehen würde, und am Ende kommen dann Hunde oder Wildschweine und buddeln ihn aus. Wir stecken ihn in die Badewanne und füllen sie mit Cola, sagt der Kleine. Cola frisst Fleisch auf, wenn du ein Stück Wurst in ein Glas mit Cola steckst, dann ist es am nächsten Tag weg, einfach verschwunden. Mir gefällt die Idee, aber Kevin sagt, das stimmt nicht, alles Quatsch, sie haben das im Unterricht gemacht. Nix passiert. Anzünden geht auch nicht, nachher brennt er nicht recht, sondern kokelt nur so vor sich hin. Bleibt nur der See, aber das wird schwierig, so schwierig, dass wir beschließen, damit noch ein wenig zu warten.

Jetzt gehe ich doch ins Wohnzimmer, weil dort noch eine angebrochene Tüte Chips liegen muss, auf dem Tisch vor Papi. Es sieht aus, als isst er daraus. Eigentlich fast normal alles, nur dass seine Augen sich nicht bewegen und der Kopf an der Schläfe leicht eingedellt ist und blutig. Ich habe vor zwei Tagen gesehen, dass Kevin den Hammer geholt hat, aus der Werkzeugkiste im Keller, aber ich habe mir nichts dabei gedacht. Den Hammer kann man immer mal brauchen, Nagel rein machen oder so. Ich weiß nicht, warum Kevin das getan hat. Vielleicht hat Papi ihn auch geholt, manchmal nachts, wie er mich geholt hat. Ich habe ihn nie danach gefragt, nach so etwas fragt man nicht und spricht nicht drüber, ich glaube Kevin hätte mich mit dem Hammer erschlagen, wenn ich ihn gefragt hätte. Manchmal ist drüber reden schlimmer, als was tun. Ich esse die Chips, aber es sind nicht mehr viele. Papi sieht unrasiert aus, als ob der Bart gewachsen ist in der Zwischenzeit und ich beschließe, ihn zu rasieren. Wenigstens rasiert soll er sein. Das Gerät knuspert die Barthaare weg und ich werde traurig, weil Papi mir auch einen Rasierer geschenkt hätte, wenn mein Bart gewachsen wäre. Kevin hat auch einen bekommen, vor einem halben Jahr, weil er jetzt erwachsen ist, hat Papi gesagt und er soll sich regelmäßig rasieren, dann wächst der Bart noch schneller. Manchmal heimlich habe ich den von Kevin benutzt, aber bei mir wuchs nichts. Der Kleine steht im Türrahmen und ich habe Angst, dass er wieder heult, aber er ist schon ausgeweint und fragt, ob er mir Vaters Rasierwasser bringen soll. Das soll er ruhig, denn es riecht hier langsam schon komisch und wir schütten eine halbe Flasche Old Spice über Vaters Gesicht. Er kriegt es in die Augen und ich drücke ihm die Lider zu. Es fühlt sich an wie ein Kondom, das über einen Plastikpenis gleitet. Das üben wir in Biologie. Abends ruft Kevin den Pizzablitz. Der Bote spricht kaum Deutsch und Kevin bescheißt ihn um zwei Euro. Jetzt haben wir noch acht Euro übrig, aber Kevin wird eine Lösung finden, das verspricht er uns und auf ihn kann man sich verlassen, er ist mein Bruder.

Als wir am nächsten Morgen aufstehen, gibt es frische Brötchen. Kevin hat Vaters Nummer für die Bankkarte rausbekommen. Stand in seinem Kalender. Jetzt haben wir Geld und Brötchen und viel Appetit, und ich freue mich zum ersten Mal seit Langem auf die Schule, obwohl wir Schwimmen haben und ich mich schäme in der Umkleidekabine mit den ganzen anderen nackten Jungs. Wer mich beim Umziehen aus Versehen berührt, wird das bereuen, aber das wissen sie und halten sich fern. Auch nachmittags ist es neblig, wie immer im Winter in Konstanz, das ist gut für uns, denn Kevin hat einen Plan. Zuerst holen wir den Rollstuhl vom Nonnenmacher, der vor den Briefkästen bei den Kinderwägen steht. Der Alte braucht ihn nur morgens, um sein Bier an der Tanke zu holen. Ins Haus kommt er nicht damit, es gibt zwar den Aufzug, aber drei Stufen muss man vorher rauf, die läuft er lieber. Wir stellen den Rollstuhl neben den Sessel mit Vater und wuchten ihn rüber. Er stinkt total nach Old Spice, wir alle stinken, aber der Rollstuhl ist prima für Vater. Er sitzt drin, als ob er da reingehört. Bloß die Augen soll er wieder öffnen. Ich schiebe sie dauernd hoch, aber sie klappen ein Stück wieder runter, und er sieht aus wie ein Idiot. Wir wollen nicht, dass unser Vater so aussieht, deswegen setzen wir ihm eine Sonnenbrille auf und legen ihm eine Decke über den Schoß, wie die alten Leute es haben, die am Wochenende an der Seestraße lang geschoben werden. Der Kleine steht Schmiere im Fahrstuhl und pfeift auf zwei Fingern, als der Weg frei ist. Er kann ja nicht viel, aber pfeifen, das geht. Kevin hat sich überlegt, das Auto zu nehmen. Er hat schon ein paar Mal eine Tour gemacht, aber das ist zu gefährlich, lieber schieben wir den Rollstuhl, auch wenn es weit ist. Ich bin ja für den Damm Richtung Reichenau, aber Kevin meint, dort ist es nicht tief genug, wir sollen ihn beim Stromeyersdorf in den Rhein machen.

Ich mag den Nebel heute noch mehr als sonst. Kein Mensch sieht uns auf dem Weg, und einmal verlaufen wir uns in der Suppe, als wir in der Seilerstraße die Richtung verlieren und ein Stück zurückgehen. Vor einem geschlossenen Biergarten beginnt der Uferweg. Der Boden ist feucht und der Rollstuhl bleibt im Matsch hängen, und ich ziehe dran, Kevin schiebt und der Kleine versucht nicht zu stören. Plötzlich erschrecke ich, weil ich denke, da taucht einer auf, aber es ist nur der Wasserturm, der hier verrottet. Wir schaffen es kaum bis zum Steg. Zum Glück geht es dort sanft hoch, und wir sind richtig glücklich, als der Rollstuhl über die Bohlen rumpelt. Kevin hat ein Seil mitgenommen und wir binden Vater schön fest. Dann sammeln wir Steine und füllen die Säcke, die Kevin dabeihat. Ich mag es, dass mein Bruder alles so gut organisiert. Er ist total praktisch, auch das Rad repariert er mir immer und sein Mofa fährt sicher 85. Wir knoten die Säcke an den Rollstuhl und schieben ihn ans Ende des Stegs. Von hier sieht man das Land nicht, obwohl es keine dreißig Meter sind, und das Wasser schmatzt hungrig an den Pfählen. Wir schauen uns in die Augen und werden feierlich. Es ist ein bisschen wie der Gottesdienst an Weihnachten und gemeinsam stoßen wir Papi über die Kante. Es gibt einen lauten Platsch, und wir sehen ins Wasser, wo kleine Wellen sich kräuseln. Dann ist es vorbei. Jetzt weinen wir alle wieder, aber nach einer Weile wird uns kalt, denn wir haben geschwitzt vorhin, also gehen wir nach Hause.

Dort ist es ganz anders, heimelig irgendwie. Ich lege mich in die heiße Badewanne und mache die Augen zu. Das habe ich nie gemacht vorher, wegen Papi, aber es ist angenehm, und ich lasse heißes Wasser nachlaufen und gehe erst raus, als ich komplett verschrumpelt bin. Der Kleine lacht, als er meine Finger sieht. Ich glaube, ich habe ihn noch nie lachen hören und freue mich, obwohl er Mutter zerrissen hat vor acht Jahren. Als der Kleine schläft, erzählt Kevin mir seinen Plan. Geld haben wir genug, Vater war Frührentner seit dem Unfall, das kommt jeden Monat aufs Konto. Außerdem kümmert sich in dem Haus niemand um die anderen. Nonnenmacher säuft den ganzen Tag vor sich hin. Die Jugos nebenan sieht man nie, man hört nur manchmal nachts komische Musik. Drüber Frau Gerke ist alt und taub. Sie grüßt uns im Treppenhaus und gibt uns klebrige Bonbons, die wir wegwerfen. Keiner von ihnen kennt Vater, der hat eh immer nur vorm Computer gesessen. Andere Familie gibts auch nicht. Wir müssen also nur aufpassen, dass die Lehrer oder die Polizei nichts von uns wollen, dann merkt keiner, dass er nicht da ist. Ab jetzt darf keiner von uns mehr sitzen bleiben. Keinen Anlass für Lehrer geben, sich hier zu melden. Nichts mehr klauen. Niemanden abziehen. Das wird schwierig, am meisten für Kevin. Der war schon ein paar Mal beim Jugendrichter, meistens wegen CDs oder Computerspielen oder der Sache mit dem Messer, aber da war er nicht schuld. Der andere hat unsere Mutter beleidigt und da kennen wir nichts. Aber wenn er das schafft, schaffe ich das auch. Und wenn wir durchhalten bis zum Sommer, fährt Kevin mit uns nach Frankreich ans Meer. Mit dem Auto, versprochen, dann ist er siebzehn und übt vorher fahren. Ich war noch nie am Meer. Wer am Bodensee wohnt, muss nicht in Urlaub fahren, hat Vater gesagt. Nur in der Schweiz sind wir einmal gewesen, auf dem Säntis. Es hat geregnet und Vater hat geflucht, weil die Seilbahn so teuer war und oben standen wir auf einer Betonterrasse und glotzten in die Wolken und froren und fuhren dann wieder runter. Die Gondel schaukelte im Wind und der Kleine kotzte aus dem Fenster auf ein Schneefeld. Das war unser Urlaub in der Schweiz. Nach den Sommerferien in der Schule erfinde ich immer etwas, wenn die Lehrer fragen, wo wir gewesen sind, nichts Auffälliges wie Hawaii oder Australien, sondern ich sage, dass ich bei meinem Onkel in Hannover gewesen bin oder wandern mit meinem Vater in den Alpen. Am nächsten Tag gebe ich Andy den MP3-Player zurück, den ich ihm in der letzten Woche weggenommen habe. Er hat damals ein bisschen Theater gemacht, aber ich habe ihm aufs Maul gehauen und gesagt, er soll ruhig sein und das war er auch. Er schaut mich komisch an, als ich ihm das Ding gebe und duckt sich, als setzt es gleich etwas und ich habe Lust, ihm auf den Mund zu boxen, einfach weil er ein Feigling ist und so weiche, dicke Lippen hat, und ich sehen will, wie sie aufplatzen, aber das ist vorbei und ich drehe mich um und setze mich. In der nächsten Stunde melde ich mich zum ersten Mal in Englisch. Der Lehrer ist ganz okay, ein Referendar, noch jung, aber mit Glatze. Er ist verwundert, will es aber nicht zeigen und korrigiert meine Antwort mit einem freundlichen Lächeln, das mir nicht gefällt, doch Kevin sagt, es ist egal, ob uns etwas passt. Jetzt müssen wir das Richtige tun, ob wir wollen oder nicht. Als ich heimkomme, sind Kevin und der Kleine noch in der Schule. Ich bin zum ersten Mal seit Jahren allein hier. Es ist ein schönes Gefühl. Ich setze mich in Vaters Sessel im Wohnzimmer und schiebe eines seiner Videos rein, aber das ist zu eklig. Oben muss ich fast kotzen und unten kriege ich einen Steifen, eine komische Mischung. Ich gehe aufs Klo und streichle ihn wieder klein, aber es macht keinen Spaß. Kevin bringt Bananen und Äpfel mit. Ich bin enttäuscht, und auch der Kleine motzt, aber Kevin sagt, Vitamine machen schlau, und wer schlau ist, bleibt nicht sitzen und wer nicht sitzen bleibt, fällt nicht auf in der Schule. Später machen wir Hausaufgaben. Kevin hilft dem Kleinen. Er ist erst in der dritten Klasse, da geht das noch. Ich bin auf der Realschule, da ist Kevin keine Hilfe, er macht nur Hauptschule, aber wenn er einen guten

Abschluss kriegt, wird er die Mittlere Reife nachmachen und Mechaniker werden. Wir sitzen richtig zusammen wie eine Familie und der blöde Computer gibt keine Töne von sich und keiner motzt rum. Ich fange sogar an, den Kleinen zu mögen. Zwei Wochen später bekomme ich meine erste Zwei in einer Klassenarbeit, ausgerechnet in Englisch, und Kevin kann es nicht glauben und sagt, er wird mir in Frankreich ein Extraeis spendieren.

Der Referendar schaut mich inzwischen immer ganz glücklich an, weil er denkt, dass meine Note ein Erfolg seines Unterrichts ist, und fragt mich, ob ich nicht an dem Austausch mit England teilnehmen will, aber ich sage, dass ich keine Lust habe und kein Geld dafür. Am nächsten Tag bringt er mir einen Brief an meinen Vater. Wir öffnen ihn zu Hause. Der Referendar schreibt, dass es wichtig ist, die Erfolge, die ich habe, zu unterstützen und meinen Eifer zu fördern, und von daher ist der Austausch eine wichtige pädagogische Maßnahme und er bittet daher dringend, sich mit ihm in Verbindung zu setzen. Wir lachen über seine Sprache, aber dann wird Kevin ernst und sagt, dass ich mir den vom Hals halten soll. Nach der nächsten Stunde will der Referendar wieder mit mir drüber reden und ich sage ihm, dass er mich in Ruhe lassen soll mit seinem blöden Austausch. Er hat bald Lehrproben bei uns und ich verspreche ihm, dass er durchfällt, wenn er mich weiter nervt, weil er keine Chance in der Klasse hat, wenn er sich mit mir anlegt, und er seine beschissene Zukunft als Lehrer riskiert. Er schluckt und sagt, dass er es nur gut gemeint hat, aber das macht es auch nicht besser. Die nächsten Stunden quatscht er mich nicht mehr an und ich denke, dass alles geregelt ist. Zwei Tage später sitzen wir abends rum, schauen gemütlich fern und futtern Erdnüsse, weil Nüsse gesünder sind als Chips, sagt Kevin, als es klingelt und der Kleine aufmacht, weil er denkt, dass es Berkan ist vom Haus schräg gegenüber, der ihm die Einladung zum Geburtstag bringen will, aber es ist der Referendar. Er steht in unserer Wohnung und schaut sich um und fragt, ob er mit meinem Vater reden darf. Einen Augenblick, sagt Kevin und bietet ihm Vaters Sessel an. Der Referendar schaut sich um und merkt nicht, was ihm fehlt, aber wir wissen es. Ihm fehlt ein Erwachsener, und er will eigentlich wieder los, aber ich biete ihm ein Schälchen mit Erdnüssen an und eins von Vaters Bieren und er nimmt beides und kann jetzt nicht mehr gehen, nicht gleich jedenfalls und später auch nicht mehr, weil Kevin kommt mit dem Hammer, aber der Referendar scheint etwas gespürt zu haben und duckt sich weg, und Kevin muss ein paar mal draufhauen, und es wird eine ziemliche Sauerei, nicht so sauber wie bei Vater, und mir schmecken die Erdnüsschen nicht mehr. Der Kleine zieht ihm den Geldbeutel aus der Hosentasche. Viel ist nicht drin, nur dreißig Euro, aber Kevin sagt, wir sind keine Diebe und steckt das Geld zurück. Nonnenmacher tut mir leid. Er hat erst seit zwei Wochen einen neuen Rollstuhl, den er mit einem Fahrradschloss abschließt, aber Schlösser haben Kevin noch nie aufgehalten. Jetzt sitzen wir bei dem Referendar und warten auf Nebel, aber schließlich sind wir in Konstanz, es ist Februar. Lange wird das nicht dauern.

Jan Christ
Als der Pfau schrie

Das Wetter am See hatte zum Zeitpunkt unserer Ankunft diesen mediterranen Zauber, der uns lockte, auf die Höhe zu steigen, den Weg, den wir so oft gegangen waren, zum Haldenhof hinauf. Und Christin, meine 14-jährige Tochter, wollte endlich den Innenhof der ehemaligen Minnesängerburg auf dem Hohenfels kennenlernen, aber der sympathische Einfall bescherte uns eine grauenhafte Überraschung.

Wir standen bereits unter dem malerischen Rudiment der Burgmauer und waren uns nicht schlüssig, wo wohl der Pfad einmünden würde, auf dem man durch den Wald hinaufkäme, als wir oben einen Mann entdeckten, der sich auf dem Hof aufhielt, indem er sich, an eine alte Mauer gelehnt, ausruhte. Ich rief zu ihm hinauf, ob er uns nicht den Pfad zeigen könne, der einen hinaufführe. Aber wie oft ich auch rief, er blieb unansprechbar. Christins Wachsamkeit hatte indessen den Pfad bereits ausfindig gemacht, und sie war schon auf ihm unterwegs. Es verging keine Minute, als sie von oben herab voller Entsetzen schrie:

»Papa, komm schnell! Ein Toter!«

Ich war einen Moment lang unschlüssig, ob ich sie auffordern sollte, sofort herunterzukommen und einen Toten einen Toten sein zu lassen, oder aber ihre Couragiertheit zu belohnen, indem ich ihr umgehend folgte.

Ich stieg zu ihr hinauf, um mit ihr das erste Mal in meinem Leben mit einer Leiche konfrontiert zu sein. Es handelte sich um einen etwa 40-jährigen Mann gepflegten Aussehens in einem grünen Blazer, der sich, offenbar um sich auszuruhen, hier niedergelassen hatte, als ihn in dieser Stellung der Tod ereilt haben musste. Durch einen Herzschlag? Durch Fremdeinwirkung? Christin meinte, keine Anzeichen zu erkennen, die auf einen Kampf oder auf eine Tötung schließen ließen. Aber um dies einwandfrei zu ermitteln, waren wir nicht gekommen. Kurz danach waren wir auch schon wieder unterwegs, und zwar hinauf zu unserem eigentlichen Ziel: zu dem historischen Gasthof, dem Haldenhof, wo es nun erst mal galt, die Polizei zu verständigen.

In dieser reizenden Wirtschaft war uns keineswegs reizend zumute, doch war es zunächst gar nicht so einfach, für unser Anliegen das rechte Verständnis zu finden.

»Ein Toter in der Ruine?« fragte der Besitzer, der schon verstimmt genug war, durch unser Erscheinen von der Arbeit abgehalten zu werden. Außerdem war es ihm angesichts des von Gästen gefüllten Hauses äußerst peinlich, sich an einem Feiertag mit einem Toten, und auch noch in der unmittelbaren Umgebung seines Gasthofes, beschäftigen zu müssen. Immerhin fiel ihm dazu ein, dass sein Pfau so auffällig geschrien habe, den er zur Zierde seines Hofes hielt.

»Ich habe das Tier noch nie so erregt erlebt und mich schon gefragt, ob ihn etwas in der Umgebung störe. Es könnte vor einer Stunde gewesen sein«, fügte er noch hinzu.

Christin schaute auf die Uhr und machte mich darauf aufmerksam, dass diese Aussage möglicherweise für eine spätere Aufklärung wichtig sein könne. Einige Gäste besprachen im Ernst, ob sie zur Leichenschau gehen sollten, aber der Wirt riet ihnen entschieden davon ab. Der Polizei, so sagte er, gebühre das Vorrecht, so einen Fundort zu inspizieren. Es hätte schon gereicht, dass wir vor ihr oben gewesen seien.

Bis endlich jemand unter der Nummer 110 abnahm, verging gut eine Minute. Wir erreichten nicht, wie wir gehofft hatten, die Besatzung eines Streifenwagens, der schon irgendwo unterwegs war. Allerdings stellte man uns in Überlingen eine sofortige Abfahrt in Richtung Haldenhof in Aussicht.

Wir gingen auf den Parkplatz, um die Beamten zu empfangen, aber wir warteten auch dort noch einige Zeit, bis der Streifenwagen eintraf. Oberwachtmeister Mengen und Wachtmeister Voigt mussten sich von uns den Weg zur Ruine nicht zeigen lassen. So schlossen wir uns ihnen an und stiegen zu viert den Pfad zum Burgplatz hinauf.

Als wir ihn endlich betraten, war die Stelle, wo der Tote noch vor Kurzem lag, leer. Die Beamten schauten uns misstrauisch an und ließen sich von uns akribisch genau beschreiben, wie wir den Mann dort vorgefunden hatten. Wir rechneten uns aus: vom Zeitpunkt, als wir ihn entdeckt hatten, bis zum Eintreffen mit den Beamten, waren über 20 Minuten vergangen.

Mengen und Voigt begannen sofort mit der Durchsuchung der Umgebung und stießen am Abhang des Hauptweges, der in einer tiefer gelegenen Schlucht endete, auf Abdrücke im Gras und auf frisch gebrochene Zweige, die auf das Gewicht einer Leiche schließen ließen.

Da hörte man im unteren Talbereich das Anwerfen eines Motors. Der Wagen müsste bis zum Ende der Straße hinaufgefahren sein und in der Nähe der Schlucht geparkt haben. Dieser Vorfall erschien den Männern äußerst wichtig, doch welche Schlüsse sie daraus zogen verrieten sie uns natürlich nicht.

»Wo haben Sie denn Ihren Suchhund?«, fragte Christin.

»Hast recht«, erwiderte der Oberwachtmeister, »den hätten wir jetzt dringend nötig.«

Nachdem sie unsere Personalien aufgenommen hatten, waren die Herren, immerhin mit einem Dankeschön für unsere Bemühungen, gegangen.

Aber bis zum Wiedersehen dauerte es nicht lange, denn wir waren gerade unterhalb der Schlucht angekommen, als wir auf sie stießen, wie sie einen möglichen Aufprall der Leiche an dieser Stelle überprüften, sodass es immer wahrscheinlicher wurde, dass sie jemand auf diese Weise entsorgt haben könnte.

Als es dort auch für uns nichts mehr zu überprüfen gab, waren wir nicht zu unserem Fahrzeug nach Sipplingen zurückgekehrt, sondern noch einmal zum Haldenhof hinaufgegangen, denn der Tote vom Hohenfels ließ uns keine Ruhe, und wir vermuteten beide, dass nur in der Nähe seines Fundortes Aufklärung über den Fall möglich sein könnte. Wie sehr wir mit dieser Annahme recht hatten, zeigte sich erst sehr viel später.

Als wir die Wirtschaft betraten, nahm uns ein Herr an einem Nebentisch sehr genau ins Visier und ließ uns auch nicht aus den Augen, als wir uns ein Stück entfernt, mit dem Rücken zu ihm, niedergesetzt hatten.

Christin kam auf die Idee, ihn zu bitten, ihr einen Geldschein für den Eis-Automaten zu wechseln, und er schien es als erwünschte Gelegenheit zu nehmen, mit uns ins Gespräch zu kommen.

»Die Bullen müssen ja sehr enttäuscht gewesen sein«, meinte er.

»Ja, schon möglich«, entgegnete ihm Christin, »aber wissen Sie, Bullen sieht man das nicht an. Wir, mein Papa und ich, waren viel enttäuschter, dass der Tote plötzlich nicht mehr da war, den wir ihnen versprochen hatten.«

»Ihr habt euch verdächtig gemacht«, behauptete der Unbekannte.

»Ja, meinen Sie? Wodurch denn?«

»Tu mal nicht so unschuldig, du kleine Ratte!«

»Das mit der Ratte verbitte ich mir!«

»Hol mal deinen Papa, dem erklär ich es!«

Als Christin mich dazu nötigte, mich mit dem Mann bekannt zu machen, meinte sie, es könne ja nicht schaden. Auf meine Frage, ob sie jetzt den Fall in die Hand nehmen müsse, reagierte sie mit dem mir sehr vertrauten Lächeln, das es nicht mehr zu hinterfragen galt.

Der Unbekannte nannte seinen Namen: Steinwender, und fügte hinzu:

»Im Nebenberuf auch Privatdetektiv.«

»Um Ratten auszuhorchen«, bemerkte meine Tochter.

»Ach wissen Sie, setzen Sie sich bitte, Ihre Kleine ist ja ganz witzig, aber im Ernst: Der Wirt, ein guter Bekannter, bat mich, hinaufzukommen, um meine Nachforschungen zu beginnen. Sie wissen ja, was da vorgefallen ist. Nur muss ich Ihnen leider den Vorwurf machen, nicht bei der Leiche geblieben zu sein. Es hätte ja genügt, wenn Sie ihre Tochter beauftragt hätten, die Polizei zu benachrichtigen. Da Sie aber beide gegangen sind, haben Sie sich verdächtig gemacht, den Abtransport der Leiche begünstigt, beziehungsweise erst ermöglicht zu haben.«

»Nun hören Sie mal«, fuhr ich den Mann an. »Sie stellen sich hier als Privatdetektiv vor, in einer Funktion, die ich nicht nachprüfen kann, und nun kommen Sie auch noch mit Schuldzuweisungen!«

»Fragen Sie den Wirt! Der wird Ihnen hoffentlich glaubwürdig sein. Ich habe im Übrigen nicht von Schuld gesprochen.«

»Immerhin von Begünstigung oder so was Ähnlichem.«

»Rechnen Sie das meinem Temperament oder auch meiner tiefen Anteilnahme an diesem speziellen Fall zu.«

»Was haben Sie denn da für eine Anteilnahme zu haben?«

»Das geht Sie erstmal nichts an. Zunächst muss es ja auch Ihnen um Aufklärung des Falles gehen. Denken Sie an diesen schönen Platz hier. Soll er demnächst durch einen Mord belastet sein? Nur um das zu verhindern, holte mich der Wirt hierher, und nun erfahre ich von ihm, dass Sie und Ihre reizende Tochter ...«

»Wie kann eine Ratte reizend sein?«, mischte sich Christin ein.

»Okay, ich sage es nicht wieder. Also: ihr wart die Ersten an der Leiche! Das hat eine große Bedeutung! Und dann verlasst ihr sie auch noch.«

»Ich gebe Ihnen jetzt recht«, ließ ich verlauten, »wir hätten die Leiche nicht beide verlassen sollen, aber ich konnte mir unmöglich vorstellen, dass sie in so kurzer Zeit entwendet werden könnte. Sie doch wohl auch nicht?«

»Sicher wird jemand, der an ihrer Entfernung interessiert war, schon auf der Lauer gelegen und nur darauf gewartet haben, dass Sie und Ihre Tochter verschwinden.«

»Sie sprechen vom Mörder, nicht wahr?«, fragte Christin.

»Schon möglich, dass es der Mörder war, aber es könnte genauso gut ein Komplize gewesen sein, der im Auftrag des Mörders handelte. Ist Ihnen denn irgendwas an der Leiche aufgefallen? An der Kleidung etwa oder gab es irgendwelche Gegenstände in ihrer Umgebung? Ich bin, um Ihnen auch das zu gestehen, medizinisch gebildet, und beschäftige mich nebenbei ganz speziell mit Selbstmördern. Könnten Sie anhand Ihrer Beobachtungen sagen, dass es sich bei der Todesursache möglicherweise um Suizid gehandelt hat?«

»Aber wenn der Typ sich selbst umgebracht hat«, warf Christin ein, »wieso hat ihn dann jemand wegschaffen müssen?«

Herr Steinwender, der Spezialist für Selbstmörder, wurde mir fast sympathisch mit dem verlegenen Lächeln, mit dem er auf Christins Einwurf reagierte.

»Ja, mit Selbstmördern ist das so eine Sache, weißt du. Wenn in eurer Familie so ein Fall vorgekommen wäre, wärt ihr doch sicher daran interessiert gewesen, es möglichst wenig Leute wissen zu lassen, meinst du nicht auch?«

»Da haben Sie recht«, bestätigte Christin, »aber sagen Sie mir doch mal, was jemand, der eine Leiche klaut, mit ihr anfängt?«

»Interessante Frage. Was tut ein Selbstmordleichendieb mit seiner Selbstmordleiche?«

»Er könnte sie vor der Polizei verstecken wollen.«

»Warum wohl?«

»Um nicht selber in Verdacht zu kommen«, gab Christin zur Antwort.

»Jetzt aber Schluss!«, rief der Wirt, der die ganze Zeit am Tresen gestanden und unser Gespräch mitgehört hatte.

»Du hast recht, Ferdi«, bestätigte Herr Steinwender.

»Im Übrigen«, gab der Wirt bekannt, »habe ich soeben von der Polizei gehört, dass man einen weiteren Zeugen vernommen hat, der den Abtransport der Leiche durch einen einzelnen Mann gesehen haben will. Nur war der Wagen so versteckt geparkt und das Kennzeichen auch noch unlesbar gemacht worden, dass der Polizei die Aussage, es habe sich um einen blauen Golf gehandelt, nicht sehr hilfreich sein kann. Außerdem sei zum selben Zeitpunkt noch ein weiterer Wagen, der unter den Obstbäumen geparkt gewesen war, abgefahren, sodass der direkte Blick auf den Abtransport verstellt war.«

»Das hört sich sehr nach Komplizenschaft an«, bemerkte Herr Steinwender.

Wir erhoben uns, um den Gasthof endgültig zu verlassen, als Christin auffiel, dass an einem Jackenärmel des Herrn Steinwender Reste schwarzer Walderde hafteten, ebenso an seinen Schuhabsätzen.

»Sind Sie eigentlich mit dem Wagen gekommen?«, fragte sie den Mann in höflichem Tonfall.

»Was geht dich das an?«

»Die Ratten, Herr Steinwender, die spüren alles auf.«

Steinwender lachte, aber in seinem Lachen bemerkten wir eine Häme, die ihn nicht gut aussehen ließ.

Christin spielte die Verlegene und entschuldigte sich, aber während wir schon dem Ausgang zustrebten, fiel uns sein Blick auf, der zu seinem bisherigen Verhalten das krasse Gegenteil bildete. Noch im Gang hörten wir ihn zum Wirt sagen: »Auf die müssen wir aufpassen!«

Unterwegs, nun bereits unterhalb des Hohenfels, machte sich Christin Luft: »Papa, eines sag ich dir! Das ist der Mann, der uns die Leiche wegnahm und sie über den Abhang in die Schlucht warf. Woher sonst hat er diese Erde an den Klamotten? »

»Er war halt oben, als wir mit der Polizei unten in der Schlucht waren und hat den Ort inspiziert.«

»O nein, Papa! Dieser Blick soeben. Wieso sollte er plötzlich so böse werden, wenn er unschuldig ist? Außerdem: wir haben beide nachgerechnet. In über 20 Minuten kann man die Leiche weggeschafft haben. Der hat in der Nähe, hinter irgendeinem Busch gelegen, als wir die Leiche entdeckt haben. Er hat das ja beschrieben: wie jemand auf der Lauer lag und all diese Sachen.«

»Du meinst, ein Mann, der davon erzählt und es so gut erzählt, wie er es getan hat, ist es gewesen?«

»Genau, Papa.«

»War er auch der Mörder?«

»Klar, war er es!«

›*Ich bin im Nebenberuf auch noch mit Selbstmördern beschäftigt* …‹

»Papa, das war nur Ablenkung! Der hat uns mit dem Mist die Ohren voll gequatscht. Er wollte ja auch von uns wissen, ob wir was Auffälliges bemerkt haben. Der Selbstmord war vorgetäuscht; wieso hätte er die Leiche sonst wegräumen müssen?«

»Vielleicht im Auftrag?«, fragte ich.

»Du meinst: im Auftrag des Wirtes?«

»Das ist so unmöglich, als würdest du die Beamten für verdächtig halten.«

»Warum eigentlich nicht? Warum kamen sie so spät? Wollten sie, dass die Leiche weggeschafft werden konnte, bevor sie am Fundort waren? Sie waren gar nicht so enttäuscht, ist dir das nicht auch aufgefallen? Ich habe geglaubt, nun kommt das große Donnerwetter, aber es kam nicht. Und wieso fehlte der Hund?«

»Ein Hund ist sehr selten, Christin.«

»Der hätte den Geruch von dem Steinwender aufnehmen und ihn verfolgen können. Die Polizei hätte ihn im Haldenhof gefunden und schon einen Verdächtigen gehabt.«

»Ich bitte dich, Christin, die Polizeibeamten und der Wirt vom Haldenhof sind doch wohl von jedem Verdacht ausgeschlossen.«

»Du hast zu wenig Krimis gelesen. Was meinst du, wer alles einen Mord begehen kann!«

Uns fiel ein, dass wir, statt zurück zu unserem Auto nach Sipplingen zu gehen, der Polizei die Anwesenheit des Herrn Steinwenders melden sollten. Dazu mussten wir aber jemanden finden, der uns ein Handy auslieh. So kehrten wir um und gingen zum Parkplatz des Haldenhofes.

Als wir dort ankamen, trafen zwei Wagen ein, besetzt mit jeweils einem Pärchen, das uns für unser Ansinnen ideal erschien. Wir sprachen vom ›Notfall‹ und erhielten ihrerseits großes Verständnis. Über Handy alarmierten wir die Polizei in Überlingen, die uns diesmal eine rasche Ankunft zusagte, und zwar mit Hund. Als wir mit den jungen Leuten zum Gasthof gingen, sahen wir zu unserer großen Enttäuschung, wie Herr Steinwender das Haus verließ und sich eilig Richtung Aussichtspunkt davon machte, aber nicht, um die Aussicht zu genießen, sondern um sich auf dem Höhenweg in Richtung Überlingen abzusetzen.

Als die Polizeibeamten mit dem Suchhund ankamen, veranlassten sie umgehend, dass dieser den Geruch des Herrn Steinwender aufnahm und damit auf die Verfolgung ging. Es dauerte nicht lange, bis man ein großes Gebell hörte und der Hund den Steinwender offenbar gestellt hatte. Die Beamten folgten im Laufschritt.

Wenig später kehrten sie mit dem ›Privatdetektiv‹ aus dem Wald zurück und verfrachteten ihn in ihren Streifenwagen. Er hätte sich, so war zu hören, ausreichend verdächtig gemacht sodass man ihn, in Handschellen mitnahm um ihn auf der Wache einem ersten Verhör auszusetzen.

Es waren drei Tage vergangen als mich Christin, der der Tote vom Hohenfels nicht aus dem Kopf ging, bat, einen Ausflug nach Sipplingen zu machen. Sie sprach von einem Essen in der ›Krone‹, aber wie ich spätestens, als wir in der ›Krone‹ saßen, bemerkte, drängte es sie wieder hinauf zum Haldenhof. Diesmal konnte ich sie umstimmen, und sie willigte ein, als ich ihr stattdessen einen Spaziergang an der Sipplinger Strandmeile anbot.

Das Hoch über dem Säntis bestand noch immer, und der Säntis bestach wieder einmal mit all seiner Pracht. Seine weiße Krone strahlte über dem stahlblauen See, und eine böige Frische warnte die Segler vor einem Wetterumbruch, als wir die Strandmeile abgingen, die Christin seit ihren Kindertagen kannte und liebte.

Fast am Ende unseres Weges fiel Christin ein, ihrem Lieblingssport zu frönen: der Besteigung eines Baumes. Ich fotografierte sie dabei, was sie nur anspornte, noch höher zu steigen. Das Bild, das sich ihr von dort oben bot, muss sogar sie überwältig haben. War sie deshalb plötzlich so beängstigend still?

»Was hast du?«, wollte ich wissen.

»Ich seh was, Paps.«

»Klar siehst du was. Wunderbares siehst du, aber du starrst schon eine ganze Weile nur auf einen Punkt, was ist los?«

»Papa, ich brauch ein Boot.«

»Woher sollen wir hier in Sipplingen ein Boot kriegen und wozu?«

»Das sag ich dir nicht.«

»Sture Liesel!«

Sie war noch nie so rasch von einem Baum heruntergekommen wie diesmal. Ihr war eingefallen, dass in Richtung Überlingen Boote lagen, Privatboote natürlich, aber sie würde schon jemanden finden, wenn sie dem Wirt der ›Krone‹, den sie als Vater einer Klassenkameradin kannte, klar machte, dass sie einen großen Fall lösen wollte.

»Kind, jetzt rück doch mal raus mit der Sprache!«

»Geheimnis, Papa.«

Sie hatte recht gehabt mit ihrer Vermutung: Der Kronenwirt vermittelte uns einen Bootseigner, der auch bereit war, uns ein Stück auf den See hinauszuschippern.

»Wind in Strandrichtung Papa, das brauchen wir jetzt.«

Der Motorbootbesitzer, offenbar Rentner, fuhr uns bis ans Ende der Strandmeile, und bald sichteten wir den Grund dieser überstürzten Ausfahrt: eine Leiche.

Sie schaukelte mächtig bei dem stärker einsetzenden Wind, aber sie trieb, wie Christin gehofft hatte, Richtung Strand. Ein Mann. Und, was uns beiden sofort ins Auge stach, der Tote vom Hohenfels. Er trug den gestreiften dunkelgrünen Blazer.

»Was machen wir jetzt?«, fragte Christin den Bootsmann.

»Sofort nach Hause und die Wasserschutzpolizei benachrichtigen. Nur die darf eine Leiche aus dem See fischen. Das solltest du doch wissen, du Seeratte.«

»Landratte«, berichtigte Christin, »aus der Gegend von Sigmaringen.«

Von der ›Krone‹ aus erreichten wir das nächststationierte Polizeiboot und konnten wenig später die Bergung der Leiche vom Strand aus beobachten.

»Wohin geht es nun?«, wollte Christin wissen.

»Zur Pathologie nach Freiburg vermutlich. Die werden die Todesursache schon herausfinden. Giftspuren werden mit Sicherheit noch im Körper nachweisbar sein.«

Unmittelbar danach verließen wir den See und fuhren nach Hause. Doch die Leiche ging uns nicht aus dem Kopf, zumal wir nach einer Woche in einem ›Südkurier‹-Artikel, in dem unsere Vermutung nach Gift als Todesursache bestätigt wurde, wieder auf unseren Toten stießen, .

Der September war noch nicht vorüber, als sich Christin erneut mit dem Wunsch meldete, an den See zu fahren. Eine Notiz, abermals im ›Südkurier‹, war der Anlass. Danach fahndete man noch immer nach dem Mörder des ›Toten vom Hohenfels‹, zumal die verdächtige Person, gemeint war der Herr Steinwender, als Mörder nicht infrage käme.

So gingen wir am letzten Septemberwochenende, das Wetter hatte wieder diesen verführerischen Glanz, wie wir ihn nur einmal am Lago Maggiore erlebt hatten, von Sipplingen hinauf zum Haldenhof. Als wir bereits an der großen Molassewand vorbei den letzten längeren Aufstieg begannen, hörten wir vom Haldenhof laut den Pfau schreien. Ein Schauer durchfuhr uns, es klang wie eine Warnung, nicht noch höher zu steigen.

»Was ist schon ein Pfau, Papa!«

»Er ist ein Warner, wie übrigens viele Vögel. Ich habe sie immer geliebt, früher, als ich mich in deinem Alter in den Elbauen herumtrieb, in meiner mitteldeutschen Heimat. Das Größte war der einsame Ruf des Pirols in den Wipfeln der großen Eichen.«

»Dein Pirol, Papa, wird keinen Mord gemeint haben, aber dieser Pfau, denn sieh mal!«, rief Christin bestürzt. Wir waren fast unbemerkt an die Stelle gekommen, von der aus wir vor Wochen den Blick auf den Toten hatten. Und nun? Es war nicht zu fassen! An fast derselben Stelle sahen wir einen Mann, der anscheinend so tot war, wie der ›Tote vom Hohenfels‹, denn auch er zeigte auf unser Rufen keinerlei Reaktion.

Diesmal alarmierten wir sofort die Polizei. Christin hatte – wie vorausschauend – ihr Handy dabei, und wir telefonierten mit der Einsatzleitung in Überlingen, der aber unmittelbar kein Wagen zur Verfügung stand. So vergingen wiederum fast 20 Minuten, bis beim Parkplatz endlich die erste Mannschaft eintraf. Immerhin hatten sie einen Hund dabei.

Die Polizisten ließen wir vorausgehen. Doch sie kamen auch diesmal zu spät. Der ›Tote‹ war erneut verschwunden.

Als der zweite Wagen mit den Polizisten Mengen und Voigt eintraf, hatte der Hund bereits den Geruch aufgenommen und war unterwegs in der Umgebung. Den beiden taten wir fast schon leid, erneut einen Toten ›verloren‹ zu haben, aber die Aktivitäten des Hundes waren diesmal vielversprechend. Er war, nachdem er über den Abhang verschwunden war, kaum noch zu hören und die Beamten in Verlegenheit, in welche Richtung sie ihm folgen sollten. Plötzlich fielen Schüsse. Mengen war sofort klar, dass sie dem Hund gegolten hatten und forderte Verstärkung an: zwei weitere Streifenwagen, die sich auf der Seeseite positionieren sollten.

Die Lage hatte sich nun so zugespitzt, dass wir, die eigentlichen Urheber der Aktionen, zum Rückzug aufgefordert wurden, aber nicht in Richtung Sipplingen, ins Zentrum der Ereignisse, sondern hinauf auf den Haldenhof.

Hier fanden wir den Wirt in einer wesentlich freundlicheren Verfassung als zu Beginn unserer Bekanntschaft vor Wochen. Er lud uns an den Stammtisch und kam ohne Nachfragen noch einmal auf den Herrn Steinwender zu sprechen, wohl um den Eindruck zu zerstreuen, er sei mit ihm befreundet.

»Mit dem Steinwender – nie! Das kann ich mir gar nicht leisten.«

»Er sitzt noch in U-Haft«, klärte ich ihn auf.

»Was hat man ihm denn vorzuwerfen?«, fragte Christin, »Sie waren doch zumindest bekannt mit ihm und werden es uns sicher sagen können.«

»Vom See hören wir hier oben wenig, weißt du, vor allem von der Szene nicht, mit der ich diese fürchterlichen Dinge zusammenbringe.«

»Szene, was für eine Szene?«, fragte nun ich.

»Steinwender machte nur Andeutungen.«

»Der muss aber tiefer drin stecken, sonst hätte er ja nicht vor der Polizei fliehen müssen.«

»Ich schließe seine Mittäterschaft nicht aus«, gab der Wirt nun zu.

»Was taten denn die Täter?«, insistierte Christin.

»Wohl so ein Männerding. So ein Bund der Unentwegten, wahrscheinlich aus der Schweiz, der hier auf deutschem Boden seinen Kult betreibt.«

»Wird ja immer heißer«, bemerkte Christin.

»Man fantasiert was von einem Todes-Roulette, wie es sich nur diese Mogule ausdenken können, so pervers, dass ich es gar nicht erzählen darf.«

»Meine Tochter ist eine Krimi-Närrin. Der können Sie mit so gut wie nix kommen, wovon sie nicht schon gelesen hat.«

»Eine Männerriege trifft sich an einem geheimen Ort und spielt eine Art Roulette, mit verdammt hohem Einsatz. Der Verlierer …«

»… muss sterben«, ergänzte Christin.

»Du hast recht.«

»Ein Club von Suizidären«, bemerkte ich.

»Sie haben es getroffen. Er nennt sich auch tatsächlich ›CS‹. Die Justiz ist der Sache schon seit Jahren auf der Spur, aber ohne jeden Erfolg. Selbstmord ist zwar straffrei, aber organisierter wohl nicht. Zumal der Todeskandidat von vornherein feststehen soll, durch irgendwelche Tricks, über die nur strenge Insider Bescheid wissen. Das heißt: Man guckt sich eines der Mitglieder aus, das irgendwie nicht gespurt hat oder an dessen Geld man schnell herankommen will. Das ist juristisch abgesichert. Das wird dann durch seine Verliererposition im Spiel gezwungen, den Giftbecher zu leeren. Gestorben wird aber nicht an dem Ort der Treffen, sondern an einem vorher bestimmten Ort, der weit außerhalb liegen muss. Nun fürchte ich, dass der Club den Hohenfels dafür ausgewählt hat, die Ruine, auf die man den Unglücklichen gebracht hat, ehe das Gift zu wirken begann. Aber auch die Entsorgung wird im Voraus bedacht, und einer dieser Entsorger scheint der Herr Steinwender zu sein.«

»Gratuliere, Christin, so was Ähnliches hattest du doch schon im Kopf, oder?«

»Dann hat Steinwender jedenfalls nicht gelogen, als er sich einen ›Experten für Selbstmörder‹ genannt hat«, bemerkte sie.

»Ja, und er wird den Strafverfolgern eine Menge zu erzählen haben.«

»Nur wenn es zu einer Anklage kommt«, machte der Wirt geltend. »Wie aber sollte die möglich sein, wenn die Mehrzahl der Herren Schweizer ist?«

»Und Deutschland, wo einer vom Leben in den Tod befördert wird, ein rechtsfreier Raum bleibt«, ergänzte ich.

»Sie müssen wohl Ihren Pfau abschaffen«, ließ sich Christin hören, »der hat uns hierher geholt.«

»Meinen Ferdinand abschaffen? Den geb ich nicht her, um keinen Preis.«

»Und wenn er wieder schreit, müssen Sie dann nicht immer denken …?«

»… als der Pfau schrie, warst auch du hier, und du bleibst mir immer willkommen.«

Gaby Hauptmann

Stürmisch und heiter

Die Eingangstüre wurde aufgerissen, und ein aufgeregter, klatschnasser Mann stürzte herein. Er blieb mitten ihm Raum stehen, suchend, während der Sturm von draußen hereinpfiff, sich in den weißen Tischtüchern verfing und einige Kerzen ausblies. Die Gespräche verstummten, und die Augen der wenigen Gäste richteten sich auf den Fremden.

»Da draußen treibt ein großes Schiff durch das Bojenfeld – hat sich wohl losgerissen!«

Die Bedienung war die Erste, die erfasste, um was es ging. Sofort lief die junge Frau in die Küche.

»Harry! Draußen schwimmt ein losgerissenes Schiff durchs Bojenfeld!«

Harry schaute kurz auf seine Pfannen und Töpfe, drehte die Temperatur herunter, rückte einen Topf etwas zur Seite und lief dann durchs Restaurant zu der noch immer offen stehenden Türe hinaus ins Freie. Dort hätte ihn der Sturm fast zurückgeworfen, und er musste sich gegen die Windböen stemmen, die den See aufpeitschten und an den Laternen der Strandpromenade zerrten. Die Nacht war außer einigen wenigen Lichtinseln stockdunkel. Harry hielt sich die Hand vor die Augen, um sie vor dem prasselnden Regen zu schützen.

»Wo?«, fragte er den Mann, der mit ihm hinausgerannt war.

»Dort vorne!« Sie liefen gemeinsam an das Ufer, und tatsächlich: Das weiße Schiff war trotz der Dunkelheit gut auszumachen. Es glitt zwischen den festgemachten Segelyachten hindurch, eine lange, schnittige Motoryacht.

»Die gehört hier niemandem«, sagte Harry und schob seine Gundel ins Wasser. Die Wellen rissen das lang geschnittene Holzboot hoch und drohten es an den Strand zurückzuwerfen, aber der Unbekannte hielt es fest und zog sich über die Kante hoch ins Innere, als der Außenbordmotor lief. Sie machten schnelle Fahrt, auf das Bojenfeld zu. Die Segelboote tanzten und rissen mit jeder neuen Welle ungestüm an ihren Bojen.

»Dort ist es«, schrie der Fremde gegen den Sturm an und zeigte nach vorn.

»Ist es Ihres?«, fragte Harry, der Vollgas gab, um seine Gundel auf Kurs zu halten.

Der Sturm verschluckte die Antwort, und Harry musste sich konzentrieren, um nicht mit einem der herumschießenden Segelschiffe zusammenzustoßen. Sie hatten das Motorboot bald eingeholt, es war eine ›Sunseeker‹, eine lange, zigarrenförmige Yacht. Sie hing mit der Spitze an einem Segelboot fest, das war die Chance, um auf sie hinaufzuklettern. Harry legte sein Boot längsseits, aber die Schiffe schaukelten wie wild und stiegen in der schäumenden Gischt im entgegengesetzten Rhythmus auf und nieder. Der Fremde wartete einen geeigneten Zeitpunkt ab, dann sprang er, griff nach der Reling und schwang sich an Bord der ›Sunseeker‹.

»Können Sie damit umgehen?«, schrie Harry ihm hinterher.

»Wenn ein Schlüssel steckt, schon!«

»Dort vorne an den Anlegersteg, zu Baumann!«

Harry versuchte, seine Gundel längsseits zu halten, was nicht einfach war, aber er hielt sich mit aller Kraft fest und ließ erst los, als er das Aufheulen der schweren Motoren vernahm.

Die ›Sunseeker‹ löste sich von der Segelyacht und schlängelte sich durch die Boote hindurch in Richtung Steg. Harry sah ihr nach, wie sie als heller Schatten und ohne Positionslichter übers Wasser glitt. Dann fuhr er zum Strand zurück. Eine große Welle half ihm, die Gundel auf den Kies zu schieben. Es knirschte beängstigend, aber so saß sie wenigstens fest.

Harrys erster Gedanke war, an den Steg zu laufen, um beim Festmachen der ›Sunseeker‹ zu helfen. Alleine schien es schier unmöglich. Bei dem Sturm würde die große Yacht womöglich stranden. Der zweite Gedanke galt seinen Gästen und dem Essen, das noch auf seinem Herd stand. Trotzdem rannte er zum Steg.

Der Fremde hatte es geschafft, die Motoryacht längs an die Dalben zu legen. Ganz unerfahren war er also nicht. Ihren Bug hatte er bereits festgelegt, und nun warf er Harry eine Leine für das Heck zu. Während Harry das Schiff zum Steg zog, kam der Fremde hastig die schmale, eiserne Leiter hochgeklettert.

»Scheiße!«, schrie er kaum, dass er oben war. »Da ist eine Leiche drin!«

»Eine Leiche?« Harry glaubte, nicht richtig gehört zu haben, aber noch immer tobte der Sturm mit unverminderter Kraft, und das Sausen und Zischen gellte ihm in den Ohren.

»Ich rufe die Polizei«, schrie er und rannte los, seine weiße Kochjacke am Hals zuhaltend. Der peitschende Regen war kalt, und die Nässe unangenehm und beim Gedanken an eine Leiche fror er.

Als er bei seinem Restaurant ankam, war er alleine.

DLRG und Wasserschutzpolizei waren schon von den Gästen benachrichtigt worden, die aufgeregt diskutierten und immer wieder zu den Fenstern hinausschauten. Ins Freie wollte bei dem Wetter niemand. Harry gab Nachricht, dass das Schiff geborgen war, und kochte weiter, bis die Kripo eintraf.

»Eine Leiche?«, fragte der Mann, der sich als Kommissar Stiefel auswies und sich in der kleinen Küche hinter Harry stellte, was der beim Kochen nicht ausstehen konnte.

»Sagte der Mann, der das Schiff mit mir barg. Ich habe es nicht nachgeprüft!«

Er zog einen in Folie gewickelten Fisch aus dem Backofen, öffnete die Folie und würzte das Felchen mit schnellen Bewegungen. »Ein Pils?«, fragte er nach hinten, um den Gast loszuwerden.

»Danke, ich bin im Dienst. Und wo ist dieser Mann jetzt?«

»Keine Ahnung. Ich kannte ihn nicht, und er hat sich mir auch nicht vorgestellt. Er hat …«, Harry richtete das Felchen auf einem Teller an und füllte ein Gefäß mit klein geschnittenen Salzkartoffeln, »… mit mir lediglich das Schiff gerettet und am Steg festgemacht. Dann hat er mir zugeschrien, dass eine Leiche drin sei. Das ist alles.«

»Wie genau?«

»Scheiße! Da ist eine Leiche drin!« Harry drehte sich nach Kommissar Stiefel um. »Nachschauen müssen Sie schon selbst.«

»Meine Leute sind schon dort«, erklärte der Kommissar und trat zur Seite, um die Bedienung mit dem Fisch und den Kartoffeln vorbeizulassen. »Aber sie haben keine Leiche gefunden!«

»Keine Leiche?« Harry blickte auf. »Wieso sagt er dann so was?«

»Ich dachte, das könnten Sie mir vielleicht sagen.«

»Ich?« Harrys Augen wurden schmal. »Ich bin hier nur der Koch! Kein Wahrsager!«

Halb Allensbach war am nächsten Morgen am Steg versammelt, weil die Nachricht wie ein Lauffeuer durch die Gemeinde ging. Und jeder, der es aus erster Hand wissen wollte, ging zu Harry ins ›Seecafé‹. Bald war die Terrasse überfüllt, und Harry verzog sich schweigsam in seine Küche.

Der Sturm hatte sich gelegt, die Sonne stand strahlend über dem See, und die Hegauberge waren klar zu sehen, aber niemand hatte Augen dafür. Jeder wollte wissen, wo die Leiche abgeblieben war.

»Und wenn es gar keine Leiche gab?«, mutmaßte Roland Baumann, der mit seiner Familie ein kleines Schifffahrtsunternehmen und den Anlegesteg betrieb. Er stand mit dem Kommissar auf der Mole und schaute auf die Menschen, die von einem rot-weiß-gestreiften Plastikband auf Abstand zum Anlegesteg gehalten wurden. Dem einen oder anderen nickte er auf die Entfernung zu.

»Das klärt nachher die Spurensicherung«, erläuterte Kommissar Stiefel und rieb sich die ohnehin schon roten Augen. »Wenn eine Leiche da war, gibt es auch Spuren.«

Roland nickte. »Schweizer Kennzeichen – wissen Sie denn schon, wem das Schiff gehört?«

Sie schauten beide zu der ›Sunseeker‹ hinüber, die inzwischen ordentlich zwischen die Dalben gelegt worden war. Sie glänzte in der Sonne, hatte einige Schrammen und Macken, aber keinen wirklichen Schaden. Auch die anderen Yachten schienen von ihr nicht wirklich beschädigt worden zu sein.

Stiefel räusperte sich. »Einem Herrn Spinelli aus Zürich. Sagt Ihnen der Name etwas?«

Roland horchte auf, dann nickte er. »Er hatte für eine Nacht einen Liegeplatz gebucht. Ich dachte, er kommt wegen der Sturmwarnung nicht mehr.« Er fuhr sich durch die kurzen Haare. »War dann Spinelli die Leiche?«

Stiefel zuckte die Schultern. »Keine Leiche!«

»Kommissar Stiefel!« Einer der Beamten kam aus dem Schiff geklettert. Er winkte aufgeregt.

»Das wird der Spurensicherung bestimmt nicht gefallen«, sagte Roland. »In jedem Krimi hört man, dass Polizisten selbst die Spuren verwischen.«

»Das hier ist kein Krimi!«

Er ließ Roland stehen und stieg über die Abgrenzung. Der Polizist kam schnell auf ihn zu, seine Allensbacher Kollegen Buchholz und Scholz standen dabei.

»Wir haben einen Koffer gefunden. Voll mit Geld!«

»Wie viel?«

»30 000 Franken!«

Stiefel pfiff durch die Zähne und wurde wach. »Versteckt?«

»Nicht wirklich. Im Schrank!«

»Keine Leiche, aber Geld! Und nicht zu wenig!« Er nickte ihm zu. »Gute Arbeit, danke!«

Auch diese Nachricht verbreitete sich schneller, als es Stiefel lieb war. Im Rathaus wurde der Bürgermeister hellhörig. Er führte einige Telefonate, dann ließ er den Kommissar zu sich bitten.

Mit einer Tasse Kaffee sank Gerd Stiefel dankbar in den Sessel, den ihm der Bürgermeister anbot. Er spürte, wie es ihn in der Nase kitzelte. Irgendwelche Pollen strichen durch das weit geöffnete Fenster herein. Er warf einen

Blick hinaus, eine Kastanie hatte ihre grüne Pracht genau vor dem Bürgermeisterzimmer entfaltet. War er nun auch schon gegen Kastanien allergisch? Er suchte in seiner Hosentasche nach einem Taschentuch und griff dann schnell zu der Papierserviette, die neben seiner Kaffeetasse lag.

»Gesundheit!«, sagte Bürgermeister Kennerknecht.

»Entschuldigung«, erwiderte Stiefel und putzte sich ausgiebig die Nase. »Also Spinelli!«, begann er.

»Ein Bruno Spinelli hat hier bei der Gemeinde einen Antrag gestellt. Es hat ziemlich viel Wirbel verursacht!«

Stiefel rückte etwas vor.

»Was für einen Antrag?«

»Er wollte im Industriegebiet einen Swingerklub eröffnen!«

Stiefel nieste.

»Einen Swingerklub!«, wiederholte er. »Hier in Allensbach! Brauchen die Allensbacher so was denn?«

Der Bürgermeister reichte ihm eine Packung Tempo. »Wo denken Sie hin! Es gab einen Sturm der Entrüstung!«

»Aha!« Stiefel schaute ihn erwartungsvoll an. »Und? Was denken Sie?«

»Nun, nicht alle waren entrüstet. Schließlich bringt ein gut gehendes Unternehmen auch Geld. Gewerbesteuer, Grundsteuer – Sie verstehen schon.«

»Oder 30 000 Franken in bar!«

»Ich verstehe nicht...«

»Kommt dieser Antrag zur Abstimmung? Bei einer Gemeinderatssitzung – oder wie läuft das?«

»Im Prinzip genau so.«

»Und wie sieht die Lage aus?«

Helmut Kennerknecht zuckte die Achseln.

»Theoretisch wird das Vorhaben abgelehnt – aber praktisch? Ich kann in die Köpfe meiner Gemeinderäte nicht hineinsehen. Manche nehmen die Dinge auch etwas lockerer.«

Stiefel trank den letzten Schluck Kaffee und stand auf.

»Danke«, sagte er. »Sie haben mir sehr geholfen.«

Stiefel ging gerade die wenigen Schritte vom Rathaus zur Seepromenade, als sein Handy klingelte. Sein Schweizer Kollege, den er am frühen Morgen um Informationen gebeten hatte, bellte einen Gruß durch den Lautsprecher. Stiefel hielt sich das Handy etwas vom Ohr.

»Bruno Spinelli ist natürlich eine … wie soll ich sagen Größe in Zürich. Wenn auch eine zweifelhafte Größe … will sagen, eine Größe im Züricher Rotlichtmilieu. Ihm gehören mehrere Bars und Casinos – und was sonst noch so läuft, läuft hinter unserem Rücken.« Er holte tief Luft. »Wir haben angerufen. Bruno Spinelli ist auf Geschäftsreise. Sein Sohn Casimir auch. Seine Frau spricht nicht mit uns, ich müsste sie vorladen. Nur über ihren Anwalt, sagt sie. Und der sagt, nur mit berechtigtem Grund.«

Stiefel schwieg.

»Haben wir einen berechtigten Grund?«, hörte er seinen Kollegen fragen.

Stiefel verlangsamte seinen Schritt. Von hier aus konnte er zu der ›Sunseeker‹ sehen. Die Spurensicherung war eingetroffen. Endlich, dachte er.

»Inzwischen ist es nicht nur die Leiche, die nicht mehr da ist oder die es nie gegeben hat, sondern auch ein Aktenkoffer voll Geld.«

»So!« Der Schweizer Kollege schien zu überlegen. »Und woher dieses Geld stammt, weiß man nicht?«

»Kein Beleg, keine Ahnung!«

»Aha«, sagte der Schweizer gedehnt.

»Aber vielleicht«, wagte Stiefel einen Vorstoß, »legal von einem seiner Konten abgehoben?«

»Auch in der Schweiz gibt es ein Datenschutzgesetz, Herr Kollege. Und ohne dringenden Tatverdacht …?«

Stiefel drehte sich um und lief in die andere Richtung. Im ›Seecafé‹ ging er direkt durch den Gastraum hindurch in die Küche.

»Sie schon wieder«, sagte Harry nur und wendete ein paar safrangelbe Nüdeli.

»Ist schon Mittag?«, fragte Stiefel und fasste sich an den Bauch.

»Ich koche den ganzen Tag«, erwiderte Harry und klappte sein Dampfgerät auf.

»Wenn Sie nicht gerade Schiffe bergen …«, konterte Stiefel, und es war das erste Lächeln, das sie austauschten.

»Nun, gut!« Harry klappte das Gerät zu, drehte sich nach Stiefel um und verschränkte die Arme. »Was wollen Sie wissen. Die Menükarte von heute?«

»Liebend gern!« Stiefel nickte und ließ seinen Blick sehnsüchtig über die Speisen gleiten, die an der Ausgabe auf den Service warteten.

»Wie alt war der Mann?«

»So wie ich?« Harry runzelte kurz die Stirn. »Etwa 40? Es war dunkel. Es hat geregnet. Er war behände, recht schnell. Und kräftig – er hat die Gundel gegen den Sturm gehalten. Alt war er jedenfalls nicht.«

»Was geht schnell?«

»Schnell? Nichts! Fast Food gibt es hier nicht!«

Stiefel nickte.

»Ich koche hier alleine. Alles frisch. Das braucht Zeit!«

Stiefel nickte erneut.

Harry nahm einen Teller, hob ein Stück Fleisch aus der Pfanne, legte einige der goldgelben Nüdeli dazu und goss etwas Soße darüber. Dann reichte er es Stiefel. »Besteck liegt in dem Kasten!«

Stiefel stellte den Teller auf der Eistruhe ab und aß schweigend. »Ausgezeichnet«, sagte er dann.

Die Spurensicherung war sich sicher. Es gab keine Leiche. Sie fand weder einen Hinweis auf Blut, noch auf einen hinausgezogenen Körper oder auf einen Kampf. Nichts.

»Warum hat dieser Typ dann eine Leiche gesehen?«, fragte Stiefel.

Oser zog seine Latex-Handschuhe aus. »Vielleicht wollte er sichergehen, dass die Kripo kommt?«

Stiefel starrte ihn an.

»Wenn es keine Leiche gibt, können wir den Fall an die Allensbacher Polizei übergeben. Ein Amok laufendes Schiff. Ein paar Schäden wird es geben, sicherlich finden die Eigentümer der betreffenden Segelyachten etwas, das sie bei Spinellis Versicherung angeben können.«

»Es gibt immer was«, sagte Oser.

»Eben!«

»Und selten eine solche Gelegenheit.«

»Eben!«

Sie nickten sich zu.

Bernd Oser gab seinen Leuten das Zeichen zum Einpacken, und Stiefel setzte sich auf die Bank, die am Baumannschen Schiffsgebäude stand. Er streckte die Beine aus und betrachtete die ›Sunseeker‹.

Schönes Schiff, dachte er. Wie viel es wohl kosten mag? Reicht eine halbe Million? Er schaute auf seine Schuhe, die abgelaufen waren, und zog die Beine unter die Bank.

»30 000 Franken?«, sagte eine Stimme neben ihm. Er blickte hoch. Eine Frau in einer engen Bluse und in Jeans stand neben ihm. Schulterlanges, dunkles Haar, schlank. Er schätzte sie auf etwa 30.

»Darf ich mich setzen?«

»Aber bitte doch«, Stiefel rutschte ein Stück, obwohl es gar nicht nötig gewesen wäre.

»30 000 Franken sind viel Geld«, erklärte die Frau und warf ihm einen bedeutungsvollen Blick zu.

»Finde ich auch«, entgegnete Stiefel und wartete ab.

»Man kann mit Geld auch Leute überzeugen!«

»Wie meinen Sie das?«

Sie sah sich um. »Nun, man kann einen Koffer Geld nehmen, auf ein Schiff steigen, dort anlegen, wo man ein Geschäft machen will«, sie senkte die Stimme, »und schon klappt das Geschäft!«

»Sie meinen den Swingerklub?«

Sie lächelte leicht, ihre Augen blieben ernst.

»Sie sprechen von Bestechung?«

»Was sind 30 000 Franken, wenn es um eine Goldgrube geht? Das hat man schnell wieder drin!«

Stiefel schwieg. Dann stützte er seine Ellbogen auf seinen Knien auf und legte sein Kinn in die Hände. Der Rücken tat ihm weh. Und die Augen brannten. Er sollte dringend einmal zur Kur. Jeder Trottel nahm dieses Recht in Anspruch. Nur er lief falschen Leichen nach.

»Haben Sie einen Verdacht?«, fragte er und schaute sie von unten herauf an.

»Vielleicht jemand, der am lautesten gegen den Swingerklub tönt? Vielleicht sollte die Summe auch gesplittet werden?«

»Sie meinen, wie ein lauer Sommerregen? Jeder bekommt etwas ab?« Stiefel stöhnte und richtete sich langsam auf. »Das würde bedeuten, ich müsste mit jedem Einzelnen reden. Mit jedem Gemeinderat und jeder Gemeinderätin.« War das überhaupt seine Aufgabe? Das könnten sicherlich die Allensbacher Kollegen übernehmen, zumal die ihre Pappenheimer genau kannten. Er schaute zum Steg hinüber. Keine grüne Uniform war mehr zu sehen. Ein Blick auf die Uhr bestätigte ihm seine Vermutung. 13 Uhr. Jeder anständige Beamte hatte jetzt Mittag. Nur er nicht.

»Ich glaube, da schaut jetzt jeder auf jeden. Die Aufregung ist groß und jeder hat einen anderen im Verdacht.« Jetzt lächelten auch ihre Augen.

»Sind Sie auch in diesem Verein?«, wollte Stiefel wissen.

»Nein!« Sie schüttelte den Kopf. »Ich bin Journalistin. Aber ich denke, da tut sich was«, sagte sie. »Allensbach ist zum Versteckspielen nicht groß genug. Ich denke, Sie müssen einfach nur abwarten!«

Stiefel nickte. Er würde zunächst einmal abwarten, bis die Herren Spinelli wieder zu erreichen waren. Vielleicht löste sich ja alles ganz von selbst. Bruno Spinelli wollte seiner Frau in Schaffhausen eine Uhr kaufen. Oder der Sohn hatte sein Taschengeld an Bord vergessen.

Etwas trieb ihn zum ›Seecafé‹ zurück. Die Nüdeli hatten seinen Appetit angeregt. Er hatte unbändigen Heißhunger auf mehr. Die eingedeckten Gartentische waren voll besetzt. Stiefel sah sich sehnsüchtig um, aber es war kein einziger Platz mehr frei, das Wetter war zu schön. Widerwillig ging er in das Restaurant. Auch hier schien alles besetzt. Aus dem Nebenraum drangen laute Stimmen. Stiefel warf einen Blick hinein. Zahlreiche Männer und Frauen saßen an einer langen Tafel und debattierten. Die Ersten, die ihn erkannten, verstummten, und schließlich waren alle still und schauten zu ihm herüber. Am liebsten wäre er wieder gegangen. Er hatte sich nach einem stillen Plätzchen und nicht nach einem Auftritt gesehnt.

Stiefel machte ein paar Schritte nach vorn, stand am Kopfende des langen Tisches und grüßte. »Ich nehme an, Sie sind die Damen und Herren vom Gemeinderat«, begann er. »Ich nehme an, Sie sind mit dem Fall«, er stockte, »hm, mit dem Koffer beschäftigt.« Es kam keine Antwort. »Wenn Sie irgendwelche Erkenntnisse haben, wäre ich Ihnen für jede Information dankbar!« Er schaute betont freundlich in die Runde. »Es können auch Einzelgespräche sein«, sagte er. »Vertraulich. Versteht sich!« Damit deutete er eine kleine Verbeugung an und ging. Er war kaum außer Sichtweite, da hörte er erregte Einzelstimmen und gleich darauf eine ganze Stimmenarmada. Zu gern hätte er gelauscht, aber er ging weiter. Kurz vor dem Ausgang fing ihn die Chefin ab. Das hatte er schon mitgekriegt – auf dieser Seite der Küchentür lag ihr Reich.

»Sie werden doch nicht schon gehen«, sagte sie und schaute ihn groß an.

»Ich möchte nicht, aber ich finde keinen Platz!«

Sie lächelte, und ihre Augen hielten ihn weiter fest.

»Natürlich haben wir für Sie Platz«, sagte sie, als ob zwei Drittel der Stühle leer wären. »Geben Sie mir drei Minuten!«

»Auch fünf!«

»Drei reichen!«

Er schaute zu, wie sie in Windeseile einen kleinen runden Tisch aus einer Ecke zauberte, ein weißes Tischtuch darüber legte und einen Stuhl davor stellte.

»Hier bitte«, sagte sie und strahlte ihn an. »Tisch 22. Nur für unsere prominenten Gäste!«

Stiefel grinste. Prominent war er nicht. Aber Tisch 22 gefiel ihm.

Mit der Speisekarte brachte sie eine kleine Vase mit schnittfrischen Veilchen. »Was darf ich Ihnen als Aperitif anbieten?« Sie klang so ruhig und aufgeräumt, als sei er der einzige Gast weit und breit. Und so fühlte er sich auch.

Stiefel hatte den frisch filetierten Fisch an einer leichten Schnittlauchsoße gerade vor sich, als sein Handy klingelte. Das war lästig. Besonders jetzt. Er nahm einen kleinen Bissen, bevor er dran ging.

»Spinelli!«

Stiefel verschluckte sich.

»Sehr gut«, sagte er mit belegter Stimme und kämpfte gegen den Hustenreiz. »Sind Sie wieder in Zürich?« Stiefel legte die Hand auf das Handy und hustete das Stück Fisch aus, das sich in seine Luftröhre verirrt hatte.

»Die Züricher Stadtpolizei ließ mir Ihre Telefonnummer übermitteln. Ich höre, es gab Schwierigkeiten mit meinem Boot?«

»Nicht nur mit Ihrem Boot. Zunächst sah es so aus, als läge auch noch eine Leiche drin. Es hätte Ihre sein können.«

»Ich erfreue mich bester Gesundheit!«

»Wir sind ebenfalls erfreut!« Stiefel betrachtete mit Bedauern seinen Fisch.

»Ein Koffer mit 30 000 Franken gibt uns allerdings Rätsel auf. Vielleicht können Sie uns weiterhelfen. Was wollten Sie mit dem Geld in Allensbach?«

»Wie kommen Sie darauf, dass ich damit nach Allensbach wollte?«

»Für Ihr Schiff war für die vergangene Nacht ein Liegeplatz gebucht und das Geld befand sich an Bord. Was soll ich denken? Helfen Sie mir!«

Es war kurz still.

»Dieser Sache muss ich zunächst einmal selbst nachgehen, ich melde mich wieder!«

Stiefel nickte. »Das kommt mir sehr entgegen«, sagte er und schob sein Handy tief in die Tasche.

Zum Kaffee klingelte es erneut. Schweizer Nummer, Stiefel wickelte erst die kleine Schokolade aus, die auf seinem Untertassenrand gelegen hatte, dann ging er dran.

»Spinelli.«

»Ich dachte es mir. Schön.«

»Weniger schön. Eine dumme Geschichte. Ich komme. Wo finde ich Sie?«

»In Allensbach. Im ›Seecafé‹. Der Gemeinderat ist auch da. Vollständig versammelt.«

Es war still am anderen Ende. Erst dann wurde aufgelegt.

Stiefel grinste.

Es war ein dunkelblauer Maserati Quattroporte, der mit sonorer Kraft die Gasse entlang gefahren kam und auf dem Kiesparkplatz vor dem Café ausrollte. Ein Chauffeur öffnete den hinteren Wagenschlag, ein lässig gekleideter Mann Anfang 60 stieg aus. Im azurblauen Poloshirt und heller Hose kam er betont jugendlich federnd über den Platz.

Stiefel ging ihm entgegen.

»Bruno Spinelli«, stellte sich sein Gegenüber vor und streckte ihm seine gebräunte Rechte zu einem männlich-kräftigen Händedruck hin. Stiefel schlug ein und nickte.

»Das Interesse ist hier nun etwas größer geworden, als anfangs vermutet«, sagte er, während er Spinelli vorausging. Spinelli strich sich mit der flachen Hand über seine angegrauten Schläfen.

»Ich hatte hier immer auf positives Interesse gehofft«, sagte er langsam, »denn ich gehe ja davon aus, dass der Bürgermeister Sie über meine diesbezüglichen Geschäftspläne informiert hat.«

Stiefel verlangsamte seinen Schritt. »Hat er!«, sagte er freundlich.

Am Anlegesteg hatte sich der Gemeinderat versammelt, genau so, wie es Stiefel nach seinem Kaffee im Nebenraum angeregt hatte. Die kleine Gruppe schaute den Ankömmlingen schweigend entgegen. Nun war auch der Bürgermeister darunter, dazu die beiden Polizisten und zwei dunkel gekleidete Herren, die etwas abseits standen. Stiefel kannte sie nicht.

»Ihrem Sohn geht es auch gut?«, wollte er von Spinelli wissen. Trotz Osers Befund ging ihm die Geschichte mit der Leiche nicht aus dem Kopf.

»Mein Sohn ist der Grund für diesen Wirbel«, erklärte Spinelli verhalten. Dann wies er mit dem Finger zum Steg. »Was sollen all die Leute hier?« Er blieb stehen. »Ich dachte, wir klären das schnell ...«

»Und ich dachte, dass es sich so schneller klären lässt ...«

»Ist auch egal!« Spinelli setzte sich wieder in Bewegung und steuerte direkt auf den Bürgermeister zu. »Schade, dass wir uns auf diese Weise und nicht bei der Einweihung sehen«, sagte er und reichte Kennerknecht die Hand. Und mit einem Blick zu seinem Schiff: »Sieht doch noch ganz intakt aus. Was soll also diese Aufregung?«

Stiefel stellte sich neben den Bürgermeister, sodass er die Mitglieder des Gemeinderates und Spinelli im Auge hatte.

»Ein Mann meldet ein losgerissenes Boot«, begann er, »hilft bei der Rettungsaktion, entdeckt eine Leiche und verschwindet. Gefunden wird keine Leiche, aber ein Aktenkoffer voller Geld.« Er schwieg und ließ seinen Blick langsam über die Versammelten gleiten. Einige bekamen eine rötliche Gesichtsfarbe, andere gaben seinen Blick unbefangen zurück, etliche zeigten eine interessierte Miene, manche blickten völlig unbeteiligt vor sich hin. »Für das Boot war hier ein Liegeplatz gebucht worden – für eine Nacht. Dass der Koffer hier an Land sollte, erscheint plausibel. Doch wo sollte er hin, und wer steuerte das Boot?«

Alle schauten Spinelli an.

Spinelli verzog das Gesicht und seufzte. »Nun gut, wenn Sie es unbedingt öffentlich aushandeln wollen, ich habe kein Problem damit!«

»Dann bitte, wir sind gespannt.« Stiefel machte eine einladende Handbewegung.

»Mein Sohn Casimir ist jung. Was soll ich sagen, jung und dynamisch. Zu dynamisch!« Spinelli betonte den letzten, kurzen Satz und verschränkte die Arme. Alle warteten.

»Er hat das Boot ohne mein Wissen genommen, ich war auf einer Geschäftsreise.« Stiefel nickte bestätigend. »Ich habe ihn vorhin zur Rede gestellt, und er hat es mir gebeichtet.« Er verstummte, schaute Stiefel vielsagend an. »Casimir wollte tatsächlich die Nacht hier verbringen, weil er bei der morgigen öffentlichen Gemeinderatssitzung unsere Sache noch einmal vorbringen wollte. Es ist ja noch nichts entschieden ...«, Spinelli blickte bedeutungsvoll von einem zum andern.

»Wir wollen hier keinen Swingerklub«, sagte eine männliche Stimme barsch. Und bekam von allen Seiten Zustimmung.

»Ausgerechnet in Allensbach«, entrüstete sich eine Frau. »Gehen Sie doch auf die Reichenau, da gibt es bestimmt ein geeignetes, ungenutztes Treibhaus!«

Einer der Polizisten lachte laut. »Passt doch!«, rechtfertigte sich Helmut Buchholz auf Stiefels Blick hin. Der wandte sich wieder Spinelli zu. »Nun gut. Und weiter?«

»Delikat«, sagte Spinelli und schaute in die Runde. »Ich möchte hier keinen mit Sexgeschichten verschrecken!«

»Wir sind nicht prüde!«, erklärte ein junger Mann, der die Hände tief in seinen Hosentaschen vergraben hatte, »wir wollen nur keinen Swingerklub. Das ist ein Unterschied!«

»Nun, um es kurz zu machen«, Spinelli räusperte sich. »Casimir hat sich mit einer Frau getroffen. Verheiratet, ihr Name soll anonym bleiben.« Er verzog das Gesicht. »Sie hatten ihre Boote auf dem See zusammengelegt«. Kurze Pause. »Sie wissen schon. An den Längsseiten vertäut.« Er brach ab und holte Luft. »Casimir sagt, dass sie nicht bemerkten, dass das Schaukeln nicht mehr nur von ihnen, sondern bereits vom Sturm kam.« Der Erste in der Runde der Gemeinderäte grinste breit. »Und bis sie es bemerkten, war die ›Sunseeker‹ weg. Hatte sich losgerissen. Es wurde bereits dunkel, und sie sahen sie nicht mehr und fuhren aus Angst vor dem Sturm in den nächsten Hafen.«

»Ah ja«, sagte Stiefel. »Nette Geschichte. Und der Mann?«

»Ist den beiden wohl draufgekommen und hat die ›Sunseeker‹ losgebunden, vermutet Casimir.«

»Also der Ehemann? Kleine Racheaktion sozusagen?« Stiefel rieb sich die Nase. »Warum sollte er das Schiff dann retten? Nahe liegender wäre doch, er würde es versenken – und Ihren Sohn gleich mit, oder? Macht doch nicht wirklich Sinn.«

Einige schüttelten die Köpfe.

»Vielleicht hatte er das viele Geld entdeckt und wollte unsere Aufmerksamkeit darauf lenken?« Der Polizist, der vorhin gelacht hatte, schaute Spinelli herausfordernd an.

»Was ist mit dem Geld?«, griff Stiefel den Hinweis auf.

»Geld eben«, sagte Spinelli.

»Die Schweizer Kollegen gehen der Sache gegebenenfalls nach. 30 000 Franken müssen ja irgendwo herkommen. Da gibt es einen Bankauszug mit einer Barauszahlung oder eine beglaubigte Schenkung … oder …«, er schien zu überlegen. »Jedenfalls fällt einem ein Koffer voll Geld nicht so einfach in den Schoß.«

»Nun«, Spinelli schaute sich um. »Wenn ich mich recht besinne, wollten wir der Katholischen Kirche eine Spende zukommen lassen, auf dass sie Gutes tun könnte? Für die Kinder im Ort vielleicht?«

Die beiden Herren am Rande der Gruppe schauten sich überrascht an. »Dann teilen wir das aber«, schlug Alexander Halter vor.

»Ökumenisch?«, fragte sein evangelischer Kollege.

Halter nickte.

»Gut«, erklärte Hans-Wilhelm Ubbelohde und wandte sich Spinelli zu. »Wenn das so ist, bekommen Sie aber eine ordentliche Spendenquittung!«, sagte er.

Stiefel kratzte sich leicht im Nacken und schaute zu den beiden Polizisten. »Ist damit der Fall geklärt?«, fragte Buchholz.

»Und müssen wir da ein Protokoll anfertigen?«, wollte Scholz wissen.

Stiefel drehte sich zu Spinelli um. »Der Koffer wurde also für einen guten Zweck spazieren gefahren? Als Spende?«

»Wir spenden jedes Jahr einen ähnlich hohen Betrag«, erklärte Bruno Spinelli aufgeräumt. »Warum nicht mal nach Deutschland? Muss ja nicht immer Afrika sein!«

Einige warfen sich Blicke zu, der Bürgermeister schien noch etwas sagen zu wollen, aber Spinelli fasste ihn schnell am Arm und zog ihn mit sich. »Machen Sie mir doch die Freude«, sagte er, »in Zeiten leerer Staatskassen sind die Kommunen doch auf ihre Kirchen angewiesen.«

»Ah ja?«, sagte der Bürgermeister zweifelnd.

»Und, bei der Gelegenheit«, sagte Spinelli verschwörerisch, aber so laut, dass es alle hören konnten, »machen Sie mich doch mal mit dem Bürgermeister der Insel Reichenau bekannt.«

Jürgen Lodemann

Bergmörder

Wenn eine so schöne junge Lady einlädt, dann soll man nicht maulen, dass sie einen nicht gleich beim ersten Mal zu sich nach Hause bittet, sondern, naja, diese Lady in der Stadt Singen, die lud mich ein zum Bergsteigen. So passierte mir das kürzlich im sehr seriösen Singen am Hohentwiel. Am Ende einer überraschend amüsanten Samstagsparty kam diese Ulli Bertram auf mich zu, hatte offenbar bemerkt, dass ich sie immer mal wieder ins Auge gefasst hatte, ja, in dieser seriösen Stadt natürlich nur ins Auge, wenn auch vermutlich ungebührlich ausführlich. Jedenfalls fragte mich diese Ulli, ob ich am nächsten Vormittag ein bisschen Zeit für sie hätte. Hatte ich natürlich, sonntags sowieso. Am Sonntagvormittag wollte sie mit mir spazieren gehen. »Auf den Hohentwiel.«

Seit drei Wochen war ich damals in Singen der neue Leiter des Mordkommissariats, und auf der Party hatte ihr das wohl irgendjemand gesteckt und ich ahnte leider bald, welche Sorte Spaziergang mir bevorstand, auch diese Ulli Bertram wollte irgendeinen kriminellen Kummer loswerden, sonst nichts, Sonntagvormittag würde alles dienstlich bleiben, beim bloßen Ins-Auge-Fassen. Freilich, sie war wirklich hübsch. »Morgen Vormittag um elf Uhr, am Ende des *Torkelwegs*«.

Phantastisch. Einen *Torkelweg* gibt es in Singen tatsächlich, sehr schön führt der im Westen der Stadt bergan, auf den großen Burgfelsen zu, und am Ende der Torkelwegstraße, da stand sie, stand um elf Uhr pünktlich neben ihrem Motorroller in der Sonne, lächelte nett und schritt nach kurzem Begrüßen voran, bergauf, in erstaunlichem Tempo, ich hatte kaum Zeit, anzubringen, dass ich schon vor drei Wochen, gleich an meinem ersten Sonntag in Singen, den alten Vulkanfelsen bestiegen hatte. Sie aber ging nun ganz andere Wege, schien sich hier bestens auszukennen, erklettert habe sie Singens Hausberg sehr wahrscheinlich mehr als 500 Mal, mindestens 300 Mal schon als Kind mit ihrem Vater und nun, als Studentin, arbeite sie wissenschaftlich über diesen Klotz, diesen Brocken und Trutzklotz. In Freiburg studiere sie Geologie, zweifellos geschädigt von ihrem Vater, der in Singen ein stadtbekannter Geologe gewesen sei, im Grunde DER Stadtgeograf. Den Namen Ernst Bertram, den sollte ich mir dringend merken, sonst hätte ich in diesem Ort wenig Chancen.

Bevor es zwischen Gestein und Gestrüpp in den engeren und noch steileren Anstieg ging, machte sie zum Glück eine Pause und hockte sich auf eine Bank. Von dort gab es grandiose Blicke über die Stadt und in die Ferne, und fern, im Süden, da schien der Bodensee im sommerlichen Dunst sonntäglich zu leuchten. »Ich gebe zu«, hörte ich die Schöne neben mir, »ich missbrauche Ihren dienstfreien Vormittag.«

»Wenn jeder Missbrauch so nett und ansehnlich wäre –«

»Hab allerdings ein dienstliches Ansinnen.«

»Bin ich gewohnt. Na gut, legen Sie los.«

»Kennen Sie Bergmarder?«

»Bergmarder? Jesses, da es bekanntlich Marder gibt, gibt es wahrscheinlich auch Bergmarder. Also Marder, die nur in Bergen leben.«

»Grundsätzlich leben Bergmarder auf felsigem Terrain. Gern auch in Burgruinen. Auch hier auf dem Hohentwiel. Haben helles Fell, helleres als ihre tierischen Kollegen unten in den Feuchtgebieten.«

»Und warum sollte ich Bergmarder kennen?«

»Geduld.« Und dann begann sie. Sie erzählte mir ihr ›dienstliches Ansinnen‹. Vor zwei Monaten sei – zwei Jahre nach ihrem Vater – auch ihre Mutter gestorben. Derzeit löse sie den elterlichen Hausrat auf, sortiere viel Gerümpel und Hinterlassenschaft. Das Haus am Hohentwielweg sei verkauft, in zwei Wochen kämen die Handwerker und wollten für den neuen Eigentümer alles renovieren, bis dahin müsse alles fortgeräumt sein, besenrein. Nun aber, vor drei Tagen, sei sie auf Dinge gestoßen, die einen alten Argwohn geweckt hätten.

»Argwohn?«

»Entschuldigen Sie das altertümliche Wort.«

»Was wären Kommissare ohne Argwohn.«

»Sie müssen wissen, dass mein Vater tatsächlich – ich habe nicht übertrieben – eine stadtbekannte Figur war. Seine Beisetzung war fast ein Staatsbegräbnis. Ein städtisches Ereignis. Zumal er ungewöhnlich starb.«

»Wie?«

»Wie man so sagt, plötzlich und unerwartet.«

»Wann und wie?«

»Vor fast zwei Jahren.« Sie zeigte auf eine der dunklen Felskanten über uns. »Dort oben. Zwölf Meter freier Fall. Eigentlich völlig unerklärlich.«

»Erzählen Sie!«

»Wie gesagt, er war Geologe. Und kein bisschen depressiv. Und trotz seiner 64 Jahre immer noch fit. Fit wie ein Bergmarder. Auch seinen Kindern hatte er früh Fitness eintrainiert. Günz, Mindel, Riss und Würm.«

»Wie bitte?«

»So heißen vier Nebenflüsschen der Donau und so heißen die vier Haupt-Stadien der Alpen-Vereisung. An den vier Flüsschen liegen die wichtigsten Endmoränen der Alpen-Eiszeit. Und Günz, Mindel, Riss und Würm, diese Namen merkt sich der Geologe mit dem Sprüchle: ›Geologen müssen rüstig wandern‹. Und dieses ständige Gewandere, das hat auch unser Vater lebenslang betrieben. Der Abgestürzte. Und der war nicht nur fit, sondern auch optimal ortskundig. Auf dem Hohentwiel kannte er sich aus wie in seiner Brieftasche.«

»Wie kann dann so einer abstürzen? Was meldet Ihr Argwohn?«

»Am Absturztag herrschte morgens dort oben ein bisschen Nebel. Der übliche Morgennebel bei Hochdruck, der sich alsbald auflöst. Ein frühsommerlich schöner Sonntagvormittag ist das gewesen, so ein Tag wie heute. Stabiles Hochdruckwetter.«

»War er allein?«

»Dass er seinen Lieblingsberg allein bestieg, das war seit Langem üblich. Aber auch das gehört zum Argwohn. Meiner Mutter hatte er von irgendeiner Begleitung nichts gesagt. Sein typischer Sonntagvormittagsgang war das, seit Jahren stieg er jeden zweiten Sonntag da allein hinauf, jedenfalls seit ich studierte, seit ich ihn nur noch begleiten konnte, wenn ich an den Wochenenden zu Besuch war. Mutter war halt nie so recht gut zu Fuß.«

»Er ging also wirklich allein?«

»Hm.«

»Wissen Sie irgendwas von Ermittlungen?«

»Offenbar gab es keine. Es war allen klar, im Morgennebel müsse ihn irgendeine Unsicherheit überfallen haben. Hört sich gut an, nicht wahr? Es überfiel ihn eine Unsicherheit. Jedenfalls müsse er dann so etwas wie einen Fehltritt getan haben. Einen *Fehltritt*. Für sein Alter hätte er schon immer gern zu viel riskiert, sei wohl wieder mal jugendlich leichtsinnig gewesen. Vielleicht ging er tatsächlich auf die Pirsch nach diesen Bergmardern. Leichtsinn sei das gewesen, hörte ich hinten herum, aus dem Rathaus und von einigen seiner vielen Bekannten. Ein 64-Jähriger sei schließlich kein Champion mehr im Steilwandklettern.«

»Und was genau argwöhnen Sie?«

»Sie arbeiten ja nun ebenfalls in dieser Stadt, und wissen sicher längst, dass nun auch in Singen, trotz der berühmten großen Maggi-Fabrik und trotz all der anderen tüchtigen Gewerbe, Sparen angesagt ist. Und im städtischen Bereich heißt das: *Personalreduzierung*. Auch in einer relativ reichen Stadt gelingt das Sparen am besten dadurch, dass die Verwaltung ihr Personal – wie heißt das neuerdings? – *verschlankt*.«

»Ihr Vater war städtischer Angestellter?«

»Er war Beamter. Als Geologe zuständig für die Bodengutachten bei allen Neubauten.« Sie zeigte mir ein streng sachliches Gesicht. »Bodengutachten müssen bekanntlich klären, ob das neue Traumhaus auf *concrete rock* steht, auf festem Fels oder aber auf altem Bauschutt, ob der Grund stabil ist oder rutschig, etwa nur schmieriger Keuper. Vater war bei allen Genehmigungen eine entscheidende Station. Und schon deswegen mochten ihn ja die vielen Leute, die Bauherren, die Unternehmer. Auffallend gern mochten die ihn, suchten überraschend oft seine Bekanntschaft, und vielleicht ahnen Sie nun, was ich meine. Ernst Bertram traf unentwegt auf Freundlichkeiten, bekam immer wieder Einladungen zu kleinen und größeren Reisen und Festen und Ehrungen. Und unser schönes Haus mit dem Blick über die Stadt und in Richtung Bodensee, unser wunderbares Grundstück dort unten wurde wohl nicht ganz zufällig Vaters Eigentum. Doch auch im Fachbereich Kultur, wann immer Bedeutendes über Singen zu verkünden war, vor auswärtigen Gästen oder vor unseren Schülern, Aufschlussreiches über den Hohentwiel und den Ort, da redete und erzählte der bärtige Ernst Bertram gern und ausführlich und trug vor und erzählte spannende Erdgeschichten und Menschengeschichten. Schon als Kind nannte ich ihn so wie meine Mutter: Vater war unser *Erklärbär*. Und manchmal war es geradezu unheimlich, wie er alles, was von dieser Bank aus zu sehen ist, erklären konnte.«

»Wie?«

»Wenn er beschrieb, auf welch unsicherem Grund die 45 000 Singener hausen. Vor sechshundertfünfzig Jahren, sagte er, sei drüben das große Basel im Oberrheingraben von einem Erdbeben vollkommen verwüstet worden. Und Singen läge auf einem ganz ähnlichen Erdriss, auf einem Quergraben zum Oberrheingraben, ein Blick auf die Karte genüge, dann sähe das jeder, man solle nur mal den unteren Arm des Bodensees verlängern, den Untersee, dann ahne man, worauf wir hier lebten. Auch der Bodensee sei ja nicht etwa nur vom Rheingletscher ausgehobelt worden, sondern auch dieser relativ tiefe See sei obendrein ein tektonischer Grabenbruch, ein Einbruch der Erdkruste, und die Verlängerung des Untersees zeige genau auf Singen, zeige auf die imposante Reihe der Vulkanruinen hier im Hegau, und wenn man diese Bruchlinie weiter nach Westen verlängere, dann komme man am Ende über das Höllental nach Freiburg hinunter und stoße im Oberrheingraben auf einen anderen großen Vulkanstumpf, auf den Kaiserstuhl, der läge exakt dort, wo die beiden Grabensysteme sich treffen, die immer noch *in Betrieb* seien, so drückte der *Erklärbär* das aus, exakt dort, wo zwei tiefe Spaltensysteme in der Erdrinde sich begegneten und für Labilität sorgten, exakt da habe in erdgeschichtlich jüngster Zeit der Kaiserstuhl gebebt, gedampft und rumort. Und nur so seien auch die Hegauvulkane erklärbar, entstanden in der erst jüngst vergangenen Erdepoche Tertiär, der Planet denke nun mal in Jahrmillionen, der lasse sich Zeit, irgendwann würden zweifellos auch die Hegau-Ungeheuer wieder aufbrechen und würde die Erdkruste geschüttelt, die Kruste sei so dünn wie eine Apfelhaut, und dann könne man von Glück sagen, wenn der jeweilige Statiker dieses oder jenes Gebäude in Singen, falls Singen dann überhaupt noch existiere, genügend genau berechnet habe und wenn es dann gründlich befestigt worden sei.«

»Erzählte Ihr Herr Vater *Erklärbar-Märchen*? Sie studieren ja ebenfalls Erdgeschichte …«

»Die Geologie steckt voller phantastischer Märchen. Und das Tolle ist, es handelt sich um Realitäten.«

»Und was nährt nun Ihren Argwohn?«

»Bei Vaters Beisetzung wurden bewegende Reden gehalten. Erst bei dieser Beerdigung hab ich endgültig begriffen, wie beliebt und wie angesehen er war und wie ernsthaft *bestürzt* fast alle waren.«

»Fast alle?«

»Vor drei Tagen fand ich nun in seinem Nachlass zwei Papiere. Mutter hatte in ihrem Schock und Schmerz Vaters Akten nie mehr angesehen. Und war dann krank geworden, immer kränker und wir hatten andere Sorgen, jedenfalls andere als irgendwelche Zweifel an Vaters Todesursache.« Sie zog ein Päckchen *Gauloise* aus ihrer rechten äußeren Jeansjacke, bot mir eine an.

»Ich rauche nicht.«

»Dann wechsele ich ins Lee.« Der Wind kam aus Südwest, sie stand auf, ich rückte auf ihren Platz, sie setzte sich auf meinen. Der sommerlich sanfte Wind wehte den Rauch weg, über die Wiesen hinüber in Richtung Engen und auf diese uralten Vulkanruinen.

»Zwei Papiere?«

»Als Erstes einen Brief meines *Erklärbärs* an den damaligen Oberbürgermeister. Da bot er dem Stadtoberhaupt an, das Singener Boden-Amt könne aufgelöst werden, *im Zuge der dringend notwendigen städtischen Einsparmaßnahmen*. Übers Jahr werde er 65 und *termingemäß* wolle er sich pensionieren lassen, wolle dann aber als Pensionär mit seiner bisherigen Arbeit fortfahren, auf privater Basis. *Zur Erstellung der allseits bekanntlich immer wieder hochgeschätzten Gutachten bei Baumaßnahmen*. Zu deren *Erstellung* benötige die Stadt Singen, schrieb er, keine eigene amtliche Fachstelle, ein solches Amt sei *unnötig*. Nach dessen Auflösung vertraue er, Ernst Bertram, und solle auch der Bürgermeister vertrauen, auf die weiterhin sehr guten Beziehungen einer *qualifizierten Fachkraft, womit ich, mit Verlaub, mich selber meine*. Er werde eine Gutachterfirma gründen und erwarte alsdann, und dazu bestehe *allerhand Ursache*, Aufträge in großer Zahl, von privater wie von städtischer Seite. Am Ende des Briefs pries er tiefsinnig und grundsätzlich das *inzwischen allenthalben bewährte Verfahren des Outsourcing*.«

»Wurde sein Vorschlag akzeptiert?«

»Der Brief ist nie abgeschickt worden. Das war ein Entwurf. Das Wort *Entwurf* hat er oben über das Blatt geschrieben. Getippt hatte das die Sekretärin im Büro.«

»Warum hat er das nicht abgeschickt?«

»Es kam nicht mehr dazu. Wenn ich korrekt im Gedächtnis habe, was damals in unserer Familie geredet wurde, als wir an seinem letzten Weihnachten zu Hause waren – damals gab es ja auch noch meinen Bruder

Knut – dann meine ich mich zu erinnern, dass der *Erklärbär* mehrmals versucht hat, uns seinen Plan, nach seiner Pensionierung auf privater Basis weiterzumachen, schmackhaft zu machen, hat immer mal wieder angefangen, davon zu reden. Verwaltungsgeschichten aber interessierten weder meinen Bruder noch mich, da fand er keine aufmerksamen Zuhörer oder gar Berater. Entscheidend war dann wohl, und das hab ich noch deutlich im Gedächtnis, dass meine Mutter ihm empfahl, er solle unbedingt, bevor er sich an den OB wende, mit Dinkelsbühler reden.«

»Dinkelsbühler?«

»Vaters Vertreter im Boden-Amt. Bei der Beisetzung vor zwei Jahren hat der die wunderbarsten Worte gefunden, seine Grabrede hat damals Singens Zeitung vollständig abgedruckt. Alle waren bewegt. *Bestürzt*. Von *Urgestein* war da die Rede. *Ernst Bertram hat sich um unsere Hegauheimat verdient gemacht.* Ekkehard Dinkelsbühler war dann ja auch derjenige, der ihn beerbte. Der nachgerückt ist auf dem gut gepolsterten Amtsleitersessel.«

»Und?«

»Die beiden haben sich nie gemocht.«

»Warum?«

»Unterschiedliche Ansichten. Auch über mögliche Einsparmaßnahmen. Einzelheiten weiß ich keine. Über Dinkelsbühler fand sich in Vaters Papieren wenig. Zwischen Chef und Stellvertreter war die Stimmung offenbar gespannt, gab es wohl auch Kräche. Und die Gründe und Einzelheiten fand ich dann immer so mickrig, dass ich mir nichts davon gemerkt habe. Kleinkram, fand ich. Vielleicht bloß Neid.«

»Neid?«

»Vater war, wie gesagt, stadtbekannt und beliebt.«

»Und genoss hin und wieder auch – wie soll ich das jetzt nennen – besondere Vergünstigungen?«

Sie blies eine besonders lange Rauchwolke aus. Drückte dann die Zigarette am Bankgeländer aus und versenkte die Kippe in dem Behälter, den das städtische Ordnungsamt neben der Bank aufgestellt hatte. »Den Dinkelsbühler nannte er *Stinkstiefel*. Das hab ich noch im Ohr. Auch die Mutter war gar nicht gut auf den Herrn zu sprechen. *Unerfreulicher Mensch*. Vermutlich war der Herr Stellvertreter auch politisch von der eher anderen Sorte. Aber Sie argwöhnen in die richtige Richtung. Der treue Ekkehard Dinkelsbühler wusste einiges Ungünstige über meinen ach so angesehenen Vater, über diesen so auffallend oft Begünstigten. Und hat wohl auch hinten herum offen über ihn gestänkert, in Vereinen, an Stammtischen. Obwohl er dann bei der Beisetzung diese sehr edle Rede hielt. Erfüllt von feierlicher Bewunderung für den *guten Geist der Stadt Singen*.«

»Und das zweite Papier?«

»Das zweite Papier hat mich dazu gebracht, Sie anzusprechen. Das war dieses hier, dieses Zettelchen.« Aus der Innenseite ihrer Jeansjacke zog sie eine dunkle Brieftasche, ein postkartengroßes altes Leder, zerknautscht. »Vor etwa einem Jahr wurde uns dies so *aus der Asservatenkammer überstellt, mit vollständigem Inhalt*. Vaters Brieftasche, die mit abgestürzt war. Mutter hat von all diesen Dingen gar nichts mehr angerührt, nichts mehr wissen wollen. Vor drei Tagen aber fand ich nun in einer der alten Schubladen einen Plastikbeutel aus der Asservatenkammer, darauf ein Klebezettel mit dem Vermerk Ihres Vorgängers. *Persönliches Eigentum des Verstorbenen*.«

Sie klappte das schwarze Leder auf. »Sein geliebtes Erbstück. Vor Jahren hatte er mir das mal gezeigt. Wenn ich das mal erben würde und falls ich dann irgendwann Liebesbriefe verstecken müsste oder sonst was Geheimes, hier, an dieser inneren Lederkante gebe es einen geheimen Schlitz. Eine versteckte Öffnung. Doppelten Boden, wie diese Geheimfächer in den alten Sekretären. Vor drei Tagen hab ich das aufgemacht und fand dieses Papier.«

Aus dem dunklen Leder zog sie ein liniertes Papier heraus, doppelt postkartengroß, einmal gefaltet. Das Blatt flatterte nun im Bodenseewind, blieb mit einem Drittel eingeklemmt in der Geheimfalte. Im Flattern öffnete sich das, zeigte eine Kugelschreiberschrift.

»Wer hatte ihm da was geschrieben?«

»Sehr wahrscheinlich sein Stellvertreter.«

»Sie haben das Blatt jetzt angefasst, mit Zeigefinger und Daumen. Hatten Sie das Blatt schon mehrmals in den Händen?«

»Tut mir leid. Klar, nun hab ich Fingerabdrücke produziert. Ich gebe Ihnen ein Papiertuch.« Aus ihrer linken Jeanstasche zog sie ein Päckchen Papiertaschentücher, mit Nasenpapieren konnte ich das beschriebene Blatt nun ganz aus der Brieftasche herausziehen, hielt es dann mit beiden Papierhänden fest im Wind. Und las leise vor, was da in merkwürdig künstlicher Schrift notiert war.

Verehrter Ernst Bertram, wie wäre es, wir redeten endlich mal miteinander? Ausführlich und ungestört? Wie wäre es zum Beispiel am kommenden Sonntag – treffen wir uns am Ende des Torkelwegs und besteigen von dort gemeinsam Ihren geliebten Berg. Wissen Sie übrigens, dass es oben inzwischen tatsächlich die ominösen Bergmarder gibt? Nicht nur im Festungsgelände, auch rings auf und unter den Felsen. Das habe ich neulich nicht einfach nur behauptet, um Sie wieder mal zu nerven, wie Sie so gerne glauben möchten, sondern eine Biologen-Gruppe der Uni

Freiburg hat mir das bestätigt und ich werde Ihnen diese Tierchen am Sonntag dort oben sehr wahrscheinlich zeigen können. Falls Sie nun keine Absage schicken. Also, mein Vorschlag: Sonntag um zehn Uhr, am oberen Ende vom Torkelweg. Wie immer ganz der Ihre

Am Ende kein Punkt. Keine Unterschrift. Nicht mal Initialen.

»Sie vermuten also, dies schrieb Ekkehard Dinkelsbühler?«

»Ich argwöhne. Und glaube zu wissen, warum er die Unterschrift wegließ und die Schrift verstellt hat. Nach einigen Vergleichen mit Herrn Dinkelsbühlers Handschrift bin ich sicher, dass er versucht hat, seine Schrift zu tarnen. Annähernd zu Blockbuchstaben. Wie finden Sie diese Buchstaben?«

»In der Tat, ein wenig künstlich. So schreiben Erpresser, wenn sie noch Amateure sind. Später arbeiten sie perfekter, mit Buchstaben aus Zeitungsschlagzeilen.«

»Dinkelsbühler durfte sich eine Erpressermethode nicht leisten. Er wollte ja meinen Vater vertrauensvoll ansprechen. Handschriftlich. Wollte ihn geradezu freundschaftlich auf den Berg locken.«

»An die Felskante?«

»An die Absturzstelle.«

»Toll. Aber leider liefern diese beiden Papiere keinerlei Beweis.«

»Was Dinkelsbühler tat, blieb in der Tat spurlos. Die einzige Spur ist dieser Zettel. Und was er da formuliert hat, das hielt er so anonym wie möglich. Keine Unterschrift, nicht mal seine Initialen E und D. *Ede*, lästerte mein Vater gern. Stinkstiefel und Ede. Als er diesen Zettel bekam, von *Ede*, da war die Bemerkung über das Streitgespräch im Büro, über ein Gezänk um die Bergmarder, da war dies für meinen Vater der einzige Hinweis darauf, wer ihm diese Einladung geschickt hatte.«

Ich hielt noch immer mit dem Papiertaschentuch das flatternde Blatt und rätselte. »Leider keinerlei Beweis.«

»Für mich ist dies einer.«

»Wieso?«

»Fällt Ihnen nicht auf, wie merkwürdig das entscheidende Wort geschrieben ist?«

»Das entscheidende Wort – welches?«

Sie antwortete nicht, blickte mich nur neugierig an. Ich sah mir alle Wörter noch einmal genau an. Diese mit steifem Stift ins Maschinelle veränderten Buchstaben. »Sie meinen – *Bergmarder*?«

»Allerdings. Und was sehen Sie da?«

»Hm. Es sieht so aus, als hätte der Stift bei diesem Wort gezittert.«

»Sein Stift? Seine Hand hat gezittert. Er hat gezittert. Und schauen Sie mal, wie er im *marder* das a geschrieben hat.«

»Sie haben recht. Das Häkchen im a, das zeigt gar nicht richtig nach rechts unten.«

»Das ist gar kein a!«

»Stimmt. Es ist fast ein o. Das Häkchen nach rechts, der Zipfel vom a zittert eher nach oben als nach unten.«

Die Ulli Bertram machte nun strenge enge Augen. »Als Dinkelsbühler dieses Wort schrieb, da gab es den Bruchteil einer Sekunde, in der stand vor ihm, auf dem Blatt, das Wort *Bergmord*. Und dann beeilte er sich, und machte rasch aus *Bergmord* dieses ziemlich verunglückte und ziemlich zweideutige *Bergmarder*, hängte er zittrig ein kaum leserliches *er* hinten ans Wort. Das Ganze sieht nun aus wie *Bergmorder*.«

»Was folgern Sie?«

»Vaters *treuer Ekkehard* sah sich für den Bruchteil einer Sekunde ertappt.«

»Er war ja auch, wenn überhaupt, nur ein Amateur. Dies alles, Verehrte, ist zwar sehr fein beobachtet, aber vor Gericht kein Beweis.«

»Bedenken Sie, was ihn getrieben haben muss. Wut. Vielleicht sogar Existenzangst. Seine Zukunft, seine gehobene Position als Beamter, seine Beförderung, das alles stand vor der Auflösung.«

»Sie sagten sogar *Neid*. Kann es sein, dass Ihr Herr Vater Vergünstigungen genoss, die, wie soll ich sagen, die Grenzen der Legalität ein wenig überschritten?«

»Einzelheiten, wie gesagt, habe ich mir damals nur ungenau merken können oder wollen.«

»Und dann haben die beiden Herren da oben an der Felskante endlich einmal ausführlich miteinander geredet?«

»Am Ende wahrscheinlich sehr dicht an der Felskante. Bei ihrer merkwürdigen Pirsch nach Bergmardern. Da muss man die gangbaren Wege verlassen.«

»Und dann haben die beiden Herren plötzlich über ihre wichtigen Angelegenheiten mit Nachdruck diskutiert?«

»Immer energischer und immer wütender.«

»Den Kollegen Ihres Vaters halten Sie für einen Mörder?«

»Dinkelsbühler muss ihn nicht mal absichtlich heruntergestoßen haben. Es genügte ja vollkommen, wenn er in der aufgeregten Debatte seinen Vorgesetzten beim Jackett gefasst und geschüttelt hat. Wenn er ihn energisch und mit Nachdruck an diese oder jene, wie Sie das jetzt genannt haben, Vergünstigung erinnert hat.«

»Und wenn er dann nicht bloß Vergünstigung sagte, sondern Bestechung?«

»Für Baugenehmigungen machen es die in Singen wohl kaum anders als die in Konstanz oder Karlsruhe oder Freiburg – meinen Sie nicht?«

»Tolle Geschichte. Ich glaube sie Ihnen nur zu gerne. Aber als Kommissar benötige ich Beweise. Diese beiden interessanten Schreiben liefern zwar Umstände und Motive, aber keine Beweise.«

»Ich seh das anders. Wie wäre es mit einem professionellen Schriftvergleich? Und wie wäre es mit dem Versuch, noch jetzt Fingerabdrücke zu klären?«

Und so ist dann verfahren worden. Ohne dass der *getreue Ekkehard* Dinkelsbühler zunächst davon erfuhr. Es kam zum professionellen Abgleich von Schriftstücken. Und der Vergleich der Schriftproben brachte eindeutige Resultate. Die mich nötigten, ziemlich bald zu dem fraglichen Herrn ins Büro zu gehen, auch jetzt noch war das glaubwürdig zu deklarieren als *Antrittsbesuch*. Freilich betrat ich Dinkelsbühlers Büro mit einem Kollegen aus meinem Kommissariat.

In der Tat thronte da nun der neue Amtsleiter im Sessel des namhaften Ernst Bertram, saß dort nun schon seit zwei Jahren in seiner neuen gehobenen Stellung und hatte gewiss mit irgendeiner polizeilichen Ermittlung längst nicht mehr gerechnet. In aller Form stellte ich mich ihm vor als neuer Leiter des Mordkommissariats, wir schüttelten uns die Hände, recht kräftig taten wir das, und ich beneidete ihn ausführlich und wortreich um sein schönes großes Büro mit dem breiten Fenster und dem wunderbaren Blick auf den Singener Hausberg. Schob ihm dann aber ohne weitere Vorrede ein weißes Blatt auf seinen Tisch und bat ihn, auf dieses Blatt nur ein einziges Wort zu schreiben.

»Wie bitte? Ein Wort? Was denn für ein Wort? Und warum?«

»In einer unserer Ermittlungen benötigen wir, um sicher zu gehen, von sehr vielen Leuten handgeschrieben ein bestimmtes Wort. Von all denen, die irgendwann einmal Umgang hatten mit Ernst Bertram. Also auch von Ihnen.«

»Aha? Und welches Wort?«

»Bergmarder.«

In dem Sekundenbruchteil, in dem ich das Wort *Bergmarder* sagte, exakt zum entscheidenden Stichwort hat mein Kollege sein Blitzlichtgerät betätigt. Das ergab ein denkwürdiges Foto. Einen Blick in die Augen eines Erschreckten.

»Warum benötigen Sie das Wort *Bergmarder*? In einer Ermittlung?«

»Zum Tod von Ernst Bertram müssen wir wissen, wie dieser und jener unter seinen vielen Bekannten dieses Wort schreibt. Das machen wir beiden hier seit heute früh quer durch das Singener Rathaus, und das ist in diesem Fall leider so nötig wie in anderen Fällen eine Speichelprobe.«

»Sehr eigenartig, aber na bitte, ich verstehe zwar nur Bahnhof, aber falls Ihnen das wirklich helfen sollte, dann schreibe ich Ihnen das halt. Dieses wunderliche Wort. Hab ich meines Wissens noch nie geschrieben.« Bemüht freundlich redete der Amtsleiter, redete scheinbar souverän immer weiter und warf mit betont lockerem Eifer das Wort *Bergmarder* auf das weiße Blatt, demonstrativ schwungvoll.

Ach. Aber dieses Häkchen. Dieser Haken rechts unten am a. Jedenfalls so wie der Herr Dinkelsbühler dieses Schwänzchen des Buchstabens a geschrieben hat, diesen winzig kleinen Zinken, da blieb mir weiter keine sehr große Beweislast mehr. Bei seinem a saß der Haken einfach entsetzlich weit rechts oben, sodass der Buchstabe gar nicht mehr wie ein a aussehen wollte, sondern wie ein o, wie ein denkwürdig bedrohliches o. Und so blieb mir dann rein dienstlich wieder mal gar nicht anderes übrig als die sattsam bekannte, die polizeilich vorgeschriebene Mitteilung vom bedauerlichen vorläufigen Verhaftenmüssen, mit der Bitte an den Kollegen, die Handschellen zu nutzen.

Und Ulli Bertram? Wann immer sie seitdem aus Freiburg kommt, und seit damals tut sie das möglichst jedes Wochenende, dann fährt sie immer, ob per Bahn oder auf dem Roller, ziemlich parallel zum alten Riss in der beängstigend dünnen Erdkruste, parallel zum Spaltensystem vom Bodensee über Hinterzarten, Höllental und Himmelreich bis zum Kaiserstuhl, oh ja, inzwischen kenne auch ich mich in den geographischen Dingen ganz gut aus, wann immer also Ulli aus Freiburg kommt … aber diese Weiterungen, die gehören ja jetzt gar nicht mehr hierher.

Christof Hamann

Der Fall des Mörders

Für Petra und Manfred

Nichts ist erfunden. Das Beerdigungsunternehmen gab es, ehrlich. Ich selbst habe es nicht mehr betreten, es wurde vor meiner Zeit für baufällig befunden und abgerissen. Aber ein Bruder einer Freundin meiner Großmutter sprach von diesem Unternehmen und der ebenso mörderischen wie tragischen Geschichte, die darin ihren Anfang nahm, kurz bevor er im biblischen Alter von 102 Jahren an einer Lungenentzündung starb. Nicht lange vor der Tragödie war er in dem besagten Beerdigungsinstitut als Mitarbeiter eingestellt worden und daher in der Lage, von den Vorgängen in der unsagbar frostigen Februarnacht 1963 gleichsam aus erster Hand zu berichten. Der Bruder selbst war es sogar gewesen, der am anderen Morgen bei der Versuchsbrennanlage den grausigen Fund machte. Er habe, sagte der Bruder, das Häuflein zunächst einfach nur zusammenkehren und entsorgen wollen, bereits einen Besen und ein Kehrblech habe er zur Hand gehabt, doch in dem Augenblick, als der Besen wie ein Damoklesschwert über dem Häuflein geschwebt sei, sei ihm ein Verdacht gekommen, vor allem wegen des Fundorts, und er habe den Besen aus der Hand gelegt und, nachdem er vergeblich nach seinem Chef geforscht habe, unverzüglich die Polizei angerufen.

An ihm, so hatte er mehrfach gegenüber seiner Schwester betont, könne also das Folgende nicht gelegen haben. Er habe nichts angerührt und sich nichts vorzuwerfen. Die Freundin hörte dieses Mal der Geschichte ihres Bruders nicht nur zu, sondern erzählte sie meiner Großmutter bei Kaffee und Kuchen im Gemeindezentrum der Katholischen Kirche von Nussdorf. Großmutter wiederum berichtete mir davon, als ich sie während eines Besuchs um Stoff für eine am Bodensee spielende kurze Kriminalgeschichte bat, die ich im Auftrag der Stadtbibliothek von Singen für eine Anthologie schreiben sollte. Heute noch wird mir heiß und kalt zugleich, wenn ich mich an die Worte meiner Großmutter erinnere, obwohl ich mich seit über einem Jahr mit nichts anderem beschäftigt habe. Bis heute! Erst heute morgen, am 15. Januar, dem letzten Tag, an dem ich den Kurzkrimi habe einreichen können, setzte ich einen Punkt unter die Geschichte und schickte sie per Mail nach Singen. Das lag weniger an den Recherchen. Auch kaum am Schreiben selbst. Es lag daran, dass ich es kaum fertig brachte, meine Kommissarin ihrem Schicksal zu überlassen, ehrlich. Ich versuche mich damit zu trösten, dass meine Geschichte wahr ist, zumindest in einem höheren Sinn. Damals, bei meiner Großmutter, konnte ich nicht am Küchentisch sitzen bleiben und verweigerte den selbst gemachten Käsespätzle auf Badische Art jegliche Aufmerksamkeit. Aufgeregt lief ich, die schweißnassen Hände ineinander reibend, hin und her, unterbrach ihren Redefluss immer wieder mit Bemerkungen wie: »Das gibt es doch nicht«, oder: »Der arme Kommissar«. Bevor ich mich von ihr verabschiedete, sagte Großmutter noch: »Von mir aus kannst du auch diesen Fall ausschlachten, aber geh vorsichtig damit um, manche der Beteiligten leben noch.« Sie spricht ab und an von ›ausschlachten‹, und im Stillen muss ich ihr recht geben. Deshalb reagiere ich so unwirsch, wenn sie mir damit kommt: »Oma, wenn du wüsstest, wie sehr ich mit meinen Figuren leide.« Aber sie kann oder will mich nicht verstehen.

Jedenfalls riss ich den Fall an mich, vor gut einem Jahr, nichts also ist erfunden, das garantier ich. Allerdings, um dem Wunsch meiner Großmutter zu entsprechen, trug ich das Geschehen aus dem Februar 1963 in den heißen Sommer 2006. Dementsprechend musste ich die Temperaturen und alles, was daran hing, vollkommen neu gestalten. Eine wahrhaft zeitraubende Arbeit, vor allem, weil damals in der Februarnacht, also zur Zeit des tatsächlichen Geschehens, der Bodensee komplett zugefroren und dies für den Tathergang von erheblicher Bedeutung war. Von der Eiseskälte in die Wahnsinnshitze. Von einem Extrem ins andere. So war ich jedoch in der Lage, die Scharte des wenn auch minimalen Authentizitätsverlusts durch die Zeitverschiebung insofern wettzumachen, als ich die Handlungen sämtlicher an dem Fall beteiligter Hauptpersonen durchspielen konnte. Von Täter und Opfern, von Hinterbliebenen, von den ermittelnden Kommissaren. Ich versetzte mich nicht nur in ihre Köpfe, sondern auch in ihre Körper, ich versuchte genauso zu fühlen wie sie. Damals rannte der zukünftige Mörder über den gefrorenen See, in meiner Geschichte rudert er, ich habe es im vergangenen Sommer ausprobiert, bin mit aller Macht mitten in der Nacht von der einen Seeseite zur anderen gerudert, schweißgebadet kam ich am anderen Ufer an. Mag auch der gefrorene See einen besseren Kontrast zum feurigen Mordgeschehen abgeben als der sommerliche, so sind bei einem im Juli stattfindenden Fall die Hitze, der Schweiß, die Erregtheit glaubwürdiger mit den Vorgängen zu verbinden.

Auch den technischen Fortschritt, der bei der Verbrechensbekämpfung eine außerordentlich wichtige Rolle spielt, musste ich in meine Überlegungen einbeziehen. Doch ich fand heraus, dass den Ermittlern zwar die Faser eines Bademantels, ein Haar, ein Stückchen Fingernagel genügt, um daraus Biografien zu verfassen. Doch aus einem Aschehäuflein die Identität von Menschen zu ermitteln, ist bislang jedenfalls noch nicht gelungen. So blieb die Polizei auch in meiner Bearbeitung des Falls bezüglich des Häufleins, das der Bruder der Freundin meiner Großmutter fand, auf Spekulationen angewiesen. Spekulationen, die die Mordkommission auf eine falsche und den ermittelnden Kommissar sogar auf eine ins Endlose angelegte Spur setzte.

Abgesehen von der Zeit musste ich selbstverständlich den Handlungsort verlegen. Der Kriminalfall spielte nun nicht mehr in Überlingen, sondern in Ludwigshafen, nicht mehr in einer malerischen Kleinstadt, sondern in einem Dorf. Diese Wahl erwies sich letztendlich als Vorteil, da ich die Anonymität zugunsten einer Intimität aufgeben und damit die offiziellen Schlagzeilen jener Jahre (*Bild*: ›Die Ungeheuer vom Bodensee‹; *FAZ*: ›Häuflein gibt Polizei Rätsel auf‹; *Südkurier*: ›Grauenhafte Tat. Wallhausen trauert um einen beliebten Mitbürger‹) in den Mund vertraut miteinander plaudernder Nachbarn legen konnte.

Eine Schwierigkeit bestand in der Rekonstruktion des nicht mehr vorhandenen Schauplatzes. Die Angaben des Bruders der Freundin meiner Großmutter reichten nicht aus, um das Unternehmen maßstabsgetreu nachzubauen. Nach langer Suche fand ich schließlich im Stadtarchiv von Überlingen die Baupläne, aus denen ich mithilfe eines befreundeten Statikers das Gebäude in nächtelanger Kleinarbeit zusammenbastelte. Das Beerdigungsinstitut gehörte zu den mittelständischen Betrieben mit insgesamt 15 Angestellten. Der Geschäftsraum war nüchtern und in Schwarz gehalten. Anders als heute, da jeder Hauch von Tod aus solchen Unternehmen verbannt ist und sich darin eher eine farbenfrohe Atmosphäre breitmacht, gehörten zum damaligen guten Ton schwarze Anzüge, schwarze Möbel und eine verklärte Leidensmiene. Hinter dem Geschäftsraum schloss sich direkt eine etwa 120 qm große Fachwerkhalle an, in der stellenweise niedrige Balken von einer Seite der Wand zur anderen verliefen. Wie der Bruder erzählte, schlugen sich die Mitarbeiter beim Gang durch die Halle immer mal wieder den Kopf blutig. In dieser Halle entstanden die Urnen und Särge. Probeweise wurden einzelne Urnen durch die Versuchsbrennanlage geschickt, um die Asche auf toxische Rückstände zu prüfen.

Mein Beerdigungsinstitut entspricht dem äußeren Anschein nach voll und ganz dem tatsächlichen. Die Innenausstattung der Halle ebenso. Den Geschäftsraum hingegen passte ich der fortgeschrittenen Zeit an. Als Vorlage wählte ich selbstredend das von der Frau des Mörders fortgeführte Beerdigungsinstitut in Überlingen, das vor wenigen Jahren an ihre jüngste Adoptivtochter übergegangen ist. Als ich es im vergangenen September zum ersten Mal aufsuchte, glaubte ich mich zunächst in eine Wellnessoase versetzt. Ich betrat einen lichtdurchfluteten Raum mit hellen, sichtbar teuren Möbeln, Vogelgezwitscher drang aus unsichtbaren Lautsprechern, eine wunderschöne Kundenberaterin, die Adoptivtochter, wie ich dem Namensschild an ihrer Bluse entnehmen konnte, trat mir lächelnd entgegen, hinter ihr auf der Wand waren nebeneinander die vier Jahreszeiten gemalt. »Wie kann ich Ihnen behilflich sein?«, fragte sie mit einer Stimme, bei der mir alle meine Vorwände entfielen, die ich genau auf diese Frage hatte äußern wollen, ich stotterte »Entschuldigung« und verschwand. Aber immer mal wieder, vor allem nachts, schlich ich um das Gebäude herum und spähte durch die Fenster.

Als schwieriger, ja, letztendlich unmöglich, erwies sich die an und für sich unumgängliche Neugestaltung der ungewöhnlichen Tatwaffe. Nach Grübeleien, die mich zunächst auf Irrwege und dann fast zum Abbruch meiner Schreibabsicht führten, beschloss ich, das Tatwerkzeug beizubehalten, auf die kleine Gefahr hin, von meiner Großmutter in Zukunft nicht mehr mit Stoff versorgt zu werden. Aber wer erinnert sich noch an den Fall, auch wenn ihn der *Südkurier* im vergangenen November noch einmal hochkochte, wenn im Sommer 2007 die Anthologie erscheint? Niemand, da bin ich mir sicher. Zumal ich mich sonst in jede Richtung abgesichert habe.

Ich habe nicht nur die Zeit und den Handlungsort verlagert, sondern auch den Polizisten neue Namen, eine komplett andere Physiognomie und eine vollkommen veränderte Statur gegeben. Bei den Namen grübelte ich lange, bis ich auf den Einfall kam, meine Helden wie die Polizisten aus dem Bodensee-*Tatort* zu nennen. Auf diese Weise schlug ich zwei Fliegen mit einer Klappe. Zum einen, dachte ich, kommt kaum ein Mensch auf die Idee, hinter Namen aus dem Fernsehen eine tatsächlich geschehene Geschichte zu vermuten. Zum anderen vertauschte ich damit, um jeden Versuch, die noch lebenden Personen aufzufinden, im Keim zu ersticken, auch das Geschlecht. Aus dem Kriminalkommissar Konrad Wiedehopf der 60er-Jahre wurde die Kriminalkommissarin Klara Blum, aus der ehemaligen Assistentin Elisabeth Scherler der Assistent Kai Perlmann. Meine Kommissare sehen genauso aus wie die aus dem Fernsehen, die Chefin dunkelhaarig, klein und kompakt, Perlmann blond, groß und schlank. Bei den

Charaktereigenschaften und Marotten habe ich mich noch anderer Vorlagen bedient. Als mir meine Großmutter von dem Fall berichtete, dachte ich schon bald, ›wie bei Dürrenmatt, wie in *Das Versprechen*, kaum zu glauben‹. Nicht aufgrund der Ähnlichkeit der Fälle, bei Dürrenmatt geht es um Kinder, bei mir um die Verarbeitung von Toten, sondern aufgrund der ähnlich tragischen Hartnäckigkeit der Polizisten. Dieser Matthäi, dem wirklich nicht zu helfen war. Zäh, verbissen und vergeblich lauerte er dem Mörder auf. Und weil ich schon einmal in der Schweiz war zum Aufspüren von Charaktereigenschaften, habe ich mich noch bei Friedrich Glauser umgesehen. Blum zündet sich zwar nicht umständlich eine Brissago an, aber die schweizerische Bedächtigkeit, die den Wachtmeister Studer auszeichnet, die habe ich mir von ihm ausgeliehen und meiner Kommissarin geschenkt. Der traurige Schluss meiner Geschichte ist damit noch um einiges logischer geworden.

So kann ich zu Recht hoffen, die Spuren zu den Betroffenen erfolgreich verwischt, ohne dem wahren Kern des Falls auch nur im Mindesten Schaden zugefügt zu haben. Eine solche Verwischung ist umso notwendiger, als der damalige Kommissar Wiedehopf an diesem Fall zerbrochen ist, und Blum wird es auch, aber jenseits meines Kurzkrimis. Denn die Aufklärung nahm leider gar nicht den Verlauf wie die Plots der *Tatort*-Filme. Bis vor wenigen Monaten, bis zum November 2006, blieben die Morde unaufgeklärt, ja, erst dank des Geständnisses der Frau des Mörders auf dem Sterbebett, das sie vor keinem Priester, sondern vor ihrer Adoptivtochter Margot abgelegt hat, kam der Tathergang ans Tageslicht. Der *Südkurier*, der davon im überregionalen Teil berichtete, wiederholte mehrfach, dass die Frau bis zu ihrem Tod bei klarem Verstand gewesen sei. Über die Reaktion von Margot dagegen verlor die Zeitung kein Wort. Ob die Adoptivtochter das Unternehmen fortführen wird, fragte ich mich, nachdem sie erfahren hat, was tatsächlich in der Mordnacht geschehen ist.

Ich las, rannte zu meiner Großmutter, verschmähte auch dieses Mal die Käsespätzle, berichtete, sie rief ihre Freundin an, die sofort zu uns eilte, ich berichtete erneut, sie sagten beide: »Endlich kann Kommissar Wiedehopf seine Ruhe finden.« Aber er hat sie nicht gefunden, wie ich von einer Cousine meiner Exfreundin hörte, die mit einem Großneffen des Kommissars Tischtennis spielt, und er wird sie auch nicht mehr finden. Jetzt wird er darüber verzweifeln, dass er buchstäblich eines Falls wegen vierzig Jahre seines Lebens vergeudet hat. Ich kann ihn verstehen. Vierzig Jahre sind eine verdammt lange Zeit. Meine arme, arme Blum. Ihr wird, ihr muss dasselbe blühen.

Bei den Opfern hingegen habe ich nichts, aber auch gar nichts verändert, außer sie, ohne sie altern zu lassen, mit hinüber in den Sommer 2006 zu nehmen. Und das ohne jedes schlechte Gewissen, denn meine Großmutter meinte ja ausdrücklich, ich müsse nur auf die Lebenden Rücksicht nehmen. Zwei Opfer waren es, abgesehen vom Mörder.

Die eine Partei hieß Bächle, Herr Adelbert Bächle und Frau Elise, dazu die vier Kinder Anton, Josef, Matthilde, Margot, die andere Partei Pfrundinger, Egbert und Irene. Sie wohnten in Überlingen bzw. in Wallhausen, also auf entgegengesetzten Seeseiten. Die Männer, beide Bestattungsunternehmer, hatten sich vor Jahren bei der Fortbildung ›Der fürsorgliche Umgang mit Hinterbliebenen‹ kennengelernt und angefreundet. Man besuchte sich gegenseitig, Elise backte Kuchen, Irene kochte Kaffee, man fuhr gemeinsam in Urlaub nach Berchtesgaden, unternahm eine

Bootsfahrt auf dem Königssee. Adelbert wurde Pate von Margot. Die Pfrundingers, deren Ehe selbst kinderlos blieb, verhätschelten die Kleine nach Strich und Faden.

Aber Adelbert Bächle und Egbert Pfrundinger arbeiteten auch in demselben Beruf. Und obwohl der Beruf des Bestattungsunternehmers damals wie heute zu den zukunftssichersten gehört (gegenwärtig sterben an die 800.000 Deutsche pro Jahr), und obwohl eine Menge Wasser zwischen den beiden Unternehmen lag, schlich sich bei ihnen, zwei ehrgeizigen, aufstrebenden, jungen Geschäftsmännern, zunächst unmerklich, leise, dann mit zunehmender Hartnäckigkeit das zwanghafte Gefühl ein, besser sein zu müssen als der andere. Wenn Bächle einen neuen Mitarbeiter einstellte, besorgte sich auch Pfrundinger einen, wenn Pfrundinger eine weitere Urne einführte, dann ging es nicht lange, und auch Bächle präsentierte in seinem Katalog ein neues Modell, wenn Bächle sich eine Versuchsbrennanlage zulegte, schaffte sich Pfrundinger ebenfalls eine an.

Der Aussage von Irene Pfrundinger und dem *Südkurier* zufolge hat sich im Februar 1963 Folgendes zugetragen. Bächle überraschte seinen Freund, als er nachmittags auf ein Viertele Rotwein in Wallhausen vorbeikam, mit einem neuen Verbrennungsverfahren, das er zu Beginn der kommenden Woche beim Patentamt anzumelden gedachte. Die Patentangelegenheit hatte mit einer Anfrage wenige Monate zuvor begonnen. Ein reiches Ehepaar um die 80 aus Langenrain war bei ihm erschienen und hatte den Wunsch geäußert, den geliebten Partner auch im Falle seines Ablebens weiterhin bei sich haben zu wollen. Daher sollte die leibliche Hülle auf eine Weise verbrannt werden, dass der Rest in einem Diamanten Platz fand. Diesen konnte der noch Lebende als Schmuck in Form eines Ringes bei sich tragen. Pfrundinger zeigte sich von dieser Idee sehr angetan, nicht nur, weil ihm das Ehepaar einen ansehnlichen Vorschuss auf den Tisch legte, sondern er sich auch das Geschäft seines Lebens ausmalte. Wenn es ihm gelang, die leibliche Hülle auf die Größe eines Stecknadelkopfs zusammenschnurren zu lassen, dann konnte er nicht nur dieses, sondern viele weitere reiche Ehepaare am Bodensee glücklich machen. Nächte habe er sich mit Experimenten um die Ohren geschlagen, mal hier, mal dort von einer Leiche Körperteile abgezweigt, im Geheimen natürlich, kein Mitarbeiter wusste von seinen Versuchen, nur seine Frau. »Und ich sage dir, Adelbert, es ist mir gelungen.« Er hielt einige beschriebene Blätter in die Höhe. »Damit werde ich stinkreich.« Bächle gratulierte dem Erfinder zu seinem Erfolg, in einem unbeobachteten Moment riss er jedoch die Papiere an sich, verbarg sie in seiner Aktentasche, und beschloss, die Erfindung am anderen Tag unter seinem Namen beim Patentamt einzureichen. Als Pfrundinger abends den Diebstahl bemerkte, rannte er wutentbrannt aus dem Haus und über den vereisten See nach Überlingen. Bächle, der gerade dabei war, seine Brennanlage gemäß der Anleitung Pfrundingers aufzurüsten, stritt alles ab. Pfrundinger stürzte sich auf ihn. Beim Kampf, der von Beginn an mit unlauteren Mitteln ausgetragen wurde, mit kratzen, beißen und spucken, erhielt Bächle einen Stoß gegen die Brust, der ihn nach hinten gegen eine scharfe Kante der Brennanlage stürzen ließ. Augenblicklich brach er bewusstlos zusammen. Pfrundinger, außer sich vor Wut, hievte den Leblosen auf das Fahrband und schickte ihn in die Brennanlage. Während dieses Vorgangs betrat Elise Bächle den Ort des Geschehens. Sie schrie derart, dass sich der schwer erschöpfte, aber nach wie vor geladene Pfrundinger nicht anders zu helfen wusste, als sie am Hals zu packen und so lange zu würgen, bis sie keinen Ton mehr von sich gab. Dann wurde sie von dem heftig Keuchenden ebenfalls zum Band gezerrt und den Flammen übergeben. Anschließend geschah das Unglaubliche, ein unerhörter Zufall infolge einer ruckartigen Bewegung Pfrundingers, einer falschen, ebenso heftigen wie sinnlosen. Er stieß mit dem Kopf gegen einen Holzbalken, taumelte benommen, und fiel auf das Fahrband. Bevor er sich richtig besinnen konnte, schmorte auch er bereits in den Flammen.

Irene Pfrundinger, die aus einer Ahnung heraus um den See nach Überlingen gefahren war, konnte gerade noch sehen, wie die braunen Wildlederschuhe ihres Mannes im Ofen verschwanden. Nachdem sie ihre Fassung einigermaßen wiedergewonnen hatte, reimte sie sich den Tathergang zusammen. Dabei halfen ihr ein hochhackiger Schuh Elises, ein Schlappen von Adelbert, die Unterlagen ihres Mannes, die verstreut auf dem Boden lagen, und das Wissen um Egberts maßlose Wutanfälle. Nach der Lektüre der Pläne für Diamantenurnen fasste sie selbst einen Plan. Sie legte auch noch die beiden Schuhe aufs Band und machte die Veränderungen rückgängig, die Bächle an seiner Brennanlage bereits durchgeführt hatte, bevor Pfrundinger eintraf. Hier konnte sie auf ihre Kenntnisse zurückgreifen; schließlich waren die Pfrundingers ein mittelständisches Unternehmen, bei dem selbstverständlich auch die Frau wann immer notwendig Hand anlegte. Zum Schluss verstreute Irene die Unterlagen erneut auf dem Boden und verschwand, ohne ein Spur zu hinterlassen. So existierte der sehr wahrscheinlich tatsächliche Ablauf des Verbrechens ausschließlich in ihrem Kopf, bis kurz vor ihrem Tod.

Kommissar Wiedehopf und seine Assistentin Scherler, die am anderen Morgen auf den Anruf des Bruders der Freundin meiner Großmutter hin das Überlinger Beerdigungsunternehmen betraten, waren sich zunächst nicht einmal sicher, ob an diesem Ort überhaupt ein Verbrechen stattgefunden hatte. Das Häuflein konnte alles bedeuten, musste nicht zwangsläufig ein Mensch gewesen sein. Nachdem sie aber die Unterlagen gelesen hatten und auf den Namen Pfrundinger gestoßen waren, beschlossen sie, dieser Spur vorsichtshalber nachzugehen. Irene hatte, als Wiedehopf und Scherler bei ihr eintrafen, bereits eine Vermisstenanzeige aufgegeben. Ihr Mann, teilte sie den Polizisten mit, sei am Abend von zu Hause aufgebrochen, um seinen Geschäftsfreund Bächle zur Rede zu stellen.

»Mein Mann verdächtigte Adelbert, Versuchsergebnisse für ein neues Verbrennungsverfahren gestohlen zu haben. Er hat gegen 19 Uhr das Haus verlassen. Seitdem habe ich nichts mehr von ihm gehört.«

»Sind das die Versuchsergebnisse?«, fragte Wiedehopf und hielt eine durchsichtige Plastiktüte mit dem Beweisstück in die Höhe.

»Die Handschrift gehört meinem Mann. Wo haben Sie die Papiere gefunden?«

»In Bächles Beerdigungsunternehmen.«

»Und wo ist mein Mann?«

»Von ihm fehlt jede Spur. Von den Bächles auch.«

Die grausige Vermutung, die Wiedehopf schon bald kam, verfestigte sich bei ihm nach und nach zur unumstößlichen Gewissheit.

»So und nicht anders«, versicherte er seiner Assistentin, »muss sich der Mord zugetragen haben. Der Pfrundinger ist wutentbrannt über den gefrorenen See gelaufen, um Bächle zur Rede zu stellen. Bächle verweigert die Herausgabe der Unterlagen, es kommt zum Streit. Wahrscheinlich kommt in diesem Moment die Ehefrau Bächles hinzu. Sie hilft ihrem Mann, Pfrundinger zu überwältigen. Entweder hat sich dieser bereits beim Kampf tödlich verletzt oder aber die Bächles haben ihn vorsätzlich umgebracht. Das werden wir erfahren, wenn wir die beiden aufgespürt haben. Geben Sie die Fahndung raus. Das sind keine Profis, die werden wir schnell erwischen.«

Während die Fahndung nach den Bächles auf Hochtouren lief, wurde das Aschehäuflein zusammengekehrt und in einer Eichenurne beigesetzt. Auf einem vergoldeten Etikett standen die Worte: »Mein geliebter Mann.« Die Bächles blieben wie vom Erdboden verschluckt, das mittelständische Bestattungsunternehmen Pfrundinger aber entwickelte sich zu einem Großbetrieb. Zunächst half der frischgebackenen Witwe dabei das Mitleid der Bodenseebevölkerung. Sie bekam Aufträge aus Konstanz, Friedrichshafen, selbst aus Lindau. Hoch angerechnet wurde ihr zudem, dass sie sich der vier Bächle-Kinder annahm und die Idee mit den Diamantenurnen fallen ließ, weil sie nicht an etwas verdienen wollte, woran ihr Mann gestorben war. Dafür aber kamen Irene im Verlauf der Jahre immer neue, geschäftsfördernde Ideen: Sie ließ die Asche von Verstorbenen in den Weltraum schießen oder in der Sahara verstreuen, sie führte als Erste in der Region Bio- und Seeurnen ein, und in den 90er-Jahren entwickelte sie einen Internetfriedhof, in dem Haarlocken, Bilder und Geschichten von Menschen präsentiert wurden, die ihr Unternehmen auf dem letzten Weg begleitet hatte. Parallel zum Aufstieg Irene Pfrundingers vollzog sich der Niedergang Konrad Wiedehopfs. Er, ein durch und durch anständiger Polizist, gab Frau Pfrundinger bei einem weiteren Besuch das Versprechen, den Mord an ihrem Mann aufzuklären, koste es, was es wolle. Seitdem lebte er nur für dieses Versprechen. Als der Fall Jahre später zu den Akten gelegt wurde, ermittelte Wiedehopf auf eigene Faust weiter, Ermahnungen halfen nichts, schließlich wurde er vom Polizeidienst suspendiert, erst vorläufig, dann endgültig, Elisabeth Scherler trat an seine Stelle. Ende der 70er-Jahre wurde seine Ehe geschieden. Nichts brachte ihn zur Einsicht, er suchte weiter, er suchte und suchte.

Nach dem Zeitungsartikel im *Südkurier* im vergangenen November habe ich eine zeitlang mit dem Gedanken gespielt, den inzwischen über 80-jährigen, in einem Altersheim bei Wangen im Allgäu lebenden Wiedehopf aufzusuchen. Aber ich unterließ es, ich hatte genug mit Blum zu leiden.

Für meine Bearbeitung war der Artikel kaum von Nutzen. Denn meine Kurzgeschichte beginnt mit dem Fund des Häufleins und endet damit, dass Blum aus dem Polizeidienst entlassen wird; als ihr Nachfolger wird Kai Perlmann gehandelt. Auf der letzten Seite wird erzählt, wie Blum zuvor der Witwe das Versprechen gegeben und dann nach dem scheinbar flüchtigen Ehepaar Bächle wochenlang gesucht und gesucht hat, zäh, verbissen und vergeblich wie Matthäi. Ab und zu hat sie Irene Pfrundinger besucht und sich nach und nach mit ihr angefreundet, sie sind zum Du übergegangen. Auch am Nachmittag nach der Entlassung sucht Blum Irene in Überlingen auf. Immer wieder sagt ihr die Freundin, wie leid ihr das tue, was Klara denn jetzt anfangen wolle, sie weinen miteinander und umarmen sich innig zum Abschied. Blum steigt danach nicht direkt in ihr Auto und fährt zurück nach Konstanz. Sie geht am See entlang und denkt an ihr Versprechen. Wenn ich könnte, ehrlich, dann würde ich sie begleiten, mich bei ihr unterhaken, und ihr beistehen in den schweren Zeiten, die auf sie zukommen.

Petra Gabriel
Boxnacht

Sie sieht aus wie eine nette ältere Dame, dachte er und kam sich bei ihrem Anblick ungelenk vor, ein schwerfälliger Berg von Fleisch und Muskeln. Er beobachtete, wie sie mit ihren Altweiberschritten dahertippelte, den vielen entgegenkommenden Menschen geschickt auswich, und wie die Feder an ihrem kleinen schwarzen Hut dabei leise wippte. Sie war komplett in Schwarz gekleidet, im Gegenlicht des Mondes wirkte sie wie eine fragile Silhouette. Wahrscheinlich hat sie gerade ihren Mann verloren, überlegte er und stellte sich ein glückliches Paar vor, beide noch jung – er mit rauen, von der Arbeit auf dem Bau breit gewordenen Händen, hoch gewachsen, muskelbepackt. Sie neben ihm, zierlich, mit großen blauen Augen, in denen die Liebe für den Mann an ihrer Seite leuchtete, ihre schmale linke Hand in seiner Männerpranke.

Die Menschen, die zum großen Festzelt auf der Dorfwiese strömten, machten ihr respektvoll Platz. Obwohl sie so winzig war, hatte sie etwas Majestätisches, eine Würde, die man nicht erlernen kann.

In diesem Moment registrierte er, dass er wieder einmal auf Russisch gedacht hatte. Er konnte es sich einfach nicht abgewöhnen. Dabei war er schon seit seiner Kindheit in diesem Land. Außerdem erkannte er, dass der Mann, den er sich gerade im Geiste ausgemalt hatte, Ähnlichkeit mit ihm selbst aufwies. Verwirrt zog er die

Schale von der Banane in seiner Hand. Dann biss er ein großes Stück ab.

Unvermittelt strahlte sie ihn an. Sie hatte den Hünen schon lange entdeckt. Er war selbst in dieser Menschenmenge nicht zu übersehen. Die Muskeln seiner Oberschenkel waren prall wie Ballons, rieben bei jeder Bewegung aneinander, sodass sein Gang breitbeinig und schwerfällig wirkte. Doch sie wusste, wie schnell er sich bewegen konnte. Wenn er im Boxring stand, tänzelte, elegant unter den Schlägen des Gegners hinwegtauchte, zeigte er die Geschmeidigkeit eines andalusischen Stiers, gepaart mit der Eleganz einer Katze. Ein strammer Bursche. Kein Wunder, dass Fiona bereit war, alles zu tun, damit ihn keine andere Frau bekam.

Wie lange war es jetzt her, dass sie das Mädchen kennengelernt hatte? Dumme Frage, sie wusste es doch genau. 12 Jahre. Heute vor 12 Jahren war sie aus dem Gefängnis gekommen und hatte sich ganz in Fionas Nähe als Wahrsagerin etabliert. Fiona, von Natur aus neugierig, hatte sich schnell mit der seltsamen alten Frau in der Nachbarschaft angefreundet, die aus dem Nichts gekommen war und so viel zu wissen schien. Heimlich natürlich. Ihr Vater hätte das niemals geduldet. Er war noch immer derselbe Idiot. Ein Spießer und ein Heuchler. Genau genommen hatte die 13-Jährige von damals ebenso wenig Freunde wie die Fiona von heute. Außer einer alten Wahrsagerin, zu der sie sich nun seit 15 Jahren in jeder freien Minute schlich.

Erneut lächelte sie dem Russen zu, die zahllosen Fältchen um ihre Augen vertieften sich zu einem Gitter.

Der Hüne geriet in noch größere Verwirrung. Zufrieden beobachtete sie, dass er im Schritt innehielt, noch einmal ein großes Stück von seiner Banane abbiss. Er hatte sich wohl den Ort angesehen, an dem er bald kämpfen würde.

In diesem Moment erspähte sie in einer Lücke zwischen den Menschen die junge Frau. Fiona hatte die blonden Haare zu einem Zopf geflochten, trug ein weißes Sweatshirt, eine Jeans, darüber eine dieser Boxerjacken. Sie war einfach zu dick. Der Pullover spannte über ihrem Bauch. Fiona war keine junge Frau, die schnell einen Liebhaber fand. Ja, sie würde alles tun, damit keine andere den Mann bekam, den sie als ihren Besitz betrachtete. Die Blicke der Alten und der Jungen trafen sich kurz, versenkten sich zu einem stummen Austausch ineinander.

Die kleine Frau in Schwarz nickte der jungen Blonden fast unmerklich zu. Fiona vertraute ihr blind. Sie hatte ihr unbesehen geglaubt, dass der Russe sich eine Geliebte genommen hatte und dabei war, sie abzuschieben. Die Eifersucht machte sie fast wahnsinnig, lähmte ihren Verstand. Gut, es war eine Lüge gewesen. Doch es gab Zeiten, in denen waren Lügen unumgänglich. Sie mussten nur gut sein, damit sie nicht aufflogen. Das hatte sie im Gefängnis gelernt. Spätestens dort.

Sie kannte die 36 Strategeme des alten China inzwischen auswendig, jedes Wort: ›Töte mit einem geborgten Schwert‹, war eine davon. Der Plan war bis ins Letzte durchdacht. Er würde gelingen. Sie hatte viel Zeit gehabt, ihn auszuarbeiten. 15 Jahre. 131 400 verlorene Stunden, 7 884 000 Sekunden, während sie für den Mord büßte, den ihr Liebhaber begangen hatte. Den Mord an seiner Frau. Er hatte dafür gesorgt, dass alle Indizien auf sie deuteten, und war damit durchgekommen. Der Hass trieb den gallebitteren Geschmack in ihren Mund, doch sie verzog keine Miene. Oh ja, sie wusste, was es hieß, verraten zu werden, fallengelassen wie eine heiße Kartoffel für eine Andere, eine Schönere, eine Reichere, eine, mit der man angeben konnte.

Der Hüne registrierte den stummen Blickwechsel mit Erstaunen und winkte der jungen Blonden kurz zu. Was hatten diese beiden so unterschiedlichen Frauen miteinander zu tun? Er pulte das letzte Stück Banane aus der Schale und steckte es in den Mund. Nun, das ging ihn nichts an. Er musste sich auf den Kampf vorbereiten, Urin für die Dopingprobe abgeben, in die Halle neben der ehemaligen Dorfschule zum Wiegen gehen, er hatte jetzt keine Zeit für nette alte Damen und den Austausch von Liebesschwüren mit seiner Freundin. Er musste Fiona ausweichen, sie hing an ihm wie eine Klette. Er drehte ihr den Rücken zu und spürte, wie sich die bekannte Aufregung in seinem Bauch ausbreitete, die er immer vor einem Kampf spürte. Eine Art Vibrieren, welches viel Ähnlichkeit mit der Empfindung der Lust eines Mannes auf eine Frau hatte. In Gedanken versunken wollte er die Bananenschale auf die Wiese werfen, da fing er den Blick der Alten auf und hielt mitten in der Bewegung inne. Sie schüttelte den Kopf. Er kam sich vor wie ein kleiner Junge, der beim Äpfelklauen in Nachbars Garten erwischt wird.

Als sie sah, dass er die stumme Rüge verstanden hatte, strahlte sie ihn erneut an. Dieses Mal grinste er scheu zurück, seine Augen waren die eines Kindes, das sich nach Liebe sehnt. Es ist wirklich schade um ihn, dachte sie. Dann ging sie wie zufällig in die Richtung, die auch die Blonde eingeschlagen hatte.

Mac kam mit seinen Söhnen Flo und Jo aus dem ›Adler‹. Die Lampe vor dem Ausgang und die Laterne auf der anderen Straßenseite beleuchteten die Gladbachfahne vor der Wirtschaft. Sie hing auf Halbmast. Die Fußballmannschaft hatte am letzten Wochenende verloren. Der Wirt war Gladbachfan, Macs Schwager und ein Drommeringer. In dieser

Reihenfolge. Fast jeder in Rorgenwies gehörte zum Clan der Drommeringer, oder war ein angeheirateter Drommeringer, so wie er. Doch inzwischen war der Junge aus dem Ortsteil Glashütte der Ortsvorsteher von Rorgenwies. Vorher hatte er jedoch Elli geheiratet, die Wirtstochter. Eine Drommeringer.

Flo, der 11-Jährige, zerrte ungeduldig am Hemd seines Vaters. »Komm lass uns jetzt gehen«, forderte er, als dieser wieder einmal stehen blieb, um sich mit einem Vorübergehenden zu unterhalten. »Ich komme gleich, geht schon mal vor«, antwortete Mac und begrüßte einen Passanten. Jo ließ zögernd die Hand seines Vaters los, an der er meistens hing. Die Jungen trotteten die Dorfstraße entlang in Richtung Zelt, getrieben von der Hoffnung, dass etwas Ungewöhnliches auf sie wartete. Sie waren zwar erst 11 und 8 Jahre alt, doch ihre erwachende Männlichkeit spürte die Anspannung, die die Männer erfasst hatte, die jetzt, wie sie, aus der einzigen Dorfkneipe in Richtung Zelt strömten. Der Boxkampf der Frauen stand bevor.

Elli sah ihre Söhne gehen, als sie aus dem Haus auf der gegenüberliegenden Straßenseite kam und runzelte die Stirn. Sie mochte es nicht, wenn die Jungen im Dunkeln allein draußen herumstrolchten. Sie war mit einer Torte in der Hand ebenfalls auf dem Weg zum Zelt. Nach dem Boxkampf der Frauen würden die Männer Hunger haben und sich auf die Torte stürzen, obwohl es schon gegen 22 Uhr war. Das kannte sie bereits. Doch noch immer versetzte sie dieser offenbar unmittelbare Zusammenhang zwischen der Lust der Männer auf Süßes und Frauenboxen in Erstaunen. Ellis Torten waren für ihre Güte berühmt. »Du solltest eine Konditorei aufmachen«, sagten die Freundinnen immer wieder. Elli arbeitete Teilzeit als Kosmetikerin. »Steck dir das Hemd in die Hose«, rief sie ihrem Großen hinterher. Der tat es, fast mechanisch, sah sich aber nicht um. Seine ganze Aufmerksamkeit war auf den Zelteingang gerichtet, auf diese Welt, die nach Schweiß, Alkohol und noch etwas anderem duftete, das den Zugang zur Welt der Männer verhieß.

Mac blickte seinen Söhnen hinterher, Erinnerungen an die eigene Kindheit wurden wach. Sein Bruder musste hier irgendwo sein. Bumper kam immer zum Rorgenwieser Frühlingsfest, wenn er es einrichten konnte, obwohl er schon lange nicht mehr im Dorf lebte, sondern in Berlin. Seit es die Boxnacht gab, sorgte er dafür, dass die Bilder aus dem Ring im Rorgenwieser Festzelt per Webcam in alle Welt übertragen wurden.

Mac wechselte mit seinem Gesprächspartner einen letzten Handschlag und stapfte seinen Söhnen hinterher. Die beiden hatten sich ganz in der Nähe des Rings gute Plätze gesichert. Er stellte sich neben sie und fing im selben Moment den vorwurfsvollen Blick seiner Frau auf. Elli hatte Thekendienst. Er begriff, dass sie trotz der Hektik gesehen haben musste, wie die Jungen alleine ins Zelt gegangen waren. Sie machte sich ständig Sorgen um ihre Söhne. Er nickte ihr beruhigend zu. Ist ja nichts passiert, signalisierte sein Blick. Neben ihr arbeitete Hähnchen, der Mesner, konzentriert wie immer. Seine Brille war beschlagen von der Hitze des Wurst-Grills. Mac empfand Sympathie für ihn. Auch er war ein Eingeheirateter, und hatte dazu noch einen wunderschönen Bariton. Im Kirchenchor sang er allerdings Bass. Außerdem legte er bei jedem Fest die ersten beiden Würste für sich auf, bevor die anderen etwas bekamen. Er grinste. Es war schön, hier alle zu kennen. So fühlte sich Heimat an. Der Kommissar, der gerade vorbei ging, fing sein Grinsen auf, blinzelte und schlug ihm kräftig auf die Schulter.

Mac blinzelte zurück. Sie kannten sich schon länger als er zählen konnte. Der Kommissar hatte im Dorf bereits Kommissar geheißen, als er höchstens davon träumte, einmal ein stellvertretender Revierleiter zu werden. Nun war er es. In Tuttlingen.

Mac grinste erneut und konzentrierte sich auf den Ring. Die beiden Frauen, die gleich kämpfen würden, waren gerade dabei, durch die gespannten Seile hinein zu steigen. Er musterte ihre durchaus augenfälligen weiblichen Rundungen anerkennend. Der Boxclub Singen hatte ansehnliche Vertreterinnen geschickt. Die eine kam aus Meßkirch, die andere aus Stockach. Beide waren dazu noch gute Kämpferinnen, hatte ihm Mundschutz versichert, der ebenso wenig Mundschutz hieß, wie er Mac. Früher hatte Mundschutz die Singener Box-Amateure trainiert, davor war er selbst Boxer gewesen – 1.90 Meter, rote Haare, beeindruckende Pranken, der Mann, der Cassius Clay noch persönlich gekannt hatte, der Axel Schulz und Regina Halmich begegnet war. Mit den Jahren waren die Borsten auf dem Schädel des einstigen Trainers ausgedünnt. Er hatte Schuppenflechte und die einst schmale Nase war ein wenig breit geklopft. Mundschutz brachte die Ausschreibungen für die Vorwegweiser Boxnacht auf den Weg und stellte die Kämpfe zusammen.

Ein warmes Gefühl durchströmte Mac. Das Zelt war voll, die Boxnacht ein Erfolg, die Sponsoren hatten sich in diesem Jahr schon fast darum gerissen, ihr Geld loszuwerden.

Fiona stand im Schatten des linken hinteren Seiteneingangs, in der blauen Ecke, wo die Sportler der Gastmannschaft die letzten Momente vor dem Kampf verbrachten. Die Heimmannschaft benutzte die rote Ecke am anderen Ende der

Schmalseite des Zelts. Im Moment war hier niemand außer ihr. Sie kämpfte die Tränen nieder. Warum nur behandelte er sie so, ignorierte sie? Sie hatte so viel Liebe zu geben, doch niemand wollte sie haben. Nein, nicht weinen, nicht jetzt, sie brauchte einen klaren Blick. Sie schluckte. Die andere würde ihn nicht bekommen. Der Kampf der Frauen hatte gerade begonnen. Sie hörte die Anfeuerungsrufe der Betreuer und das Gemurmel der Zuschauer-Stimmen.

Langsam wurde sie nervös. Wo blieb die Alte nur? Da spürte sie, wie ihr von hinten kaltes Metall in die Hand gedrückt wurde. Die Waffe. Sie schaute sich kurz um. Die alte Frau lächelte ihr beruhigend zu, streichelte ihr kurz über die Wange und reichte ihr dann im Schutz der Dunkelheit den Schalldämpfer. Das Lächeln half etwas. Bis zu diesem Moment hatte sie gezögert. Es war etwas anderes, darüber zu reden, als es wirklich zu tun. Sie schraubte den Schalldämpfer auf die Waffe. Sie hatte lange geübt, würde nur einen Schuss benötigen. Die alte Frau nickte noch einmal ermutigend, die Feder an ihrem Hut wippte.

Bei den Frauen im Ring zeichneten sich die ersten Schweißflecken auf den dünnen Hemdchen unter den rasierten Achseln ab. Sie umkreisten einander, ihre Brüste wippten trotz der Sportbüstenhalter, die Muskeln an den Pobacken waren straff gespannt. Die etwas Kleinere aus Stockach schien auch die Wendigere zu sein. Da holte die größere der beiden Kämpferinnen aus – ein heftiger linker Haken krachte mit einem dumpfen Knall auf das Kinn der Kleineren. Fast synchron ging ein Raunen durch das Zelt. Die Kleinere stürzte zu Boden. Mac stimmte unwillkürlich in das kollektive Aufstöhnen ein. Jo schob seine Hand in die des Vaters. Die Zuschauer in den ersten Reihen beugten sich vor, der Ringrichter begann zu zählen.

Die junge Frau drückte der Alten die Waffe in die Hand ohne sie anzuschauen, verließ das Zelt und verschwand wie ein Schatten in der Dunkelheit. Die alte Frau sah sie kurz darauf durch den Vordereingang ins Zelt treten, lässig, mit ausdruckslosem Gesicht, als komme sie gerade von der Toilette. Sie betrachtete zärtlich die Waffe, drehte sie hin und her, schraubte den Schalldämpfer ab und steckte dann beides liebevoll in den schwarzen Pöngel. Sie konnte sich Zeit lassen. Da durchfuhr ein heftiger Schmerz ihr Gedärm. Niemand sah, wie sie sich kurz zusammenkrümmte. Aller Augen waren auf den Ring gerichtet.

Der Schiedsrichter hatte aufgehört zu zählen und starrte fassungslos auf die Boxerin zu seinen Füßen. Sie rührte sich nicht. Für wenige Sekunden wirkte er wie versteinert. Es wurde still im Zelt, die Menschen hielten den Atem an. Plötzlich begriffen sie, dass hier etwas nicht stimmte. Mac machte einen Schritt in Richtung Ring, hielt aber dann inne. »Geht zu eurer Mutter!«, befahl er seinen Söhnen. »Papa!«, protestierte Flo anklagend. Doch dieses Mal verfehlte das seine Wirkung. Die Brüder warfen sich einen kurzen Blick zu. Florian grinste. Dann marschierten sie ihrem Vater entschlossen hinterher.

Mac beachtete seine Söhne schon nicht mehr, er stürmte zum Ring. Er sah, wie der Ringarzt durch die Seile stieg, sich neben die am Boden liegende Boxerin kauerte und ihr den Kopfschutz abnahm. Die Boxerin aus Meßkirch stand daneben, Fassungslosigkeit im Gesicht. »Ich habe nicht so fest zugeschlagen«, versicherte sie immer wieder. Niemand beachtete ihr Stammeln. Mac erreichte den Ring zusammen mit dem Kommissar. »Jemand hat sie erschossen«, erklärte der Ringarzt in diesem Moment, in seiner Stimme lag Ungläubigkeit. Obwohl er als Hubschrauber-Notarzt in Österreich schon vieles erlebt hatte, kam ihm dies alles unwirklich vor. Mac sah den linken großen Zeh des Arztes wackeln. Wie fast immer trug er seine Jesusschlappen.

Elli erstarrte hinter der Theke und ließ das Kuchenmesser fallen. Die mit Kirschwasser aromatisierte geschlagene Sahne einer Schwarzwälder-Torte spritzte über den, von vielen Füßen hart gestampften Boden. Sie rannte los.

Flo und Jo standen inzwischen hinter dem Vater. Sie hatten rote Wangen vor Aufregung, waren ganz Ohr. Das versprach, spannend zu werden. Plötzlich zerrte jemand von hinten an ihren Krägen. »Wir gehen heim«, erklärte ihre Mutter energisch. »Mama!« Wieder verhallte Flos Protest unbeachtet. Elli hatte nur einen Gedanken, obwohl sie nicht genau wusste, was sich da abspielte. Doch ihre mütterlichen Sensoren schlugen Alarm, ihr Instinkt schrillte: Die Söhne mussten sofort aus dem Zelt.

Elli nahm den Weg über die blaue Ecke und zog die Söhne hinterher. Im Augenwinkel sah sie die freundliche alte Frau mit dem Federhut dort stehen. Sie war ihr im Verlauf der letzten Stunden schon öfter aufgefallen. Sie war klein und dennoch nicht zu übersehen in ihrer würdevollen Haltung, wirkte so angenehm altmodisch, fast ein wenig rührend. Wie die Oma aus dem Bilderbuch. Sie schenkte ihr nur einen kurzen Blick. Flo bemerkte, wie die alte Frau eine Hand aus dem schwarzen Stoffbeutel zog, der am Gelenk des anderen Arms baumelte. Da zerrte ihn seine Mutter auch schon weiter. »Komm jetzt. Wir gehen sofort heim.« Die beiden Jungen fügten sich widerstrebend. Sie wussten, es hatte in diesem Moment keinen Sinn, der Mutter zu widersprechen.

Die alte Dame sah den Dreien stirnrunzelnd nach. Dann trippelte sie mit ihren unsicheren Altweiberschritten hinaus aus dem Zelt in Richtung Halle.

»Keiner rührt sich von der Stelle, bis die Kriminalpolizei eingetroffen ist!« Die Stimme des Kommissars durchbrach die Stille im Zelt. Jeder hatte inzwischen begriffen, dass hier etwas nicht stimmte. Die Boxerin lag noch immer auf dem Boden. »Du bist doch die Polizei«, erklärte eine Männerstimme im Bemühen, einen Scherz zu machen. Der Kommissar, stellvertretender Leiter des Tuttlinger Reviers, musterte den Mesner mit einem scharfen Blick. Er war jetzt im Dienst, alles Verbindliche war von ihm abgefallen. »Geh lieber wieder an deinen Grill, Hähnchen.« Dann zückte er sein Handy. Bevor er wählte, hielt er kurz inne. »Besorge Leute, die die Zeltausgänge absperren und die Schaulustigen vom Ring fern halten«, befahl er Mac. Hähnchen ignorierte die erste Anweisung und machte sich zusammen mit dem Rorgenwieser Ortsvorsteher auf den Weg.

Mac winkte den Bruder herbei, raunte ihm etwas ins Ohr. Bumper schnappte sich zwei Männer, deren Gesichter ihm vage bekannt vorkamen, und bewegte sich in Richtung Hauptausgang. Der Polizist schloss sich ihnen an, übrigens auch ein Drommeringer, Mitglied der Bereitschaftspolizei Stockach. In seinem Blick lag ebenfalls polizeidienstliche Entschlossenheit. Zwei weitere Männer gesellten sich zu der Gruppe. Nach einer kurzen Absprache teilten sie sich. Zwei Minuten später waren alle Ausgänge gesperrt.

Die alte Dame blickte sich um. Gut, in der Umkleidekabine war niemand mehr. Die anderen Boxer waren entweder zum Zelt gelaufen oder beim Wiegen. Ihr Blick fiel auf eine Bananenschale. Sie war braun angelaufen, angetrocknet, aber sorgsam zusammengelegt. Sie lächelte ihr strahlendes Lächeln. Er hatte die Banane komplett gegessen, samt dem testosteronhaltigen Medikament, das sie lange vor dem Kampf unbeobachtet durch die Schale hineininjiziert hatte. Alle Boxer aßen Bananen vor dem Kampf, das wusste sie von Fiona. Wunderbar.

Das mussten demnach die Sachen des Russen sein. Sie öffnete die Sporttasche. Darin lagen noch ein Kulturbeutel, ein Handtuch und sein Helm, der als Kopfschutz beim Kampf diente. Sie zog die Pistole und den Schalldämpfer aus ihrem Pöngel und wickelte sie ins Handtuch des Russen. Dann griff sie noch einmal in den kleinen Beutel, klaubte einen Briefumschlag hervor und steckte ihn in den Helm. Anschließend ließ sie eine leere Ampulle in die Tasche fallen. Jeder, der sich auskannte, wusste, was darin gewesen sein musste: Testosteron. Alle Welt sprach schließlich von Doping.

Sie blickte sich um. Noch immer niemand. Sie nahm den Hut ab. Am Hut hing eine graue Perücke. Dann zog sie das schwarze Spitzenjabeau über den Kopf. Wieder krümmte sie sich zusammen. Der Krebs war wie ein Krake, der sich immer weiter ausdehnte, an ihr fraß. Er war nicht mehr aufzuhalten. Noch musste sie durchhalten. Sie hatte so viele Jahre auf diesen Augenblick gewartet, geduldig geplant, gedacht, umgeplant, gewartet, hatte sich verwandelt, war verschwunden, in einer anderen Identität aufgegangen. Die Rache an ihrem einstigen Geliebten erhielt sie am Leben.

Nicht mehr lange und sie war am Ziel. Sie würde sich den Triumph nicht entgehen lassen. Sie würde dabei sein und sehen, wie sein guter Ruf zerstört wurde, wie damit sein Leben in Stücke ging und alles, was er sich aufgebaut hatte, der honorige Herr Richter. Sein Ruf war ihm immer so wichtig gewesen, für diesen Ruf hatte er alles geopfert, auch seine naive Geliebte. Damals wäre sie ihm bis ans Ende der Welt gefolgt, hätte alles für ihn getan. ›Meine Frau will sich nicht scheiden lassen …‹ Seine Frau. Sie hatte das Geld, das sie beide für ihr Glück brauchten. Es kann nichts passieren, es gibt den perfekten Mord. Warum war sie so leichtgläubig gewesen! Er hatte sie nur benutzt. Er hatte längst eine Andere.

Sie griff sich eine graue Sporttasche, die ein wenig abseits auf einer der Holzbänke des Umkleideraumes stand, eine unter vielen. Stück für Stück verschwand die Kleidung der alten Frau, Hut, Feder, graue Perücke, Jabeau, im Dunkel des Taschenbauches. Den Rock wickelte sie hoch und befestigte ihn, wie eine Wurst mithilfe des Jeansgürtels, über dem Bauch. Über die Jeans zog sie ein weißes T-Shirt. Es spannte am Bauch. Zufrieden blickte sie an sich hinunter. Die hochhackigen Schuhe waren unter der überlangen Hose fast nicht zu sehen. Zum Schluss angelte sie eine blonde Perücke aus der Tasche, setzte sie auf, rückte sie zurecht. Nach einem Blick in den Taschenspiegel nickte sie zufrieden. Jeder würde sie im Dunkeln für Fiona halten. Dann machte sie sich auf den Weg. Bald würde sie wieder ihre wirkliche Identität annehmen. Ihre eigentlichen Kleider lagen gut verpackt in einer schwarzen Plastiktüte ebenfalls in der Sporttasche. Sie schaute sich noch einmal um und ging in Richtung Ausgang.

Eine füllige Blonde mit einem langen Zopf verließ die Halle. Sie trug eine Bomberjacke, Jeans und darunter ein weißes Sweatshirt, das über ihrem Bauch spannte, über der Schulter eine Umhängetasche, sah aus wie Fiona und war doch nicht Fiona. Ihre Haare leuchteten kurz im Licht der Straßenlaterne auf. Abdi sah sie herauskommen. Er fand das seltsam. Was hatte diese Unbekannte bei den Boxern zu suchen? Er konnte zwar ihr Gesicht nicht erkennen, sie gehörte aber mit Sicherheit nicht zu den Leuten aus Singen. Sollten nicht alle anderen Besucher der Boxnacht im Zelt sein, wo die Polizei war? Er beschloss, seine Freunde Flo und Jo zu suchen. Was, wenn sie zusammen sogar diesen Mord aufklären könnten!

Abdi trabte die wenigen Meter quer über die Rorgenwieser Hauptstraße. Sie lag ausgestorben im Mondlicht. Beim großen Haus gegenüber der Halle warf er einen Stein gegen ein Fenster. Es war kein einfaches Unterfangen, die Stärke des Wurfes musste sehr genau bemessen sein, damit keine Scheibe zu Bruch ging. Und außer Flo durfte niemand das Klicken des Geschosses gegen das Glas hören. Ein Fensterflügel öffnete sich, zwei Jungenköpfe, ein dunkler und ein blonder, spähten durch die Nacht. Unten sahen sie den Krauskopf ihres dunkelhäutigen Freundes Abdi. Dessen Vater stammte aus Äthiopien. Abdi sprach das beste Alemannisch im ganzen Dorf. Momentan sprach er nichts, er winkte nur. Flo nickte und machte sich auf den Weg. Er kannte mehr als eine Möglichkeit, sich aus dem Haus zu schleichen. Jo folgte ihm auf dem Fuße. Niemand hätte ihn davon abhalten können, auch der Protest des älteren Bruders nicht, obwohl er sich schon ein wenig fürchtete. Flo gab sich leise seufzend geschlagen. Jetzt war keine Zeit für Diskussionen.

Im Zelt hatte sich inzwischen herumgesprochen, dass die Boxerin im Ring tot war. Sie sollte erschossen worden sein. Aber niemand konnte sich erinnern, einen Schuss gehört zu haben. Ein Mord? So etwas geschah in Los Angeles oder höchstens noch in Singen, aber keinesfalls in Rorgenwies. Das musste ein Irrtum sein.

Spätestens mit dem Erscheinen der Männer und zwei Frauen von der Mordkommission der Kripo Konstanz setzte sich die Erkenntnis durch, dass hier tatsächlich etwas nicht in Ordnung war. Sogar der Leitende Oberstaatsanwalt war gekommen. Selbst er musste sich offenbar mit eigenen Augen davon überzeugen, dass in Rorgenwies, 300 Einwohner, zwei Bauernhöfe, 50 Rinder, ein Mord geschehen war.

Zwei Männer und eine Frau machten sich an der Toten und im Ring zu schaffen.

»Spurensicherung«, konstatierte Hähnchen von seinem Wachposten am Haupteingang aus. Bumper nickte und beobachtete, was da vor sich ging. Der eine der Männer zog der Boxerin den Helm ab. Blondes Haar flutete über die Dielen des Ringbodens. Es war teilweise von Blut verklebt. Andere Kriminalbeamte eröffneten die Befragung der Menschen im Zelt – nach dem Woher, dem Wohin, nach besonderen Beobachtungen, nach Namen und Adresse. Eine zweite Befragergruppe schlug ihr Quartier im ›Adler‹ auf. Besonders bezüglich der Beobachtungen war die Ausbeute gleich null.

Niemand hatte einen Schuss gehört. »Schalldämpfer«, folgerte der Staatsanwalt. »Kleinkalibrige Waffe, ein Schuss, direkt in die Stirn, ein Profi«, ergänzte der Kommissar, der neben ihm stand. »Sollten Sie sich nicht um die Befragungen kümmern?«, raunzte der Staatsanwalt. Das Gesicht des Kommissars wurde undurchdringlich. »Arrogante Bande, kommen hierher und tun so, als hätten sie die Weisheit mit Löffeln gefressen«, flüsterte der stellvertretende Leiter des Reviers Tuttlingen dem Polizeiobermeister Drommeringer zu, der die Antworten der Befragten notierte.

Schließlich durfte einer nach dem anderen gehen. Es dauerte Stunden, bis der letzte der Festgäste abgefertigt war. Irgendwann – niemand hatte die Zeit, auf die Uhr zu schauen – schlurfte der Ringarzt mit seinen Jesussandalen zum Staatsanwalt und raunte ihm etwas ins Ohr. Der runzelte die Stirn. Zusammen marschierten sie in die Sport- und

Veranstaltungshalle nebenan, dort warteten die Boxer. Der Ringarzt deutete mit einer seiner bemerkenswert kleinen Hände auf einen Hünen. »Das ist er. Von ihm stammt die Dopingprobe.«

Flo ging voran, Jo und Abdi folgten ihm auf Zehenspitzen. Die Frau, von der Abdi erzählt hatte, war nirgends mehr zu entdecken. Da hörten sie Stimmen. Sie kamen aus dem Umkleideraum der Halle mit den angegliederten Duschen. Der Leitende Oberstaatsanwalt wies anklagend mit dem Zeigefinger auf den Hünen im Trainingsanzug, einem der beiden Kontrahenten des Schwergewichtskampfes. Dieser Fight war sonst die Hauptattraktion der Boxnacht. Dieses Mal fiel er aus.

Die Jungen linsten vorsichtig um die Ecke. Der Boxer stand da wie ein geprügelter Hund, betrachtet von einer ganzen Gruppe von Männern. Der Ringarzt, Mundschutz, der Singener Box-Koordinator und der Rorgenwieser Ortsvorsteher Mac musterten den Riesen vorwurfsvoll. In seiner Verwirrung sprach dieser Russisch. Immer wieder dieselben Worte. »Ne snaju, ne snaju.«

Der Konstanzer Kommissar verstand offenbar Russisch, stellte Flo fest und zog schnell den Kopf ein. Sein Vater durfte sie keinesfalls entdecken. »Das können Sie uns nicht erzählen, Sie wissen von nichts? Ihre Urinprobe ist eindeutig. Das Testosteron war wohl in der Zahnpastatube, hä? Das scheint mir dann doch etwas zu viel Zufall zu sein. Eine Tote im Ring, ein Boxer, der sich mit Testosteron fit gemacht hat«, erklärte der Beamte. »Wusste die Boxerin zu viel und wollte Sie verraten? Kannten Sie sie? Hatten Sie ein Verhältnis mit ihr?«

Der Hüne hatte sich etwas beruhigt und sprach jetzt Deutsch. »Ich habe nichts damit zu tun. Wirklich. Das

Medikament muss mir jemand heimlich gegeben haben. Ich weiß wirklich von nichts. Auch nicht von einem Mord. Ich will einen Anwalt. Das ist mein Recht.«

»Ja, ja, der übliche Unbekannte. Sie kannten die Tote gut, nicht wahr? Geben Sie es zu, sie war Ihre Geliebte!«

Der Boxer hatte wohl beschlossen, nichts mehr zu sagen, er kniff den Mund zusammen und musterte die Männer düster, die um ihn herumstanden. Der Ermittler aus Konstanz, ein mittelgroßer Mann, der für die drei Jungen eher aussah wie ihr Lehrer, aber nicht wie die knallharten Fahnder aus dem Fernsehen, rückte sein zerknittertes Leinensakko zurecht. »Vielleicht schweigen Sie wirklich besser, bis ihr Anwalt da ist. Wie ich schon sagte, da ist mir der eine oder andere Zufall zu viel.«

»Ich habe keine Geliebte, nur eine Freundin«, protestierte der Boxer. Es klang lahm. »Sie haben keine Beweise.«

»Schon gut, jetzt sind Sie jedenfalls vorläufig festgenommen. Wie ist es, zeigen Sie uns freiwillig den Inhalt Ihrer Tasche?«

Der Mann nickte. Der Kommissar aus Konstanz gab einem seiner Männer einen Wink. Der förderte den Boxdress zutage, das Frotteehandtuch, Duschgel, Aftershave von Boss, den Helm, den Brief, die Ampulle. Die Augen des Russen wurden immer größer, während der Beamte den Brief vorlas. Er enthielt nur wenige Sätze: »Ich weiß, dass du eine andere Frau hast. Glaube ja nicht, dass du mich so einfach loswirst. F.«

Der Kommissar nickte zufrieden. »Wussten wir es doch. Sie hatten also wirklich eine Geliebte. Wer hat diesen Brief geschrieben? Ihre Freundin? Wer ist sie?«

Der Boxer kniff den Mund noch fester zusammen.

Der Beamte, der die Tasche durchsuchte, wickelte die Handtücher auseinander. Eine kleinkalibrige Pistole fiel heraus, klirrte auf die Steinfliesen.

»So viel zum Thema Beweise. Also versuchen Sie nicht, uns zu belügen. Haben Sie die Boxerin ermordet? Vielleicht zusammen mit dieser F.? Reden Sie schon!«

Der Hüne starrte auf die Waffe, er sah aus wie ein verblüfftes Kind. »Das ist nicht meine Pistole.«

Der Leitende Oberstaatsanwalt betrachtete ihn nachdenklich. »Ziemlich viel, das nicht Ihnen gehört und von dem Sie nichts wissen, finden Sie nicht? Abführen!«

»Ich habe nichts getan, ich weiß von nichts. Ich protestiere.« Es half ihm nichts.

»Diese F., wer auch immer sie sein mag, hätte ebenfalls ein ausgezeichnetes Mordmotiv«, murmelte der Kommissar. »Mord aus Eifersucht. Wäre nicht das erste Mal. So etwas kennt man ja.« Die anderen Männer nickten.

»Da war eine blonde Frau.« Abdi stand plötzlich in der Tür.

Alle Köpfe wandten sich zu ihm um, aller Augen richteten sich auf den kleinen farbigen Jungen, der ängstlich verstummte. Flo beschloss, den Freund in dieser Situation nicht im Stich zu lassen. »Das stimmt«, bestätigte er. »Jo und ich haben auch gesehen, wie sie aus der Halle kam. Vom Wohnzimmerfenster aus.« Jo nickte energisch und baute sich neben seinem Bruder auf.

»Jo, Flo, was macht ihr denn hier!« Der Vater war sichtlich wütend. Alle drei sackten in sich zusammen.

»Lass die Buben«, wandte der Polizist namens Drommeringer ein. »Vielleicht haben sie ja etwas Wichtiges beobachtet.«

Die Jungen richteten sich wieder auf. »Dann zeigt mir mal das Fenster, Jungs«, verlangte der Kommissar aus Konstanz. Abdi, Flo und Jo fanden ihn jetzt richtig nett. Besonders, als er sie fragte, ob sie die Frau beschreiben könnten. Alle drei nickten eifrig.

»Da war auch noch eine alte Frau«, bemerkte Jo. »Im Zelt, in der blauen Ecke. Sie hat etwas in einen schwarzen Beutel an ihrem Handgelenk getan. Sie war überhaupt ganz schwarz angezogen und hatte eine Feder am Hut.«

»Das stimmt«, bestätigte Flo.

Die Suche nach der alten Frau brachte kein Ergebnis. Dafür schleppten die Polizisten nach einer Weile fünf jüngere Frauen mit einem blonden Pferdeschwanz an. Eine hatte einen langen Zopf, war etwa 25. »Das ist sie«, erklärte Abdi bestimmt. »Das ist sie«, beschwor Flo. »Stimmt«, lispelte auch Jo. Alle drei erkannten sofort das weiße Sweatshirt, die Jeans und die blonden Haare. Auch die Figur stimmte. Das Gesicht hatten sie trotz des Lichtkegels der Laterne an der Halle allerdings nicht genau sehen können.

Mac blickte stolz auf seine beiden Söhne. Der Kommissar aus Konstanz strich den Jungen über den Kopf. »Das habt ihr gut gemacht«, erklärte er und beschäftigte sich in Gedanken schon mit der Beförderung, die ihm der schnelle Fahndungserfolg einbringen könnte. Er hatte sogar zwei Verdächtige. Der Leitende Oberstaatsanwalt nickte huldvoll. Jo schob seine kleine in die beruhigend große Hand seines Vaters. Flo fühlte sich zu alt für solcherlei Kindereien, obwohl er es seinem Bruder am liebsten gleichgetan hätte. Elli drehte sich im Halbschlaf im Bett um und wunderte sich, dass Jo noch nicht zu ihr unter die Decken gekrochen war.

Eine schlanke Frau in den Fünfzigern, die dunkelbraunen Haare in Pagenform geschnitten, beobachtete, wie die 25-Jährige zum Verhör abgeführt wurde. Bald würden sie

Fionas Fingerabdrücke finden. Auf der Waffe und auf der Ampulle, sie hatte dafür gesorgt, hatte die Waffe nicht wie versprochen von Fingerabdrücken gereinigt. Bald würden sie herausfinden, dass der Brief von Fiona stammte und folgern, dass sie versucht hatte, ihrem ungetreuen Geliebten den Mord an ihrer Rivalin in die Schuhe zu schieben. Bald würden sie die Tochter des Richters verurteilen. Das war schlimmer für ihn, als selbst ins Gefängnis zu gehen. Er liebte Fiona abgöttisch. Der Richter hatte sie verraten damals, ihr Vertrauen missbraucht. Dafür hatte sie seine Tochter zur Mörderin gemacht. Niemand würde Fiona die Geschichte von der Unbekannten abnehmen, die sie zu dem Mord verführt hatte. Und wenn! Die Wahrsagerin existierte nicht mehr. Die Wohnung war längst geräumt, sie wusste schon, wo sie auch die letzten Hinweise, die Kleidung der Alten, für immer verschwinden lassen konnte.

Einzig der arme Kerl, der Boxer tat ihr leid. Ihn erwartete eine Sperre wegen Dopings. Sie dachte daran, wie sie das Testosteron in die Banane gespritzt hatte, um die Aufmerksamkeit auf ihn und damit auf den Brief und die Waffe zu lenken. Alles andere wäre zu offensichtlich gewesen, zu einfach. Sie lächelte. Es war dasselbe strahlende Lächeln wie bei der alten Dame. Doch niemand sah es. Dopingmittel waren heutzutage leicht im Internet zu bekommen. Nun, man sollte sich als Mann eben nicht mit zwei Frauen gleichzeitig vergnügen wollen.

Die junge Frau wurde schluchzend an ihr vorbei geführt. Sie würde den Mord bald gestehen. Für einen kurzen Moment stellte sie sich unter die Laterne. In Fionas Augen zeigte sich zuerst Verwirrung. Dann flackerte so etwas wie Erkennen darin auf. Gut. Ihr Vater sollte wissen, wer seine geliebte Tochter dazu getrieben hatte, einen Mord zu begehen. Das war ein kleiner, aber sehr wichtiger Teil des

Plans. Der Richter würde das Drehbuch sofort erkennen, schließlich hatte er es einst selbst entworfen, sie hatte es nur etwas verfeinert: der Plan hinter dem Plan, geschickt gelegte Spuren. Sie hatte ihm damals eigentlich nur ein Alibi geben sollen, behaupten, er sei zur Mordzeit bei ihr gewesen. Wenn wir zusammenhalten, kann uns niemand das Gegenteil beweisen. Wie gut erinnerte sie sich an seine Worte. Dann hatte er sie verraten, bestritt, sie überhaupt zu kennen. Er hatte genügend Gelegenheit gehabt, die Waffe so geschickt zu deponieren, dass der Verdacht auf sie fiel. Die Polizei hatte es sich leicht gemacht.

Sie nickte Fiona zu. Die Tochter des Richters hatte geglaubt, ihr ungetreuer Geliebter würde wegen des Mordes an seiner Geliebten ins Gefängnis wandern. Doch der Plan hinter dem Plan sah auch dieses Mal anderes vor.

Sie blickte sich kurz um, beobachtete für einige Sekunden die verlassene Straße, die am Zelt vorbei in Richtung Liptingen führte. Sie lag friedlich im Mondlicht. Dann passierte sie das Zelt und verschwand in der Dunkelheit.

Anmerkung der Autorin: Es gibt das Dorf Rorgenwies (www.rorgenwies.de) im schönen Hegau, es gibt die Boxnacht. Ein Mord ist dort jedoch nie geschehen. Einige Ähnlichkeiten mit lebenden Personen sind nicht zufällig.

Arnold Stadler

Gleich hinter Zizenhausen, die Gegend hieß Mesopotamien

Für Jo. Ku. und Sy. Me. aus Kloster W. an der Straße nach Hi., die es wüssten.

Kleine Kriminalkomödie und Blödsinn

1. JM

Johannes Maria war so weit weg von jedem Krimi aufgewachsen, und so hatte er bisher auch gelebt, dass er nicht einmal wusste, wie man ›Kommissar‹ schreibt. So einer schaffte es nicht einmal bis Zizenhausen. Zwar hatte sein Vater immer ein schönes, ziemlich langes und hart-elastisches Messer, das nicht so leicht brechen konnte, unter seinem Kopfkissen liegen, das er auf seinen Expeditionsreisen im Haus bald entdeckte wie ein Geheimnis, über das nie gesprochen wurde. Zwar war er im Laufe seines Lebens in die eine oder andere Schlägerei verwickelt. Und immer wieder hatte er im Laufe der Jahre gesehen, wie jemand tot am Steuer eines Autos saß, aus dem Wasser gezogen wurde oder abgeknallt auf einem Dachboden im eigenen Blut lag, und wie dann ein Experte kam, der den Fall gelöst hat. Das war meist im Fernsehen. Trotzdem fand er sich nun in der Rolle des Hobbykommissars, in diese Rolle gedrängt durch den Anruf von Inge Schießlich. Vielleicht auch nur, weil sie ablenken wollte.

JM lebte seit Langem in Döggingen, wo ihn die Nachricht vom seltsamen Tod seiner Tante erreichte, direkt über dem Eingang des Doppeltunnels der B 31, als wären es zwei riesige immer offene Garagentore, unweit vom Postloch, wo es in den Dreißigern ein Busunglück mit 40 Toten aus Radolfzell gegeben hatte, die auch längst vergessen sind.

JM, wie ihn die Freunde, die ihm nach einem solchen Leben noch geblieben waren, nannten, betrieb in seinem Hauptberuf eine private Zahnarztpraxis in jenem Dorf hinter Unadingen, das hier aus Datenschutzgründen, und solange die Ermittlungen noch laufen, nicht genannt ist, und lebte von Schweizer Kundschaft, Leuten, die auch nicht glücklicher aussahen, manche schon zu Lebzeiten so, als wären sie tot. Es waren solche Schweizer, die Geld sparen wollten und deswegen die Dienste von JM in Kauf nahmen. Er hatte sein Zahnarztdiplom bei einer Firma in Liechtenstein, ihrerseits Vertreterin der Universität Malta mit Sitz auf der Insel Jersey, erworben. Im Unadinger Sprechzimmer sah es jedoch gar nicht international aus, eher wie in einer in einem Hinterhaus untergebrachten Autowerkstatt. Auch der Arbeitskittel von JM war ursprünglich einmal weiß gewesen.

Aber seitdem ihm seine Frau aus gutem Grund davongelaufen war, war es überhaupt noch mehr bergab gegangen mit ihm. Es gab Psychologen, die sagten, JM neige zur Vermüllung, womit dieser Fachbegriff auch in dieser Gegend eingeführt war. Man konnte es auch einfacher sehen: Johannes Maria wusste einfach nicht, was in die Trommel musste, und wie viele Waschgänge nötig waren, und so fort. Und auch sonst klappte es nicht richtig mit dem Leben.

Nun gab es alles, und der Eismann brachte den Rest. Irgendjemand hatte ihm auch von bügelfreien Hemden erzählt, dass es so etwas gab, er solle es doch einmal mit bügelfreien Hemden versuchen, und so sah er dann auch aus.

Ungefragt war der Fortschritt gekommen. Erst der Strom. Dann die Tiefkühltruhe. Dann das entsprechende Essen. Erst das Radio. Dann der Fernsehapparat. Erst schwarz-weiß. Dann farbig. Erst ›Miss Marple‹. Dann mit ›Schirm, Charme und Melone‹. Später ›Miami Vice‹. Erst nur ein Programm, ab 17 Uhr. Dann 98 Programme 24 Stunden. Erst Heimatfilme. Dann die anderen. Früher Maria Schell. Dann Lollo Ferrari.

Und einen Geländewagen hatte er ja auch nicht gewollt. Trotzdem saß er nun in einem solchen, und auch ausgestattet mit allen Segnungen seiner Zeit, bis hin zum Seitenairbag und Kindersitzsicherung, ob er dies wollte oder nicht. Ob er dies brauchte oder nicht. Der Hauptsatz der Verkäuferinnen bei Dosenbach war: ›Das hat man jetzt‹. So wurde alles immer besser, bis der Mensch starb. Zum Glück einmal nur. Vorerst noch.

So war Johannes Maria unterwegs zur Beerdigung von Karla Pyritz, zu der er ›Tante‹ gesagt hatte, welche sein Ex-Freund Hubertus, nicht all zu lange vor ihrem Tod, noch heimlich geheiratet hatte. Karla Pyritz: man konnte sich zu diesem Namen einen Landsitz in der Uckermark dazudenken.

Irgendetwas stimmte mit diesem Tod nicht, unabhängig davon, dass sich Johannes K. in einer Schwebelage zwischen Eröffnung des Testaments und endgültigem Abschied von seiner Kindheit fand, Johannes war nun bald 60 Jahre alt.

Es konnte nicht sein, dass die Tante, die am Tag zuvor noch Kreuzworträtsel gelöst hatte, erst 84, und dann ›einfach so‹ gestorben war. Am anderen Morgen tot im Bett liegend, so von Inge gefunden, nachdem sie mit ihrem Schlüssel hinübergegangen war, nachdem um 8.30 Uhr die Rollläden noch unten gewesen seien. Das hatte ihn Inge wissen lassen. Er sei doch auch Doktor im Kopfbereich und solle sich das Ganze anschauen. Und der Polizei melden. Sie traue sich nicht, zur Polizei zu gehen. Dafür wussten am Abend jenes Tages alle Bescheid.

Hubertus, sein Freund aus Kindergartenzeiten, sollte es gewesen sein. Von dem hatte Johannes Maria sich seither denkbar weit entfernt, seit der ihn ein letztes Mal im Pfullendorfer Waldschwimmbad vom Beckenrand weg ins Freischwimmerbecken geschubst hatte, ohne dass er hätte schwimmen können. Weswegen Johannes, infolge dieses posttraumatischen Komplexes, das Schwimmen auch nie gelernt hatte.

›Der wars!‹, hatte sie ihm schon am Telefon gesagt.

Das Handy klingelte, kaum dass Johannes Maria sich an der Garage ›Grieshaber‹ vorbei in die Umgehung von Döggingen eingefädelt hatte. Er ging ans Telefon, obwohl er stets zu fürchten hatte, dass erboste Schweizer Klienten mit ihren Regressansprüchen daherkamen. Dann wieder dieses Gerücht. Aber dieses Mal war es Hubertus selbst, vorauseilend, der von Inges Aktivitäten wohl erfahren hatte, der ihm sagte, dass seine Frau mit einem Paradekissen erstickt worden sei, und zwar von Inge. Es gäbe allerdings vorerst kein plausibles Motiv, außer Eifersucht vielleicht. Und im Testament komme sie auch nicht vor.

Allerdings habe Inge das gar nicht wissen können. Oder vielleicht doch? Dann wäre es nicht Habsucht, sondern Rache gewesen. Wie auch immer: Aller Wahrscheinlichkeit nach sei es die Schießlich gewesen, ein Gerücht, das schon, seitdem Inge Schießlich angeblich die tote Frau Pyritz in ihrem Bett entdeckt hatte, im Dorf und weiter die Runde machte, wie eine ›Stille Post‹, sodass schließlich einzelne Wörter, das eher seltene ›Paradekissen‹, zum Beispiel, übrigblieben.

Hubertus sagte ihm, damit er es wisse, Karla P. sei ermordet worden. Mit dem selbst gestickten Paradekissen, auf dem die Meersburg mit dem Säntis zu sehen war, erstickt worden. Und zwar von Inge, die über den Umstand, dass er heimlich Frau Pyritz geheiratet hatte, nicht hinweggekommen war.

Sie hatte vielleicht ... zu viel RTL II gesehen ... Und jetzt laufe sie das Dorf hinauf und hinunter und sagte:

›De Sell! Wia der umendand lueged. Sell isch kuin reahte ...‹

Zwei völlig unterschiedliche, einander ausschließende Motive konnten die beiden zu dieser Untat bewogen haben: bei Inge wäre es eher Eifersucht gewesen, bei Hubertus Habgier. Eifersucht war Johannes sympathischer. Das empfand er so auf der Höhe von Hüfingen, wo an Fronleichnam die reinsten Blumenteppichorgien gefeiert wurden.

Zuzutrauen war so ein Mord beiden. Man sah ihm ja überhaupt nicht an, dass er weitläufig mit dem Sekretär des Papstes verwandt war, Geschwistrigskindskind, verstehen ... Im Übrigen war er mit allen verwandt, was weder sie noch ihn ehrte, verstehen Sie?

Viviane Petrucci war ihm beim Schild ›Bräunlingen‹ auch noch in den Sinn gekommen, und dann schon wieder dieser Hubertus, Roaming war das, Flatrate des Hirns … Hirndiarrhöe … instantartig …

Und Zizenhausen, Zoznegg, Hoppetenzell und Schwackenreute waren solche Orte, in die man sich auch nicht auf Anhieb verliebte. Sie lagen wie an einer Perlenschnur, die eher doch keine war. Nun folgte er den Kurven des unendlich scheinenden Zizenhausen, als wäre dieser Ort ein Labyrinth.

Diese Orte hatte J.M.K. bald erreicht. Sie gipfelten im verlassenen und mittlerweile völlig heruntergekommenen Bahnhof von Schwackenreute, der einst für eine Fernsehdokumentation ›Verwahrlost mitten in Deutschland‹ herhalten musste und eigentlich ein Schauplatz für jeden unerklärlichen Lustmord hätte sein können, der unweigerlich in die berüchtigte Strafanstalt nach Singen am Hohentwiel geführt hätte, wo die nachgewachsenen mit alten Nazimördern zusammengesperrt worden wären.

Und im Genick bis dahin den Witthoh mit seinen Spionagemasten. Die Donau und der Bodensee, der ja auch nichts anderes als eine breit geratene Ausbuchtung des Rheins war, kamen an dieser Stelle ziemlich nah zusammen und flossen in ganz unterschiedlichen Richtungen voneinander davon.

Das war die Lage von Mesopotamien, denn das Ganze lag ja auch zwischen zwei, ja vier Flüssen, die irgendwie aneinander vorbei flossen, die Ablach floss nach Norden, die Aach nach Süden, die Donau nach Osten, und der Bodensee, welcher vielen als schön galt, war ja auch nur ein etwas zu dick geratener Rhein, der nach Westen floss. Und innerhalb dieses Gevierts lebten auch noch einige Quadratschädel und Menschen, die schon nicht mehr wussten, wie im nächsten Dorf hinter dem Wald der Bach hieß, und ebenso gleichgültig verging das Leben und verlief nebeneinander her, aber am liebsten hätten sie sich umgebracht. Kein Wunder, dass hier immer wieder etwas passiert war.

Zuletzt kam noch eine der Europäischen Wasserscheiden, später kam etwas, als wäre es die Waldgöttin Sylvia, dann öffnete sich der Wald und es tat sich vor ihm eine Lichtung auf, die er kannte, und vielleicht besser nie kennengelernt hätte, jenem schwarzen Loch vergleichbar, das schon oftmals über Krieg oder Frieden bestimmt hatte und eine heimliche Weltmacht war, eine Mitspielerin, kurz, Johannes K. konnte von hier bis zum Schloss von Meßkirch in Richtung Deutschland und weiter sehen, bis zu den Masten des Bodenseesenders des SWR und weiter. Das war noch so eine Lichtung, von der aus man den Höchsten sehen konnte, die einmal vielversprechend gewesen sein mochte, nun aber war sie total verbaut, und es kamen trotzdem immer noch mehr von diesen Eigenheimkäfigen dazu, als wollte auch der Mensch, der hier siedelte, ewig bleiben. Trotz allem.

So dachte Johannes K. über alles, nicht nur über das Eine, das ihn nun schon, seitdem es einmal in seinen Kopf gefunden hatte, seit Jahrzehnten quälte. Dann war er am Ziel.

Den Bodensee hatte JM wieder einmal links liegen lassen. Ein andermal!

In Hinterstenweiler war es auch kalt, kalt wie immer, so kalt, dass es manchmal erst im nächsten Jahr blühte, und so kalt auch, dass es eigentlich zu einem heißblütigen Mord nicht reichte, nur zu einem kaltblütigen, wie dem vielleicht an Frau Pyritz. Es war zwar genau so kalt wie unten am Bodensee, der aus unerfindlichen Gründen fast schon als subtropisch galt, es war keineswegs kälter auf der Höhe, zumal im Winter, wenn oben die Sonne schien und unten alles in einem psychoseausbruchfreundlichen Nebel lag, wo auch immer wieder ein Mord vorkam, zumal in einer Gegend, die traditionell eine von Waffenproduzenten und Zuarbeitern der Waffenindustrie war und Lieferanten in alle Welt, einem Geschäft, von welchem praktisch der ganze See lebte (offiziell waren es die Touristen und die Felchen aus dem See), die am Heiligabend trotzdem ›Stille Nacht‹ sangen, und Bananenstauden, die ein Werbegag von der Insel Mainau waren, wo die Zauberkünstler aus ihren Glashäusern im Sommer frei lebende Bananen herauszauberten wie ein Kaninchen aus dem Ärmel. Der Bodensee galt Leuten, die es nicht wussten, als eine Bucht des Mittelmeeres. Im Winter war es in Hinterstenweiler, wohin sich ein Seemensch kaum einmal verirrte, 200 Meter über dem See, mit einer herrlichen Fernsicht, sogar noch etwas wärmer, denn wenigstens wurde den Hinterstenweilerern vom Himmel im Winter der Nebel erspart, und im Sommer die sogenannten Touristen. In manchem Vorgarten und an manch schäbigem Haus, gebaut im einheimisch groben Nachkriegsstil, stand in den verbauten schäbigen Orten unten am See immer noch ›Fremdenzimmer‹. Das war eigentlich sehr genau, während an den meisten Häusern schon ›Gästezimmer‹ stand, wo es manchmal zuging. Zu allem gab es auch noch Lustmörder, dazu vergrabene und in einem der Moorweiher versenkte Leichen, die jederzeit auftauchen konnten, so wie im Bodensee, und einen beim Schwimmen in Angst versetzen und mit einer Luftmatratze zusammenstoßen, was auch immer wieder vorkam. Der Tiefpunkt war das in jeder Hinsicht einbetonierte Überlingen. Davon ein andermal. Nun gut. Auch in Hinterstenweiler ging es zu, wie das in der Sprache der

Einheimischen hieß, welche das Wort Ficken so noch nicht kannten. Das bedeutete noch etwas anderes. Die letzten alten Leute, welche ihre Muttersprache noch fehlerfrei sprechen konnten, sagten noch: ›Me figged de Schua‹. Trotzdem gab es auch hier ein Nachtleben, ja gerade hier ging es andeutungsweise vor allem darum, um das Eine, das manchmal zum Tod führte.

Bei Karla Pyritz war es aber etwas anderes, wie schon auf dem Weg zum ersten Rosenkranz geraunt wurde. Etwas stimmte nicht. Sie lag eines Morgens einfach tot im Bett. Am Abend hatte sie noch ›Verstehen Sie Spaß‹ gesehen, hatte noch mit der Nachbarin telefoniert, die Höhepunkte der Sendung durchgesprochen, war sie noch kerngesund ins Bett gegangen, hatte noch die leere Tasse vom Gutenachttee in die Küche gebracht und abgewaschen, hatte den Fernseher zugedeckt. Und dann hatte sie sich wie immer in ihr Bett gelegt. Und am anderen Morgen wurde sie von Inge Schießlich, die einen Schlüssel hatte, und hinüberging, nachdem der Rollladen um neun immer noch unten war, tot in ihrem Bett liegend gefunden.

Aber das konnte doch nicht alles sein.

In Hinterstenweiler angekommen, empfing ihn Inge, mit der er vor Zeiten auch ein- und ausgegangen war, und zwar auf allen Etagen, mit dem Satz: ›Wie soll ich diese Geschichte beginnen?‹ Und sie begann so:

Ich werde nie vergessen, wie ich gestern Morgen wie immer zu deiner Tante Karla hinübergehe, ich habe ja einen Schlüssel, und wie Frau Pyritz wie immer im Bett liegt, daneben das selbst gestickte Paradekissen mit der Meersburg und dem Säntis ... Das war die Tatwaffe. Mit diesem Kissen hat er sie erstickt.

›Du bist doch der Gescheiteste von ganz Süddeutschland!‹, sagte sie und forderte ihn auf, den Fall zu klären, das heißt Hubertus Bockerer, ihren Ex und Hartz-IV-Empfänger im einstweiligen Ruhestand, zu überführen.

Johannes M. versprach ihr zu tun, was er konnte. Doch er wusste gar nicht, wo und wie er anfangen sollte, wie seine Ermittlungen beginnen. Schließlich war es das erste Mal.

2. INGE

Inge war auch nicht gerade ein Appetizer. Dachte JM, der immerhin in einer ersten Ehe, als wäre dies zum Spaß gewesen, mit derselben verheiratet gewesen war.

Hatte etwas von ›Gretna Green‹.

Sie nannte ihn, auch nachdem sie ihren Kindergartensprachfehler abgelegt hatte, immer noch Johohannes, oder einfach Joho, was auf eine falsche Vertrautheit deutete. Außer der Tatsache, dass sie zufälligerweise ein paar Tage nacheinander von Dr. Meyer König im längst zum Altersheimspeisesaal verwandelten Krankenhaus, die Anlage hieß nun ›Gröberhaus‹, in die Welt befördert worden waren und dann fast 13 Jahre dieselbe im selben Raum und von denselben Leuten erklärt bekamen, hatten sie keine Gemeinsamkeit, außer einem Leben, an das sie sich vollkommen unterschiedlich erinnerten. Inge war einst blond gewesen, dann hatte sie andere Farben, und nun war sie längst wieder blond und ging ebenso auf die 60 zu. Das war ein Alter, von dem Kinder glaubten, dass man da das Leben und das Sterben schon fast hinter sich hatte. Auch Joho war einmal blond gewesen. Er war über das Zeitalter des Melierten hinaus, längst einheitlich grau, was im Leben an sich auch nur einmal vorkam, so wie der Tod.

Johannes K. war nun schon dabei, sich bei Geisingen auf der Autobahn einzufädeln und zu beschleunigen.

Inge war auch nicht lupenrein. Das wusste Joho, denn er war einmal mit ihr verheiratet.

Eine Frau wie Inge Schießlich hätte Johannes im Leben niemals kennengelernt, und auch Inge hätte so einen wie Johannes auf keinen Fall kennenlernen wollen oder gar ausgesucht. Auszusuchen gab es nichts in Mesopotamien, diesem Elend zwischen zwei Flüssen. Aussuchen gab es nicht in diesen Orten, in Mesopotamien, wie die ganze Gegend hieß, nachdem Johannes K. sie einmal so getauft hatte. Es war eben das Schicksal, das unausweichliche, welches die beiden im Laufe ihres Lebens immer wieder zusammenführte. Die eine gemeinsame Erinnerung verband, welche beide trennte. Nicht nur, dass auch sie zusammen im Kindergarten gewesen waren und von dort, wohl Händchen haltend, immer wieder nach Hause zurückgekehrt waren. Und sich dort schon erste Eifersuchtsdramen, in denen auch Hubertus eine Rolle spielte, zu ersten Lebenskrisen auftürmten, die nicht anders als durch den Schlaf gemeistert wurden. Als wäre es nicht genug gewesen, heirateten sie auch noch.

So waren auch Inge und Joho bei Gelegenheit, mangels anderer Gelegenheit auch sonst zusammengekommen, hatten ›Räuber und Gendarm‹ und dann ›Doktor‹ gespielt, das eine Spiel bald aufgegeben, das andere beibehalten, sie konnten ja machen, was sie wollten, es hat sie ja niemand kontrolliert. Also machten sie, was sie wollten, bis ihnen langweilig wurde, vor allem Inge, und dann machten sie etwas anderes. Und heirateten. Doch seit über 30 Jahren waren die beiden nun schon wieder geschieden.

Was war die Ehe noch? Definition Ehe: die Voraussetzung für eine Scheidung.

Das wurde dann Liebe genannt. Was bis dahin gewesen war, war vergessen oder hieß in der Erinnerung einfach ›dumme Sachen‹. Am Stammtisch: Sauereien. Mit denen sich einer noch ein Leben lang brüsten konnte, nachdem alles vorbei war, im Leben danach, kurz: Frotteurist ja, das war dieser Hubertus ganz gewiss, und vorbestraft wegen Versicherungsbetrugs auch. Aber dieses hier?

›Inge übertreibt wieder einmal, es sind mit ihr wieder einmal die Pferde durchgegangen!‹, dachte Johannes auf der Höhe des Hegaublicks, denn Inge war ein Genie im Erfinden von schiefen Realitäten, und lebte auch so. Vielleicht wollte sie ja nur so von sich ablenken, wie einst. Beim ›Räuber-und-Polente-Spiel‹, das damals an sich eine strenge Disziplin und Einhaltung der Spielregeln forderte, verschwand sie einfach bei ihrer Oma aus dem Spiel, als wäre es aus dem Leben, und ließ sich nicht mehr blicken, so eine Spielverderberin war das. Die anderen haben sie gesucht, über eine Stunde lang und es war kalt draußen, als hätte Inge ein geniales Versteck gefunden. Dabei hatte sie sich längst aus dem Spiel verabschiedet, war klammheimlich in die Schießgasse in Zizenhausen, wo sie damals wohnten, ins gewöhnliche Leben zurückgekehrt und hat dann irgendwann, als der Anführer der Polizeitruppe sagte: ›Jetzt geben wir die Suche auf!‹ vom Schlafzimmer ihrer Großmutter ›Ätsch!‹ heruntergeschrien und die Zunge herausgestreckt. So eine war Inge damals. Es konnte ja sein, dass sie sich entwickelt hatte und eine andere wurde, eine tadellose Erscheinung, charakterlich mittlerweile längst gefestigt. Aber Johannes K. glaubte nicht an die Veränderung und an eine Entwicklung, und gar zum Besseren.

Ihm kam das schon sehr komisch vor, wie Inge diesen Hubertus, ihren zweiten Mann, als Mörder ins Spiel brachte. Hasste sie ihn immer noch derart? War es vielleicht die Eifersucht, weil Hubertus ihre damals 79-jährige Nachbarin geheiratet hatte und nicht noch einmal sie? War sie ihm nun nicht einmal mehr eine Sünde wert?

Er wusste nur, dass Inge nicht mehr so aussah wie damals, als sie ihn aufforderte, ihr etwas zu zeigen, und dann zeigten sie sich eben etwas, soviel sie sich zeigen konnten, sonst war sie die Alte geblieben. Er sah ja auch nicht mehr so aus. Und von Hubertus Bockeler, der ebenfalls Tante Karla sagte, wusste er zwar auch einiges, ja viel und konnte sich auch vieles vorstellen. Aber das, was ihm Inge am Telefon gesagt hatte? So etwas? Mit dem Paradekissen, auf das sie eigenhändig den Bodensee, die Meersburg und den Säntis gestickt hatte, die Arbeit von 100 Winterabenden, sollte er Tante Karla erstickt haben?

Inge meldete diesen Tod ja nicht als Schmerz, sondern als Mord und Sensation. Weil ausgerechnet Frau Pyritz es war. Und dann noch dieser Hubertus Bockeler. Inge hatte ja nicht gesagt: ›Deine Tante Karla ist tot. Damit du es weißt!‹. Sondern: Der Bockeler hat deine Tante mit einem Paradekissen erstickt. Ich weiß es genau. So war sie gleich in medias res geraten, nur mit der Floskel: ›Guten Morgen, wie geht es dir? Ich muss dir was Schreckliches erzählen‹ als Satzpuffer. Als wäre es im Komödienstadl.

Johannes K. konnte sich vieles vorstellen. Gerade von diesem Hubertus, zu dem er jetzt eigentlich Onkel sagen hätte müssen, statt wie bisher und seit Langem, eigentlich immer schon: Arschloch. Aber dies?

3. HUBERTUS B.

Hubertus B. gehörte definitiv auch zu jenen Menschen, die Johannes K. lieber nicht kennengelernt hätte.

Und einen wie Hubertus hätte Johannes K. ja auch nicht kennengelernt, wäre es nicht Mesopotamien gewesen, wohin es die beiden und die anderen verschlagen hatte, um dort das Licht der Welt zu erblicken.

Aber was war mit Frau Pyritz, die angeblich von Hubertus in die Ewigen Jagdgründe befördert worden war?

Hubertus: Was war das doch für eine Fresse: und einen entsprechenden Mundgeruch musste man sich auch noch dazudenken.

›Und damit bin ich mit meiner Weisheit auch schon fast am Ende‹, dachte sich JM, als wäre er der Kommissar.

Zur Vorgeschichte dieses Menschen, soweit Johannes K. sich daran erinnern konnte, wie sie ihm schon zwischen Stockach und Hindelwangen in den Sinn gekommen war, als wäre es für das Dossier, an der Stelle, wo ihn Hubertus einmal nach der Spätvorstellung (Eros am Abgrund) und einem anschließenden Streit auf dem Moped einfach abgeworfen und seinem Schicksal überlassen hatte, woraufhin er, Johannes Maria, sich nach Hause aufmachte. Und nach einem Kilometer, am Hexenloch angekommen, sprang Hubertus aus dem Wald, um ihn zu erschrecken, so einer war das.

Worauf JM das erste Mal beinahe einen Herzinfarkt bekommen hätte. Mittlerweile arbeitete Hubertus auch als Kommunionhelfer. Die Gegend war immer noch sehr katholisch. Seine erste Ehe hatte er vom Vatikan für ungültig erklären lassen wegen zu großer Anhänglichkeit an seine Mutter, welche er als Alibi vorgab. Diese Möglichkeit gab es: man musste nur die Akten des Heiligen Stuhls nachlesen. Freilich war das ein vorgeschobener Scheidungsgrund gewesen, ein Vorwand, um seine erste Frau loszuwerden, die war im Übrigen Inge gewesen, nachdem sie ihn, JM verlassen hatte, um dann, später einmal, Frau Pyritz heiraten zu können, bevor sie starb. Bis es soweit war, lebte das seltsame Ehepaar eine Zeit lang friedlich zusammen. Hubertus besuchte seine Frau praktisch jeden Tag. Als aber Tante Karla, wie er immer noch sagte, keine Anstalten machte, das sogenannte Zeitliche zu segnen, wurde er immer ungeduldiger. ›Besonders in der letzten Zeit … Man konnte ihn nicht mehr aushalten … Er nahm Frau Pyritz wohl übel, dass sie immer noch lebte.‹ Das sagte Frau Methfessel-Butzi, welche mit demselben Treck über das Haff … ›Sie wissen schon …‹

Einmal war er schon im Knast gewesen, in der Arrestzelle des Meßkircher Schlosses. Er hatte eine der beiden Geschwister Hofmann entführt, die, wie verabredet, im Brokatdirndl an der Bushaltestelle beim Kiosk von Emma Gitschier auf einen Heideggerverehrer gewartet hatte. Mit diesem Verehrer hatte sie einen Kranz am Heideggergrab niederlegen wollen. Da hat sie Hubertus, der die Schwester Hofmann sofort erkannte, nicht aber umgekehrt, in sein Goggomobil gelockt und ist, anstatt mit ihr auf den Meßkircher Friedhof zu fahren, der wie jeder Friedhof auch eine Reihe ungeklärter Kriminalfälle barg, in die Gegenrichtung aufgebrochen und hat sie in jenen Heuschober zwischen Rothenlachen und Mindersdorf entführt, und weiter geschah nichts. Aufgrund der Brokatspur, der goldenen Fäden, welche die eine der beiden Schwestern während der Fahrt von ihrem Kleid zupfte und heimlich zum Fenster hinauswarf, waren die Beiden schon nach zwei Stunden von der Meßkircher Narrenpolizei entdeckt und befreit worden, es war nämlich am Schmutzigen Donnerstag. Und das Ganze hat Hubertus dann als Scherz zu verkaufen versucht.

Zum ersten Mal begegneten sie sich wahrscheinlich auf dem Spielplatz. Es war eine so alte Freundschaft, dass er sich an ihren Beginn nicht erinnern konnte. Obwohl Johannes K. schon früh Bedenken kamen, ob dies, der nun von ihm, gar nicht scherzhaft, die Anrede Onkel verlangte, der Richtige wäre. JM hatte kein Händchen für so etwas. Allerdings in seinem Landstrich auch wenig Auswahlmöglichkeiten.

Bei der gemeinsamen Aufnahmeprüfung ins Gymnasium, wo beide allerdings beinahe durchfielen und die drei Tage dauerte, wurde auch er gefragt, was er werden wolle, und er sagte Förster. Dann musste er seine Hände, bei denen es sich eher um Pfoten handelte, aus der Hosentasche nehmen, wo diese eindeutig nicht hingehörten, wie die Leiterin der Prüfungskommission meinte, und auf den Inspektionstisch legen. Du sollst dich schämen, und so einer will Förster werden! Beinahe wäre die Aufnahme an diesen schmutzigen Händen gescheitert, die von einer in der Mittagspause des 1. Prüfungstages gestohlenen Tafel Ritter Sport stammten. Freilich hatte Hubertus nicht selbst geklaut, sondern hatte ihn, Johannes Maria, in die Bäckerei Vochazer vorgeschickt: ›Du bringst mir eine Tafel Ritter Sport, und zwar Vollmilch Nuss!‹ So lautete der Auftrag. Es war von Hubertus gleichzeitig als Mutprobe und als Freundschaftsbeweis deklariert, auf diese Weise wurden immer wieder Frauen und Männer aus Liebe zu kriminellen Aktionen angestiftet, die man dann in den Zeitungen auf der Gerichtsseite nachlesen konnte.

Später ging es so weiter.

Aber er, Johannes, war zu feige, um zu klauen, es gehörte ja auch Mut dazu! (Die meisten Verbrechen scheiterten ja am mangelnden Mut des Menschen) Und hat diese Tafel von seinem Taschengeld bezahlt und auf das Mittagessen, das aus zwei Butterbrezeln bestanden hätte, verzichtet. Und in den folgenden Jahren kam Hubertus zu einer fast kompletten Märklineisenbahn. Es fehlte nur noch der Gotthardtunnel. Hubertus war es egal, wie Johannes an den Gotthardtunnel kam, ob er ihn kaufte oder mitlaufen ließ. Es war die letzte Mutprobe, die Johannes zu absolvieren hatte, und der letzte Freundschaftsbeweis diesem Hubertus gegenüber. Bisher hatte Johannes immer seine Großmutter bestohlen, um all die Lokomotiven, Waggons und Schienen zu kaufen. Dann hat er es ausgerechnet beim sperrigen Gotthardtunnel versucht.

Von Frau Moll zur Rede gestellt, brach für Johannes eine Welt zusammen, und er hat alles gebeichtet. Erst ihr, dann zu Hause und zuletzt auch noch in der Schule.

Zweifellos hätte auch daraus anderswo eine Liebesgeschichte werden können.

Die beiden jedoch wurden getrennt, Hubertus von der Schule verwiesen.

Johannes K. blieb allein zurück.

Was wollte er eigentlich von diesem Hubertus, der schon als Kind ein böser Mensch war?

Ein anderer Schauplatz war das Waldschwimmbad in Pfullendorf.

Wo Waldvogel, der Bademeister, ihn auch immer wieder in den Kabinen erwischte, wie er Löcher zur Frauenseite hin bohrte und dann mit dem Stethoskop arbeitete, vorzudringen versuchte … und Waldvogel ihn immer wieder an den Hausfrauen und Lehrergattinnen (die anderen Frauen waren im Sommer damals noch alle bei der Heuernte) und Stadtehefrauen vorbei an den Ohren bis zum Schwimmbadeingang zog unter den Worten: ›Dir durre defir, du elende Saulude‹, bis endgültig ein Schwimmbadverbot erteilt wurde, das wenig später um ein Öffentliches Toilettenverbot im gesamten Landkreis erweitert wurde … Ja, so einer war das. Später hat er es aber doch zum Ortsvorsteher geschafft. Und im Kirchenchor sang er auch.

Hubertus hatte das Zeug zum Führer, in seinem Zimmer sah es aus wie unter Hempels Sofa, das Wort Messie gab es noch nicht, die Vermüllung als Krankheitsbild auch nicht. Aber dann mit dem Messer die Übertragung des Neujahrskonzerts der Philharmoniker mitdirigieren … Sich schon im Kindergarten auf den Stuhl stellen und predigen wollen …

›Alles mohl härlose!‹, war der Satz, mit dem er sich Aufmerksamkeit verschaffte. Es genügte auch schon ein irrsinniger Schrei, mit dem er seine Mutter verschreckte.

Außer ihr waren zum Glück alle tot, die sich daran erinnern konnten, wie er sich an ihren Brüsten zu schaffen machte beim Milchholen … und diesen frühen Handgreiflichkeiten, die schon ein Treiben waren, zusehen mussten. Was lebenserfahrene Zeuginnen zu einer ersten Prognose veranlasste: ›Us so eme Lude wird nint!‹

Oder der Schulausflug zu Maggi, Singen, es gab eine scheußliche Suppe, umsonst, und dann sollten sie auch noch auf den Hohentwiel. Und vielleicht wäre es damals schon beinahe zum Äußersten gekommen, denn Hubertus versuchte, ihn zu überreden, vom Rondell Augusta in die Tiefe zu springen.

Zum Glück kam es nicht soweit; also konnte Johannes Maria dann in einem Aufsatz ›Mein erster Schulausflug‹ alles beschreiben, worauf es zu einer allerersten Einbestellung des Vaters von Hubertus kam, der aber dann, nach einem ersten Geständnis, alles abstritt, ja behauptete, Johannes habe ihn hinunterstürzen wollen.

Summa: Heute spricht man nicht mehr von einem schlechten Charakter.

Und außerdem: Die Psychologen und Hirnforscher haben dem Staat und der Kirche jede Möglichkeit genommen, die Verantwortung für ein Tun, das Gewissen und die Entscheidung zwischen Gut und Böse als Unfug abzutun: es sind Hirnströme, bis hin zum Mord, er kann nichts dafür. Was auf lange Sicht auch für die Bewertung von Straftaten durch die Gerichte gelten müsste.

Und das ging so weiter. Es hatte mit einem Griff in die Haushaltskasse begonnen, und, zur Rede gestellt, hatte er auf seinen Bruder gezeigt. Immer wieder hat er andere als Täter ins Spiel gebracht, schon wenn er hinter dem Rücken der Lehrerin gerülpst oder sonst etwas Unflätiges getan hatte. Da hat er dann nach vorne gerufen:

›Der Johannes ist ja schon ganz rot, Frau Lehrer!‹ Das war die Grundfigur dieses Lebens.

In der Bücherbundzeit hat Hubertus dann Unterschriften fälschen lassen, um an die Prämien für geworbene Mitglieder zu kommen.

Hubertus war mittlerweile tatsächlich vorbestraft, wegen Vortäuschung einer Straftat, hatte eine Zeit lang gesessen: Um eine hohe Versicherungssumme zu erschwindeln, ließ er sich von einem befreundeten Chirurgiemechaniker aus Tuttlingen den kleinen Finger entfernen, alles ganz dilettantisch-lokalanästhetisch. Hat er auch noch den

Wundschmerz in Kauf genommen, um der Lüge Gewicht zu geben.

›Brauch ihn eh nicht mehr …‹

›Hannen sowieso nimme brouchd, ez gärin au nimme.‹

Nur schade, dass es herauskam.

Zuerst hatte er behauptet, die Mafia habe ein Schutzgeld erpressen wollen und nicht bekommen. Dabei war noch ein Komplize, der im Krankenhaus als Anästhesiehelfer arbeitete, und vom Arbeitsplatz die nötigen Geräte und Medikamente mitlaufen ließ, einen ambulanten OP-Koffer … – Sie amputieren also den kleinen Finger, der hoch versichert worden war, und der Versicherungsbetrug kam heraus, über die ausgegebenen Runden am Stammtisch. Ein Angeber war Hubertus nämlich auch noch, der sich mit dieser Tat brüstete. Aber das alles reichte, so Johannes K., doch nicht, dass er einfach Tante Karla ermordete.

Sie hatte zwar ein Testament gemacht, und der Alleinerbe war Ehemann Hubertus.

So viel war es wiederum nicht, als dass das Wort Alleinerbe hätte mit Recht verwendet werden müssen. Er hätte die Tat gerne auf Inge abgewälzt, aber die kam im Testament nicht vor. Habgierig war Inge an sich nicht.

Jetzt hatte er beinahe den Höhepunkt erreicht, die Kulm bei Schwackenreute, und wenn er mittlerweile im ICE-Raucherabteil durch Deutschland reiste, war er praktisch immer der Älteste. Die beleuchteten Werbeseiten in den ICEs der neuesten Generation wurden von DRK-Krankenschwestern in ihrer rot-weißen Uniform bestritten, die ziemlich versaut in die Welt schauten. Darüber konnte er lesen: ›jederzeit bereit‹. Nebenan wurde nach dem Tunnel ein Gespräch fortgeführt ›ja, ich bin noch da‹ und bald darauf mit ›ok, tschüß, scheiße‹ beendet.

Vielleicht war es auch nur der Seekoller, der zu einer Überhitzung führte.

Es gab schon Leute, die drängten vom See weg, mit einem Seekoller, wegen der Fahrradfahrer im Sommer und wegen des Nebels den Rest des Jahres. Von oben sah man fast immer bis zum Säntis.

Kulinarisches Sperrgebiet war das: das Gasthaus Metzgerei Hasen gleich hinter Schwackenreute, was für Erinnerungen waren mit diesem Namen verbunden! Wie viele Lebensmittelvergiftungen! Das soll eine Frittatensuppe sein! Einmal sah etwas aus wie das Stück von einer Zehe, und dann, unzweifelhaft verschimmeltes Brot am Frühstückstisch. Auf eine Beschwerde hin wurde ihm mitgeteilt:

›Me kahnen au aa-gratze.‹ (übersetzt etwa: Man kann den Schimmel auch wegkratzen!) kommentierte das die schnippische Frühstückskraft, und sie entfernte sich mit einem Arsch, als wären es zwei. Der Nachschub kam aus ›Aldi-Süd‹. Sie kauften alle dort, als wäre dies ein nach dem Namen kommendes Adelsprädikat.

Nach seinen Wünschen gefragt, als Hubertus 20 war, beschied er, er habe keine. Bierfahrer zu werden, genüge ihm. Summa: Es konnte gar nicht anders sein, dass.

Das alles ging auf das Konto von Hubertus, dem einst Spülwasser trinken als Mutprobe galt, und als Freundschaftsbeweis ... oder auch über den Weidezaun pinkeln ... ja, ja ...

Aus diesem Kind wird nichts! ›Us soggene War wird nint!‹ Das sagte schon das alte Fräulein Mutscheller, und sie erinnerte daran, dass sie das immer schon gesagt habe. Kusine zweiten oder dritten Grades oder was weiß ich ...

Und schon früh, noch bevor er das erste Mal geheiratet hatte, wollte er später einmal seine noch gar nicht geschlossene Ehe vom Vatikan für ungültig erklären lassen, wegen eigener Impotenz. Das war noch so eine Finte, damit er noch einen Trumpf für später hatte, falls er eine wohlhabende Katholikin entdeckte, um sie heiraten zu können, für die nur ganz in Weiß infrage kam. Vielleicht würde der Vatikan auch darauf hereinfallen.

Das alles war ihm eingefallen, und immer mehr wurde JM klar, dass Hubertus durchaus als Mörder infrage kommen konnte.

Es war Johannes K. ziemlich warm geworden, denn er trug ja die langen Schlüpfer seiner Ex und überdies konnte er die Heizung seines Geländewagens nicht abstellen, wie früher in seinem ersten Käfer, und die Sitzheizung auch nicht, die im Übrigen zur Impotenz führte, weswegen mittlerweile die ersten Klagen gegen die Hersteller liefen.

Mittlerweile hatte K. längst die berüchtigte Tierkörperbeseitigungsanstalt Orsingen, die, wie so vieles, auch dem Fürsten gehörte, wo angeblich ihre Seife herkam, gleich neben Schloß Langenstein, passiert, wie er von der Autobahn aus erkennen konnte. Und so war es ein wenig mit seinem Leben überhaupt.

Er konnte ja nicht einmal 30 Grad von 60 Grad Wäsche unterscheiden, von einzelnen Waschgängen keine Ahnung, tat er alles zusammen in die Trommel.

Den Patienten, die ihn manchmal vor Schmerz in den Finger bissen, war egal, wie er aussah oder auch roch. Es vermischte sich ja auf dem Zahnarztstuhl die ganze unmittelbare Welt zu einem einzigen Übel, solange es noch Zahnschmerzen gab und Patienten kamen.

Johannes K. hätte jedes Vorurteil der Engländer bestätigt, angefangen damit, dass es sich bei den Deutschen um

Schmutzfinken mit dem geringsten Seifenverbrauch pro Kopf, gleich nach den Franzosen und Österreichern, handelte.

Dann war er ›nahe am Ziel‹ als wäre er eine Kalbin.

Diese Unterwäsche hätte im Übrigen auch noch entsprechend ausgesehen, kurz und gut: All diese Dinge fielen als Alibi aus, gehörten nur zur Vorgeschichte des Milieus, in dem sich so eine Mordgeschichte langsam entwickeln konnte und wachsen.

Und als die Gäste an jenem Abend vom ersten Rosenkranz weg nach Hause gingen, nahmen sie dorthin die Nachricht mit, dass Hubertus die Frau Pyritz mit dem Paradekissen erstickt habe, auf dessen Schauseite der Säntis gestickt war ... mit der Schokoladenseite des Paradekissens habe Hubertus, warum, wusste auch keiner, Karla Pyritz erstickt, mit dieser Seite, die er Frau Pyritz, die zuletzt ganz kurzsichtig gewesen sei, unter dem Vorwand, mit ihr zusammen den Säntis anzuschauen, bis kurz vor die Augen gehalten habe, und dann ging es ganz schnell noch näher hin, sodass der feige Mörder seine Tat nicht einmal mit ansehen musste, hieß es im Dorf. Nur warten, bis Frau Pyritz sich nicht mehr regte ... Das war alles.

Die Verliebten denken sich immer was aus, so wie Mörder ein Alibi, vor der Tat.

Er wollte ja mit Annemarie, die er nun heiraten wollte, welche von diesen Gedankengängen allerdings gar nichts wusste, nach Australien auswandern ...

Dabei war er schon vorbestraft. Er konnte nicht einfach auswandern, nicht einmal nach Australien, dessen Einwohner mehrheitlich von Schwerkriminellen abstammten.

4. Auf dem Friedhof von Hinterstenweiler, Mesopotamien

Arme Tante. Frau Pyritz war nun tot, darüber half auch die Tatsache, dass der ganze Friedhof mit Trauergästen voll stand, nicht hinweg. Die Eltern von Frau Pyritz konnten sich wahrscheinlich 1898 nicht vorstellen, dass diese von ihnen ins Leben gerufene Geschichte einmal so enden würde.

Der Mann mit den zwei Zähnen stand auch da. Der Zahnarzt hatte ihm eine Zweierlösung, zwei statt vier Frontzähne, vorgeschlagen, weil es billiger war. So sah es auch aus. Dazu auch irgendwie komisch und zugleich unheimlich. Und dann noch so einer, der zu ihm passte, der seine alte Hose mit einem Kälberstrick zusammengebunden hatte, statt eines Gürtels, der von einem uralten, mottengeschwängerten Wintermantel, dessen Grundfarbe immer noch schwarz war, verdeckt wurde, dies alles im Mai. Dazu auch noch Heidi Morser-Mumm, die als AVON-Beraterin für einen gewissen kulturellen Mindeststandard und eine kosmetische Erstversorgung in der Gegend sorgte, beziehungsweise hätte sorgen können, und mit Hansi Müller, genannt Mulli, über den Erbprinz lochverschwägert war, von den Eingeweihten genannt Hans Bock.

Hubertus K. stand in der ersten Reihe und weinte.

In den Tagen zuvor war er immer wieder bei ihr gewesen, angeblich, um ihr etwas zu bringen, und war aus dem kleinen Haus immer wieder mit vollen Taschen hinausgegangen und hätte von einem der zahlreichen, damals noch den Straßenverkehr belebenden alkoholisierten Verkehrsteilnehmern jederzeit umgefahren werden können. Eventuelles Bargeld war sowieso im Hosensack.

Außer der Tatsache, dass es die arme Frau Pyritz, eine Vertriebene, hierher verschlagen hatte, war es auch noch eine Tatsache, dass der Menschenschlag vor Ort ein sehr verschlagener war, ganz im Gegensatz zum Ruf einer gewissen Zutraulichkeit und Offenheit, gepaart mit einer Verschwiegenheit und einem Nicht-Sprechen-Können und einem profunden Einverstandensein, als hätten sie das Zeug zum Philosophen, fast schon wie in Meßkirch.

Karla Pyritz, deren halbes Leben schon vorbei war, als sie hier eintraf, angekommen in Lebensweiler, musste sich auch noch mit diesen Leuten herumschlagen. Sie hätte einiges, wonach sie niemals gefragt wurde, zu erzählen gehabt über ihre 30 Jahre in Lebensweiler. Doch dafür war es nun zu spät.

Es kam viel mehr vor, als man für möglich hielt. Der Leichenschein war eine Formsache, schludrig ausgestellt. Dr. Mehtfessel hatte in all den Jahren keinen einzigen Verstorbenen näher inspiziert. Er hat nur seinen Leichenscheinblock mitgebracht, fuhr mit seiner Zunge kurz über seinen rechten Zeigefinger, und dann über das Papier und nahm ein weiteres Blatt von diesem fast vergilbten Block bei drei Toten im Jahr, und schrieb da hinein, dass der Tote rechtmäßig gestorben war.

Es roch das ganze Jahr irgendwie nach Schupfnudeln in diesem Haus von Inge, schon damals, als Hubertus eingezogen war, auch noch nach ihm, und das ganze Jahr irgendwie nach Blut- und Leberwurst, und überhaupt: Die Stiftung Warentest hätte auch dieses Paar nicht durchgehen lassen, und schon gar nicht die Gesundheitspolizei, welcher allerdings der Zutritt in die Privathäuser verwehrt war, die nur immer wieder in die Küche des ›Hasen‹ kam, sodass zuletzt nur noch Verpacktes, Salzstangen und Bier aus der Flasche angeboten werden konnte.

Die gute alte Gabi war auch da. Noch eine Geschichte aus dem Leben von Johannes K.

Sie führte noch schnell ein letztes Gespräch, denn der Pfarrer war mit den Fahnen und den Ministranten und dem Weihwasser noch nicht eingetroffen … ›Kann ich de Olaf mal habe? Wir habe doch ne WU-Wanne … De Schade … De Sachverständige … noch nichts unternomme … zumal mit erheblichen Folgeschäden zu rechne ist … erneut auftrete … unverzüglich dafür Sorge zu trage, Komma, dass de Wasserschade behobe wird. Habe Sie vielleicht etwa? … Es geht um die undichte Stelle … de bade-württebergische Verfassungsschutz … oder ei Emaillewanne … bis vors Fernsehgericht …‹ Vielleicht diktierte sie einen Beschwerde-Einspruch-Einschreibebrief. So sprachen sie nun, nachdem sie ihre Muttersprache aufgegeben hatten.

Und Molly, sie war in den 70er-Jahren hier eingereist, ursprünglich aus der Slowakei, angeblich mit Ivana Trump blutsverwandt, war zu hören, und fand zunächst ihr Auskommen als Tresenhilfe in der Ablachtalklause und sprach bald ganz anständig Deutsch und sagte schon nach drei Bommerlunder: Ich habe sitze. Trotz allem rief die Bärenwirtin auf Hochdeutsch: ›Welche Freude! So schöne Gäste!‹ aus, wenn derlei zur Tür hereinkam. Immer so, als käme nun der Besuch des Lebens zur Tür herein.

Dann noch Heinz, Gerd und Hermine. Jetzt hatten sie gleich hinter Zizenhausen ein Lokal, das ›Blue Bajou‹ hieß, wo sie auf Gäste warteten, mit denen sie ›Bommerlunder‹ und ›Kleiner Feigling‹ tranken und sich mehr als genug zuprosteten.

Gegen Ende sangen sie, grölten sie jeden Abend: ›Wir sind alle über 40, 1000 Sünden im Gesicht‹, auch noch mit 65.

Und Willibald Christoph Maria Zwick, dessen Eltern, das war aufgrund dieser üppigen Namenswahl zu schließen, einst auch sehr viel mit ihm vorgehabt hatten. Das musste leider im Plusquamperfekt gesagt werden, so lange war es her. Dann aber hieß er ein Leben lang nur Willi und war, nach verschiedenen Anläufen in diese Richtung, bald nur noch für den Spaß zuständig, bis der Arsch nach Süden fiel, wie sie sagten.

Er fand sein Auskommen als Schweinetransportbegleiter, nachdem er jahrelang neben Benno Brunzmann im ›Hasen‹ gesessen und darauf gewartet hatte, dass etwas los war.

Er kam als Mörder auch nicht infrage, und er hätte auch ein Alibi gehabt, wie alle anderen ein Alibi hatten, das bei den einen als prestigeträchtig galt, bei den anderen eher nicht, denn Willi war in jener Nacht auf Besuch in Klein-Paris, und zwar die ganze Nacht, was er sich eigentlich gar nicht leisten konnte. Bald war auch er an der Reihe, das heißt: er starb. Er hatte eigentlich das ganze Leben über meist darauf gewartet, dass etwas los wäre und etwas käme. Aber dann wurde er eines Tages schließlich doch nur ins Städtische Altersheim ›St. Martin‹ eingewiesen.

Zu allem entdeckte JMK nun auch noch seinen alten Hasenstallfreund Ewald Oswald Oskar. Warum seine Eltern einen derartigen Aufwand mit den Vornamen trieben, als käme er aus einem regierenden Haus, ist hier auch nicht bekannt und tut überdies nichts zur Sache, denn Frau Pyritz war definitiv tot.

Von den damals aus Ostpreußen bis hierher mitgeflohenen Verwandten hatten sich längst alle eingelebt. Nur

Karla Pyritz hatte sich nie eingelebt und sprach ihre mitgebrachte Sprache, die hier als Hochdeutsch galt.

Solche Leute standen auch auf dem Friedhof herum, als Karla Pyritz mit etwas Boden dazu, der hörbar aufschlug, hinunterbefördert wurde, und was dann noch mit ihr geschah, kam auch nie heraus. Inge weinte auch.

Das waren eigentlich alle, die als Mörder infrage kamen, wenn es Mord war, was es gewesen war.

Der Sarg hatte derweil schon die ganze Zeit auf einem Bestattungsschemel der Firma ›Mors Büchin‹ gestanden, und auf Menschen wie Gabi, die auch schon einiges hinter sich hatte, wenn auch noch nicht alles, keinerlei abschreckende Wirkung. Nachher, als der Pfarrer mit seinen Sachen kam, machte sie mit SMS weiter, während der ganzen Zeremonie, wie das auch die Abgeordneten im Bundestag machten, selbst während der Rede zur Lage der Nation. Das alles machte keinen guten Eindruck auf den Hobbykommissar, der sich von Anfang unter die Trauergäste gemischt hatte, so unauffällig wie jene. Doch das ist eine andere Geschichte. Wie weit der richtige Kommissar mit seinen Untersuchungen kam, hat JM nie erfahren, ja, nicht einmal, ob es solche Untersuchungen überhaupt gegeben hat.

Und nicht zuallerletzt stand da auch noch ein richtiger Kriminalkommissar: Julius Dotter aus Meßkirch mit seinem zotteligen Haar und einem englischen Mantel und einer strapazierten karierten Hose in ›Waffelpiquet‹, wie man sie in der gehobenen Küche trägt, immerhin schwarz-weiß, und vielleicht etwas zu großen Schuhen, auch schwarz-weiß, als wollten auch sie etwas verbergen, die außerdem etwas mitgenommen aussahen, sodass er eigentlich eher wie ein Täter aussah.

Dotter sprach wenig, ja nichts. Eigentlich waren es nur zwei Sätze: ›Das sind so Geschichten‹ und ›Wir ermitteln in alle Richtungen‹. Angefertigt waren seine Schuhe, schwarz und weiß, als wären sie wie das Leben, von einem Schneidermeister Schreijäck, der bald ins orthopädische Fach gewechselt war. Eigentlich konnte er nur Sandalen tragen, denn seine Schuhgröße gab es damals noch nicht. Manche sagten, er sei ein unehelicher Sohn von Heidegger, gezeugt im Sommer 45 in einer Jagdhütte gleich unterhalb von der Burg Wildenstein, wohin die Philosophische Fakultät Freiburg 1944 ausquartiert worden war.

Doch das ist eine andere Geschichte.

Mit den eigentlichen Ermittlungen, das heißt, mit den Details, wollte er erst wieder zurück in Döggingen beginnen, und sich dann erst richtig den Kopf zerbrechen über diesen Fall. An diesem Tag ließ er sich nur Bilder durch den Kopf gehen. Und im Übrigen dachte Johannes Maria vielleicht nur, dass er dachte, wie die Hirnforscher sagten.

Es war mittlerweile ganz klar, wer der Mörder war, und ob es überhaupt ein Mord war oder vielleicht nur der gewöhnliche Tod, der allem, ob Krimi oder nicht, ein Ende macht. Aber wir haben heute keine Zeit mehr, mit diesen Worten verabschiedete sich JM von Inge, und auch aus dieser Geschichte. So blieb alles offen. Das nächste Mal!

Nun aber fehlte eigentlich die Zeit für den Rest der Geschichte, die an sich auch noch erzählt werden sollte. Zeit und Raum fehlten, als wäre es ein philosophisches Problem gewesen, dem, wenn überhaupt, nur ein Meßkircher gewachsen gewesen wäre. Es fehlten noch circa 20 Seiten.

›Ein anderes Mal‹, sagte sich K. Vielleicht gibt es noch einen Fortsetzungsroman, oder lieber nicht?

Ein Schweizer Patient klingelte JM aus seinen Tagträumen.

Das Verbrechen, falls es ein solches war, aber wurde bis zum heutigen Tag nicht aufgedeckt. Was war, ist nie herausgekommen.

›Wir hören an dieser Stelle mit den Ermittlungen auf‹, sagte sich JM. Was Dotter sagte oder dachte: Das wäre eine andere Geschichte, wahrscheinlich ein Krimi.

Also hörte Johannes Maria auf und sagte: ›tschüß‹ wie in Hamburg, ließ eine fröhliche Leichenschmausgesellschaft zurück, am Ende wurde noch getanzt, und er fuhr nach Döggingen zurück.

Wie die Geschichte endete, steht in den hier fehlenden circa 20 Seiten.

Walter Wolter

Keine Verjährung

Er fühlte sich wie ein Wermutbruder. Die ganze Nacht hatte er hinterm Lenkrad gesessen, die Morgenstunden schlafend im Auto verbracht, zusammengekrümmt auf der Rückbank und zugedeckt mit dem braunen Ledermantel, den er in Lyon gestohlen hatte. Der Rücken tat ihm weh.

Wenn ein unterm Strich erfolgloser Gangster in die Jahre kommt, geht die Lust aufs Illegale dahin. Von wegen Krimiromantik!

Er stieg aus, schaute sich nach allen Seiten um, streckte sich ächzend und legte sich den mokkabraunen Mantel um die Schultern. Das gute Stück war beschädigt; aus dem linken Ärmel war cin geldscheingroßer Fetzen herausgerissen.

Diskret schob Schuttinger seine Beretta unter dem Mantel in den Hosenbund und ging durch den Nieselregen über den geteerten Parkplatz, in den der Frost des letzten Winters tiefe Löcher gebissen hatte. Ständig musste er Pfützen übergrätschen. Sein rechtes Bein nahm ihm das übel. Vor Jahren hatte ihn eine Polizeikugel in vollem Lauf gestoppt.

Am Kiosk kaufte er sich zwei folienumhüllte Dauerwürstchen, drei Dosen Bier, vier Schachteln Filterzigaretten und eine Packung Kekse mit Kokosgeschmack.

»Geben Sie mir bitte noch eine Zeitung von hier«, sagte er zur Kioskfrau.

Seine Reibeisenstimme klang nach Kettenrauchen und harten Drinks.

»Macht sechsundzwanzigzwanzig«, sagte die Kioskfrau. »Bi dem Sudelwetter müsst me am beschde uff Mallorca sii, oddr?«

Er nickte freundlich und ging. In seiner Branche war es nicht ratsam, bissige oder originelle Antworten zu geben. Das brachte die Leute nur dazu, sich an ihn zu erinnern. Und wenn sich jemand detailliert an ihn erinnerte, war das grundsätzlich schlecht. Denn meistens war er auf der Flucht. Diesmal besonders aussichtslos. Die Nacht über war er ziellos durch den Schwarzwald gefahren, erst nach Norden, dann nach Osten, dann wieder südwärts der Schweizer Grenze entgegen. Tatsächlich wusste er nicht, in welche Himmelsrichtung er fliehen sollte, weil es niemanden mehr gab, bei dem er hätte unterkriechen können. Eigentlich war er erledigt.

Gestern hatten die Gazetten über seinen Überfall auf einen Gastwirt im Markgräfler Land berichtet. Heute war bereits der Fahndungsaufruf veröffentlicht – sogar mit Foto.

›Vorsicht vor Gewalttäter‹ hatten die Zeitungsleute über sein Konterfei geschrieben, auf dem er gut und gern 15 Jahre jünger war.

Der Räuber, der – wie berichtet – den Wirt eines Ausflugsgasthofs überfallen und dabei dessen Hund getötet hat, heißt nach Polizeierkenntnissen Herbert Schuttinger. Der Täter ist 55 Jahre alt, circa 175 Zentimeter groß und hat kurze graue Haare. Er hat auffallend blaue Augen und trägt zeitweise eine Brille. Schuttinger hat eine zwei Zentimeter lange Narbe am Kinn. Der als Berufsverbrecher eingestufte Mann hat einen schlurfenden Gang, ist starker Raucher, hustet ständig und neigt zu Alkoholkonsum. Die

Nächte verbringt er vermutlich in kleineren Pensionen. Die Polizei warnt dringend davor, mit Schuttinger in Kontakt zu treten. Er ist bewaffnet und gilt als rücksichtslos. Hinweise nimmt jede Polizeidienststelle entgegen.

»Scheiße!«, sagte Schuttinger.

Die Kioskfrau hatte ihn offensichtlich nicht erkannt. Entweder war sie gedanklich auf Mallorca oder sie hatte die Zeitung noch nicht gelesen.

Herbert Schuttinger war so tief unten wie selten zuvor in seiner Verbrecherlaufbahn. Zwei Banküberfälle drüben in Frankreich waren misslungen. Beim zweiten Versuch war er den Flics nur um Rasierklingenbreite durch die Lappen gegangen. Giscard hatten sie geschnappt, den dummen Hund, der das Ding geplant hatte.

Abgebrannt wie er war, hatte Schuttinger sich, kaum dass er deutschen Boden erreicht hatte, auf die Tageseinnahmen einer kleinen, idyllisch im Rebland gelegenen Ausflugsgaststätte gestürzt. Es war ein Kleingeldüberfall. Mehr hatte Schuttinger sich von dem Coup auch gar nicht erhofft. Er brauchte etwas Geld, um beweglich zu sein, Überbrückungsgeld sozusagen, bis ihm irgendwann und irgendwo ein größerer Fischzug gelänge.

Gegen Mitternacht, nachdem der letzte Zecher sich verzogen hatte, hatte er die niedrige Gaststube betreten. »Feierabend!«, hatte der Wirt lakonisch verkündet und den Mund nicht mehr zubekommen, als Schuttinger ihm die Neunmillimeter-Beretta unter den Riechkolben gehalten hatte.

»Kasse auf, sonst krachts!«

Daraufhin hatte der Wirt den Geschwindigkeitsrekord im Scheinezusammenraffen gebrochen. Mit der Linken hatte Schuttinger sich den Zaster in die Manteltasche gestopft und wollte rückwärtsgehend zur Tür – da schreit der Wirt: »Fass!« und »Pack ihn!«. Aus dem Nebenzimmer kommt ein Riesen-Schäferhund gefegt und will Schuttinger an die Gurgel. Instinktiv streckt Schuttinger den linken Arm vor – und das Biest nimmt ihn in einen Schraubstock aus Zähnen und fängt an zu zerren, dass die Gelenkkugel schier aus der Kapsel springt. Schuttinger befürchtet jeden Augenblick das Knacken von Elle oder Speiche zu hören, die Lage ist ernst, da drückt er von oben den Pistolenlauf auf den Hundekopf und schießt. Prompt kriegt das Vieh einen Beißkrampf. Fünfzig Kilo toten Hund am Unterarm – das bringt auch einen Herbert Schuttinger aus dem gesunden Gleichmut.

»Rattenarsch, hinterfotziger!«, brüllt Schuttinger den Wirt an und zielt auf dessen käsebleiche Visage. »Mach mir den Hund ab, sonst knall ich dich über den Haufen!«

Mit einem großen Schraubenschlüssel hatte der Wirt schließlich die Kiefer auseinandergehebelt, dabei gezittert wie ein warmer Pudding und unablässig: »Mäxle, mein armes Mäxle« geflennt.

Schuttinger war bedient. Der Mantel kaputt, eine blutige Quetschung am Arm – und das alles für eine Hand voll Euro. Nach einem Abschiedsschuss ins Telefon war er mit Vollgas davongerast. Der verdammte Köter! Wenn der ihn an der Pistolenhand erwischt hätte, wärs aus gewesen! Schuttinger hatte für Hunde noch nie viel übrig gehabt. Und am wenigsten für solche, die wie ein Polizeihund aussahen.

Zwei Tage hatte er in einer kleinen Pension bei Titisee-Neustadt logiert. Die Verletzung am Unterarm hatte er notdürftig mit Verbandmaterial aus der Erste-Hilfe-Box des Autos versorgt. Als ihm die Blicke der Pensionswirtin zu fragend wurden, hatte er seine Habseligkeiten zusammengepackt und war ziel- und planlos durch die Gegend gefahren, bis er schließlich auf diesem Parkplatz landete, der weitflächig war und so stark frequentiert, dass es unwahrscheinlich war, entdeckt zu werden.

Was zum Henker war aus ihm geworden? Ein alternder Gangster auf Talfahrt! Ein Veteran der Knäste und Rotlicht-Paläste, der alle Chancen verspielt hatte! Mit den paar Euroscheinen, die er in seinem zerbissenen Ledermantel trug, würde er nicht weit kommen. Wohin überhaupt? Nach Frankreich konnte er nicht zurück. Durch die Schweiz nach Süden? Nein, das kam wegen der möglichen Grenzkontrollen nicht infrage.

Ich muss abtauchen, resümierte Schuttinger. Hier in Deutschland. Mindestens für ein paar Wochen.

Er hustete, zündete sich eine Zigarette an, machte ein paar tiefe Züge, hustete wieder, stieg in den zum Atemanhalten eingeräucherten BMW, legte die Beretta ins Handschuhfach und überlegte, wohin er fahren könnte. Da ihm nichts einfiel, riss er eine Dose Bier auf und aß ein Würstchen.

Im Kauen hielt er inne und rutschte langsam tiefer, so tief, dass er gerade noch durch die von Atemhauch und Rauchablagerungen beschlagene Windschutzscheibe gucken konnte. Ohne den Blick abzuwenden, fingerte er die Pistole aus dem Handschuhfach. Ein Streifenwagen schlich über den Parkplatz.

Schuttinger wusste, was ihm nach einer neuerlichen Festnahme blühen würde: Sicherungsverwahrung. Das war lebenslänglich – nicht nur auf dem Papier, sondern wirklich. Unabdingbar. Zum Schutz der Allgemeinheit vor gefährlichen Wiederholungstätern, wie es so schön hieß.

Das wollte Schuttinger sich ersparen. Er war zu allem entschlossen.

»Euch Schweine nehme ich mit!«, knurrte er.

Das Polizeiauto kam langsam näher. Zwei Beamte drehten beobachtend die Köpfe. Schuttinger entsicherte die Beretta.

Der Streifenwagen hielt. Der Fahrer stieg aus, setzte seine weiße Schildmütze auf und ging zu einem alten Peugeot, der vorne kein Nummernschild hatte. Er umkreiste das Auto, linste ins Innere und beugte sich hinab, offenbar um das Reifenprofil zu inspizieren. Auch der zweite Polizist stieg aus.

Schuttinger sicherte die Beretta wieder, legte sie auf den Beifahrersitz und startete den BMW. Im Schneckentempo rollte der schwere Wagen über den löchrigen Parkplatz. Trotz des Nieselregens schaltete Schuttinger die Scheibenwischer nicht ein. Bleib cool, alter Junge, befahl er sich. Der Fuß am Gaspedal kribbelte nervös. Endlich kam die Parkplatzausfahrt in Sicht. Immer noch zügelte Schuttinger die Pferdestärken, erreichte die Zufahrtsstraße, fuhr weiterhin langsam, sah kein Blaulicht im Rückspiegel und auch kein grün-weißes Verfolgerfahrzeug – und senkte den rechten Fuß.

Er orientierte sich an den Hinweisschildern zur Autobahn. Ohne, dass er es geplant hätte, war er plötzlich unterwegs in Richtung Singen – seiner alten Heimat entgegen. Jahrzehntelang war er nicht mehr dort gewesen.

Dass es den Menschen in späteren Lebensjahren unwillkürlich wieder dorthin zurückzieht, von wo er einst aufgebrochen war, um die Welt – oder wenigstens bescheidene Teile davon – zu erobern, davon hatte Schuttinger noch nichts gehört, und wenn, hätte er darüber gelacht. Mit dem verklärenden Begriff Heimat konnte er nichts anfangen. Dazu war er nicht sentimental genug.

Freilich war sie ihm ein vertrauter Ort geblieben, die Stadt am Hohentwiel, in die seine Eltern gezogen waren, als es noch Arbeitsplätze gab wie Sand am Meer. Hier war er aufgewachsen, hier hatte er laufen, sprechen und stehlen gelernt. Auch andere nützliche Dinge. Boxen zum Beispiel. Namen aus den Reihen des BC Singen fielen ihm ein. Karl Lerner. Adelbert Bergander. Und Walter Kellmayer – so hieß der Manager. Ob die alte Scheffelhalle noch stand? In dieser Arena hatte Schuttinger an einem schweißtreibenden Sommerabend vor begeistert johlendem Publikum den norddeutschen Mittelgewichtsmeister auf die Bretter geschickt.

Unfassbar, wie die Zeit vergangen war! Dass sich die Uhrzeiger seit Schuttingers Weggang pausenlos gedreht hatten, war eine Tatsache, die es fraglich machte, ob Singen noch ›seine‹ Stadt war. Er kannte kaum noch jemanden. Die Amateurnutten, die er als Jungganove poussiert hatte, waren wahrscheinlich längst von angestellten Blödmännern zum Traualtar geführt worden und zu kleinbürgerlichen Göttinnen mutiert.

Was wohl aus Uschi geworden war? Sie war damals eine richtig Professionelle gewesen und hatte den jungen Herbert Schuttinger vergöttert, weil er nicht lange rumlaberte, sondern zuschlug, wenn es in Bahnhofsnähe zu Revierstreitigkeiten kam. Ihr traute er zu, dass sie es sogar zu einem eigenen Club gebracht haben könnte. Ob sie einander wiedererkennen würden? Wohl kaum. Uschi müsste mittlerweile über 60 sein. Schuttinger konnte sich nicht einmal mehr an ihren Nachnamen erinnern, nur eben, dass er mit dem Buchstaben B begann.

In der letzten Raststätte vor der Abfahrt Singen blätterte er im Telefonbuch. Sein Zeigefinger wanderte über Baader, Bachmann, Badminton und Bamberg, über Bestattungsinstitute und Blumenläden, Brautmoden und Bräunungsstudios. Bei dem Namen Brendel verharrte der Finger. Tobias

Brendel. Mensch, der Brendel! Der kleine, dicke, verheulte Tobias Brendel. Zwei Jahre hatte er neben Schuttinger auf einer Schulbank des Friedrich-Wöhler-Gymnasiums gesessen. Zwei Jahre hatte Schuttinger bei ihm abgeschrieben. Er hätte durchaus noch länger bei ihm abgekupfert, wenn ihn die Pauker nicht so auf dem Kieker gehabt hätten. Die waren heilfroh, als die Justiz den asozialen Schuttinger wegen Einbruchdiebstahls beim Schlafittchen kriegte und man ihn achtkant aus der Schule schmeißen konnte.

Schuttingers Finger suchte weiter. Rauf und runter auf den Sprossenleitern der B-Namen. Es waren verdammt viele, aber keiner darunter, den er mit Uschi in Verbindung bringen konnte. Vielleicht war die alte Schlampe auch schon gestorben.

Der nikotingelbe Zeigefinger kehrte zu Brendel zurück. Schuttinger hatte ihn als einen Schwächling in Erinnerung, dem man ungestraft die Nutellabrote wegfressen konnte. Als einen, der nicht nein sagen konnte und der sich nicht einmal beim Klassenlehrer zu petzen getraute, nachdem ihm ein Gottmadinger einen Schneidezahn ausgeschlagen hatte. Kein Wunder, dass Brendel nicht den Mumm aufgebracht hatte, diese Stadt zu verlassen.

»Der könnte einen Versuch wert sein«, murmelte Schuttinger und drückte seine Zigarette auf dem Telefonbuch aus.

Der Hohentwiel stand unverändert wie einst, aber die Stadt war nicht mehr dieselbe. Schuttinger fand sich nicht mehr zurecht. Wo früher Autos fuhren, war jetzt Fußgängerzone. Die Zahl der Geschäfte hatte sich vervielfacht. Schuttinger wollte sich eine Tasse Kaffee genehmigen und einen Happen essen, überlegte es sich beim Anblick einer Polizei-Doppelstreife aber anders und fuhr weiter in die Südstadt.

Das Haus, in dem Tobias Brendel wohnte, war fünfstöckig und Teil einer langen, eintönigen Zeile, deren Blocks einander ähnlich sahen wie Wassertropfen. So hatte man sich das moderne Wohnen in den sechziger Jahren vorgestellt. Inzwischen wusste man es besser.

Markwirth, Kajszczak, Schmiedle, Di Cosimo, Islamovic und so weiter – Brendel. Da hatte er ihn. Schuttinger drückte auf die Klingel. Der Antwort-Summton blieb aus und Schuttinger klingelte erneut, diesmal länger anhaltend. Er warf einen ärgerlichen Blick auf seine Armbanduhr. Es war halb sechs. Womöglich war Brendel noch bei der Arbeit.

Fleißig war er in der Schule immer schon gewesen, fleißig und gewissenhaft. Daher wunderte Schuttinger sich ein wenig, dass Brendel es nicht zum Einfamilienhaus mit Rasen und Hollywoodschaukel gebracht hatte. Doch die Erfahrung lehrte, dass in der Regel der Klassenprimus später im Leben weniger erfolgreich ist als durchschnittlich begabte Schlitzohren, die bedenkenlos jede Chance ergreifen.

Schuttinger ging die Straße entlang. Autos, deren Wert man durch eine Volltankung verdoppeln konnte, standen Stoßstange an Stoßstange. Er überlegte, was er mit dem BMW anstellen sollte, nachdem er sich bei Brendel einquartiert haben würde. Es würde ihm schon noch etwas einfallen – die Karre jedenfalls musste weg. Später würde er sich eine andere klauen. Das erledigte einer wie Schuttinger mit links und vierzig Grad Fieber.

Ein rundlicher Mann mit wuseligem, in den Hüften leicht schwingendem Gang kam ihm entgegen. Er trug – unverkennbar – eine grau melierte Kurzhaarperücke und presste zwei Baguettes an sich, deren frischer Brotduft von einem Odeur überlagert wurde, als wäre der Haarkappenträger soeben einem mit Lavendelessenzen angereicherten Bad entstiegen. Schuttinger erkannte seinen alten Schulspezi sofort. Er ließ ihn vorbeiwuseln und folgte ihm. Sehr viel war Tobias Brendel seit der Schulzeit nicht mehr gewachsen. Als er merkte, dass ihm jemand folgte, wurde er schneller und schneller und warf sich seinem vermeintlichen Verfolger vor der Haustür empört entgegen.

»Was wollen Sie von mir?«, keuchte er kurzatmig und hielt die beiden Stangenweißbrote wie Kampfstöcke vor sich.

»Krieg dich mal wieder ein, Tobbi«, sagte Schuttinger, »und schließ die Tür auf. Ein müder Wanderer möchte die Beine hochlegen.«

»Herbert?« Brendel blinzelte und seine Stimme zitterte ein wenig. »Herbert Schuttinger? – Jetzt bin ich aber fertig. Nein, jetzt bin ich aber fertig.«

»Komm schon, schließ auf«, sagte Schuttinger. »Es haben mich schon genug Leute gesehen.«

Im Treppenhaus roch es nach Reinigungschemie.

»Das ist 40 Jahre her«, sagte Brendel. »Aber immer noch diese blauen Augen! Die Brille steht dir gut. – Damals bist du wegen der Raiffeisenkasse ... oh, Entschuldigung.«

»Macht nichts«, sagte Schuttinger. »Das Ding mit der Raiffeisenkasse war ein Flop. Anfängerpech. Ein halbes Jahr Jugendknast hab ich dafür kassiert. Der Anfang einer echten Karriere. – Sag mal, hat dieser Bau keinen Lift?«

»Hach, einen Lift? Du hast Nerven! Aber wir sind gleich da. Dritter Stock.«

»Lebst du allein?«

»Leider«, seufzte Brendel und schloss die Tür auf. »Das hier ist mein bescheidenes Reich.«

»Getrennt, geschieden oder Junggeselle?«, fragte Schuttinger.

»Junggeselle – wie sich das anhört!« Brendel zog die Schultern hoch und blickte zur Seite.

»Kann es sein, dass du schwul bist?«, fragte Schuttinger, ohne Brendel dabei anzusehen.

Er ließ den Blick durch das Wohnzimmer schweifen, das mit abertausenden anderen Wohnzimmern hätte ausgetauscht werden können, ohne dass der Inhaber lange gefremdelt hätte: Polstergruppe, Stehlampe mit Stoffschirm, höhenverstellbarer Couchtisch mit Kacheleinlage, Wohnwand vom Möbel-Discounter, Bücherregal, Essecke in Buche-Optik, schwarzer Fonoturm mit CD-Ständer. Der Fernsehapparat war in die Wohnwand integriert.

»Ja«, sagte Brendel.

»Ach du Scheiße.« Schuttinger hustete.

»Keine Sorge!« Brendel hob seine kleinen, runden Hände. »Ich vergreife mich nicht an alten Männern.«

»Einen Mottenfiffi auf dem Kopf tragen, aber große Ansprüche stellen«, sagte Schuttinger.

»Dass dir das aufgefallen ist?« Brendel war bestürzt. »Sitzt die Perücke so schlecht?«

»So gut sitzt keine Perücke, dass es einem nicht auffällt«, sagte Schuttinger. »Im Genick steht sie ein bisschen ab, wenn du den Kopf runtertust.«

»Schade«, sagte Brendel. »Kannst du dir vorstellen, dass das mein Hauptproblem ist?«

»Dann gehts dir aber super, alter Knabe.« Schuttinger klopfte eine Zigarette aus der Packung. »Ich würde meinen Skalp auf der Stelle opfern, wenn damit alle anderen Probleme weg wären.«

»Hast du was ausgefressen?«

»Nichts Weltbewegendes.« Schuttinger zündete die Zigarette an. »Ich bin zurzeit allerdings ein bisschen parterre.«

»Nach so vielen Jahren muss man auf ein Wiedersehen anstoßen«, sagte Brendel. »Ich hab noch einen Champagner. Übrigens, weißt du, dass unsere Klassenkameraden Wunderle und Schneider tot sind?«

»Nein.« Schuttinger blies Rauch aus. »Aber was solls? Wunderle war ein Streber. Den konnte ich nicht leiden, den Schmiersack. Und Schneider – war das nicht der lange Lulatsch mit dem Herzfehler, der beim Sport nicht mitmachen durfte?«

»Genau. Dein Gedächtnis funktioniert noch. – Ach, übrigens ... würde es dir etwas ausmachen, auf dem Balkon zu rauchen?«

»Stell dich nicht so an und gib mir einen Aschenbecher! Wie viele Zimmer hast du? Komm, zeig mir mal die Wohnung.«

Das Badezimmer war blitzblank.

»Hoppla, hast du eine Putzfrau?«

»Nein«, wunderte sich Brendel. »Wieso?«

In der engen Diele hing eine Magnettafel mit Sinnsprüchen. Schuttinger blieb kurz stehen.

»Jede Rohheit hat ihren Ursprung in einer Schwäche«, las er laut und schüttelte missbilligend den Kopf. »Wer behauptet denn so was?«

»Seneca«, sagte Brendel, »römischer Philosoph.«

Die Küche mit ihren Gewürzkonsolen und Wandhalterungen mit Schöpflöffeln, Gießlöffeln, Spaghettilöffeln, Gemüselöffeln, mit verschieden großen Vorratsgläsern voller Zimtstangen und Trockenkräuter machte jedem Eintretenden schon an der Schwelle deutlich, dass hier ein zungenschnalzender Chef de Cuisine zugange war. Auf dem Tisch duftete ein frischer Himbeerkuchen.

»Den habe ich in der Mittagspause gebacken. Willst du ein Stück?«

»Ein Wurstbrot wär mir lieber«, sagte Schuttinger. »Hast du Bier im Kühlschrank?«

»Ja, alkoholfreies.«

»Ach du Scheiße«, sagte Schuttinger.

Zwei Wurstbrote verschlang er im Stehen. Er trank Champagner dazu.

»Ich hätte dir ja etwas gekocht, wenn du nicht so gierig wärst. Aber das braucht eben seine Zeit«, sagte Brendel vorwurfsvoll.

»Egal.« Schuttinger hustete, zog an seiner Zigarette und hustete wieder. »Ich musste nur schnell was in den Magen kriegen.«

»Mein Schlafzimmer ist dort drüben, aber das interessiert dich wohl weniger«, sagte Brendel.

»Richtig geraten«, sagte Schuttinger. »Zeig mir lieber, wo *ich* mein graues Haupt hinbetten kann. Ich müsste eine Nacht oder zwei hier bleiben .«

»Ich lege dir eine Matratze ins Wohnzimmer – oder möchtest du Gregors Zimmer?«

»Wer zum Kuckuck ist Gregor?«

»Pardon«, sagte Brendel. »Es rutscht mir immer noch so raus. Die liebe Gewohnheit! Gregor war mein Partner. Für den Titel Lebenspartner hats zeitlich leider nicht gereicht.«

»Ist er gestorben?«

»Gewissermaßen. Vor acht Monaten und sieben Tagen ist er ausgezogen. Meine Eifersucht würde ihn zu sehr einengen, hat er gemeint. Ich sei nachtragend und unberechenbar und so weiter und so fort.« Brendel lächelte bitter und fuhr sich mit der Hand über die Augen. »Manchmal haben wir uns so gestritten, dass Nachbarn an die Tür klopften. Kannst du dir das ausmalen?«

»Nein«, sagte Schuttinger und hustete.

»Willst du nicht endlich diesen schrecklichen Ledermantel ablegen? Kaputt ist er außerdem.«

Schuttinger zog den Mantel aus.

»Hach Gottchen«, sagte Brendel, »du bist ja verletzt.«

»Übertreib nicht! Ein dressierter Köter wollte seinem Chef imponieren. Aber es hat nicht geklappt.«

»Ich werde dir den Arm neu verbinden«, sagte Brendel. »Die Wunde heilt nicht richtig. Bist du gegen Tetanus geimpft?«

Schuttinger lachte.

»Ich bin gegen alles geimpft«, sagte er.

»Du solltest das nicht unterschätzen, Herbert. Ein Hundebiss kann gefährlich sein.«

»Mein ganzes Leben ist gefährlich.« Schuttinger winkte mit der rechten Hand ab. »Spießer leben länger.«

»Das klingt überheblich.« Brendel füllte eine rote Plastikschüssel mit warmem Wasser.

»Ist auch so gemeint.« Schuttinger hielt ihm den Arm hin. »Als angstschweißtropfender Vorstadtschisser alt zu werden, nee, das wär nicht mein Ding.«

»Auch ein Gangster – Verzeihung, wenn ich das so sage – sollte wissen, wann Schluss ist.« Brendel entnahm einem Schränkchen eine Pinzette und einen frischen Waschlappen. »Ich habe bemerkt, dass mit deinem rechten Bein etwas nicht in Ordnung ist.«

»Hör mal, du Klappstuhl«, murrte Schuttinger, »willst du damit sagen, dass ich einen Gehstock brauche? Am besten einen mit Blinklicht und Medikamentenfach am Griff?«

»Wer weiß?« Brendel blickte kurz auf und schmunzelte ein wenig. »Brillen- und Gebissträger bist du ja schon.«

Schuttinger zog die Brauen zusammen.

»Guck mich nicht an wie ein arschgefickter Goldhamster!«, knurrte er.

Eine Minute lang schwieg Brendel beleidigt, währenddes er Schuttingers Wunde säuberte.

»Als Gregor weg war«, sagte er schließlich, »bin ich in ein ziemliches Loch gestürzt.«

»Autsch!« sagte Schuttinger.

»Ich streu dir desinfizierenden Puder drauf. So. – Also, als Gregor weg war, war ich so einsam, dass ich mir wieder ein Meerschweinchen geholt habe. Erinnerst du dich, dass ich früher immer schon Meerschweinchen hatte?«

»Nein«, sagte Schuttinger.

»Ich habs Ernstchen genannt. Aber ein einzelnes Meerschweinchen, das ist nichts. Meerschweinchen kuscheln viel zu gern. Ernstchen war genauso einsam wie ich. Weißt du, ich arbeite ja tagsüber.«

»Was denn?«

»Ein Sozialprojekt. Es geht um Ausländerintegration.«

»Ein Gutmenschen-Job! Das sieht dir ähnlich!« Schuttinger grinste spöttisch. »Wo die Gabe ist, ist die Aufgabe.«

Brendel überhörte die Ironie.

»Und ab und zu schreibe ich eine Glosse für den Lokalteil«, fuhr er fort. »Da kann ich ein bisschen Minderheitenpolitik mit reinmogeln. Die Redakteure merkens oft nicht.«

»Minderheitenpolitik? Du meinst: Alle Macht den Tunten!«

Brendel lächelte verzeihend.

»So. Fertig«, sagte er und zog die Schlaufe an dem Verband zu. »Jetzt zeige ich dir die Meerschweinchen.«

Mit der galanten Gestik eines Zirkusdirektors öffnete er die Tür.

Schuttinger war auf einen Mini-Stall für ein watscheliges Pelztierchen gefasst, das auf den bescheuerten Namen Ernstchen hörte. Sprachlos stand er im Türrahmen und blickte in den wahrscheinlich komfortabelsten Meerschweinchenhimmel unter deutschen Dächern. Ein Dutzend Käfige waren zu einem Drahtpalast verknüpft. Dazwischen Laufgänge, Futterplätze und Häuschen – Almhäuschen, Stadthäuschen, Försterhäuschen, Bahnhofshäuschen. Das ganze Zimmer war eine Meerschweinchenstadt.

»Da staunst du, was?« Brendel strahlte. »Das da drüben sind Nina, Tina und Ferkelchen. Ernstchen ist der hübsche Wildfarbene, dort, der mit dem Salatblatt, siehst du ihn? Er verträgt sich nur mit Nurejew. Der Braun-Weiße ist Valentino. Der hat ein Extrarevier, weil er zu dominant ist.«

Schuttinger sah Brendel von der Seite an.

»Du denkst jetzt sicher: Der Tobbi ist ein bisschen plemplem. Stimmts?« Brendel neigte den Kopf zur Seite.

»Du hast es erfasst«, sagte Schuttinger. »Ich schlafe lieber im Wohnzimmer.«

Nach der Tagesschau und vier Flaschen Bier, die Brendel ihm aus der nächsten Kneipe geholt hatte, schlief Schuttinger auf der Couch ein.

Mitten in der Nacht wachte er auf. Der Pfiff eines Meerschweinchens hatte ihn geweckt. Er schob die Decke von sich, die Brendel fürsorglich über ihn gebreitet hatte, und suchte mit dem Fuß den Schalter der Stehlampe. Brendel hatte ihm wohl auch die Schuhe ausgezogen. Seine Brille lag neben der Beretta auf dem Esstisch.

Schlaftrunken wankte Schuttinger zur Toilette, pinkelte streuend im Stehen, tappte zurück zur Couch und schlief schnarchend weiter. Wie durch einen dicken Nebel registrierte er, dass Brendel sich am Morgen zur Arbeit fertig machte. Als er sich zwei Stunden später den Schlaf aus den Augen rieb, fiel sein Blick auf ein Frühstücksgedeck mit frischen Brötchen und einem altrosa geblümten Kaffeewärmer über der Kanne.

Schuttinger frühstückte. Danach legte er sich in die Wanne. Er schnupperte an verschiedenen Fläschchen, die dazu da waren, das Badewasser zu veredeln, doch die Düfte waren ihm zu pastellig. Weil seine Fluchttasche mit Wäsche und Rasierzeug noch im Kofferraum des BMW lag, summte er sich mit Brendels Elektrorasierer die Stoppeln aus dem Gesicht.

Über Mittag kam Brendel nach Hause. Er hatte eine volle Einkaufstüte und verschwand sofort in der Küche.

»Räum bitte den Tisch ab«, rief er. Und: »Hach, du hast aber viel geraucht! Mach doch bitte mal Durchzug.«

Schuttinger lag auf der Couch, verdrehte die Augen und machte einen Lungenzug.

»Die Kalbsleber-Rouladen sind mit grob geriebenem Apfel gefüllt und mit Kräutern der Provence gewürzt«, erklärte Brendel im zeremoniellen Tonfall eines Fünfsternekochs. »Dazu gibt es gebratene Zwiebeln und Erbsen-Sahne-Püree.«

Schuttinger drehte ein wie ein Scheunendrescher.

»Bei dir fühlt man sich wie Gott in Frankreich«, befand er kauend. »Hast du nochn Bier?«

»Ich werde dir heute Abend welches mitbringen«, sagte Brendel.

Den Nachmittag verbrachte Schuttinger mit Fernsehen.

»Wieso hast du keinen DVD-Rekorder?«, fragte er beim Abendessen. »Oder wenigstens ein Videogerät?«

»Ich habe so etwas bisher nicht gebraucht«, sagte Brendel.

»Dann hast du was verpasst.« Schuttinger schüttelte verständnislos den Kopf. »Es gibt so tolle Actionfilme.«

»Ich war immer der Ansicht, dass der Weg über die Videothek an der Ecke direkt ins Neandertal führt«, sagte Brendel, »aber vielleicht sehe ich das zu verschroben.«

Nach dem Abendessen zog er sich ins Meerschweinchenzimmer zurück.

»Entschuldige«, sagte er, »ich kann die Kleinen nicht ganz vernachlässigen.«

»Ein Mann muss tun, was er tun muss.« Schuttinger grinste süffisant und baute seine Beretta auseinander, um sie zu pflegen.

Durch die Tür hörte er, wie Brendel im Kinder-Lala-Ton mit den Meerschweinchen kommunizierte. Als er nach über einer Stunde wieder ins Wohnzimmer kam, machte er einen glücklichen Eindruck.

»Hast du Lust auf einen provenzalischen Rosé?«, fragte er.

»Ich bleibe beim Bier«, knurrte Schuttinger, der lustlos eine Familienschnulze im Fernsehen verfolgte und dabei mit der Beretta spielte.

»Wenn du willst, besorg ich dir morgen einen Videorekorder«, sagte Brendel.

»Dann könntest du auch gleich ne Flasche Whiskey mitbringen.«

»Mach ich«, sagte Brendel.

»Du bist eigentlich ein richtiger Kumpel.« Schuttinger zündete sich eine Zigarette an. »Schade, dass du schwul bist.«

»Kann ich etwas dafür?«, sagte Brendel. »Die einen sind schön, die anderen sind hässlich, die einen haben rote Haare, die anderen haben braune Haare oder gar keine. Und ich bin eben schwul.«

»Mein BMW muss weg«, sagte Schuttinger.

»Wie soll ich das verstehen?«

»Weg eben.« Schuttinger hustete. »Er muss verschwinden.«

»Ich habe keine Ahnung, wie man ein Auto verschwinden lässt«, sagte Brendel.

»Fahren kannst du doch so eine Kiste, oder?«

»Ja, schon. Ich besitze zwar kein Auto, aber fahren kann ich durchaus.«

»Dann setzt du dich in den Schlitten und fährst einfach drauflos. Autobahn. Volle Granate. So weit wie es geht. Dann rein in eine größere Stadt. Auf einen großen Parkplatz oder in eine Wohnstraße, wo viele Autos stehen. Da stellst du die Mühle ab und kommst im D-Zug oder im Intercity zurück. So einfach ist das.«

»Dann muss ich mir freinehmen«, sagte Brendel. »Da geht ja ein ganzer Tag drauf.«

»Du wirst das Ding schon reißen, alter Knabe!« Schuttinger zielte spielerisch mit der Beretta auf ihn.

Nachdem eine geschlagene Woche verstrichen war, machten sich bei Schuttinger die ersten Anzeichen eines Arrestkollers bemerkbar. Die Wohnung war eine Räucherbude. In den Vorhängen saß der Gilb. Schuttinger hatte mindestens vierzig Actionvideos gesehen und so viel Bier getrunken, dass Brendel vom Kistenschleppen Muskelkater hatte. Das Hinterherwischen hinter dem Asche verstreuenden, danebenpinkelnden und Kaffee verschüttenden Schuttinger kostete ihn mehr Energie als ein halbes Jahr im Job.

Weil Schuttinger die Wohnungswände zu eng wurden, inhalierte und trank er immer mehr. Aus purer Langeweile ging er sogar, wenn Brendel außer Haus war, zu den Meerschweinchen. Er setzte Nurejew zu Valentino und schaute zu, wie der dicke Braun-Weiße den kleingetüpfelten Nurejew piesackte und aus seinem Revier vertreiben wollte. Das ging aber nicht, weil die Barrieren für den flüchtenden Nurejew zu hoch waren und er mit lautem Quieken in einem putzigen Almhäuschen Asyl suchte. Doch das brachte nichts, weil das Almhäuschen Valentino gehörte und dieser ums Verrecken nicht willens war, einen Untermieter namens Nurejew zu akzeptieren. Das Schreckensgepfeife Nurejews brachte Ernstchen so aus der Fassung, dass er sogar seine Lieblingsbeschäftigung, das Fressen, vorübergehend unterbrach.

Schuttinger kam auf die Idee, Ernstchens heterosexuelle Begierden zu testen. Er setzte ihn zu dem still vor sich hinmampfenden Weiberklüngel – und tatsächlich: Ernstchen entschied sich in seiner Wollust für die fette Tina. Bald würde es Junge geben. Schuttinger stellte sich Brendels bestürztes Gesicht vor und lachte sich in einen Hustenanfall hinein. Danach nahm ihn die Langeweile wieder in ihre einschnürenden Arme.

»Meine Kleinen sind ja ganz verstört«, sagte Brendel am Abend, als er die Einstreu wechselte und Pressfutter, Körner, hartes Brot und sorgfältig gewaschenes Gemüse verteilte.

»Was hat denn mein süßer Nurejew? Hast du dich etwa mit Ernstchen gezankt, ja?«

»Die haben eine Beziehungskrise«, sagte Schuttinger. »Ernstchen hat mit dieser Speckwalze von Tina geflirtet.«

»Herbert«, sagte Brendel todernst, »ich habe deinen BMW fast um den Erdball gefahren und ich erdulde es, dass du aus meiner Wohnung eine Nikotinhöhle machst. Ich renne nach Feierabend in den Geschäften herum, um für dich einzukaufen und zu kochen, ich wasche und bügle deine Sachen, ich erwarte keinen Dank, nein, überhaupt nicht – aber treibe bitte keinen Unsinn mit den Kleinen!«

»Wenn du Titten hättest und ein Loch mehr, würdest du das durchschnittlichste Eheweib abgeben«, sagte Schuttinger und zündete sich eine Zigarette an. »Hast du mir Kippen mitgebracht?«

»Liegen im Einkaufskorb«, sagte Brendel knapp.

»Lass die lächerlichen Viecher in Ruhe und trink ein Bier mit«, schlug Schuttinger vor.

»Du warst immer ein Grobian und bist ein Grobian geblieben«, sagte Brendel, »schon in der Schule war das so. Ein Grobian ersten Ranges!«

»Ersten Ranges, du sagst es.« Schuttinger reckte bestätigend den Zeigefinger. »Man darf im Leben niemals zurückstecken, sonst fressen einen die Wölfe. Also lieber Wolf sein als Schaf, aber du Weichei hast das ja nie kapiert.«

»Ich bin, wie ich bin«, sagte Brendel, »und ich bin stark genug, um im Leben klarzukommen. Von dir kann man das ja nicht so uneingeschränkt sagen.«

»Ach, halt doch die Klappe, du Hasenpups!«, raunzte Schuttinger. »Was weißt du schon vom Leben da draußen. Wer da nicht zum Kampf um jeden Preis entschlossen ist, hat schon verloren. Wenn einer mit Kieselsteinen nach dir wirft, musst du mit Felsen antworten. So ist das!«

»Ich bin ein friedfertiger Mensch. Ich muss nicht mit Felsen werfen. Und ich brauche auch keine Pistole.«

»Wenn in der Schule einer was aufs Maul gekriegt hat, dann warst du das. Jeder Liliputaner hat sich mit dir angelegt, weil er nur gewinnen konnte.« Schuttingers Miene zeigte Geringschätzung. »Für dich galt doch immer der Wahlspruch: Mal verlierst du, mal gewinnen die anderen.«

»Ich war eben nicht wie die anderen«, sagte Brendel. »Das ist mir erst später richtig bewusst geworden. So mit fünfzehn, sechzehn. Als mein Vater mitkriegte, was mit mir los war, da wars ganz aus. Der ist in einem Spielmannszug der SA gewesen früher. Einen wie mich hätte man ins Lager gesteckt damals, hat er gesagt. Einen rosa Winkel an die Jacke und ab ins Lager. Und meine Mutter hat sich in Grund

und Boden geschämt, meine Geschwister ebenso. Und aus so einer Position heraus soll einer zum Wolf werden?«

»Ich hab auch zu denen gehört, die dich verachtet haben«, sagte Schuttinger.

»Ich weiß, aber du hast mich gebraucht, um bei mir abzuschreiben. Ohne mich wärst du nämlich sitzen geblieben.«

»Aber volle Granate!«, lachte Schuttinger und hustete wie ein erkältetes Pferd. »Manchmal, du, also manchmal hätte ich dich an die Wand klatschen können. Aber ehrlich. Es wollte mir nicht in den Kopf, dass so ein Beckenrandschwimmer wie du mehr Grips zwischen den Ohren haben sollte als unsereiner.«

»Na ja.« Brendel lächelte geschmeichelt. »Dafür hab ich mich in deiner Nähe immer ziemlich sicher gefühlt. Vor dir hatten die schlimmsten Jungs mehr Manschetten als vor den Paukern. Weißt du noch, wie du uns das Messerwerfen auf die große Weltkarte demonstriert hast?«

»Zu lange her.« Schuttinger setzte die Bierflasche an. »Hab ich vergessen.«

»Ich nicht.« Brendel blickte versonnen zur Zimmerdecke. »Ideen hattest du damals, geradezu filmreif.«

»Tobbi, alter Knabe, ich fürchte, das Bier ist schon wieder alle. Geh doch rasch in die Kneipe und hol mir drei, vier Fläschchen, ja? Sei so gut!«

»Du hast mich damals schon Tobbi genannt«, sagte Brendel mit einem erinnerungsseligen Gesichtsausdruck, der sich plötzlich verdüsterte. »Wenn du dabei gewesen wärst, hätte die Kapuzenbande mich ganz gewiss nicht an den Baum gehängt.«

»Auweia! Daran erinnere ich mich. Das war eine heiße Kiste.« Schuttinger kratzte sich den Nacken. »Was ist mit dem Bier?«

»Es war das Schlimmste, was mir in meinem bisherigen Leben widerfahren ist«, fuhr Brendel fort. »Ich habe jahrzehntelang nicht darüber gesprochen. An dem Tag hat meine Seele einen Knacks bekommen, der nicht geheilt ist. Bis heute nicht.«

»Armer Tobbi!« Schuttinger lachte wiehernd. »Du hast viel mitgemacht, aber nichts erlebt. Das unterscheidet uns beide.«

»Das mag stimmen, Herbert, aber es ist nicht zum Lachen! Was damals geschehen ist …«

»Geh, das war doch bloß eine Gaudi«, unterbrach ihn Schuttinger.

»Eine Gaudi nennst du das? Häng du mal eine halbe Stunde mit dem Kopf nach unten an einem Ast! Von einer johlenden Bande verspottet und umhergeschwungen! Die hatten meine Füße gefesselt und mich an einem Strick den Baum hochgezogen. Aber der Schock trat erst ein, als das mit dem Meerschweinchen passierte …«

»Olle Kamellen! Komm schon, hol das Bier!«

»Nein, Herbert, ich red mir das jetzt von der Seele. Einer von den Kapuzenjungs, der die ganze Zeit kein Wort gesprochen hat, vermutlich der Anführer …«

»Ist ja gut, ist ja gut. Wie hast du denn rausgekriegt, dass ich das gewesen bin? Hat da etwa einer gepetzt?«

Brendel fuhr sich mit der Hand über die Augen.

»Was bist du denn auf einmal so weiß im Gesicht?«, fragte Schuttinger. »Ist dir schlecht?«

»Nein, alles in Ordnung«, sagte Brendel mit flacher Stimme. »Ich hole das Bier.«

Schuttinger schaltete den Fernseher ein.

»Wo warst du denn so lange?«, fragte er über die Schulter, als er Brendel nach einer halben Stunde zurückkommen hörte. »Hast du das Bier etwa selber gebraut?«

Er bekam keine Antwort.

»Mann, das ist ein sagenhafter Krimi«, sagte Schuttinger, »den guck ich noch fertig, dann können wir uns weiter unterhalten.«

»Ich will nur einen begonnenen Satz zu Ende bringen«, sagte Brendel aus dem Hintergrund. »Also: Einer von den Kapuzenjungs, der die ganze Zeit kein Wort gesprochen hat, während ich am Baum hing, der Anführer, wie ich jetzt weiß, tat so, als würde er mein Meerschweinchen kraulen. Mein Meerschweinchen, dem ich Frischfutter auf der Wiese rupfen wollte. Dann hat er eine kleine Flasche mit Brennspiritus aus seinem Anorak gezogen, das Zeug ins Fell gegossen und ein Feuerzeug drangehalten. Das Meerschweinchen ist noch ein Stück gerannt. Dann sah es aus wie eine Feuerkugel.«

»Jetzt langts mir«, sagte Schuttinger. »Hör endlich auf mit dem alten Quatsch! Ein kaputtes Meerschwein, und das vor mehr als vierzig Jahren!«

»Trotzdem ist es nicht verjährt. Jedenfalls nicht für mich.«

Missgestimmt drehte Schuttinger sich um.

»Was soll das heißen? Wo hast du das Bier? Was ist überhaupt los?«

»Es gibt kein Bier«, sagte Brendel. »Jetzt nicht mehr.«

»Wo warst du denn? Ich verstehe überhaupt nicht, was da ...«

Schnelle, trampelnde Schritte hallten durchs Treppenhaus. Männer mit schusssicheren Westen stießen die angelehnte Wohnungstür auf. Einer brüllte: »Polizei! Keine Bewegung!«

Herbert Schuttinger saß wie vom Donner gerührt vor dem Fernsehgerät, in dem ein spannender Krimi zu Ende ging. Er leistete keinen Widerstand, als ihm Handschellen angelegt wurden.

Reinhard Gröper

Ekkehards Tod

Am Dienstag, den 26.Mai, zu von ihm nicht genauer festgehaltener später Vormittagsstunde, stieß der Singener bergerfahrene, hier aufgewachsene, deshalb seit Jugendjahren hohentwielvertraute und in einem der Eigenheime von bürgerlichem Zuschnitt der Fronholzstraße wohnende, für seine Jahre noch recht rüstige siebenundsechzigjährige Rentner Wilhelm Sattler auf dem, den Abstieg verkürzenden Pfad um den Südhang des Hohentwiels, den er bergab, um, nach guter Gewohnheit und, wie er seiner Frau beim Weggehen versicherte, Schlag zwölf zu Tisch zu sein, statt des Fahrweges, damit den offiziellen Ein- und Auslass umgehend, eingeschlagen hatte, hinter einer, vielleicht noch näher zu bezeichnenden Wegbiegung, zutreffender gesagt: Pfadbiegung, unter den Felsen, die er bei dieser Wahl des Abstieges zur Linken hatte, auf den, dorthin vermutlich abgestürzten, wie sich später herausstellte ihm überraschenderweise namensgleichen, jedoch weder verwandten noch verschwägerten, vielmehr bis dahin weder in der Namensgleichheit noch sonst wie zufällig begegneten, also völlig unbekannten, durch die Erwähnung dieser Namensgleichheit hier namentlich eingeführten Schüler einer, aus pädagogischer Rücksicht nicht genauer zu kennzeichnenden 11. Klasse des Hegaugymnasiums, und wie wir ihn durch den Zusatz ›der Jüngere‹, kurz d.J., vom älteren unterscheiden wollen: siebzehnjährigen Walter Sattler den Jüngeren. Dies erklärte ihm sein – durch, wie er angenommen hatte: schlechtes Gewissen über die Verspätung zurückgedrängtes – Unbehagen darüber, diese Abkürzung gewählt zu haben, dessen Ursache er kaum darin gesucht hätte, eine der haushoch über dem Pfad aufragenden, zuweilen sogar überhängenden Felswände könne plötzlich, d. h. ohne Vorwarnung, über dem Pfad zusammenbrechen, damit ihn verschütten oder eher: jeder einzelne oben von Tier oder Mensch losgetretene oder sich sonst wie gelöste selbst nur kaum faustgroße Stein genüge, einen darunter Vorbeigehenden unglücklich treffend, diesen fürs Leben zu schädigen, wenn nicht gar, ihn zu erschlagen, nie und nimmer jedoch in der ihm bisher auch nur im Entferntesten aufgeschienenen, an diesem Vormittag, wie eigentlich überhaupt außer jedem Betracht liegenden Vorstellung oder Vorahnung, auf dem ihm in all seiner Riskanz gewiss nicht unvertrauten Pfad, und dann noch als Erster, plötzlich vor einen vermutlich Abgestürzten oder anders, jedoch eben, auf welche unglückliche Weise immer, zu Tode Gekommenen gestellt zu sein. Der nun hier, späterer Aufklärung vorausgreifend, bereits mit Namen eingeführte Sattler d.J. war – wenn die Leichenstarre nicht, was man auch schon gehört habe, durch den Schock beim Aufschlagen unmittelbar ausgelöst worden – nach einem, wie bereits gesagt, vermuteten, an dieser Bergflanke immer wieder schon vorgekommenen Sturz aus vielleicht neugierig, vielleicht übermütig unternommener, oder trotz dem durch Hinweisschilder eindringlich in Erinnerung gebrachten Verbot, in der durch Gesetz geschützten besonderen Pflanzenwelt, zu denken etwa an Orchideen oder dem Phonolith eigene Gewächse des Hohentwiels, dennoch botanisierend, kurz: aus nicht anders denn leichtsinnig zu nennender Kletterei, seit mehreren Stunden tot.

Eingeschoben sei, dass (weil, wie bei jedem Unglücksfall oder vermuteten Verbrechen, versicherungsrechtlicher wie polizeilicher Schlüsse, damit der Frage wegen, ob ein Verschulden Dritter, somit ein Grund, diesen zivil- oder strafrechtlich zur Rechenschaft zu ziehen, vorliege – und im gegebenen Fall die Ermittler, bei aufmerksamem Vorgehen, selbst jede noch so geringe Schürfung des Moos- und Algenbewuchses auf der von dem möglichen Sturz berührten Felsoberfläche nicht außer Acht lassen dürften -, es auf letzte Einzelheiten, deren Vernachlässigung, wie man aus Kriminalromanen weiß, bis zu, gegenüber dem wirklich Geschehenen völlig abseitigen, wenn nicht gar abwegigen, d.h. Täter entlastenden, dagegen Unschuldige belastenden Ergebnissen führen könnte, genauestens ankommt) Sattler d.Ä., wenn auch das Wetter nach frühmorgendlichem Regen aufgeklart hatte, das Sonnenlicht, durch noch immer schwere Wolken gebrochen, aus Tropfen auf Gräsern und Blättern funkelte, die Wasserhaut der durch die Nässe in ihrer dem Phonolith ganz eigenen Schwärze betonten Felsen schimmerte (wie nicht zu übersehen: Zeichen einsetzender Erwärmung), wegen seiner Empfänglichkeit gerade für Sommererkältungen, soweit diese nicht durch irgendwelchen Pollenflug verursacht (an dem zu dieser Jahreszeit kein Mangel ist), und die sich bei ihm in zuweilen nicht enden wollenden Niesanfällen überfallartig ankündigen, im Bestreben, sich (damit, nach dem Grundsatz: wehret den Anfängen, Bettlägerigkeit vorbeugend) durch geeignete Kleidung zu schützen, wozu ihn glücklicherweise eine ausreichende Rente in die Lage versetzt, seine gerade in solchen Wettertücken bewährte Lodenjacke, dazu, wie stets, die olivgrüne Cordhose, Kleidung somit anhatte (statt, an Hohentwielbesteigern leider immer wieder zu beobachtenden roten Strümpfen zu Kniebundhosen samt, was Hersteller wie Verkäufer in der Wirkung vermutlich weder beabsichtigen, noch nicht einmal bedacht haben: das Wild vergraulendem grellfarbenem Anorak – wobei ihm als besonders unangezogen erscheint, wenn zwischen Strumpf und Hosen das Bein blitzt), die seinem und wohl nicht nur seinem, in lebenslangem Umgang mit dem Hohentwiel entwickeltem, ja gepflegtem Empfinden nach, als die burg-, besser: hohentwielentsprechendste, eine bestimmte Haltung, ja Ehrerbietung diesem majestätischen Berg gegenüber angemessen zum Ausdruck bringt. Der nun erreichten Wärme wegen hatte er, wobei die weitergehende Öffnung unterblieben war aus Gründen, deren er sich, weil sie nebensächlich oder, er durch irgendeine Beobachtung, während er handelte, abgelenkt, nicht erinnerte, die Jacke von oben her, was die Absicht, sie ganz zu öffnen, vermuten lässt (wohingegen eine nur zur Erleichterung gedachte Öffnung, aller Erfahrung nach, unten ansetzt), zur Hälfte aufgeknöpft. Sattler d.Ä. trug Wanderhalbschuhe, in denen er bei aller Vor- und Umsicht, trotz deren ausgeprägt wanderfreundlichem, das heißt vor allem trittsicherem Sohlenprofil, auf lehm- oder auch nur nässeüberzogenem Stein – für den das passende Profil, so sein Wort bei jedem Schuhkauf, noch immer nicht entwickelt sei – vorm Ausrutschen, damit der Gefahr zu stürzen (mit welchen Folgen auch immer), nicht gänzlich sicher war, weshalb er sich inzwischen seit Jahren bei jeder Besteigung des Hohentwiels im, nach oder bei drohendem Regen – schon der Gesundheit wegen mutete er sich den täglichen Aufstieg zu – auf Anraten seiner Frau und der größeren Sicherheit halber eines seiner im Kleiderschrank aus Reisen und Urlauben angesammelten, auf den ersten Blick, weil mit dem Stocknagel des jeweiligen Erwerbungsortes versehen, von einander zu unterscheidenden Bergstöcke bediente, auch wenn ihm ein Stock in der Hand gelegentlich lästig war, an diesem 26. Mai eines mittlerer Stärke und Gewichts – übrigens des einzigen, dessen Eisenspitze sich in den Jahren nicht gelockert hatte –, nämlich dessen mit dem Stocknagel von Hirschegg, wo er mit seiner Frau frohe Ferien- und Wandertage verbracht. Ein genauer Beobachter, der aber nun Sattler d.Ä., in seiner aus der Situation verständlichen, wohl jedem, der unversehens, weil das nicht alltäglich, ihm allenfalls aus Literatur oder heimatsüchtigen Bergfilmen vertraut, mit einem etwa zu Tode Gestürzten konfrontiert, psychischen und physischen Benommenheit, ja der Panik nahe, nicht war – um Vorwürfen zuvorzukommen: überhaupt nicht sein konnte –, hätte wahrscheinlich schon bei flüchtiger Betrachtung des, wie wieder und wieder zu betonen ist, vermutlich Abgestürzten, das allerdings Erstaunliche, ja Rätselhafte, sich auch bei wiederholt vergewisserndem Hinsehen so und nicht anders Darstellende wahrgenommen, dass der für Sattler bis dahin namenlose, mangels vorhergehender Begegnung völlig unbekannte, jedoch, geben wir doch zu: zu unser zu aller Erstaunen über so viel Zufall, namensgleiche Jüngere, Lodenjacke wie Cordhose vom selben Schnitt und der selben Farbe trug wie er. Selbst das Schuhwerk, diese Wanderhalbschuhe mit dem, wie er das eben immer wieder beklagt, bekanntlich auch bei Schuhkäufen wiederholt zum Ausdruck gebracht, auf lehmüberzogenem, schon auf nassem Fels – und woraus sich möglicherweise ein erster Schluss auf die Unfallursache ergeben könnte, sofern nicht der Tote als Opfer eines Verbrechens zu vermuten – nicht absolut rutschsicherem Sohlenprofil, stimmte, wie er bei genauerem Hinsehen, wobei ihm auf die Füße zu schauen leichter gefallen wäre als in das Gesicht mit den schreckensstarr aufgerissenen Augen und dem wie zum Schrei geöffneten Mund, hätte feststellen können, in Hersteller und Machart mit dem, was er auf Wanderungen überhaupt, folglich auch am Hohentwiel und damit jetzt trug, überein.

Sattler d.Ä., in der ihm angesichts der Leichenstarre des Daliegenden – aus begreiflicherweise nackter Panik wie dem ihm nicht weniger denn anderen, sich in verwandter Lage Sehenden, innewohnenden lebenserhaltenden Instinkt, Entsetzen durch Handeln, was ebenso gut bewusstes Nichthandeln sein könnte, entgegenzusteuern – aufblitzenden Erkenntnis, ihm, nämlich Sattler d.Ä. – wobei der Zusatz d.Ä. nicht im Bewusstsein des Älteren existiert, bei seinem Kenntnisstand in diesem Augenblick auch noch nicht bestehen kann –, sei gar keine andere Hilfe möglich, auch verändere, verwische, vertilge er, wie er doch annahm, auch aus der Lektüre einschlägiger Kriminalfälle und ihre Aufklärung beschreibender Zeitungsartikel, dem einen und anderen Film, der Verbrechen oder mysteriöse Unfälle zum Gegenstand hat, durchaus, wenn auch nicht bis in alle Einzelheiten kriminalistischen Vorgehens wusste, bei unsachgemäßem Eingreifen Spuren, die der Aufklärung des Unfalls / Verbrechens (denn eines von beiden musste es sein) dienen, wenn nicht gar Spuren, die er etwa durch Berühren hinzufüge oder tilge, die Polizei auf die falsche Fährte, das heißt bis dahin führten, ihn, den doch in der Sache wahrhaft Unschuldigen, der Tat oder Mitwisserschaft zu verdächtigen, zumindest ihn in den Kreis der zu Verdächtigenden, also möglicher Täter, oder Mitwisser mit allen unbequemen Folgen, einschließlich der Rufschädigung, die das mit sich bringe, einzubeziehen – wenngleich ihn entlasten müsste, dass die Kleidung des Daliegenden vom Regen durchnässt oder, was den bewährten Loden dieser Machart Jacken auszeichnet, lediglich, aber eben doch angefeuchtet, der Tote also schon dem Nacht- oder Morgenregen ausgesetzt gewesen war, sollte sich gar der Unfall / das Verbrechen nicht schon bälder, also angenommen gestern Abend zugetragen –, dies mit einiger Deutlichkeit erkennend und aus dieser Erkenntnis keinen anderen Weg, keine andere Aufgabe sehend, als seine Entdeckung so schnell wie möglich zu melden, damit fach- und sachkundige Helfer auf den Weg zu setzen, womit er hinnahm, nicht pünktlich zu Tisch zu sein, damit seine Frau in Sorge über seinen Verbleib, möglicherweise in die Vorstellung zu versetzen, er selbst sei abgestürzt, wenn dabei vielleicht auch nicht tödlich, aber doch ihn merklich aufhaltend zu Schaden gekommen – so anders, und auch dieser Versuchung sah er sich ausgesetzt, er es nicht vorzog, über diesen schrecklichen Fund (gegen jeden Impuls, wenigstens die geringe, ihm einzig mögliche Hilfe der Anzeige zu leisten), äußerstes und sich durch mit keiner Miene verratendes Stillschweigen zu bewahren, was dann hieße, seine Entdeckung mit ins Grab zu nehmen –, entschied sich unter dem humanen Aspekt gewissermaßen letzter Hilfeleistung, damit seine Frau im Ungewissen über die Ursache seines Ausbleibens lassend, vom Meierhof oder Widerhold, als nächstgelegenen Gaststätten, aus, den oder die, wer sich auch immer auf den Notruf 110 meldete, unter Angabe des Fundortes, der wichtigsten Beobachtungen und, soweit sie ihm abgenommen würden, Schlüssen daraus, zu alarmieren, ihn (wohl eher mehrere, darum: sie) am unteren Einstieg des Pfades abzuwarten und zum Fundort zu führen, in der Hoffnung, dass kein anderer, der inzwischen den Pfad herunter gekommen sein könnte, die Manipulationen an dem Toten vorgenommen, die er, mit Rücksicht auf die Aufklärung des Unfalls oder Verbrechens, wohlweißlich sich vorzunehmen versagt.

Nahe lag, wie auch von geübten Ermittlern, und um solche, in Todes- und Mordsachen erfahrene, handelte es sich bei den tätig Werdenden ganz offenbar, nicht anders zu erwarten, bei den Ermittlungen auszuholen, was heißt: das sogenannte Umfeld des Opfers oder, je nach Bewertung des Falles, Verunglückten, mit zu erkunden, und nach Erkundungen in der Schule dahin, Sattler d.J. – den Zusatz, denn von wem hätte man ihn dort unterscheiden müssen, trug er in der Schule natürlich nicht – habe am Vormittagsunterricht mit den Fächern Deutsch (zweistündig, worin er ein durchdachtes Referat über Scheffels Ekkehard gehalten), Englisch, Mathematik und Biologie – Nachmittagsunterricht habe er keinen gehabt – teilgenommen, ohne dass, wie seine über den plötzlichen Tod eines ihrer hoffnungsvollsten Schüler (man habe ihn schon als später einmal an dieser Schule, dabei nicht zuletzt Geist und Ansehen der Schule, der heute Unterrichtenden weiter tragend, wirken gesehen), über diesen menschlich wie also für die Schule so sehr zu beklagenden Verlust zutiefst bestürzten Lehrer sich nicht anders besinnen konnten, keine Anzeichen von Verstörung gezeigt, solche auch seine Eltern nicht an ihm festgestellt haben wollen, die Mutter auch da nicht, als er sich kurz nach 16 Uhr mit der Begründung, er steige jetzt gerade noch mal auf den Twiel, werde vor Dunkelheit nicht zurück sein, flüchtig, um nicht zu sagen, in keiner Weise, wie zu spüren war, auskunftsbereit, verabschiedet habe. Derart ausholend hatten die Ermittler auch bei der Stadtverwaltung erkundet, wer zur fraglichen, d.h. der nach einem Aufbruch zu Hause um 16 Uhr, den Weg eingerechnet, Zeit Dienst am Einlass getan, so den Rentner Karl Berger als an diesem Nachmittag Kasse und Einlass Versehenden ermittelt, der, sich der Polizei gegenüber sehend, zunächst irritiert gegeben, dahin, dass er nicht anders über die Besucher Buch führe als durch die Abrechnung der Eintrittskarten, wie man aus der ersehen könne, es an diesem Nachmittag nur wenige gewesen seien, die Besucher gewissermaßen nur getröpfelt hätten, dann sich aber erinnerte, schließlich betonte, sich daran genau zu erinnern – Besonderheiten prägten sich eben besser ein als das gewöhnliche Tagesgeschäft –, es gar nicht anders gewesen sein könne, als dass dies der junge Mann gewesen, der bald nach 16 Uhr – er erinnere sich, da irgendwann auf die Uhr geschaut zu haben – zusammen mit einer, unter den Besuchern, die sonst kommen, ungewöhnlichen Erscheinung, einem Mönch, dem Habit nach unverwechselbar ein, was er aus Wallfahrten nach Einsiedeln wisse, Benediktiner, selbst noch recht jung, überdies intelligent und durchgeistigt und, wenn er das von einem Pater des Benediktinerordens mit allem Respekt feststellen dürfe, auffallend gut, um nicht zu sagen: gewinnend aussehend; sie hätten, so viel habe er aus zwei, drei hingeworfenen Fetzen ihres Gesprächs, das sie weiterführten, als der zuerst Genannte die Eintrittskarten, wie gegenüber der Mittellosigkeit von Ordensleuten selbstverständlich, für beide löste, dafür eine Zehneuroschein hinlegend, und das Rausgeld ziemlich achtlos einstrich, über einen, wenn er den Namen richtig verstanden, Vergil, offenbar niemanden aus der Stadt, mit dem zumal der junge Pater näher vertraut zu sein schien, sehr intensiv, fast streitig, unterhalten, wobei er sich jetzt auch zu erinnern meine, dass der Erstgenannte, also natürlich nicht der Pater, eine Lodenjacke und olivgrüne Cordhosen, doch, er sei sich dessen sicher, eine von den sonst üblichen Kniebundhosen und Anoraks, bei jüngeren Leuten auch Jeans, abstechende, wohl zum Wandern, wie er, Berger, meine, gar nicht so unvorteilhafte Kleidung, trug, die er glaube, in der nun ihm vorgelegten wiederzuerkennen, wobei, als, ehe er seinen Dienst endete, zu seiner Verwunderung der Benediktiner, von der Burg kommend, allein, mit einem Kopfnicken als Gruß, sein, Bergers, ›Gelobt sei Jesus Christus‹ mit einem freundlichen, jedoch mehr gemurmeltem als ausgesprochenem ›In Ewigkeit Amen‹, zudem freundlichem Zuwinken beantwortend, den Ein-, zugleich Auslass passiert habe, seine, also Bergers, Sache es aber wohl nicht gewesen wäre, nach dem Verbleib des anderen, aus welchen Gründen auch immer, zurückgebliebenen jungen Mannes zu fragen.

Die Obduktion, mit deren Ergebnis Sattler d.Ä., gleichzeitig mit der, zu seiner Verwunderung über das sonderbare Wirken des Zufalls oder vielleicht doch anderer Kräfte (Schiller sagt: ›Es gibt keinen Zufall, und was uns blindes Ungefähr nur dünkt, gerade das steigt aus den tiefsten Quellen‹), anders kaum zu erklärenden Namensgleichheit, bei seiner Vernehmung bekannt gemacht wurde, ergab, Sattler d.J. habe sich, abgesehen von Kopfverletzungen, aber nur der Kopfschwarte, nicht einmal des Schädels, die gar nicht in der Lage gewesen wären, den Tod herbeizuführen, auch mit an Sicherheit grenzender Wahrscheinlichkeit nicht von der Einwirkung stumpfer Gegenstände, also Schlägen etwa mit einem Knüppel, herrührten, bei dem Sturz aus, wie beim Aufblick leicht nachzuvollziehen, großer Höhe, was ihm schließlich, d.h. auf der Stelle, das Leben gekostet habe, das Genick gebrochen, womit Fremdeinwirkung, folglich ein wie auch immer geartetes Verbrechen an ihm, auf dem bergab bzw. je nach Ziel des Gehenden, bergauf, führenden durch Warnschilder in seiner Gefährlichkeit gekennzeichneten Pfades deutlich, d.h. nach menschlichem, hier: der Kriminalisten, Ermessen ausgeschlossen werden könne, sich ein etwa einwirkendes Ereignis, wenn es unterstellt werden dürfe, also ein Stoß oder, um dieses nicht ganz hochsprachliche, die Sache aber treffende Wort zu gebrauchen, Schubs, über der, falls man die Schräge so nennen dürfe, Felswand ereignet haben müsse, wenn Sattler d.J. sich nicht gar von sich aus zu weit vorgewagt, wobei sein Motiv dafür noch, wenn es überhaupt der Nachforschung zugänglich sei, schließlich der Regen nicht Spuren verwischt oder verwaschen habe, allenfalls durch genaues, freilich die Ausführenden selbst der Gefahr des Ausgleitens und Abstürzens aussetzendes Absuchen der Felsen über der Absturzstelle, so nicht überhaupt nur, mit einigem Glück, durch das Ausfindigmachen des jungen, hier offenbar unbekannten, vielleicht in St. Gallen zu erkundenden Benediktinerpaters zu klären sei.

Sattler d.Ä., durch das Auftauchen des jungen Benediktiners in der Geschichte (was einer der ermittelnden Beamten, als er Sattler zu einer hier nicht weiter bedeutenden Einzelheit noch einmal befragte, nebenbei erwähnte), fühlte sich nicht nur an Scheffels Roman Ekkehard überhaupt erinnert, als auch daran, wie ihm und seinen Klassenkameraden, das war vor einem halben Jahrhundert, bei der Schroffheit der Wände, der Bericht Scheffels über die Flucht Ekkehards vom Hohentwiel: Ekkehard sei auf einer Felsplatte, die sich gelöst, über die Felsen hinuntergeritten (Ekkehard lenkte sie ›wie ein Reiter sein Ross, so gings den schiefen Berghang hinunter, ins Dunkel der Nacht‹), als wenig überzeugend, wenn nicht gar unglaubhaft erschien, sie aber zur Probe entschlossen waren, wozu er, um die Darstellung an Ort und Stelle prüfen zu können, aus seines Vaters Scheffelausgabe, bei Hesse & Becker, Leipzig, ohne Jahr, erschienen, die den Fluchtbericht enthaltenden Seiten herausgerissen, zum Einstecken rücksichtslos geknickt, was er danach, die Beschädigung des Buches bedauernd, zudem mit schlechtem Gewissen seinem Vater, als dem Eigentümer des Buches, gegenüber, insoweit gutzumachen versucht hatte, als er die herausgerissenen Seiten, geknickt, wie sie waren, und recht mangelhaft, was bei diesem unsachgemäßen Vorgehen nicht anders sein konnte, mit Pelikanol wieder eingeklebt hat, mit der Folge, nimmt er diesen Band, den er mit der genannten Ausgabe von seinem Vater geerbt, zur Hand oder erwägt er auch nur, ihn zur Hand zu nehmen, das mit dem Gefühl des damaligen schlechten Gewissens geschieht, weshalb er es in der Regel unterlässt, er nun jedoch beim Nachhausekommen die Hemmung dahin überwand, die Stelle in seiner Ausgabe aufschlagen zu wollen. Die Seiten fehlen. Der Ermittelnde hatte sie vor sich liegen gehabt. Sie waren ihm sofort durch die, damalige Zweifel ausdrückenden Randstriche und Fragezeichen vertraut erschienen. Folglich waren es seine, die in der rechten Innentasche der Lodenjacke, des, bei dem Versuch, Scheffel, nach so vielen Jahren wiederum auf die Probe zu stellen, tödlich – wie Sattler d. Ä. da bewusst wurde: stellvertretend für ihn – Verunglückten, gesteckt.

Otto Jägersberg
Der Maisfeldschläfer

Er war ausgestiegen, weil er dem Schaffner nicht traute. Eigentlich wollte er nach Donaueschingen. Von Donaueschingen gab es jede Menge alte Stiche. Leicht zu besorgen für ihn. Stiche vom Schloss, von der Donauquelle, gut zu verkaufen in Donaueschingen. Die Leute wollten ja nur Sachen an der Wand, die sie kannten, aber von früher musste es sein. Zwar hatte der Schaffner nur kurz geguckt, als er sich an dem Rad zu schaffen machte. Nach der nächsten Station, Singen, würde der Schaffner noch einmal durchkommen, dann könnte er nicht wieder an dem Rad rumfummeln.

Es war nicht sein Rad im Fahrradabteil, aber er hatte so getan, als der Schaffner auftauchte. Er war niedergekniet und hatte an der Schaltung rumgemacht. Weil er keinen Fahrschein hatte. Geld hatte er auch nicht. Und die letzten Nächte hatte er gar nicht gut geschlafen.

Das also war Singen. Ein lustiger Name für das, was er da zu sehen bekam.

Warum gab es solche Städte? Florenz war doch viel schöner. Er war mal in Florenz gewesen, schöne Stadt. Aber hier war alles so wie überall, keine Spur von Florenz. Auch die Schweizer Städte, die kleinen, hatten was für sich. Die meisten kannte er, besonders die auf alten Stichen vorkamen. Und alle Städtchen am Rhein und am See, da war er wie zu Hause. Singen war auch oft auf Stichen, wegen dem Hohentwiel und der Ruine da oben. Alte Stiche zu besorgen war für ihn ein Leichtes, da hatte er keine Probleme mit.

Er brauchte Geld und was für den Geschlechtstrieb. Die Mädchen hier waren spitze. Bauchfrei und Brüste, die nur so blinkten, und Hinterteile, die knallten ihm in die Augen, dass es schmerzte. Wenn er wenigstens singen könnte, dachte er, das müsste doch ankommen in Singen. Das war lustig, er musste lachen. Die Damen in der Fußgängerzone müssten ihm doch jetzt ansehen, was für ein Lustiger er war. Wie sie dahinstöckelten und schwebten, einfach erhebend. Das war aber jetzt gewagt, das würde er nicht wiederholen gegenüber einer Singener Dame. Es war oft so schwierig mit den Mädchen und Frauen. Dabei wollte er gar nichts von ihnen, nichts Ungehöriges, nur das Normale.

Er las auf einem Arztschild: Kompetenzverlustsyndrome. Was war das nun wieder?

Dr. Sibylle Rückert
Diplompsychologin
Motivations- und Kompetenzverlustsyndrome

So eine brauchte er. Seine Motivation war zwar in Ordnung, er brauchte Geld und was für den Geschlechtstrieb, aber er war nicht kompetent genug, da schnell ranzukommen. Er brauchte Hilfe, es war dringend.

* * *

Kommissar Neumann hörte seinen Jungkollegen Beyerle am Telefon jemanden abwimmeln. Was für ein Gestammel. »Ja, aber … wieso … warum …« Mein Gott, was lernten diese Kerle eigentlich auf der Polizeischule. Die verließen sich auf die Praxis, die Praxis würde sie schon einschleifen. Bei Beyerle sah es aber nicht so aus. Anwärter Beyerle war nun schon vier Monate in seinem Büro und war heute genau so ein Schaf wie vor vier Monaten. Oder lag es auch an ihm, Neumann, dass Beyerle sich als lernresistent erwies?

»Dafür ist Kommissar Neumann zuständig«, rief Beyerle ins Telefon und hielt ihm den Hörer hin, ratlos die Schultern hochziehend.

»Kommissar Neumann. Guten Tag.«

»Doktor Rückert.« Eine energische Frauenstimme. »Man wollte mich erwürgen, gerade bin ich wieder aufgewacht ... sonst wär ich tot.«

»Das wäre schlimm«, sagte Neumann, »bitte der Reihe nach.«

* * *

Diplompsychologin Dr. Rückert erwies sich als gepflegte Dame, Jahrgang 1965, ledig. Eine Sprechstundenhilfe hatte sie nicht. Ihr Praxisraum glich eher einem Studio, von einem Designer gestylt. Kein Bild an der Wand, kein Teppich auf dem Boden, aber ein Spucknapf in der Ecke. Frau Rückert hatte Neumann in einen, im Drahtgestell hängenden Lederlatz, der ihr als Sessel diente, Platz zu nehmen genötigt.

Beyerle durfte auf einem normalen Stuhl sitzen. Der Laptop lag auf seinen Knien und er tat so, als tippe er die Aussagen Frau Rückerts mit, vielleicht surfte er aber auch im Internet nach polizeilich relevanten Erkenntnissen.

»Hat der Täter Psychopharmaka entwendet?«, fragte Neumann.

»Nein, ich habe nichts festgestellt«, sagte Frau Rückert, »nur das Geld, ein Schein aus dem Portemonnaie, es war nur dieser drin, 50 Euro.«

Ihre Aussprache war dialektfrei. Hochdeutsch. Vielleicht aus Hannover zugezogen, dachte Neumann.

»Scheckkarte?«, fragte er.

»Scheint er nicht gefunden zu haben, dafür das Kleingeld, zwei, drei Münzen.«

»Seltsam«, sagte Neumann.

»Das nennen Sie seltsam«, empörte sich Frau Rückert, »er wollte mein Leben!«

Sie griff mit beiden Händen um ihren Hals und ließ die Augen hervorquellen.

»Der Kommissar wollte damit sagen«, mischte sich Beyerle ein, »dass es ein untypisches Verhalten für einen Drogenabhängigen ist, wenn er eine Psycho-Praxis überfällt und keine Tabletten mitgehen lässt.«

»Psycho-Praxis verbitte ich mir«, sagte Frau Rückert.

Dieser plumpe Junge, dachte Neumann, diese Ungeschicklichkeit. War ich denn auch so, stell ich mich in meinen Verhören auch so blöd an, irgendwoher muss er es doch haben. Er räusperte sich und fragte, ob der Täter nicht durch eine Anspielung – und erscheine sie auch noch so nebensächlich – vielleicht einen Hinweis über sich und seine Herkunft oder seinen letzten Aufenthalt gegeben haben könnte, den sie – er machte eine Beyerle einbeziehende Geste – als Fachleute durchaus zu dechiffrieren wohl in der Lage sein würden.

»Nein«, sagte Frau Rückert bestimmt, »er kam rein, grüßte freundlich, grüß Gott, sagte er, schaute sich um, eingehend um. Es sind ja – wie Sie sehen können – keine Bilder an der Wand, das ist für viele Leute ungewöhnlich. Für ihn wohl auch, denn er sagte, ein paar schöne alte Stiche würden sich hier gut machen. Alte Stiche! Können Sie sich vorstellen, dass ich hier alte Stiche, womöglich vom Hohentwiel aufhänge?«

»Nein«, sagte Neumann.

»Er wohl«, sagte Frau Rückert, »ich brauche keine Bilder, und alte Stiche – allein das Wort: alte Stiche! – sind mir verhasst. Mir reichen die Bilder, die meine Patienten in ihren kranken Hirnen mit sich rumschleppen.«

»Ist der für Ihre Patienten«, fragte Neumann und zeigte auf den Spucknapf.

»Ja, ich therapiere auch Fußballer«, sagte sie, »deswegen sehen Sie hier auch keinen Teppich. Sie könnten ihn mit dem Rasen verwechseln.«

Könnte es sein, dass die Frau Humor hat, dachte Neumann, oder sprach sie als Therapeutin? Auf jeden Fall musste er auf dumme Fragen Beyerles gefasst sein. Wenn Beyerle nichts über Spucknapf und Fußball im Internet fand, kam Neumann dran. Seuchengefahr, würde er sagen. Sie werden spätestens bei der Fußballweltmeisterschaft gesehen haben, Herr Beyerle, dass Fußballer nach Kompetenzverlust – Ball vergeigt –, automatisch spucken. Die Sauerei kann für andere Spieler bei Rasenberührung schlimme Folgen haben. Deswegen schicken verantwortungsvolle Trainer ihre Spieler zur Therapie.

»Sprach der Mann Dialekt?«, fragte er.

»Wie sie hier alle sprechen, schweizerisch oder schwäbisch, ich hör da keinen Unterschied«, sagte sie.

»Wir sprechen hier badisch«, sagte Neumann. Den Einwurf war er seinem Ruf als Monument hegauischen Eigensinns schuldig. Beyerle würde es schon in Polizeikreisen kolportieren.

»Meinetwegen«, sagte Frau Dr. Rückert.

Beyerle feixte in seinen Bildschirm.

Frau Rückert versuchte, das Gespräch mit dem Täter wiederzugeben. Es sei ihr vorgekommen, als wolle er ihr einen alten Stich andrehen.

»Und ihre Meinungsverschiedenheiten über alte Stiche brachte ihn so in Rage, dass er sie angriff?«

»Weiß nicht«, sagte Frau Rückert, »plötzlich wollte er wissen, was Kompetenzverlustsyndrome sind. Ich fragte ihn, ob er von sich den Eindruck habe, unter Kompetenzverlust zu leiden, worauf er sagte, das wisse er noch nicht. Ich versuchte – mit einfachen Worten –, die Folgen von Kompetenzverlust für psychische und somatische Erkrankungen zu erklären, worauf er mich fragte, ob ich mir vorstellen könne, wie es sei, in einem Maisfeld zu übernachten. Eine völlig unvorhersehbare Frage, aber ich kenne derartig irrationale und paradoxe Gesprächswechsel von meinen Patienten zur Genüge. Ich sagte also, an Schlaf sei im Maisfeld wohl nicht zu denken, und wie er auf die Frage komme, ob er sich jemals in der Lage, in einem Maisfeld schlafen zu müssen, befunden habe? Seine Kleidung war ja korrekt, wenn auch ein bisschen übertrieben modisch, dieser heutige Freizeitstil, wie Fidel Castro ihn trug nach der Darmoperation im Krankenhaus, Sie erinnern sich gewiss an das Zeitungsfoto?«

»Was mit Streifen«, sagte Neumann.

»Mit roten Streifen, genau. Adidas scheint sich auf Schlafanzüge für Darmkrebspatienten und Maisfeldschläfer spezialisiert zu haben. Trotzdem, nach Übernachtung im Maisfeld sah er eigentlich nicht aus …«

Frau Rückert sah an die Wand, als projiziere sie da das Bild des Täters.

Die spinnt doch, dachte Neumann, nach solch einem Gespräch springt doch keiner auf und würgt sein Gegenüber.

»Denken Sie bitte nach«, sagte er. »Die geringste Kleinigkeit könnte unter Umständen für die Ergreifung des Täters von größter Wichtigkeit sein.«

»Wenn ich mich recht erinnere«, sagte Frau Rückert, »waren seine letzten Worte: Kompetenzverlust –, nicht mit mir! Dann sprang er mich an und würgte mich, ich verlor das Bewusstsein ... Als ich es wiedererlangte – ich habe keine Vorstellung von der Dauer, Sekunden oder Minuten –, rief ich die Polizei an.«

Beyerle fand es an der Zeit, sich wieder mit überflüssigen Fragen nach Gesichtsform und Körperbau des Täters einzumischen. Das würde doch der das Phantombild erstellende Spezialist sowieso ermitteln. Neumann unterbrach den jungen Kollegen aber nicht. Er fürchtete dessen Empfindlichkeiten, tagelanges Schmollen und Beleidigtsein. Seitdem der junge Anwärter in seinem Büro saß, empfand Neumann ein stetig wachsendes Unbehagen, ein Unwohlsein ... Vielleicht war das schon sein wachsender Kompetenzverlust, möglicherweise würde die Diplompsychologin ihn bereits als krank einstufen, als Patient mit Kompetenzverlustsyndrom. Er müsste mal mit ihr reden. Ob sie Kassenpatienten nahm?

Er hörte den Anwärter Beyerle die überflüssigsten Fragen stellen, wichtigtuerisch, als hätte er seine Nachfolge bereits angetreten.

Neumann versuchte auf dem im Gestell hängenden koketten Lederlatz eine bequemere Sitzhaltung einzunehmen, vergebens.

* * *

Es war dumm von ihm, diese Ärztin anzufassen. Er hatte den Fehler schon einmal gemacht, bei der Haushaltshilfe des Pfarrers, dem er einen alten Stich vom Kloster Allerheiligen verkaufen wollte. Das Mädchen war gerade in die Pfarrbibliothek gekommen, als er aus einem alten Kirchenbuch den schönen Stich vom Kloster Allerheiligen schnitt. Er beschwor sie, nichts zu sagen, ganz aufrichtig, er bereue, wolle es nie wieder tun, er erfülle ihr jeden Wunsch –, aber sie wollte ihm den alten Stich wegnehmen. Sie rangelten richtig darum. Das war so schön. Er gelangte hinter sie, konnte sie fest an sich drücken und sie wehrte sich wild, dass er ihre Brust umklammern und sie immer fester an sich drücken musste. Sie wollte ihn von sich schubsen, mit dem Po immer in seinen Unterleib, wie wenn sie es treiben würden.

Auch versuchte Vergewaltigung sei kein Kavaliersdelikt, hatte der Richter gesagt, und ihm zwei Jahre aufgebrummt, weil sie noch was von früher gefunden hatten. Er hatte sich geschämt zu gestehen, dass er gar nicht mehr in der Lage gewesen wäre, sie dranzunehmen. Bei der Rangelei hatte er schon kommen müssen, das war ein richtiges Leiden von ihm, die vorzeitige Ejakulation. Das hätten sie mal lieber heilen sollen, anstatt ihn in diese Therapie für Gewaltverzicht zu schicken. Gut, dass er sich davonmachen konnte. Die Haushaltshilfe des Pfarrers hatte so richtig nach Frau gerochen. Da hatte er eine Nase für. Aber sie schubste und puffte ihn weiter, wie wild. Er hatte sie nur an den Hals gefasst, damit sie endlich Ruhe gab. Bei der Diplompsychologin könnten sie aber nicht von versuchter Nötigung sprechen, da war er unschuldig. Er hatte ihr nur an den Hals gegriffen, damit sie kapierte, dass er keine Kompetenzverluste hatte. Sie wollte ihm einreden, dass er geistig krank werde, wenn er seine Kompetenzverluste nicht behandeln ließe. Er wollte ihr nur klarmachen, dass da keine Gefahr bestände, dass er seine Kompetenz total im Griff habe. Aber da kippte sie schon zur Seite. Er hatte sie ganz vorsichtig auf den Boden gelegt, damit sie sich nicht wehtat. Dass er ihr 50 Euro abgenommen hatte, tat ihm leid. Das war gar nicht seine Art. Er hatte sich sein Geld immer selbst verdient. Er konnte auch gar nichts damit anfangen, die Weiber im Haus Eden ließen ihn erst ab 80 Euro rein. Die Psychologin sah ja eigentlich noch gut aus, obwohl sie vielleicht doppelt so alt war wie er. Er hatte sie diesbezüglich nicht angefasst. Da war er vorsichtig gewesen. Das musste sie einsehen. Es kam auf den Ton an. Sie war ja schließlich Psychologin, sie verstand was von den inneren Trieben. Er würde ihr den unbenutzten Euroschein zurückbringen und sich entschuldigen. Es sei über ihn gekommen. Dass sie ihn verdächtigt hatte, unter Kompetenzverlustsyndromen zu leiden, hätte ihn total verwirrt. Er war gut in Reue.

* * *

Beyerle reichte ihm den Telefonhörer, »Frau Doktor Rückert möchte Sie sprechen.«

Neumann nahm den Hörer, nannte seinen Namen und bevor sie etwas sagen konnte, rasselte er einen Schwall Erklärungen zu den laufenden Ermittlungen herunter, die auch auf die Schweiz und das Elsass ausgedehnt worden seien, wegen ihrer Bemerkung über den Dialekt des Täters.

»Sie brauchen sich nicht weiter zu bemühen«, sagte Frau Rückert, »der Mann hat mir die 50 Euro zurückgebracht und sich herzbewegend und mich völlig überzeugend entschuldigt. Eine stuporöse Affekthandlung, durch eine plötzlich einsetzende Kompetenzvision und Allmachtsgefühle ausgelöst. Das kann bei solchen Naturen durchaus mal vorkommen. Zwei, drei Wochen Therapie, und dann hat er das im Griff.«

»Ja, aber ...«, sagte Neumann.

»Ich ziehe die Anzeige zurück«, sagte die Ärztin, »für mich ist die Angelegenheit erledigt. Vielen Dank für Ihre Bemühungen und die Ihres freundlichen Kollegen. Sollten Sie Auslagen gehabt haben oder andere Ausgaben angefallen sein, stehe ich selbstverständlich dafür ein ...«

»Nein, nein«, stammelte Neumann, »dafür sind wir ja da.«

»Dann auf Wiedersehen, und besten Dank«.

Immerhin hatte er eine Bemerkung zum Dialekt, über den sie sich so despektierlich geäußert hatte, anbringen können. Ansonsten war das Gespräch für ihn kläglich verlaufen. Wie sprang diese Dame denn mit ihm um? Und Beyerle lauerte schon auf seine Erklärungen. Neumann meinte, in Beyerles Gesicht ein aufkommendes Grinsen wahrnehmen zu können. Von wegen freundlicher Kollege.

»Frau Doktor Rückert lässt Sie grüßen«, sagte Neumann, »sie hat die Anzeige gegen den vermeintlichen Würger zurückgenommen.«

»Schade«, sagte Beyerle, »ich hatte da nämlich schon eine Theorie.«

Am liebsten hätte Neumann gesagt, – können Sie sich an den Hut stecken –, aber das hätte nur weiteren Kompetenzverlust gebracht.

»Wegen dem Mais«, sagte Beyerle, »der Täter behauptete ja, sagte die Psychotante, im Maisfeld geschlafen zu haben. Das kann nur symbolisch gemeint gewesen sein.«

Beyerle sah Neumann triumphierend an. »Wer schläft im Maisfeld?«, fragte er mit geschwellter Kompetenzbrust, ohne eine Antwort zu erwarten. Das konnte nur eine dieser Blödheiten sein, die er aus dem Internet hatte. Damit brachte der Anwärter Beyerle die meisten Stunden des Tages zu, aus seinem Internet Quark zu zapfen, den Neumann oft genug sich auch noch anzuhören gezwungen wurde. Er traute sich nicht was zu sagen, weil der Laptop Beyerles persönliches Eigentum war und als unverzichtbar für seine Arbeit erklärt wurde. Der Computer der Dienststelle wurde von Beyerle höchst selten benutzt, das allgemeine, für die Polizei verbindliche Ermittlungsprogramm, war ihm nicht fein genug.

»Niemand schläft im Maisfeld, der Hase nicht, das Reh nicht, die Blätter sind ihnen zu scharf, bei Flucht Verletzungsgefahr –, im Mais schläft nur der Kolben!«

Das sollte Neumann wohl symbolisch verstehen.

»Ein sexuelles Symbol, nehme ich an«, sagte er.

»Genau«, sagte Beyerle, »die scharfen Blätter des Mais schützen den Kolben, entfernt man die Blätter, steht –, äh, liegt der Maiskolben schutzlos da.«

Und so einer machte sich Hoffnungen, sein Nachfolger zu werden. Es war zu lächerlich. Mit vom scheinbar anstrengenden Denken verzerrten Gesicht fragte er: »Wenn die Zeit reif ist, fallen die Blätter und der Maiskolben ragt hervor?«

»Voll echt«, rief Beyerle, und schlug vor Begeisterung auf den Tisch, »der wollte seinen Kolben in der Psychotante platzieren!«

* * *

Er lebte jetzt wie Gott in Frankreich. Genug zu essen, ausreichender Geschlechtsverkehr, tägliches Taschengeld. Dafür kaufte er auch ein, weil er kochte, für sie und sich. Nur das Feinste. Abends, wenn sie von der Arbeit kam. Erst gab es Champagner, zum Essen Burgunder. Aus dem Weingeschäft, er war da schon Stammkunde! Danach Schnäpschen.

Und zum Schlafengehen wieder Champagner. Sie hatte ihn gleich verstanden. Das war so wohltuend gewesen. Wein doch nicht, Kleiner, hatte sie gesagt. Sie war so einfühlsam. Überhaupt nicht nachtragend. Sie hatte sich den 50-Euro-Schein in den Ausschnitt gesteckt und gesagt, den verjubeln wir jetzt! Dann waren sie schön ausgegangen. Am selben Abend noch hatten sie sich zu lieben begonnen. Jetzt waren sie ein richtiges Paar. Und schick wie ein Weltmeister war er auch. Sibylle hatte ihn neu eingekleidet, Markenjeans, Shetlandpullover, Ballytreter. Sie war überhaupt eine fabelhafte Frau. Und vorzeitige Ejakulation gabs nicht mehr, die hatte sie ihm wegtherapiert. Er hatte keinen Kompetenzverlust mehr, er ejakulierte erst, wenn sie ihn dazu aufforderte. Feine Sache. Er hätte es schon früher nur mit erfahrenen Frauen machen sollen. Da hatte er einfach mehr von. Die jungen Dinger waren zu blöd. Kein Wunder, dass es ihm immer zu früh gekommen war. Allein aus Angst, dass sie weglaufen würden. Der Geschwindigkeitswahn hatte zu seinem Kompetenzverlust geführt. Wie bei den Fußballern, die dauernd spuckten. Ob er gesehen habe, dass die Fußballer nach jedem Fehlschuss oder nach einem Foul immer spucken würden? Das machen sie fürs Fernsehen, hatte er gesagt. Sibylle hatte herzlich gelacht und ihm erklärt, dass pubertierende Jungen mit Spucken ihre Ejakulationsfähigkeit demonstrieren wollen. Das Spucken der Fußballer nach einem Kompetenzverlust bedeute, dass der Spucker dem Gegner mit seinem Sperma an die Backe wolle. Nach dem Spiel. Das hatte er auch noch nicht gewusst, dass Fußballer so schwul waren. Sibylle verstand was von den Sachen, er jetzt auch, sie war eine tolle Ärztin.

Sie lachte so süß. Wenn er von den Nächten im Maisfeld und früher erzählte, wie er in Bibliotheken und Archiven immer nach alten Stichen geforscht hatte, Stadtansichten,

Burgen, Schlösser, Kirchen. Sie fand das komisch, wenn er erzählte, wie er sie mit der Rasierklinge rausgeschnitten, gerahmt, und dann gut verkauft hatte. An Bürgermeister, wenn auf dem Stich ihr Ort, an Pfarrer, wenn ihre Kirche drauf war, an die Bewohner von Burgen und Schlössern, wenn die Ihrigen drauf waren. Alle wollten wissen, wie es früher ausgesehen hatte. Damals gab es ja noch keine Photographien. Deswegen lief das mit den Stichen so gut. Manchmal war es auch vorgekommen, dass er die alten Stiche wieder an die Leute verkauft hatte, die eigentlich auf die Bücher hätten aufpassen müssen, aus denen er sie geschnitten hatte. Seine Rahmen waren allerdings auch klasse. Er kaufte Goldleisten und schmirgelte sie ein bisschen ab, bis sie schön alt aussahen. Und das Glas machte er alt, indem er auf die Innenseite Eisenrost rieb.

Weil er genug Zeit hatte, fing er langsam an, auch in Singen zu arbeiten. Sibylle kannte sich aus, wo Bücher mit alten Stichen, auf denen der Hohentwiel drauf war, herumstanden. Sie wollte auch unbedingt einen haben. Kein Problem. Obwohl sie keine Bilder mochte, alte Stiche schon gar nicht. Das war eben ihr Sinn für Humor. Den Goldrahmen schmirgelte er für sie nicht mit Schmirgelpapier, sondern mit grobem Salz, dadurch wurden die Schadstellen unregelmäßiger und der Rahmen sah nach noch älter aus. Das Leben war schön. Er hatte es in diesem Umfang vorher nicht gewusst. Und Sibylle machte ihn richtig an. Es störte ihn nur eine Kleinigkeit. Sie wollte jedes Mal, wenn sie soweit war, dass er sie ein bisschen würgte. Es ist doch so schön, Sibylle, sagte er oft, lass mich das doch nicht machen, ich brauch das nicht. Aber ich, sagte sie dann, und lachte. Das war eben ihr Humor.

* * *

Anruf eines Patienten der Frau Dr. Rückert, sie sei zu verabredeten Terminen wiederholt nicht in der Praxis gewesen. Auch auf dem Anrufbeantworter ihrer Wohnung kein Hinweis. Von Verwandten wisse der Anrufer nichts. Beyerle hatte diesmal die richtigen Fragen gestellt, sogar die Adresse des Anrufers notiert.

Als die Polizei die Wohnung von Frau Dr. Rückert aufbrach, fand sie die Vermisste am Befestigungsring der Gardinenstange im Wohnzimmer, erhängt. Unter ihren Füßen lag ein umgestürzter Hocker.

»Eindeutig Selbstmord«, sagte Anwärter Beyerle, der die Aktion geleitet hatte, als Neumann eintraf.

»Abschiedsbrief?«, erkundigte sich Neumann.

Er habe alles gründlich abgesucht und nichts gefunden, beteuerte Beyerle.

Neumann sah sich um. Die Wohnung war wohl vom selben Designer eingerichtet worden wie die Praxis. Nur gut, dass er sich diesmal nicht setzen musste.

Bis auf eine Ausnahme hing auch kein Bild an der Wand. Über einem, nach einer Banane geformten und gefärbten Ledersofa, in das eine Leuchte integriert war, die Neumann an ein Eisschirmchen erinnerte, hing ein kleines graues Bild in einem alten Goldrahmen. Als er näher trat, sah er, dass es ein Stich vom Hohentwiel war. Neumann nahm das Bild ab und prüfte die Wand dahinter. Nicht der Hauch einer Aufhellung.

Frau Doktor Rückert hasste Stiche doch!

»Lassen Sie das Opfer in die Pathologie bringen«, sagte Neumann, »wenn auch das Ergebnis der Untersuchung schon jetzt feststeht: unter den Strangulationssymptomen wird man Würgemale finden. Der Selbstmord ist vorgetäuscht. Der Täter ist der Maisfeldschläfer. Er hat sie erwürgt und dann aufgehängt. Sofort die Fahndung einleiten!«

Beyerle schaute ihn verwundert an. Neumann meinte auch, in Beyerles Augen so etwas wie Respekt aufblühen zu sehen. Es schien nachgerade, als brauche sich Kommissar Neumann um Kompetenzverluste vorläufig keine Sorgen zu machen.

Martin Walser

Requiem in Langenargen

1

Im August wirkt hier manches schon ziemlich verbraucht. Das Grün, das Wasser, die Nerven. An einem Sonntag in der 2. Augusthälfte saß Thassilo S. Grübel in seinem Arbeitszimmer in der Zeppelinstraße in Friedrichshafen und knetete mit Fingerspitzen und Fingernägeln ein Silberpapier zu einem immer kleineren Klümpchen. In der Wohnung hinter ihm tobte der Kampf der Frauen. Seine Mutter und ihre Pflegerin Benedetta von Wolfsberg gegen seine Carolyn, genannt Biddie. Immer wenn er keine Aufträge hatte, wenn also das Geld knapp wurde, nahm die Erbitterung der Frauen zu. Meistens behauptete Thassilos Mutter, Biddie oder, wie sie sie lieber nannte, die Amerikanerin oder, wenn die Wut am größten war: die Texanerin habe ihr Geld gestohlen. Thassilos Mutter pflegte regelmäßig Geld an allen möglichen Stellen der Wohnung auszulegen. Und wenn sie's dann nicht mehr an der und der Stelle vorfand, behauptete sie, die Texanerin habe es ihr gestohlen. Seit Thassilo aus purer Verlegenheit sein ›Büro für Auskunft und Wissen‹ gegründet hatte, versuchte er, jede dieser Anschuldigungen vollkommen aufzuklären. Aber jedes Mal ging seine Aktivität unter im Wust der wirren Reden seiner Mutter. Noch nicht einmal war es ihm gelungen, der Mutter zu beweisen, daß Biddie unschuldig war. Meistens rannte er dann aus dem Haus und dachte mit schlechtem Gewissen an Biddie zurück, die in ihrer Sofaecke saß und sich mit Romanen und Country-Musik-Platten gegen die Angriffe der Mutter und der Pflegerin zu schützen versuchte. Aber auch seiner halb gelähmten Mutter gegenüber mußte er ein schlechtes Gewissen haben; hätte er immer genügend Geld herangeschafft, wäre sie sicher nie auf die Idee gekommen, da und dort Geld hinzulegen, um dann, nachdem sie vergessen hatte, wo sie's hingelegt hatte, Biddie des Diebstahls zu beschuldigen. Das waren Mangelsymptome. Und die Ursache war wieder einmal die schlechte Auftragslage in seinem ›Büro für Auskunft und Wissen‹.

Thassilo schlug auch diesmal die Türe zu und floh aus der Wohnung. Langsam fuhr er mit seinem alten Mercedes in die Stadt. Fuhr weiter in Richtung Lindau. Weil die B 31 so überfüllt war, bog er nach Langenargen ab. Und gleich ärgerte er sich, weil er keine Badehose dabei hatte. Irgendwie schob er die Schuld dafür auch seinen drei Weibern zu. Daß die bei dieser Hitze einen Krach einen ganzen Nachmittag lang durchhielten! Und das, obwohl Biddie sich kaum wehrte. Er fuhr langsam auf der Seestraße nach Langenargen hinein. Kurz vor dem Strandbad sah er ein azurblaues Mercedeskabriolett stehen, 350 SL, Kennzeichen FT. Er hielt, stieg aus, prüfte den Wagen, sah eine schwarze, mit Blumenmustern reich verzierte Handtasche auf dem Beifahrersitz. Ohne zu überlegen, nahm er die Handtasche, ging zur Gartentür, die war offen, ging in den Garten. Bis zu der gelblichen Villa waren es circa 40 Meter. Er verließ den Gartenweg, ging unter Tannen, Buchen und fremdländischen Bäumen bis zu der Hecke, die das Grundstück nach Westen hin begrenzt. Dicht an der Hecke sah er eine Thuja, die sich etwa einen Meter über dem Boden in mehrere Stämme teilte. Er kletterte hinein und schob die

Tasche zwischen die dichten Thujenzweige. Dann ging er langsam durch den Park zurück zur Straße, setzte sich in sein Auto und fuhr sehr langsam weiter. Einmal hielt er, um einem fast weißen Mercedes, der aus einem Villengarten auf die Straße wollte, die Vorfahrt anzubieten. Der Fahrer saß etwas zu korrekt am Steuer. Sein Gesicht, unter einem geradezu kappenartig dichten Haarschopf, hatte einen vor Ernst blöden Ausdruck. Wie ein Schafbock, dem sein Todesurteil vorgelesen wird, dachte Thassilo. Dieses geradezu blöd machende Pathos wurde offensichtlich von der Frau bewirkt, die winzig und entspannt und braun gebrannt neben dem Fahrer saß. Sie strich sich gerade die unverhältnismäßig lange und breite blonde Mähne zurück. Das war doch die Frau des Erfinders Sigrist, der Thassilo nach Friedrichshafen geholt hatte, weil er seine Erfindungen jetzt selber verwerten wollte und dazu einen Produkt- und Verfahrensbeschreiber brauchte. Aber als Thassilo kurz vor Weihnachten mit der ganzen Familie eintraf, war Sigrist gerade gestorben. Durch eigene Hand, hieß es. Weil zwischen Thassilos höher gelegener Wohnung und Sigrists rotem Backsteinhaus nichts als eine Schienenschlucht lag, die auf beiden Seiten von Straßen begleitet wurde, konnte Thassilo, wenn er am Schreibtisch saß, alles sehen, was drunten bei Sigrists passierte. Und das Interessante waren all die Monate die Abfahrten und Anfahrten der kleinen, aber auffälligen Frau Sigrist gewesen, die zuerst schwarz, dann immer heller gekleidet, in ihren und aus ihrem dunkelgrünen Porsche stieg.

Daß Thassilo extra gehalten hatte, um den beiden die Vorfahrt anzubieten, wurde von denen ohne jede Reaktion akzeptiert. Kein Kopfnicken, kein Lächeln. Das erbitterte Thassilo unheimlich. Schon wollte er mit Vollgas und Hupe erschreckend an denen vorbei, da fiel ihm etwas Besseres ein: er stoppte, stieg aus und ging in den Garten, aus dem die gekommen waren. Ein kleiner Garten. Aber ein paar riesige Bäume auf der Ost- und Südseite des Hauses. Ein hellgraues Haus, das bis zu einer Höhe von etwa zwei Metern mit dunklen, fast violetten Backsteinen ummauert war. Eine Treppe führte zur Haustür hinauf. Über der Haustür in einer Nische ein heiliger Florian, so plump, als sei er aus Beton. Thassilo ging zur Seeseite der bescheidenen Villa. Eine Musik nahm zu. Mozart. Das Requiem. Er ging die Treppe zur Terrasse hinauf. Trat vorsichtig an die Terrassentür. Das Zimmer war leer. Die Musik kam aus dem Raum daneben. Thassilo trat ein, ging auf die Tür zu. Sah einen alten Mann im Sessel sitzen. Nur mit einer winzigen fleischfarbenen Badehose bekleidet. Tiefbraun auch er. Er saß vor dem Fernsehapparat. Da lief offenbar ein Western. Den Ton hatte der Alte abgestellt. Den lieferte, von der Platte, Mozarts Requiem. Thassilo ging wieder in den Garten. Die Tür auf der Nordseite war geschlossen. Also mußte er, wenn er ins Haus wollte, durch das Terrassenzimmer. Er ging zurück. Er durchquerte das Zimmer, ohne zu dem Alten hinüberzusehen. Er hatte Angst, daß der genau in dem Augenblick herüberschauen würde. Er war auf einen Anruf gefaßt. Nichts. Er kam in die Halle. Ging die Treppe hinauf. Horchte an den Türen im ersten Stock, öffnete eine Tür. Ein Ankleidezimmer. Er ging ins dazugehörende Schlafzimmer. Eine Wand bestand nur aus Spiegeln. Plötzlich fing er an zu schwitzen. Eine Art Angstanfall. Er rannte geradezu aus dem Zimmer und hinunter. Auf einem Sessel in der Halle sah er ein weinrotes Diplomatenköfferchen stehen. Das nahm er mit. Er ging nicht mehr durchs Terrassenzimmer. Dazu fehlte ihm einfach die Nervenkraft. An der Haustür auf der Nordseite steckte der Schlüssel. Er schloß auf und ging langsam hinaus. Er nahm sich noch Zeit, das Namensschild zu lesen: Dr. Achim von Tucher. Dann fuhr er über Kressbronn und Tettnang zwischen den strahlenden Hopfengärten nach Friedrichshafen zurück und ging, ohne nach Biddie oder nach seiner Mutter zu sehen, in sein Arbeitszimmer. Zu hören war nichts mehr. Aber gerade, als er die Beute besichtigen wollte, ertönte das langgezogene, wehleidige, vorwurfsvolle Thaaaaaassilo seiner Mutter. Ja, Mama, rief er, gleich.

2

Am übernächsten Tag ließ er wieder einmal sein Standard-Inserat in der Zeitung erscheinen:

Sein
Büro für Auskunft und Wissen
– Bisher nur Erfolge –
Empfiehlt Ihnen
Thassilo S. Grübel
Friedrichshafen
Zeppelinstraße 18
Tel. 3477

Gegen 11 Uhr rief dann eine Dame an. Eine Frau Dr. Negrassus aus Frankenthal. Ob er gleich ins Kurhotel nach Langenargen kommen könne. Das war also die Dame mit der Autonummer FT. Nein, sagte sie, besser, wir treffen uns im Montfort, kennen Sie das, das Café? Sie trage ein himmelblaues Jeans-Kostüm mit helleren Schlieren.

Thassilo fuhr hin. Ging durch den Kurpark mit den Bananenstauden auf das zierliche, in den See hinausragende Schlößchen zu, in dem Bagdad über Neugotik triumphierte. Sie saß im Gartenteil des Cafés. Ein Tisch stand vor einer Hollywoodschaukel. Auf der saß sie. Natürlich, dachte Thassilo. Der See gleißte. Die Schweizer Berge schwammen auf einem 30 km breiten Dunstpolster. Österreich gab es nicht. Frau Dr. Negrassus war groß und schön. Sie war die Blondine, die von allem genug hatte. Ihre Haare waren strengstens gefaßt. Sie wirkten, als wären sie aus Messing. Thassilo sah zu, wie sie ein Bein über das andere schlug.

Am liebsten hätte er gesagt: Da capo. Ihr Jeanskostüm hatte einen durchknöpfbaren Rock, der beim Beine-Übereinanderschlagen klaffte. Sie war ja überall tiefbraun. Thassilo fühlte sich elend. Drei Buben hatten vor der Wand aus dünnen Ziegeln ihr elektronisches Gerät aufgebaut und spielten gerade mit todernsten Gesichtern: *Ich tanze mit dir in den Himmel hinein.*

Frau Dr. Negrassus sprach ohne jede Hemmung. Nicht hemmungslos. Ohne persönliche Nuance. Ohne Verbindlichkeit. Sie sprach zu ihm wie zu einem Apparat.

Ihr Mann … Herr Dr. Negrassus, warf Thassilo ein, sie bejahte … liegt in einer Klinik, hier in der Nähe. Wo? In Oberstaufen. Sie ist nur zu Besuch hier. Hat einen Mann kennengelernt. Dem hat sie etwas ins Haus gebracht, was er bei ihr im Auto vergessen hatte. Nur eine Minute hat sie ihr Auto vor seinem Haus stehen gehabt, und schon war ihre Tasche weg. Die Polizei will sie nicht benachrichtigen, weil sie nicht will, daß ihr Mann irgend etwas erfährt. Er ist schwer krank.

Was haben Sie Ihrem Bekannten ins Haus getragen? fragte Thassilo.

Ist das so wichtig? fragte sie.

Thassilo sagte so kalt er konnte: Ja.

Ein goldenes Kettchen, das er am Handgelenk trägt. Ich habe es in meinem Wagen gefunden.

Haben Sie ihm das Kettchen gegeben?

Nein.

Er war nicht da?

Sie nickte.

Haben Sie seine Frau angetroffen?

Ja.

Sie haben das Kettchen noch?

Das Kettchen hat mit der Tasche nichts zu tun, Herr Grübel.

Wie heißt Ihr Freund? Ich meine, ich muß doch mindestens wissen, wo der Diebstahl passiert ist, muß Zeugen suchen, Nachbarn befragen.

Nein, das dürfe er eben nicht.

Als sie sah, daß Thassilo sich sehr wunderte, sagte sie: Schräg gegenüber sei ein Mehrfamilienhaus, da könne er von ihr aus nach Zeugen suchen. Nur nicht in den Villen links und rechts von Dr. Bernhards Haus. Das seien Leute, mit denen die Familie Bernhard Umgang habe, da wäre jede Nachfrage peinlich. Frau Dr. Bernhard leide an einer Schilddrüsenkrankheit, jede Aufregung könnte für sie tödlich sein.

Dr. Bernhard also, sagte Thassilo und notierte den Namen. Haben Sie ihn seitdem gesehen?

Zweimal. Nachts.

Wo?

In seinem Auto, sagte sie irgendwie schadenfreudig. Und als Thassilo aus Verlegenheit zu notieren anfing, fügte sie böse beflissen hinzu: Es ist ein amerikanisches, furchtbar breit und tief und weich, sonst noch was?

Wie alt Dr. Bernhard sei? 46.

Und wie alt ist Ihr Mann? 52. Und ich bin 31. Falls das auch noch wichtig ist, Widder.

Thassilo notierte auch das.

Sie sagte noch, sie habe nicht die geringste Hoffung, daß Thassilo ihre Tasche wieder herschaffen könne. Sie habe ihn nur angerufen, weil sie gerade auf das Inserat gestoßen sei. Ihr Mann habe ihr die Tasche aus Mexiko mitgebracht und frage manchmal nach ihr. Drin sei etwas Geld, höchstens 1000 Mark und Krimskrams.

Ob ihr die Tasche einen Suchaufwand von 500 Mark wert sei?

O ja. Aber sie müsse wissen, was er unternehme.

Er werde sich in Langenarger Kneipen herumtreiben, bis er den habe, der dort die 1000 Mark versaufe.

Ihr Vorname, fragte er noch.

Tanja, sagte sie. Aber sie sagte es erst, als Thassilo sie ungeduldig angeschaut hatte.

Und wie die Tasche aussieht, interessiert Sie überhaupt nicht?

Sie sagten doch, aus Mexiko, sagte Thassilo schnell. Es gibt zur Zeit sicher keine zwei Taschen zwischen Lindau und Konstanz, die aus Mexiko sind.

Schwarz, links und rechts Blumen und in der Mitte eine kreuzweisegeführte gelbe Lederschnürung, sagte sie.

So etwa habe ich sie mir vorgestellt, sagte Thassilo und stand auf.

3

Thassilo fuhr jetzt täglich nach Langenargen. Spazierte an den Villen Dr. Bernhard und Dr. von Tucher vorbei, saß in Kneipen und Cafés wie ein richtiger Privatdetektiv, der ein Terrain zu sondieren beginnt. Thassilo brauchte einen Menschen, der eine Geschichte liefern konnte. Einen, der stiehlt, kann man nicht erfinden. Es gibt Leute, bei denen die Notwendigkeit, jemandem etwas wegzunehmen, größer ist als die Furcht vor den Folgen. So jemanden brauchte er. Vier Abende saß Thassilo in den Wirtschaften herum, dann hatte er einen. Der saß allein, trank allein, war auch braungebrannt, aber verwüstet. Und mitten in der Stirn, vom Haaransatz bis zur Nasenwurzel, ein Narbenstrich. Als sei der Kopf hier zusammengeschweißt worden. Thassilo schaute ein paar Mal hin, dann kam der schon her. Und war froh, daß er endlich einen hatte, an den er hinreden konnte. Gebhard Stämpfle hieß er und war aus Langenargen. Aber er war Jahre lang fort gewesen. Zum ersten Mal seit sieben Jahren war er wieder hier. Thassilo spürte es förmlich, daß das der Mann war, der ihm die Geschichte liefern konnte, die er seiner Auftraggeberin servieren mußte, wenn er melden würde, wo der Dieb die Tasche versteckt habe. Der Dieb sei ihm entkommen, da er, Thassilo S. Grübel ja keine Verhaftungen vornehmen dürfe und, ehrlich gesagt, daran auch weniger interessiert sei als an der Aufklärung eines Falles und an einer möglichst schadlosen und friedlichen Regelung.

Und dann wollte TSG der Dame noch unerfindbare Details aus Gebhard Stämpfles Biographie liefern, darum fragte er den verwahrlosten Narbenträger den Abend lang aus, bestellte ein Viertel Weißherbst nach dem anderen und erfuhr mehr, als er wissen wollte und brauchte.

Gebhard Stämpfle, Sohn eines Eisenbahners, war mit 15 aus der Zimmermannslehre abgehauen, nach Mannheim, war Rheinschiffer geworden, ein paar Jahre später war er mit dem Motorrad zurückgekommen, Vater und Mutter waren tot, die Schwester zeigte das Testament, die Eltern hatten das Häuschen am Waldeck ihr übermacht. Sein Zimmer hatte sie an eine italienische Familie vermietet. Sie war verheiratet, hieß jetzt Groß. Gebhard Groß, ihr Mann, war Hilfsarbeiter in der Bettfedernfabrik. Der fing gleich an, mit Gebhard Stämpfle 17 und 4 zu spielen. Dazu tranken sie. Am Abend hatte Gebhard Stämpfle keinen Pfennig

Geld mehr und sollte jetzt gehen, weil kein Platz mehr im Häuschen sei, auch nicht für eine Nacht. Er habe den Schwager Gebhard alles Mögliche geheißen, darauf habe der zugeschlagen mit einem Aschenbecher – Stämpfle wies auf seine Stirn –, da habe er wieder zurückgeschlagen, mit der Faust, der Schwager sei mit dem Hinterkopf dummerweise auf die Kante eines Ofensockels aufgeschlagen und ein paar Tage später gestorben. Vor Gericht sagte die Schwester aus, daß ihr Bruder den Streit begonnen habe und auch zuerst zugeschlagen habe. Wäaga däam Hiesle, sagte Stämpfle. Weil sie Angst gehabt habe, er erhebe Anspruch auf sein Zimmer. Auch sein Rechtsanwalt habe ihm zugeredet, ein Geständnis abzulegen, weil das Gericht dann von seiner Reue überzeugt sei und ihm glaube, daß er sich bessern wolle und ihm eine mildere Strafe zumesse. Sieben Jahre kriegte er. Sein Anwalt sagte: Keine Berufung! Er werde ihn nach fünf Jahren herauskriegen, wenn er sich nur gut führe. Es blieb bei den sieben Jahren. Weil er wegen seiner Narbe von allen für einen Schläger gehalten worden sei, sei es öfter zu Schlägereien mit dem Personal gekommen. Mehrere Monate dieser sieben Jahre hatte er im Bunker verbracht. Auf purem Beton usw.

Wer war sein Anwalt?

Dr. Achim von Tucher.

Was er jetzt hier wolle?

Rein Schiff machen, sagte Stämpfle.

Er habe nämlich inzwischen herausgebracht, daß seine Schwester damals bei seinem Anwalt Hausmädchen gewesen sei. Also hat sein Anwalt zu seiner Schwester geholfen. Und von wem das Kind sei, sei ihm, beim Charakter seiner Schwester, auch klar.

Er sei jetzt mit dem Fahrrad hergekommen und werde wegfahren, für immer, sobald er es den beiden besorgt habe. Wie lange er jetzt schon hier sei. Seit Anfang April. Das Gespräch fand am 20. August statt. Der Tag wird kommen, sagte Gebhard Stämpfle besonders hochdeutsch vor sich hin.

Thassilo fragte noch, was Stämpfle tun würde, wenn er mit dem Rad an einem Mercedes Cabrio 350 SL vorbeifahren würde und auf dem Sitz stünde eine teure Damenhandtasche. Stämpfle sagte: Mach keine Witze, ja. Und als Thassilo noch einmal fragte, sagte er: Ich weiß überhaupt nicht, wie eine teure Tasche aussieht, so, also, was sagst du jetzt, jetzt bist du sprachlos, aber laß nur, der Tag wird kommen, da wird's ihnen besorgt. Thassilo zahlte, machte sich mühsam los von Stämpfle, der nicht begreifen konnte, daß man jetzt plötzlich aufhören sollte zu trinken. Bleib doch, rief er hinter Thassilo her, Schuft, gemeiner Hund, schrie er, elende Sau, hau doch ab.

4

Da Thassilo noch bis zwei Uhr nachts seinen Bericht für Frau Dr. Negrassus geschrieben hatte – er wollte ja so bald als möglich kassieren –, wachte er spät auf, also hatte Biddie schon gefrühstückt und saß schon auf ihren Beinen in der Sofaecke und las in einem ihrer schönen Romane. Hallo Biddie, sagte Thassilo. Guten Morgen, Thassilo, sagte Biddie, dann darf ich jetzt ja ein bißchen Musik machen. Ja, sagte Thassilo, Mama ist sicher auch schon wach. O ja, sagte Biddie, sie hat schon nach dir gerufen. Dann will ich ganz leise sein, sagte Thassilo und ging auf Zehenspitzen in sein Arbeitszimmer. Da klingelte das Telefon. Frau Dr. Negrassus. Er möge ihr sagen, was seine bisher geleisteten Dinge kosten, da sie jetzt den Fall der Polizei übergeben werde. Und warum?

Ihr Mann sei tot.

Thassilo kondolierte.

Danke, danke, sagte sie. Also, wieviel?

Thassilo bat sie – sofort ließ er das »Dr.« vor Frau Negrassus weg –, heute noch nichts zu unternehmen. Er könne ihr fast versprechen, daß sie die Tasche spätestens morgen vormittag wieder haben werde.

Ob sie denn gleich abreisen wolle?

Aber nein, sagte sie, jetzt wird es ja erst schön hier.

Also, dann erbitte er sich noch eine Frist bis morgen Mittag.

Sie stimmte zu.

Thassilo schlich hinaus. Sah in der Zeitung nach. Sein Inserat war wieder drin.

Er hatte, als er in der vergangenen Nacht zurückgekommen war, das weinrote Diplomatenköfferchen mit Gewalt geöffnet. Einfach aus Neugier. Weil Gebhard Stämpfle erwähnt hatte, daß Dr. von Tucher sein Anwalt gewesen sei. Aus den Papieren, die er im Köfferchen fand, ersah er, daß Dr. von Tucher inzwischen als Patentanwalt praktizierte. Dr. von Tucher war sicher der im cremefarbenen Mercedes gewesen. Der Pathetische mit der Haarkappe. Im Augenblick schien Dr. von Tucher für das Ingenieurbüro Sigrist in Friedrichshafen tätig zu sein. Von den Erfindungen des toten Ingenieurs erwartete man offenbar noch Millionenbeträge. Frau Sigrist und Sigrists Schwester sollten alles erben. Und Sigrists Schwester war die Frau von Dr. Percy Bernhard. Und diese Frau Elfriede Bernhard, geb. Sigrist, hatte an ihren Anwalt Dr. Achim von Tucher zwei Briefe geschrieben, einen am 14. und einen am 15. August. Sie bat, ja, sie flehte um Hilfe. Sie fühle sich von ihrem Mann bedroht. Wenn am Freitag der nächsten Woche die Erbauseinandersetzung vor dem Notar endgültig von ihr und ihrer

Schwägerin Marga anerkannt werde, sei sie ihres Lebens nicht mehr sicher. Ob ihr Mann dann noch die Nerven habe, ihren Tod in Ruhe abzuwarten, bezweifle sie. Da er ringsum von Weibern bedrängt sei, wäre das auch fast zuviel verlangt. Und bei ihrem miesen Zustand sei es keine Kunst, durch ein bißchen Nachhelfen eine unverfolgbare Lösung herbeizuführen. Es genüge, daß er das wichtigste Medikament ein wenig verdünne. Für ihn, den Summa-cum-laude-Chemiker, kein Problem. Oder er lade einfach seine Weiber ins Haus, das wirke noch rascher. Daß er dazu imstande sei, erkenne sie an seinem Lachen, das er anstimme, sobald sie ihm ins Gesicht sage, wozu er, ihrer Meinung nach, fähig sei. Auf jeden Fall, sie müsse jetzt vorsorgen, daß ihr Anteil an dem Erbe in die richtigen Hände komme. Weder in seine, noch in die ihrer Schwägerin, da die schuld sei, daß ihr Bruder aus dem Leben geschieden sei. Also bitte sie rasch um Dr. von Tuchers Besuch. Aber er möge sich vorher versichern, daß ihr Mann nicht da sei. Der sei aber ohnehin Tag und Nacht mit seinen Weibern unterwegs. Nach dem Tod ihres Bruders habe ihr Mann jede Art von Arbeit sofort eingestellt; seitdem sehe er nur noch dem Erbe entgegen. In Gesellschaft mit seinen Weibern natürlich. Also schwierig sei es nicht, sie allein anzutreffen. Sie sei praktisch immer allein. Tag und Nacht. Dr. Herrle, ihr Arzt, sei der einzige Mensch, der noch zu ihr halte. Allerdings auch mehr aus Katholizismus als aus Menschenliebe. Selbst bei ihrer Perle Anna sei sie nicht mehr sicher, ob die nicht von ihrem Mann herumgebracht worden sei. Was einen beim heutigen Personal ja auch nicht wundern müsse. Also, er möge anrufen und kommen.

Thassilo hatte nicht einschlafen können, nachdem er das gelesen hatte. Immer sah er in dem Auto den verkrampften Hünen mit der gelangweilten kleinen Blonden. Und die kranke Frau Bernhard suchte Hilfe gegen ihre Schwägerin bei dem Mann, der diese Schwägerin bis zur Erstarrung verehrte. Eine Passage ging ihm nicht aus dem Kopf: Sagen Sie Ihrem Vater, bitte, daß ich täglich hundertmal daran denke, wie recht er hatte, als er mich vor 17 Jahren beschwor, keinen Juden zu heiraten. Ich habe ihm damals geantwortet, Percy sei ja nur Halbjude, ausgelacht habe ich Ihren Vater, das seien eben seine Ressentiments, weil er 45 seine Richterlaufbahn hatte beenden müssen. Wie recht er hatte, wird mir jetzt täglich bewußter.

Außerdem enthielt das Köfferchen Fotokopien von zwei Testamenten des Ingenieurs Berthold Sigrist. In Testament Nr. 1 wurden seine Frau Marga und seine Schwester Elfriede Bernhard, geborene Sigrist, gleichberechtigt als Erbinnen eingesetzt. Testament Nr. 2 – und das war dem Datum nach wirklich der LETZTE Wille Sigrists – bestimmte Elfriede Bernhard als Universalerbin, Frau Marga Sigrist war darin nicht mehr genannt. Auch zwei Briefe von Frau Marga Sigrist an Dr. Achim von Tucher fanden sich. Offenbar war jene abendliche Ausfahrt, die Thassilo beobachtet hatte, das Ergebnis eines dieser Briefe. Offenbar wollte Dr. von Tucher Frau Sigrist heiraten, sie wollte aber nicht. Offenbar wußte sie nichts von Testament Nr. 2, und ganz offenbar plante Dr. Achim von Tucher, Frau Sigrist zu erpressen. Heirate sie ihn, werde er Nr. 2 verschwinden lassen. Heirate sie ihn nicht, werde Elfriede Bernhard Alleinerbin. So sehr also liebte der Hüne die mickrige Blonde. Oder ihr Geld. Das weiß man nie, dachte Thassilo.

Thassilo fuhr nach Langenargen, frühstückte im Strandcafé, ging dann zu Fuß zurück durch den Ort, bis zur Villa Dr. Bernhard. Da war einer gerade am Rasenmähen. Gebhard Stämpfle. Auch ein Racheengel muß ja von was leben, dachte Thassilo.

Die ihm öffnete, war sicher ›Perle Anna‹. Etwa 35. Fettsüchtig. Leichenblaß. Dunkle Schatten unter den Augen. Sie konnte nicht geradeaus gehen, sondern sich nur drehend vorwärtsbewegen. Er müsse Frau Dr. Bernhard sprechen, er sei Detektiv, es sei dringend. Frau Bernhard lag auf der Terrasse im Schatten einer Markise. Zugedeckt war sie mit einer leichten Cashmere-Decke. Das Bett war so verstellbar, daß die obere Hälfte als Rückenlehne dienen konnte. Thassilo schätzte, daß Frau Bernhard noch 80 Pfund wog. Die Augen kamen unheimlich heraus in dem eingefallenen Gesicht.

Anna hatte ihr kaum gesagt, Herr Grübel sei Detektiv, als sie sofort leise und hektisch zu reden anfing. Sie glaubte, Thassilo sei von einem Detektiv-Büro Argus in Stuttgart, das für sie gearbeitet hatte; jetzt wollte sie von denen aber nichts mehr wissen. Wer garantiere ihr denn, daß das Büro nicht von ihrem Mann bestochen sei, und zwar mit ihrem Geld, denn er habe ja jede Arbeit eingestellt, die Wachsfabrik Sigrist, das Werk ihrer Vorfahren, verödet, die Scheiben kaputt, zwischen den Strohballen im Verpackungshaus Unzucht. Ihr Mann habe ja zuletzt das Chaos nicht nur einreißen lassen, sondern selber und planmäßig produziert. Gleiche Bezahlung für alle! Seine Idee! Das hätte auch eine begünstigtere Branche nicht ausgehalten. Für eine Wachsfabrikation habe das umgehend den Ruin bedeutet. Bloß gut, daß ihr Vater das nicht mehr erlebt habe. Aber schließlich habe ihr Mann seinen Doktor in Chemie mit summa cum gemacht! Habe man da etwas anderes erwarten können? Jetzt komme er nur noch heim, um sich auszuschlafen. Das habe er immer schon als das wichtigste Mittel zur raschen Regenerierung seiner Potenz bezeichnet: ausschlafen. Möglichst tief und ruhig und lange schlafen. So lange, bis er selber aufwache. Für die schlimmste Bedrohung seiner Potenz halte er das Gewecktwerden. An einem Tag, an dem er geweckt werde, könne er nicht. Das habe er sogar im Betrieb eingeführt. Jeder habe kommen können, wann es ihm paßte. Grotesk, was!

Jeden Tag lasse ihr Mann jetzt den Rasen mähen. Weil sie keine Geräusche mehr ertrage. Aber jetzt solle der Herr wieder gehen, sie wolle mit seiner Firma nichts mehr zu tun haben.

Thassilo fragte rasch, ob hier genau vor einer Woche eine große schöne blonde Frau eingedrungen sei.

Täglich dringen hier seine Flittchen ein, schrie sie.

Was wollen die hier? fragte Thassilo.

Mich quälen. Daß ich schneller sterbe, daß sie's ungestörter mit ihm treiben können. Ich nehm kein Blatt vor den Mund, müssen Sie wissen, ich bin Künstlerin, schauen Sie ins Haus, die Bilder sind alle von mir.

Jetzt erst dachte Thassilo daran, daß auch ihre Stimme nur noch eine halbe Stimme war. Nur noch die hohen, die höchsten Töne, nur noch ein belegtes Piepsen. Ein schwaches Keifen nur noch.

Gnädige Frau, es tut mir einfach leid, daß Sie im Begriff sind, einem Komplott zum Opfer zu fallen.

Thassilo gab seine Visitenkarte.

Sie wollen auch bloß mein Geld, sagte sie.

Nicht alles, gnädige Frau. Ihre Schwägerin, Ihr Mann und Dr. von Tucher wollen alles. Gar alles.

Sie sank an der Rücklehne zusammen.

Und ich habe gedacht, der Nazisprößling und der Halbjude, da bin ich sicher, daß die nicht zusammenfinden.

Thassilo nickte bedächtig und sagte: Geld heilt.

Sie winkte Thassilo. Er beugte sich näher zu ihr. Ganz leise sagte sie: Und wie weiß ich, daß Sie nicht auch zu denen gehören? Ich wußte vor acht Tagen noch nicht, daß es Sie gibt, sagte Thassilo. Und dann erzählte er ihr Tanja Negrassus' Geschichte, so wie sie sie ihm erzählt hatte. Und sagte auch, daß Tanjas Mann jetzt in Oberstaufen gestorben sei.

In der Krebsklinik, sagte sie, klar, da würde ich auch sofort sterben.

Und er müsse nun also die Handtasche suchen, sagte Thassilo, nur dadurch sei er auf die Fäden zwischen den Häusern Bernhard und von Tucher und Sigrist aufmerksam geworden. Und zufällig habe er Frau Sigrist und Dr. von Tucher gemeinsam fortfahren gesehen.

Das ist vernichtend, sagte sie. Wen habe ich jetzt noch?

Mich, sagte Thassilo, wenn Sie wollen.

Das schlimme ist, sagte sie, daß ich nicht weiß, wem ich das Geld hinterlassen soll, das ich am Freitag von meinem armen Bruder erbe. Es gibt nur eins, wofür ich es gern verwenden würde.

Wenn's das gäbe.

Und das wäre, fragte Thassilo.

Das gibt's ja doch nicht, sagte sie. Aber wenn's das gäbe, ganz sicher und verläßlich, dann würde ich gern sterben, lieber heute als morgen, aber das gibt's eben nicht.

Vielleicht doch, sagte Thassilo.

Nein. Ich weiß es doch. Es wäre das einzige, was mir eine durch und durch gehende Befriedigung bereiten würde, eine Befriedigung von solchem Ausmaß, daß ich vielleicht gar nicht so schnell sterben würde. Vielleicht würde meine Schilddrüse sich plötzlich beruhigen, von überall würde alles Nötige in meinem Körper ruhig herströmen, ich müßte kein radioaktives Gift mehr schlucken … aber das gibt's eben nicht.

Es gibt ziemlich viel, wenn man's bezahlen kann, sagte Thassilo.

Aber das nicht, sagte sie.

Schade, sagte Thassilo.

Ja, sagte sie.

Stille.

Wissen Sie, was das wäre, sagte sie.

Nein, sagte Thassilo.

Eine Stiftung, sagte sie. Sagen wir fünf Millionen Mark werden angelegt, ein Kuratorium sorgt dafür, und der Ertrag der fünf Millionen, rechnen wir nur einmal mit 500000 jährlich, wird dazu verwendet, meinem Mann das Leben zu erschweren, ihm jede Freude zu verderben. Ein Exekutor beauftragt immer neue Leute, die sich verpflichten, für Bezahlung gegen meinen Mann zu arbeiten. Auf jedem Gebiet. Finanziell, sexuell, politisch, moralisch. Daß er zu nichts mehr kommt. Daß er sieht, er wird verfolgt. Von einer Übermacht. Und immer wieder findet er an den Stätten seiner Niederlagen ein Billettchen vor: Elfriede läßt grüßen. Elfriede bin ich, verstehen Sie. Mit fünfhunderttausend pro Jahr müßte es gelingen, ihm das Leben vollkommen zu vermiesen. Wenn man jemanden fände, der das organisieren würde. Einen verläßlichen, einen wirklich treuen Menschen. Aber sowas gibt's eben nicht mehr, heutzutage.

Ach, ich weiß nicht, sagte Thassilo.

Wie müßte man das organisieren, daß das Ziel erreicht wird? Daß bis zu Percys Tod die Verfolgung nie aufhört! Danach würde die Stiftung aufgelöst, und alle Gelder würden sofort der Caritas zur Verfügung stehen. Verstehen Sie was von Organisation? Das wollte ich eben mit Dr. von Tucher besprechen. Ich bin Ihnen so dankbar. Mein Gott, hätten die gelacht. Ich hätte ihm die Verwaltung übertragen, und die hätten sich schiefgelacht an meinem Sarg. Das wäre möglich gewesen, sagte Thassilo. Aber wie verhindere ich, daß der, der Percy verfolgen soll, sich mit ihm einigt? Das schlimmste ist doch, daß sich mein Mann nach meinem Tod hier gütlich tut mit seinen Weibern, und das mit meinem Geld. Geben Sie zu, das ist eine Perspektive, die einen umbringen muß.

Plötzlich kam ein braungebrannter Vierzigjähriger die Terrassentreppen herauf. Klein. Rundlich. Fast ein wenig kugelig. Dr. Percy Bernhard. Er kam offenbar vom Tennisplatz. Die kurzen Hosen trugen sehr zum kugeligen Eindruck bei. Arme und Beine waren geradezu schwarz vor Haaren. Aus dem Haarteppich des linken Unterarms baumelte ein goldenes Kettchen. Als er Thassilo sah, stoppte er.

Geh nur weiter, sagte seine Frau, bitte.

Er stellte sich vor, also stellte sich Thassilo auch vor, sagte seinen Namen aber so undeutlich als möglich.

Das ist nett von Ihnen, daß Sie Elfi ein bißchen Gesellschaft leisten, sagte er.

Das ist es auch, sagte seine Frau. Geh nur, wir sind mitten im Gespräch.

Immer schickst du mich fort, und viel zu oft gehe ich, anstatt daß ich bleibe, um dir zu beweisen, daß es nur deine Krankheit ist, die dich so mißtrauisch macht und so spitz. Dadurch, daß ich gehe, gebe ich dir recht, das heißt, ich gebe deiner Krankheit recht.

Schöne Reden, sagte sie.

Ich gebe ja zu, daß ich nicht der beste Krankenpfleger bin. Einfach weil ich seit den Masern noch keine halbe Stunde krank gewesen bin, sagte er.

Eben, sagte sie. Geh nur. Ich unterhalte mich sehr gut mit Herrn Grübel.

Und ich beneide Sie, sagte er. Dieses Kompliment hat sie mir noch nie gemacht. Schon in der Hochzeitsnacht hat sie gesagt, ich sei langweilig. Sie hat das immer darauf geschoben, daß ich ein Chemiker bin. Das war gut gemeint von ihr. Aber natürlich hat es mir nichts geholfen. Ich habe schon gemerkt, daß es an mir liegt. Sie, die Künstlerin und ich der Banause. Es hat ja unter Chemikern große Künstler-Naturen gegeben. Denken Sie nur an Kekulé! An den Kohlenstoff-Ring! Denken Sie an die Stereometrie, an die Entdeckung der Makromoleküle, an die Doppel-Helix, da war überall Vision im Spiel, Vision ging voran, dann erst kamen Experiment und Berechnung. Aber ich bin eben kein Genie. Und das hat sie mir wahnsinnig übelgenommen.

Jetzt faselt er wieder. Bitte, laß uns doch weitersprechen, Percy, ja. Geh, wohin du gehen mußt.

Ich muß überhaupt nirgends hin, sagte er. Du weißt genau, daß ich die Arbeit aufgegeben habe, um ganz für dich dasein zu können.

Sie stieß einen schrillen Laut aus.

Das glaubt sie wieder nicht. Ach Elfi. Nun gut, Wachsfabrikation nach Vorväterrezepten ist nicht unbedingt die Lebenserfüllung für einen Chemiker. Aber daß ich nichts Neues suchte, Elfi, das war doch nur, weil ich wollte, daß du zuerst wieder gesund werden solltest.

Sie stieß wieder ihren spitzen Schrei aus. Er sah Thassilo an. Um Hilfe suchend.

Übrigens, Achim läßt dich grüßen. Welcher Achim, entfuhr es Thassilo.

Dr. von Tucher, sagte Dr. Bernhard, kennen Sie ihn?

Nein, sagte Thassilo.

Siehst du, siehst du, jetzt haben sich die beiden schon verständigt. Bis zu diesem Augenblick habe ich nicht gewußt, daß du eine Verbindung zu den Nazis Tucher hast, und jetzt läßt er mich schon durch dich grüßen.

Marga hat uns zusammengebracht.

Klar, wer denn sonst. Natürlich Marga.

Ich glaube nicht, daß er ein Nazi ist.

Mein Bruder tot, dann ich, dann habt ihr zwei alles, was die Familie Sigrist je erarbeitet hat. Geh doch jetzt endlich. Es tut weh, seinen Henker lächeln zu sehen.

Er stand auf und sagte, weggehend: Ich geh wieder einmal und weiß, daß es ein Fehler ist. Mit einem leichten Kopfnicken zu Thassilo hin ging er. Sie atmete auf. Da haben Sie's, sagte sie. Der Tucher stellt sich ganz offen auf seine Seite. Wenn das der Richter wüßte, sein Sohn mit einem Halbjuden. Ist das nicht eine verrückte Zeit?

In den Pappeln rauschte der Wind. Die dunkle, aber spiegelnde Oberseite der Pappelblätter blitzte in der Sonne, und wenn der Wind die Blätter aufbog, wurde ein ganzer Baum plötzlich ganz hell durch die helle Unterseite der Blätter. Thassilo hatte das Gefühl, die Bäume klingelten im Wind. Leise. Bzw. fern ... bzw. unhörbar. Er schaute langsam wieder zu Frau Bernhard hin. Sie schlief. Ihr Unterkiefer war heruntergesackt. Aus einem Mundwinkel lief Speichel. Thassilo stand auf und entfernte sich so leise als möglich.

Dann fuhr er nach Hause. Schlich sich in sein Zimmer und wollte überlegen. Aber seine Mutter hatte ihn gehört. Sie rief nach ihm. Er ging hinüber. Sie teilte ihm mit, Benedetta von Wolfsberg habe sich damit einverstanden erklärt, nur noch halbtags als Pflegerin zu arbeiten und die andere Hälfte des Tages in der Stadt was zu suchen. Sie wohnt weiter hier. Und wir sparen ihr halbes Gehalt, Thassilo, ich hoffe, das hilft dir.

Wo ist sie jetzt, fragte Thassilo.

Sie führt Hindenburg aus, sagte die Mutter, der kommt ja überhaupt nicht mehr hinaus, seit du so beschäftigt bist. Die Texanerin ist ja mit ihrer Sofaecke so gut wie verwachsen. Wenn Benedetta nur halbtags zur Verfügung steht und wenn du auch nicht da bist, werde ich auf die Texanerin angewiesen sein. Das wird mein Leben verkürzen, das weiß ich. Aber dadurch verkürzt sich ja zum Glück auch die Leidenszeit. Sagte sie und zog ihre Lippen ein und kaute sie stumm. Immer wenn sie das tat, dachte Thassilo, daß seine Mutter eine Häsin sei.

Dann saß er an seinem Schreibtisch, die Füße in der herausgezogenen rechten untersten Schublade, den Oberkörper so weit als möglich zurückgelehnt; den Kopf auf dem durch das darüber geworfene Schaffell doppelt gepolsterten Rand seines Schreibtischsessels. Er wußte nicht weiter.

Das Telefon unterbrach ihn. Frau Negrassus. Sie bitte nun wirklich um die Rechnung, die Tasche habe sich gefunden, bzw. einer, der bei Dr. Bernhard den Garten besorge, habe sie in einem Baum gefunden, also alles O.K., ob er mit 75 Mark einverstanden sei für seine Bemühungen. Thassilo fühlte, wie ihn die Schwäche durchfuhr. Ja, sagte er, und gab die Kontonummer an. Wenn er heute vormittag gleich hin wäre zu ihr, mit schriftlichem Bericht, plus Angabe des Taschen-Verstecks, hätte er gegen Ende des Vormittags 500 Mark kassieren können. Überreizt, dachte er. Blieben noch die Dokumente des Dr. von Tucher und die Pläne der Frau Bernhard, geborene Sigrist.

5

Thassilo saß an seinem Schreibtisch. Das Fenster vor ihm führte nicht ins Freie, sondern in den Wintergarten.

Durch den hindurch sah er hinaus. Endlich regnete es. Es fing gerade an. Riesige Tropfen. Aber auch als es dann schon prasselnd regnete, saß Thassilo noch und rührte sich nicht. Die Türme der Schloßkirche verschwammen in Regenschleiern. Aber des toten Sigrist rotes Backsteinhaus wurde immer leuchtender, je länger es regnete. 200 m Entfernung. So nahe am Arbeitsplatz hätte er gewohnt, wenn Sigrist sich nicht umgebracht hätte im letzten Winter.

Plötzlich fuhr drunten ein dunkelblaues Auto vor. Mercedes-Cabrio. Frau Negrassus. Bis sie ausstieg, stand Thassilo schon mit dem Feldstecher draußen an der Wintergartentür. Sie war's. Und sie wurde von Frau Marga Sigrist mit Umarmung begrüßt. Sehr sehr freundschaftlich. Und Thassilo wachte, bis sie wieder ging. Das dauerte fast drei Stunden. Vier Tage lang verließ Thassilo seinen Schreibtisch nicht mehr. Täglich kam die Negrassus. Wenn auch nicht jedes Mal für drei Stunden.

Sicher war die auch schon zu Frau Sigrist gekommen, bevor Thassilo über ihre Tasche mit ihr bekannt geworden war. Vielleicht hatte er am Sonntag nur deshalb hinter diesem blauen Mercedes gehalten, weil er den schon gesehen hatte.

Thassilo fuhr ins Kurhotel nach Langenargen und bat Frau Negrassus um ein Gespräch. Sie kam herunter. Setzte sich. Thassilo betrachtete die zuerst unheimlich anliegenden, dann unheimlich ausschwingenden weißen Hosen; die Naht lief genau durch die Furche.

Jetzt? sagte sie.

Ja, er habe Loyalitätsprobleme. Durch sie sei er da in eine Sache hineingekommen, und jetzt werde er von Frau Bernhard beansprucht. Und das sei doch die Gegenseite. Er wolle nur ganz sichergehen, daß Frau Negrassus ihn nicht mehr in Anspruch nehmen werde; andernfalls könne er nicht für die arme Frau Bernhard arbeiten. Die arme Frau Bernhard, sagte sie lächelnd.

Jeder so kurz vor dem Tod sei arm, sagte Thassilo.

Die ist schon seit 15 Jahren kurz vor dem Tod. Gleich nachdem es ihr gelungen sei, Percy zu ergattern, habe sie sich hingelegt. Seitdem spiele sie die Sterbende.

Und Sie und Frau Sigrist wollen jetzt ein wenig nachhelfen.

Hat Sie Ihnen das gesagt?

Nein, das ergibt sich, sagte Thassilo.

Kommen Sie, sagte sie und ging ins Hotel. In ihrem Zimmer sagte sie, sie würde gern mit Thassilo zusammenarbeiten, aber nur, wenn er auch zum Schein für Frau Bernhard arbeite. Falls die Zusammenarbeit erfolgreich sei, zahle sie 10 000, im Falle eines Mißerfolgs Aufwandsentschädigung. Als Erfolg gelte ihre Heirat mit Percy. Mißerfolg sei, wenn Marga Sigrist Percy heirate.

Thassilo staunte. Ja, sie und Marga seien miteinander in die Schule gegangen. In Ludwigshafen. Beider Väter seien Vorarbeiter bei der BASF. Sie hätten sich damals geschworen, einander immer zu helfen. Marga habe zuerst Erfolg gehabt. Sie sei die erste Frau Negrassus gewesen. Nur drei Jahre lang. Dann habe sie Sigrist kennengelernt. Dann habe sie Tanja gerufen, Tanja habe Dr. Negrassus übernommen, und Marga habe Sigrist geheiratet.

Was war Negrassus?

Kleiner Fabrikant, Schmutzwasserpumpen.

Als dessen Krebs feststand, habe ihr Marga vorgeschlagen, sie solle Percy Bernhard anpeilen, dessen Frau praktisch außer Gefecht sei. Und die ihrem Mann Millionen vererben wird, sagte Thassilo. Das auch, sagte sie. Aber dann hat sich doch Margas Mann umgebracht, jetzt hat Marga selbst Lust bekommen auf Percy.

Oder auf die Millionen, sagte Thassilo.

Sie reden immer nur vom Geld, sagte sie. Wie Achim. Seit Marga Percy heiraten wolle, hetze sie Tanja auf diesen Dr. von Tucher. Wenn man mit dem in einem Zimmer sei, sei das Interessanteste das Uhrenticken. Nur wenn von Geld gesprochen werde, werde er ein bißchen lebendiger. Also lieber gestorben als dessen Frau. Sein Vater sei übrigens Nazirichter gewesen und habe nach 45 nicht mehr praktizieren dürfen …

Ja, ja, ich weiß, sagte Thassilo.

Er hat Percys Mutter zu drei Jahren verurteilt, sie kam nicht zurück.

Wußten Sie das auch?

Nein, sagte Thassilo.

Also, sagte Thassilo, morgen bringe ich den Vertrag vorbei: 10 000 oder Aufwandsentschädigung.

Bitte, beschreiben Sie in dem Vertrag, was Sie wirklich für mich zu tun gedenken, sagte sie. Thassilo sah sie gewissermaßen traurig an, stand auf und ging. Sie hielt ihn natürlich nicht zurück.

6

Als im Dezember des vergangenen Jahres Fräulein Koppenwallner, die Sekretärin des Erfinders Sigrist, Thassilo angerufen hatte, um ihm mitzuteilen, daß Sigrist tot sei, daß Thassilo also nicht wie ausgemacht am 8. Januar bei Sigrist anfangen könne, war Thassilo so fassungslos, daß er nur sagen konnte: Das tut mir leid. Mir auch, hatte Fräulein Koppenwallner gesagt.

Jetzt wollte Thassilo dieses Fräulein Koppenwallner besuchen. Sie sagte: Wozu?

Es geht um Sigrists Erbe. Sie schwieg. Thassilo sagte: Sind Sie noch da?

In diesem Augenblick hängte sie auf. Er notierte sich die Adresse: Eckenerstraße. Er läutete, sie öffnete. Eine kleine, fast gelbhäutige Person mit einer so großen Nase, daß Thassilo gleich dachte: Kasperle.

Sie sah ihn ausdruckslos an. Entschuldigen Sie, sagte er, ich muß wirklich mit Ihnen sprechen. Es geht um Sigrists Erbe. Es kann Ihnen nicht gleichgültig sein, wer das alles bekommt. Sie sah ihn noch ausdrucksloser an als vorher. Ihr Gesicht strahlte geradezu Gleichgültigkeit aus. Oder Müdigkeit, ja, Müdigkeit war's. Thassilo konnte nichts mehr sagen. Aber er weigerte sich, einfach zu gehen. Hier war was zu holen, das spürte er. Er mußte auch an sich denken. Aus ihrem Zimmer kam Musik. Während sie da voreinander standen, die stark angegraute Schwarzhaarige (Wie mein Hindenburg, dachte Thassilo) mit der gelbgrauen Haut und der Kasperlenase und der so leicht schwitzende Thassilo, sang drinnen eine überirdische Frauenstimme *Voi, che sapete, che cosa è amor? donne, vedete, s'io l'ho nel cor?* Thassilo spürte, daß er feuchte Augen kriegte. Und er schaute Fräulein Koppenwallner an. Ließ den Kopf ein wenig von der Musik wiegen. Zeigte dem Fräulein seine feuchten Augen. Als sie seine feuchten Augen bemerkte, machte sie eine Handbewegung. Er war eingelassen. Vielen Dank, lieber Wolfgang Amadeus, dachte Thassilo.

Thassilo sagte: Wurde Sigrist erpreßt?

Sie sagte: Ja.

Von wem? fragte Thassilo.

Ich will damit nichts mehr zu tun haben, sagte sie.

Und nach kurzer Pause sagte sie: Gesindel.

Wer?

Alle.

Thassilo wußte, daß er warten können mußte. Sie mußte selber kommen. Und sie kam: 18 Jahre habe ich für die gearbeitet. Erste Frau, zweite Frau. Er ist anders als seine Frauen, habe ich gedacht. Sonst hätte ich nicht so lange für ihn arbeiten können. Ich habe an ihn geglaubt. Das *Voi, che supete, che cosa è amor* hatte sie leiser gestellt. In seinem Testament komm' ich nicht vor. Ich bin kleinlich, was! Will auch bloß was erben. Ich nehm jetzt Schreibarbeiten an. Ich bin 42. Und ohne Vertrauensverhältnis kann man als Sekretärin nicht arbeiten. Durch meine Hände ging ALLES! Ich war K 5. Es muß ein gegenseitiges Vertrauen da sein. Das ist nicht mehr drin bei mir. Da wächst nichts mehr an.

Sie zeigte mit einem durchgebogenen gelbgrauen Zeigefinger senkrecht auf ihre linke Brust.

Dabei habe ich ihm nicht übelgenommen, daß er keine seiner Erfindungen selber gemacht hat. Er hat darunter selber am meisten gelitten. Mehr noch als unter seiner SS-Vergangenheit. Die Tuchers haben das natürlich benutzt. Die haben die Testamente diktiert.

Wie viele Testamente?

Zwei.

Thassilo schwieg. Wartete.

Kennen Sie James Blickle? fragte sie.

Den Fabrikanten?

Ja.

Der und die Tuchers hatten Sigrist im Griff. Sie wußten nicht, daß er nicht der Erfinder seiner Erfindungen war. Aber man mußte Sigrist nur ansehen, dann wußte man, daß er ein schlechtes Gewissen hatte. Er wollte sich befreien. Von Blickle. Von den Tuchers. Darum wollte er auch Sie anstellen. Seit Jahren bereitete sich Sigrist vor, den Exklusivvertrag mit Blickle zu kündigen. Er wollte neu anfangen. Als die das merkten, machten sie ihn fix und fertig. Die jagten ihn von einer Angst in die andere. Dabei hatte er andauernd viel mehr Angst, als die ihm machten. Das wußten die nicht. Sie sahen nur, wie leicht es war, mit ihm umzuspringen. Kommen Sie. Thassilo folgte. Sie gingen hinunter.

Er solle sie nach Gattnau fahren. Ein winziges Nest landeinwärts, über Kressbronn, hinter der zweiten Hügelkette.

Sie sprachen nichts. Sie gab die Weisungen.

In Gattnau bogen sie nach rechts ab. Vor einem kleinen alten eingewachsenen Bauernhaus hielten sie. Aber Fräulein Koppenwallner ging nicht in Richtung Bauernhaus, sondern zu einem noch kleineren Häuschen. Da konnte nur noch der Hühnerstall oder die Ofenküche oder eine Obstpresse untergebracht sein. An der Längsseite außen führte noch eine Holztreppe ohne Geländer unter das Dach. Und ein Fenster auf der Giebelseite zeigte, daß da noch ein Zimmerchen sein konnte. Fräulein Koppenwallner setzte die Klingel an der Parterretür in Gang. Es schnarrte. Die Tür wurde elektrisch geöffnet. Thassilo stand hinter seiner Führerin. Er sah in eine Werkstatt hinein. Apparate, Maschinen, Zeichnungen, an der Decke Schienen, in denen Züge liefen, an den Wänden Regale, ein Panzerschrank ... Kein Quadratmillimeter unausgenutzt. Und an der Seite führte noch eine steile Eisentreppe in ein Untergeschoß. Das Häuschen verfügte also über drei Niveaus.

Der Herr über das alles war vielleicht einsfünfzig groß. Er kam auf die Besucher zu. Sein Körper ein einziger nach vorne gebogener Halbkreis. Nur mit Mühe drehte er den Kopf herauf. Unrasiert. Von den oberen Zähnen war ein einziger übriggeblieben; der ragte gelb und irgendwie verdreht heraus. Daß unten noch Zähne geblieben waren, war nicht wahrscheinlich. Augen, als fürchte er Prügel. Er reichte Fräulein Koppenwallner die Hand. Der Zeigefinger war ein wenig schwächer gekrümmt als die anderen Finger. Seine Stimme hörte sich an wie angefressen, zerkratzt. Und er sprach den totalen Dialekt, den Thassilo von seiner Mutter her noch im Ohr hatte.

Das ist Herr Grübel, schrie Fräulein Koppenwallner auf das Männlein hinab. Der interessiert sich für Sie. Und das ist, sagte sie zu Thassilo, Kasper Knechtle.

Er bestand darauf, daß die Besucher mit hinaufgingen. Über die geländerlose Treppe. Droben mußten sie sich in die ächzenden Korbsessel setzen, er ging in die Küche und machte Kaffee. Niemand durfte helfen. In diesem Zimmer war alles dunkel. Auch das Bett war mit einer dunkelgrünen Decke überworfen. An den Wänden Regale. Die enthielten eine eigenartige Bibliothek. Nur Kursbücher. Deutsche, österreichische, schweizer, französische, italienische, englische, holländische und belgische. Die Kursbücher der letzten 20 Jahre. Fräulein Koppenwallner erklärte Thassilo, daß Kasper Gattnau so gut wie nie verlasse. Höchstens daß er einmal im Jahr nach Bregenz hinüberfahre, um zu beichten. Aber er stelle aus seinen Kursbüchern andauernd Reisen durch ganz Europa zusammen und vergleiche dann, wie lange man etwa 1950 von Kressbronn nach Klagenfurt oder Glasgow gebraucht habe und wie lange man heute brauche.

Knechtle kam mit dem Kaffee und hörte ihrer Erklärung zu und lächelte.

D' Fortschridd, sagte er. D' Ida gloubt it an an Fortschridd, i gloub an an Fortschridd. Git's was Nuis i d' Firma? Goat as widd'r?

Fräulein Koppenwallner schüttelte den Kopf.

Schad, sagte er. Ich hoa grad' so äbbas Schees, i zoig's ui nochher. A Bandg'rät wo ma Kopiea ka im Schneallgang herstella, ohne Verzerrung.

Warum haben Sie alle Ihre Erfindungen Sigrist überlassen? fragte Thassilo.

I mag koin Ärger. Du siehsch as ja, d' Sigrischt isch dood. I leab. Ich bruuch' äba Ruah. Nix wie Ruah.

Aber wenn jetzt die Firma aufgelöst wird?

S wird scho widd'r goah.

Schade, sagte Thassilo, mit dem, was Sie wissen, könnte man ganz schön was anfangen.

Gespart habe er auch. Sigrist sei nie kleinlich gewesen. Immer habe er das Risiko getragen. Und den ganzen Papierkrieg habe er auch noch übernommen. Es tue ihm so leid, daß das so habe kommen müssen. Er sei sicher, wenn man das Blut von gefährdeten Personen einmal wöchentlich untersuchen würde, könne man viele Selbstmorde verhindern. Es sei nur ein Hormonproblem. Und die arme Frau. Wie sie jetzt dastehe. Ida, ihr muond widd'rmacha. Das Schlimmste sei es, wann man sich fallen lasse. Man denke bloß einmal an die Apfelernte, die jetzt wieder anfange. Und an die Hopfenernte. Was das wieder für ein Duft werde. Von den Hopfengärten und Obstgärten. Er habe eine Zeitlang seinen Geruchssinn eingebüßt gehabt. Jetzt rieche er wieder alles. Jeden Morgen um sechs sei er jetzt wieder draußen. Mir leaband doa ja mitta im a Fescht. So, jetzt dürften sie noch seinen Schnellkopierer sehen, dann müsse er arbeiten.

Thassilo sah ein, daß er diesen Mann nicht einsetzen konnte. Auf der Heimfahrt bedankte sich Ida Koppenwallner bei Thassilo. Kasper hat mich wieder aufgerichtet, sagte sie.

Wir sollten öfter mal hinfahren zu ihm, sagte Thassilo.

Das nahmen sie sich vor. Thassilo fuhr heim, saß, schaute ins Grüne, dann blätterte er in Wörterbüchern, dann hatte er's. Er zog alles an, was aus ihm eine Art Fallschirmjäger machen konnte, dann fuhr er nach Langenargen.

7

Die letzten 200 m zur Villa Tucher ging er zu Fuß. Es war wieder heiß. Wie er gehofft hatte, war nur der alte Tucher zu Hause. Er saß auf einem Stuhl, der auf der Ufermauer stand, und schaute übers Wasser hin. Aus dem Haus hörte man wieder das Requiem. Wieder Seite 1. Der Alte hatte wieder die winzige fleischfarbene Badehose an. Diesmal aber auf dem Kopf auch noch ein weißes Schlapphütchen, wie man es Babies aufsetzt. Er saß reglos. Thassilo wartete, bis die Platte abgelaufen war. Dann sagte er: Grüß Gott, Herr Landgerichtsdirektor. Der Alte sah sich langsam um, zog die Brauen hoch.

Thassilo erklärte, daß er in Sachen Dr. Percy Bernhard komme. Mein Sohn ist in der Kanzlei, sagte der Richter.

Es heißt, in Ihrem Haus könne keine Stimme die Ihre übertreffen.

Der Alte schaute wieder übers Wasser hin, das geradezu wüst gleißte, weil ein leichter Wind die Oberfläche aufbürstete und da durch das Sonnenlicht viel viel öfter zurückgeworfen wurde als von einer spiegelglatten Fläche.

Er setzt also zum Angriff an, sagte der Alte. Ich warte seit Langem darauf. Er wird sich wundern. Ich wehre mich nicht. Seine Mutter wußte genau, daß den Juden das Halten von Haustieren verboten war. Im Jüdischen Nachrichtenblatt vom 15. Mai 42 wurde die Anordnung bekanntgemacht. Die Anzeige gegen Frau Bernhard erfolgte erst im Dezember. Aber auch dann hätte sie noch Zeit gehabt, sich ihrer Katzen zu entledigen. Sie hat es darauf ankommen lassen. Sie hat uns bewußt provoziert. Ich bitte Sie, drei

Katzen. Alle schon über zehn. Eine zeigte ganz deutliche Gichterscheinungen. Die ging über den Gerichtstisch, als habe sie vier Holzbeine. Immer noch eine Katze. Aber irgendwie holzbeinig. Das war ja zum Lachen. Bitte, wenn es sich um Hunde gehandelt hätte. Bitte, ich weiß, manche Leute hängen auch an Katzen. Schön. Aber da es nun einmal verboten war, da nun einmal Anzeige erstattet worden war, was hätte ich tun können? Sie freisprechen, hieß, mich selber verurteilen. Die Gestapo saß im Saal. Der Staatsanwalt war SS-Mitglied. Und mußte ich nicht annehmen, daß sie etwas demonstrieren wollte? Kein Mensch geht wegen drei alter Katzen ins Zuchthaus. Es sei denn, er will dadurch etwas beweisen. Durfte ich sie hindern? Daß sie dann ins KZ überstellt wurde, hat ja mit dem Urteil nichts zu tun. Überhaupt nichts. Da muß sich der junge Bernhard schon an die Verwaltung halten. Aber ich weiß, daß er seit Langem gegen mich arbeitet. Ich weiß auch, daß das mit der Vergangenheit nichts zu tun hat. Lassen Sie sich da ja nicht täuschen. Was die Verbrechen der Vergangenheit angeht, gibt es zwischen uns keine Meinungsunterschiede. Es geht jetzt um die Zukunft. Und Dr. Bernhard ist Kommunist. Deshalb haßt er mich. Meine kompromißlose antikommunistische Haltung hat mir seinen Haß zugezogen.

Thassilo sagte, er komme nur, weil befürchtet werden müsse, daß der junge Bernhard um das Sigristsche Erbe gebracht werden soll. Er hatte nie Anspruch auf das Sigristsche Erbe, sagte der Alte. Der Ingenieur Sigrist habe nun einmal im Testament Nr. 2 bestimmt, daß Berechtigte ihrerseits nur von Blutsverwandten beerbt werden könnten. Damit sei der junge Bernhard unwiderruflich aus dem Kreis der Berechtigten ausgeschieden.

Es ist zu vermuten, daß das Testament Nr. 1 diese Bestimmung nicht enthielt, sagte Thassilo. Und im Testament Nr. 1 soll Marga Sigrist Miterbin sein, in Nr. 2 fehlt sie. Wenn nun nachweisbar wäre, daß Sigrist unter Druck gesetzt wurde …

Wer will das nachweisen, sagte der Alte.

Sie haben Sigrist erpreßt, sagte Thassilo. Sie haben ihn vielleicht sogar in den Selbstmord getrieben. Sie kannten ihn gut genug, um zu wissen, wie man ihn soweit bringen konnte. Seine SS-Mitgliedschaft. Und die technischen Dienste, die er dieser arabischen Terror-Organisation leistete.

Davon habe ich ihn immer abzubringen versucht, sagte der Richter.

Es genügte, Sigrist mitteilen zu lassen, daß er auf der Liste eines israelischen

Geheimdienstes stehe, der für seine Foltermethoden berüchtigt sei.

Ach Gott, wie sich das anhört! So einfach ist das alles nicht. Merken Sie sich das, sagte der Alte.

Ich will Ihnen ja nur sagen, daß Sie tatsächlich auf der Liste der *Kantschikess* stehen.

Thassilo erklärte dem Erstarrenden ausführlich und milde, daß das eine Organisation sei, die ihren Namen von einer aus Riemen gefertigten Peitschenart herleite.

Mit dem Kantschik habe man früher in jüdischen Elementarschulen Kinder geschlagen. Wahrscheinlich komme das Wort vom polnischen Kańzug. Kantschikess sei der Plural, genau übersetzt laute der Name der Organisation also »Peitschen«.

Und die Aufgabe, die sie sich gestellt habe, sei denkbar einfach. Überall dort in der Welt tätig zu werden, wo die örtliche Gesetzgebung zur Bestrafung von Verbrechen, die gegen Juden begangen wurden, nicht ausreiche.

Das ist grotesk, sagte der Richter. Ich stehe doch auf der Seite der Israelis.

Ja, ja, sagte Thassilo, nun geht es der Kantschikess aber leider nur um die Vergangenheit. Die müssen sich dort ja auch spezialisieren. Es soll vorgekommen sein, daß einer, der von dieser Organisation hingerichtet wurde, zuerst von einer auf das Heutige ausgerichteten israelischen Organisation ausgezeichnet worden war. Nun weiß ich aber, daß Dr. Bernhard bereit wäre, für Ihre Streichung von der Kantschikess-Liste besorgt zu sein, wenn Sie das erste Testament Sigrists wieder auftauchen lassen und das zweite nicht präsentieren.

Da sehen Sie's! Ein Kommunist, und es kommt ihm auch nur aufs Geld an! Und wer garantiert mir, daß er mich nicht weiter verfolgt?

Ihre Menschenkenntnis. Wenn dem jungen Bernhard die Erbschaft sicher ist, sind Sie vor ihm sicher.

So sind sie. Genau so. Ich habe das immer gewußt. Und das will ein Kommunist sein.

Thassilo fuhr vors rote Backsteinhaus in der Schmidstraße. Ein Hausmädchen führte ihn auf die Südseite. Marga Sigrist war im Badeanzug. Sie war nicht ganz so mickrig, wie sie in Kleidern aussah. Sie versuchte einem jungen Schäferhund das Apportieren über eine Hinderniswand beizubringen. Jedesmal, wenn der Hund die Wand schon fast überklettert hatte, ließ er vor Anstrengung den Apportierknochen fallen. Und wollte das Hindernis ohne Knochen überwinden. Aber Frau Sigrist riß das Tier am Stachelhalsband sofort herunter und fing wieder von vorne an.

Das Mädchen hatte ihr gleich gesagt, wer da sei, aber sie ließ Thassilo vorerst einfach mal stehen.

Als sie dann kam, sagte Thassilo, daß er der sei, der durch den Tod ihres Mannes aus seiner Bahn geworfen worden war, jetzt sei er eben Detektiv, und schon seien, glücklicherweise, eine Menge Fälle zu bearbeiten, eins gebe das andere, so sei er auch, ohne es zu wollen, in ihr Privatleben hineingeraten, die Zeit dränge, jetzt nur soviel: ob sie bereit sei, eine bindende Erklärung abzugeben, daß sie nicht daran denke, Dr. Percy Bernhard zu heiraten.

Thassilo zog ein Schriftstück aus seiner Aktentasche und legte es vor sie hin auf den Gartentisch.

Sie sagte: Wer schickt sie?

Thassilo hob die Schultern an.

Das sieht ganz nach Elfriede aus, sagte sie. Oder kommen Sie von Tucher?

Unterschreiben Sie? fragte Thassilo.

Ich spinn' doch nicht, sagte sie.

Sie wollen also das Geld, das er von seiner Frau erbt. Daß Sie dann ALLES haben.

Ich pflege Privatangelegenheiten nicht mit Fremden zu besprechen.

Sie wissen, daß Ihr Mann ein Betrüger war?

Ich seh' nicht ein, warum ich mich mit Ihnen über irgend etwas unterhalten soll. Hasso, ab.

Sie warf den Knochen.

Ich komme im Auftrag Tanjas, sagte Thassilo.

Sie fuhr herum.

Sie will Percy Bernhard heiraten. Sie liebt ihn. Und sie wird alles tun, um zu verhindern, daß Sie Percy heiraten.

Tanja?!

Und sie hat einige Möglichkeiten. Angefangen von Kasper Knechtle bis zum wirklichen letzten Willen Ihres Mannes, der im Testament Nr. 2 niedergelegt ist und Sie als Erbin nicht mehr nennt. Warum, das wissen Sie besser als jeder andere.

Sie setzte sich. Sie zündete eine Zigarette an. Es gibt kein Testament Nr. 2, sagte sie dann. Sie bluffen.

Ich vermute, daß Dr. von Tucher noch heute hier auftauchen wird, um Sie mit einem Testament zu erpressen, in dem Sie nicht mehr genannt sind. Heiraten Sie ihn, wird er Testament Nr. 1 präsentieren, in dem Sie mit Frau Bernhard als Erbin eingesetzt sind. Heiraten Sie ihn nicht, wird er Nr. 2 präsentieren, in dem nur Elfriede Bernhard genannt ist.

Sie lehnte sich zurück und sagte: Es geht mir nicht ums Geld.

Dann bin ich am falschen Ort, sagte Thassilo und ging. Sie ließ ihn gehen. Das ärgerte ihn.

Thassilo ging ums Haus herum, sah über Straßen und Bahn hinauf zum Haus Zeppelinstraße 18 und wünschte sich auf das Sofa, zu Biddie, in die andere Sofaecke. Romane, Country-Musik, Biddies angenehm fetter Körper, ihr weiches Gesicht, ihr vom Sprechen der endlosen texanischen Vokale weiter Mund, die dämmernden Augen. Er mußte nach Langenargen zurück.

Tanja Negrassus war schon droben. Sie lag auf dem Balkon und trank aus einem hohen Glas und rauchte. Sie hatte nur noch einen durchsichtigen Morgenmantel an. Thassilo spürte plötzlich, wie er durchströmt wurde von einem Bedürfnis nach Erfolg. EINMAL den Kopf heben können.

Einmal …

Heute ist Donnerstag. Morgen vormittag ist Testamentseröffnung, und Marga Sigrist weigert sich immer noch, Achim von Tucher zu heiraten, sagte Thassilo.

Percy spielt wieder den Sensiblen, sagte Tanja. Aber tatsächlich schiebt er die Entscheidung einfach hinaus, bis die Erbaufteilung vollzogen ist. Ich weiß genau, daß er Marga heiratet, wenn es sich herausstellt, daß er über seine Frau nicht an das Geld kommen kann.

Sie machte zum ersten Mal eine private Handbewegung. Sie deutete ganz nachlässig auf den zweiten Liegestuhl. Thassilo setzte sich drauf. Da sah er, daß er ihr ziemlich nahe war. Also redete er einfach drauflos: Ich werde zu Dr. Bernhard gehen, ich werde ein bisschen nachhelfen, verlassen Sie sich drauf, ich krieg' das schon hin. Und dann werde ich Tucher zwingen, Testament Nr. 1 zu präsentieren.

Wen Sie alles zwingen werden, sagte sie und seufzte und dehnte sich.

Thassilo griff wie in Gedanken ein wenig nach ihrem Morgenmantel. Nicht, sagte sie, und setzte sich sofort auf und schloß den Mantel. Ich bin so abergläubisch, sagte sie.

Das Telefon. Marga. Schon im Hotel.

Sie kam herauf. Thassilo zündete ein Zigarillo an. Das erste seit einer Woche.

Tanja, sagte Marga und umarmte Tanja und hielt sie viel länger in ihren Armen, als das üblich ist. Das sah komisch aus, weil Marga viel kleiner und geringer war als Tanja. Trotzdem wurde Tanja in Margas Armen allmählich kleiner. Beide standen in der Abendsonne. Thassilo hatte das Gefühl, als erklinge, solange sie stumm standen, ein Duett, ein wunderbares Duett. Vielleicht weil er sich an Fräulein Koppenwallners Musik erinnerte. *Che soave zefiretto* .... hörte er. Die Melodie war es. Aber diese beiden sangen unter Margas Führung einen anderen Text:

Marga: Schau, den Himmel! Schau, das Wasser!

Tanja: Schau, das Wasser!

Marga: Alles wird gleich dunkel sein

Tanja: Alles wird gleich dunkel sein

Marga: Deine Lippen werden blasser

Tanja: Werden blasser

Marga: Bleibe, Tanja, bleibe mein.

Tanja: Bleibe, Marga, bleibe mein.

Während sie das sangen, hörte Thassilo Marga sagen:

Jetzt schick zuerst einmal den Macher fort. Wir brauchen doch so was nicht. Ich bitte dich. Du und isch, Tanja, meer zwee sin' doch immer noch von de Palz (sie intonierte den Heimatdialekt). Zu Thassilo gewendet:

Sie können gehen. Ihre Rechnung schicken Sie an mich.

Thassilo wartete. Tatsächlich, Tanja nickte. Also ging er.

8

Thassilo ging in die Kneipe, in der er Gebhard Stämpfle getroffen hatte. Zum Glück war der da. Er saß allein und war froh, daß Thassilo kam. Trinken wir was, sagte Thassilo. Du hast doch im Bernhardschen Garten so eine Tasche gefunden. Gebhard nickte. Was hast du dafür gekriegt? Fünf Mark. Oh, sagte Tassilo. Es war schon fast Mitternacht, als Thassilo sagte: Jetzt gehen wir zu deiner Schwester.

Und machen sie fertig, sagte Stämpfle.

Thassilo fuhr los, als würden sie verfolgt. Stämpfle fiel bei jeder Kurve entweder gegen die Tür oder gegen Thassilo.

Sie klopften gegen das Fenster. Stämpfle sagte: Adelheid, wir sind's, der Gebhard und der Thassilo, mach schnell auf, es ist wichtig. Adelheid öffnete. Sie hatte nur ein sehr kurzes Nachthemd an, zog aber gleich einen Morgenmantel darüber. Stämpfle wollte jetzt sein Rachebedürfnis erzählen. Thassilo sagte: Moment, Gebhard, laß mich mal. Adelheid, dein Bruder und ich sind alte Freunde, verstehst du! Also gut, es geht um den jungen Tucher. Magst du den?

Sie schüttelte den Kopf.

Hast du ihn einmal gemocht?

Sie zuckte mit den Schultern.

Hast du was gegen ihn?

Wir haben was gegen ihn. Er hat dich damals gegen deinen Bruder aufgehetzt, das gibst du zu. Gebhard will dir doch kein Zimmer wegnehmen. Ihr seid Bruder und Schwester, steht allein da in der Welt, also wenn ihr nicht zusammenhaltet, seid ihr blöd. Unser Feind heißt Tucher. Hast du einmal was gehabt mit ihm?

Ja.

Ist das Kind von ihm?

Schulterzucken.

Zahlt er?

Sie schüttelt den Kopf.

Noch irgendeine Verbindung?

Nein.

Wie denkst du über ihn?

Er ist das Letzte.

Arbeitest du noch dort?

Nein.

Warum nicht?

Er hat jetzt eine Türkin.

Wie könnte man ihm beikommen?

Daß er einen so ausnützt Tag und Nacht. Das müßte einmal klipp und klar gesagt werden.

Damit können wir gar nichts anfangen, sagte Thassilo. Wir brauchen was Handfestes.

Hat er dich geschlagen?

Nein.

Erzähl einfach mal, wie es war dort. Dann finden wir schon was. Drei Jahre hatte Adelheid dort gearbeitet. Nur wenn der junge Tucher spät nachts betrunken heimgekommen war, hatte er Adelheid geweckt und mit ihr geschlafen. Aber nie in ihrem Bett. Ins dunkle Zimmer war er gekommen. Wenn geschlossen war, hatte er geklopft, bis sie öffnete. Nicht laut geklopft, aber unablässig. Also nicht zwei-, dreimal geklopft, dann Pause und dann wieder geklopft, sondern ununterbrochen geklopft. Bis sie eben öffnete. Dann hatte er sie sofort am Arm gepackt und sie hinuntergezogen in den ersten Stock, in sein Zimmer, das eine ganze Wand aus Spiegeln hatte. Aber niemals hatte er das Licht angemacht. Gott sei Dank.

Am Tag hatte er weder durch einen Blick noch durch eine Bemerkung verraten, daß er sich noch an die Nacht erinnere. Nicht eine einzige Berührung bei Tag. Er sei eben furchtbar gehemmt. Sie habe aber immer gehofft, daß sich das eines Tages geben werde. Er habe ihr auch leid getan. Als sie schwanger war, habe er gesagt, es sei besser, sie gehe jetzt. Er habe ihr aber den Lohn für ein Jahr im voraus bezahlt. Da sie damals schon Gebhard Groß kannte, habe sie nicht gewußt, von wem das Kind sei. Also habe sie eigentlich sehr zufrieden sein können mit dem geschenkten Jahresverdienst.

Thassilo nickte und ging. Heim wollte er jetzt nicht. Er fuhr in den Ort zurück. Er wunderte sich darüber, daß er, wenn im Scheinwerferlicht eine Kurve auftauchte, das Steuer tatsächlich der Kurve entsprechend drehte. Geradeaus fahren, das wär's. Am Bahnhof ließ er das Auto stehen und ging in Richtung See. Er gestand sich ein, daß er geschlagen war. Am liebsten wäre er in einer Höhle verschwunden. Ins Erdinnere. Die Vorstellung, daß die Sonne wieder aufgehen würde, verursachte einen ziehenden Schmerz, im ganzen Körper. Als er die Seestraße entlangging, stieß er auf Dr. Bernhards Auto. In der Dunkelheit erinnerte es an einen Riesenrochen. Moment, das war doch das Tuchersche Anwesen. Thassilo sog Luft ein. Ging zurück. Er erinnerte sich, daß da ein Durchlaß zum See war. Für Leute, die ihre Boote ins

Wasser bringen wollten. Er fand ihn. Zog sich aus, schob die Kleider unter eine Hecke. Das Wasser war wohlig warm. Er schwamm hinaus. Hände und Füße bewegte er nur unter Wasser. Wendete nach Westen. Schwamm, bis er den Umriß des Tucherhauses und der Tucher-Bäume erkannte. Schwamm noch langsamer, vorsichtiger auf das Haus zu. Ließ sich von den kleinen Wellen an den Strand treiben. Da er Stimmen hörte, lenkte er etwas weg von der Treppe. Offenbar saßen da zwei auf der Treppe. Ja, sogar ziemlich weit unten. Bernhard und Tucher. Thassilo kriegte eine Zeitlang kaum noch Luft. Da wäre er ja beinah in die hineingeschwommen. Erst als er mindestens 20 m seitlich von denen am Strand lag, kriegte er wieder regelmäßig Luft. Thassilo hörte Dr. von Tuchers Stimme:

Marga ist härter, als ich gedacht habe. Aber laß mich nur machen. Ich glaube, sie hofft immer noch, sie könnte über dich das ganze Erbe kriegen. Leider hat Dr. Herrle ihr gesagt, daß Elfriede keine Woche mehr hat. Manchmal hatte ich den Verdacht, du tust dich zusammen mit ihr.

Ach Achim, sei nicht so gemein, sagte Percy.

Dir ist ein bißchen kühl, kommt mir vor, sagte Achim, ich hol' dir einen Bademantel.

Nein, nein, wirklich nicht, sagte Percy.

Deine Hände sind ja ganz kalt, sagte Achim, und die Füße auch. Kein Wunder, du trinkst ja überhaupt nichts. Zum Wohl.

Zum Wohl, sagte Percy.

Daß sie meinem Alten den israelischen Geheimdienst auf den Hals hetzt, finde ich schon stark, sagte Achim. Aber wenn du nicht umfallst, Percy, dann muß sie mich nehmen, oder sie geht leer aus. Und dann nimmt sie mich, ich schwör's dir. Dann haben wir zwei das Ganze, Percy, und schicken die Weiber auf Weltreise und machen's uns schön.

Oder wir fahren mit, sagte Percy.

Achim lachte grob und buhte.

N' ganz schöner Teppich, was du da auf der Brust hast, sagte Achim. Und Handgelenke wie ‚n Mädchen.

Au! sagte Percy.

Du bist mir so ein Mädchen, sagte Achim.

Sag bitte nicht mehr so furchtbare Sachen über Tanja, sagte Percy.

Ach du Seelchen, du, sagte Achim, laß mich nur machen.

Von Percy hörte Thassilo nur noch einen zarten Laut.

Der Wind hatte zugenommen, das Wellengeräusch deckte jetzt sogar Tuchers kräftige Stimme zu. Und näher hin durfte er nicht. Also glitt er wieder ins Wasser und schwamm vorsichtig zurück. Dann rannte er zum Bahnhof. Fuhr heim. Setzte sich zu Hindenburg. Kraulte dessen Schlappohren. Hindenburg stupste mit seiner Schnauze in Thassilos Hand und gab hohe Töne von sich. Er freute sich, daß Thassilo wieder einmal Zeit für ihn hatte.

Biddie hörte ihn nicht, als er sich neben sie legte. Sie röchelte ein wenig. Er stellte sich vor, daß sie jetzt von ihrer Heimat träume. Arme Biddie. Jetzt in den sanften Savannen, morgen früh wieder hier.

9

Da Thassilo das Gefühl hatte, er dürfe nicht gar alles Tucher überlassen, saß er schon vor fünf Uhr morgens wieder an seinem Schreibtisch. Er starrte hinaus durch den Wintergarten, auf die Türme der Schloßkirche. Gegen halb acht hielt ein fast weißer Mercedes vor dem Haus Sigrist.

Der junge Tucher stieg aus. Marga Sigrist stand schon unter der Tür. Sie mußte von seiner Ankunft verständigt worden sein.

Thassilo rief sofort das Kurhotel Langenargen an, Frau Negrassus, bitte.

Ja, sagte Thassilo, Sie haben mich gestern entlassen, aber da ich eine Beobachtung gemacht habe, melde ich mich noch einmal. Zuerst müßte ich aber wissen, wie Sie verblieben sind mit Marga. Tanja sagte, Marga habe vor, Achim und Tanja zusammenzubringen.

Wollen Sie das?

Nein.

Na also.

Sie kennen Marga nicht, sagte Tanja, sie hat sich immer durchgesetzt, sie wird sich auch diesmal durchsetzen.

Ich schlage vor, Sie kommen sofort hierher, möglichst mit Dr. Bernhard. Wenn er nicht mit will, sagen Sie einfach, Achim sei im Augenblick bei Marga, vielleicht wirkt das.

Ich probier's, sagte sie schwach.

Thassilo wartete am Gartentor auf den nachtblauen Mercedes, Dr. Bernhard war dabei. Thassilo setzte sich zu denen und sagte:

Nett, daß Sie mitgekommen sind.

Zu Marga, bitte. Als sie vor dem roten Backsteinhaus standen, sagte Tanja: Da, sein Auto, bitte, du hast mir's nicht geglaubt.

Dr. Bernhard sagte:

Bitte, entschuldige, Tanja.

Thassilo sagte: Da drin stehen einander im Augenblick zwei gleichwertige Gegner gegenüber. Er will sie zwingen, ihn zu heiraten, sie will ihn zwingen, Tanja zu heiraten. Wir können einfach abwarten, wer siegt, oder wir können eingreifen. Wenn Marga siegt, erben Sie wahrscheinlich nichts,

Herr Dr. Bernhard, aber Sie können dann Marga heiraten. Wollen Sie das? fragte Thassilo.

Dr. Bernhard schaute Tanja an, Tanja nickte ihm aufmunternd zu. Dr. Bernhard sagte: Begreifen Sie, bitte, meine Frau lebt noch.

Das sagt er immer, sagte Tanja. Er macht es einem nicht leicht. Wir haben nicht mehr viel Zeit, Herr Dr. Bernhard. Sie müssen sich entscheiden.

Dr. Bernhard sagte: Ich möchte jetzt, bitte, aussteigen.

Lassen Sie ihn doch raus, sagte Tanja.

Dr. Bernhard stieg aus, ging auf die Eisenbahnbrücke und schaute in die Schienenschlucht hinunter.

Wenn er jetzt versagt, ist alles verloren, sagte Thassilo. Sie müssen jetzt sofort mit ihm ins Haus, daß Marga sieht, sie hat keine Chance, dann nimmt sie ihren Anteil am Erbe und Tucher, und Sie haben Bernhard und seinen Anteil.

Wenn er noch Haare hätte, könnte ich ihn an denen hinter mir herziehen, sagte sie.

Auf der Brust hat er, sagte Thassilo. Er geniert sich nur, weil seine Frau noch lebt. Sie müssen ihm die Initiative abnehmen. Das ist Ihr Augenblick, Tanja Negrassus, zeigen Sie Marga, daß Sie nicht länger kuschen.

Thassilo glaubte nicht, was er sagte. Er hatte eine Hand auf ihr Knie gelegt, sie nahm seine Hand und drückte sie und rieb mit seiner Hand heftig auf ihrem Schenkel herum.

Oder wir lassen die alle hier sitzen und fahren ab, sagte Thassilo. Sie schaute ihn an, machte ihre Nüstern hart, gab seine Hand zurück und sagte: Danke.

Sie stieg aus, ging langsam zu Dr. Bernhard, legte einen Arm um ihn und führte ihn zum roten Backsteinhaus zurück.

Sie läutete. Den Finger nahm sie erst von der Klingel, als Marga Sigrist erschien.

Marga Sigrist schaute verdutzt, dann rief sie: Achim!

Tucher trat heraus. Marga sagte: Ihr seid Hellseher, ihr zwei! Achim und ich haben uns gerade verlobt. Und schon seid ihr da zum Gratulieren. Das find' ich einfach fein.

Dr. von Tucher sah auch aus der Nähe ein bißchen wie ein Schafbock aus. Im Augenblick wie ein siegreicher Schafbock.

So, ihr, sagte er. Seine Stimme war tief und klanglos. Und bei diesen zwei Wörtern stieß er zweimal mit dem Kopf in die Höhe, als habe er Hörner am Kopf. Was wollt denn ihr da, ha? sagte er noch. Aber das war scherzhaft gemeint. Und wurde mit drei Kopfstößen nach oben simpel jambisch skandiert.

Als Thassilo jetzt die beiden Paare zum ersten Mal zusammen sah, gestand er sich ein, daß der Hüne Achim mit der winzigen Marga und die große Tanja mit dem kleinen Percy nicht die bestmögliche Kombination waren.

Liebe Tanja Negrassus, dachte er, Auftrag erfüllt, aber ganz wohl ist mir nicht dabei.

Kommt herein jetzt, sagte Marga, es gibt gleich ein Mordsfrühstück.

Da Tanja ihren Arm immer noch um Bernhard gelegt hatte, sah es aus, als führe sie ihn jetzt im Schwitzkasten davon. Thassilo ging auf die Eisenbahnbrücke, blieb stehen, sah in die Schienenschlucht hinunter, wo auf einem Nebengleis eine rostige alte Lokomotive stand, die schon halb von Brombeerranken zugewachsen war.

Plötzlich hörte er seinen Namen. Es war Tanja, die neben Tucher unter der Tür stand. Ah, Sie sind der, sagte Dr. von Tucher und stieß mit seinem Kopf nach oben. Wissen Sie was, ich habe einen Auftrag, ein Aktenköfferchen ist mir gestohlen worden, weinrot, die Polizei schafft das einfach nicht, probieren Sie's doch mal, oder nicht?

Gern, Herr Doktor, sagte Thassilo, so was geht nebenher.

Hier noch der Scheck, sagte Tanja. Wie Sie sehen, hat ihn Percy ausgestellt. Jetzt glaub' ich ihm, daß er es ernst meint.

Gut, sagte Thassilo, gratuliere. Und spürte, wie ihm heiß wurde vor schlechtem Gewissen. Eigentlich wollte er sagen: Mehr als 5000 ist er für Sie nicht wert. Statt dessen ging er rasch hinauf zum Haus, setzte sich ins Auto und fuhr nach Langenargen. Er hatte das Gefühl, er müsse Frau Bernhard in den nächsten zwei Stunden Gesellschaft leisten. Frau Bernhard lag schon im Freien. Aber auf der obersten Stufe saß die dicke Anna und winselte. Sie zitterte und winselte in den höchsten Tönen. Frau Bernhard war tot. Anna schien schier zu ersticken vor Winseln. Japsend holte sie immer wieder gerade noch Luft.

Thassilo verscheuchte eine Fliege, die sich an die Flüssigkeit machte, die aus Frau Bernhards Augen ausgetreten war. Dann drückte er Anna die Hand. Sie winselte weiter.

Das Haus mit dem heiligen Florian lag noch im Schatten der riesigen Bäume. Thassilo ging auf die Südseite. Da hörte er auch schon die Platte. Wieder Seite 1. Aber schon beim Confutatis.

Tucher senior saß auf seinem Stuhl auf der Ufermauer. Thassilo blieb stehen, bis das Amen sich zu seinem Ende gedehnt hatte. Der antwortete natürlich nicht. Dann ging er ins Haus, nahm die Platte und zerbrach sie. Dann fuhr er zum Postamt, rief Fräulein Koppelwallner an und fragte, ob sie in nächster Zeit für ihn schreiben könne. Arbeit für etwa 1000 Mark. Ja, sagte sie. Sie scheinen nicht sehr erfreut zu sein, sagte Thassilo. Stimmt, sagte sie. Ich zahle im voraus, sagte Thassilo. Bitte, sagte sie ohne jeden Ausdruck. Bis bald, sagte Thassilo. Sie legte auf. Thassilo fühlte sich elend. Er fuhr noch bei Adelheid und Gebhard vorbei. Sie schliefen noch.

Er schrieb auf einen Zettel: Thassilo kommt wieder! Dann fuhr er heim. Unterwegs kaufte er mit seinem letzten Geld Brötchen, Brezeln, vielerlei Wurst und vielerlei Käse, schlich sich in die Küche, bereitete ein duftendes, dampfendes Frühstück, servierte im Wintergarten und rief dann die zerstrittenen Frauen aus ihren Zimmern an den Tisch und sagte, es komme nicht infrage, daß sich Benedetta von Wolfsberg eine Halbtagsarbeit außer Haus suche. Seine Mutter und Biddie sahen ihn mißtrauisch an.

Wir haben 9000 Mark im Haus, sagte Thassilo. Hindenburg winselte. Hindenburg ist der einzige, der zu mir noch Vertrauen hat, sagte Thassilo. Ich auch, sagte Biddie. Hindenburg und Biddie, sagte Thassilo. Wir alle, sagte seine Mutter. Benedetta nickte beleidigt, weil sie die letzte war, die zustimmte. Plötzlich sprang er auf, setzte die Sandsteinstufen der Wintergartentreppe hinunter, rannte über die Straße, über die Bahnbrücke, erst als er das Sigristsche Grundstück erreicht hatte, wurde er langsamer. Er ging auf den nachtblauen Mercedes zu. Er hatte sich richtig erinnert. Da stand die Tasche aus Mexiko. Er leerte, was drin war, auf den Sitz und nahm die Tasche mit und rannte zurück. Er rief Biddie heraus und gab sie ihr. Oh, Thassilo, rief Biddie, ist die schön. Von zu Hause, fast von zu Hause, da, schau hinein, aus Ciudad Acuña. Aber bitte, paß auf, daß Mama sie nicht sieht.

Biddie legte ihre weichen Arme um Thassilo und küßte ihn.

Weißt du was, sagte Thassilo: Wir fahren jetzt nach Langenargen zum Baden. In den letzten Tagen hatte ich's ein bißchen streng. Sie sagten, Biddie müsse zum Arzt nach St. Gallen, und fuhren gleich nach dem Frühstück ab.

Als Biddie neben ihm zum Strand ging, sah er, daß ihre Haut noch vollkommen weiß war. Geradezu durchdringend weiß war sie. Zum Anfassen weiß. Er legte seinen Arm um sie, als wolle er sie vor der Sonne schützen. Biddie sah zu ihm hinüber, dabei öffnete sich ihr Mund ein wenig. Und er sagte: Du hast tatsächlich den Mund einer Amerikanerin. Wahrscheinlich entsteht der durch das Sprechen. Amerikaner haben einen Mund wie alle Männer, aber Amerikanerinnen haben einen anderen Mund als alle anderen Frauen. Und Texanerinnen haben einen anderen Mund als alle anderen Amerikanerinnen. Das kommt von euren Vokalen und Lippenlauten.

Was sind Lippenlaute? fragte Biddie. Das zeig' ich dir im Wasser, sagte Thassilo und rannte ihr voraus und freute sich, daß die Fußsohlen vom heißen Sand brannten.

Aus: Das neue Heyne Jubiläums Lesebuch. hrsg. von Günther Fetzer. Heyne 1989;

Quellenangabe dort: Auf Anhieb Mord. Kurzkrimis. München, Gütersloh, Wien 1975. Abgedruckt mit freundlicher Genehmigung des Suhrkamp Verlages, Frankfurt

Jutta Motz

Die Lichtung

Der alte Mann saß im Rollstuhl vor seinem Haus und blickte übers Land. Die Sonne schien. Dieses Jahr war ein ungewöhnlich warmer Herbst und so ließ er sich immer noch jeden Morgen von der Schwiegertochter vors Haus schieben. Bei gutem Wetter, wenn der Föhn so richtig hinein fuhr, konnte er sogar in die Schweiz rüber sehen. Der alte Mann, der seit einem Schlaganfall an den Rollstuhl gefesselt war und nicht mehr sprechen konnte, blickte heute nicht in die Ferne, sondern beobachtete den Waldrand an der gegenüberliegenden Anhöhe. Das aufgeregte Treiben dort interessierte ihn. Es musste etwas passiert sein. Polizeiautos kamen, zuerst zwei Streifenwagen, dann ein ziviler mit Blaulicht. Einer der Streifenwagen fuhr wieder weg. Dann kam noch ein ziviles Fahrzeug mit Blaulicht, ihm folgte der Leichenwagen aus Singen. »Hoffentlich kein Kind«, schoss es dem Alten durch den Kopf. Es dauerte über eine Stunde, bis der Leichenwagen mit dem Sarg abfuhr. Dann kamen Menschen in weißen Schutzanzügen aus dem Wald, die schwere Taschen im Kofferraum des zivilen Fahrzeuges verstauten. Nach zwei Stunden stand nur noch ein Streifenwagen am Waldrand, die beiden Polizeibeamten konnte der alte Mann nicht sehen. »Wenn's nur kein Kind ist«, sinnierte er.

»Sie haben eine Leich' gefunden, Großvater!« Der fünfzehnjährige Enkel, der gerade von der Schule nach Hause gekommen war, stand vor ihm. Der Angesprochene bewegte seinen linken Arm, zeigte die Höhe von etwa einem Meter, hob den linken Arm höher und reckte ihn soweit nach oben, wie es ihm mit seiner halbseitigen Lähmung gerade noch möglich war. Andreas, der Bub seines Sohnes, verstand ihn. »Kein Kind, ein Erwachsener. Soll ne ganz alte Leich sein, nix aus der letzten Zeit.«

Der Großvater sah den Enkel aufmerksam an, und der deutete zu Recht, dass der Alte mehr über den Fall wissen wollte. »Es wurden nur Knochen gefunden und eine Gürtelschnalle aus Metall.« Der alte Mann wurde blass, fuhr sich mit der Linken übers Gesicht. Schüttelte leicht irritiert den Kopf, blickte den Jungen fragend an. »Niemand weiß, wer's ist. Soll total vermodert sein.«

Durch das offene Küchenfenster rief die Schwiegertochter: »Andreas, das Essen steht auf dem Tisch!«

Der Junge schob den Rollstuhl des Großvaters zum Haus, drehte ihn vor der Tür und zog ihn rückwärts über die Schwelle in den Flur, um ihn in die Küche an den gedeckten Tisch zu schieben. Während des Essens wurde von nichts Anderem, als der Leich' gesprochen. Andreas äußerte die verrücktesten Mutmaßungen, sprach von Mord und Totschlag, bis die Mutter ihn zur Ordnung rief. »Du siehst, dass der Großvater angegriffen ist. Der Tote kann jemand von früher sein, jemand, den er vielleicht kannte. Solche Erinnerungen regen ihn auf.«

Als der Vater verspätet mit dem Lieferwagen auf den Hof gefahren kam, an der Tür die Gummistiefel ausgezogen hatte und endlich in die Küche trat, um sich an den Tisch zu setzen, konnte Andreas es kaum erwarten, von der Neuigkeit zu berichten. »Muss ne sehr alte Leich' sein«, stimmte der Vater dem Sohn zu. »Hab durch Zufall den Fridolin auf dem Markt in Singen getroffen. Der hat's mir erzählt. Hat die Knochen in die Hegau-Klinik fahren müssen. Zur Pathologie.«

Der Großvater rutschte unruhig in seinem Stuhl hin- und her. Der Vater nahm den Teller, den die Mutter ihm gefüllt hatte, und begann zu essen.

»Der Fridolin…« murmelte die Mutter und lächelte. Der Fridolin war der Ehemann ihrer Cousine, keiner mit eigenem Land, kein Bauer. Nicht angesehen bei ihrem Mann. Aber ein grundanständiger Mensch. Er hatte nichts lernen können und besaß nichts, sondern war ein armer Flüchtling von Drüben, ein Protestantischer noch dazu. Hat sich alleine hochgearbeitet. In Singen fand er eine Stelle beim Bestatter, erst als Fahrer, jetzt war er der stellvertretende Chef des Unternehmens. Der Fridolin, der hatte Erfahrung mit den Toten, wenn der sagte, die Leiche ist alt, dann stimmte das.

Nach dem Essen wurde der Großvater von Andreas in sein Zimmer geschoben, doch er wollte heute nicht auf dem Sofa seinen Mittagsschlaf halten, sondern ließ sich vor das alte Bücherregal rollen. Aber er griff nicht nach einem Buch, sondern nach einer Fotographie, die im Regal in einem einfachen Holzrahmen stand. Sie zeigte eine Familie, eine fremde. Weder Sohn noch Schwiegertochter wussten, was es mit dieser Fotographie auf sich hatte. Selbst Andreas, der das beste Verhältnis zum Großvater hatte, war es nie gelungen herauszufinden, wer der Mann, die Frau und die beiden jungen Leute, eine junge Frau mit blondem, langen

Haar und ein junger Mann im schwarzen Talar, waren. Der Großvater blieb in seinem Rollstuhl sitzen, das Foto auf dem Schoss, ganz in die Betrachtung der fremden Familie versunken. Andreas spürte einen kleinen Stich von Eifersucht auf die unbekannten Fremden.

* * *

Es war gegen drei Uhr morgens, zwei Tage vor Vollmond. »Im Revier wurde mir ein verletztes Reh gemeldet«, berichtete der Vater, und weil er, der Georg, Herbstferien hatte, drückte er ihm die Büchse in die Hand. »Geh vor der Morgendämmerung zur Lichtung.« Georg liebte die Pirsch am Morgen. Dann konnte er die Patrouillen vom Hochstand aus beobachten. Viele Soldaten, die an der Grenze Dienst taten, waren Städter, die die Gegend nicht kannten, die so unerfahren waren, dass sie bei der Sicherung dumme Fehler begingen. Er, ein sechzehnjähriger Bub, der bei den Katholischen war, nicht in der Hitlerjugend, er wusste es besser. Gerade, als er das Gewehr umgehängt hatte, um auf den Hochstand zu klettern, hörte er es. Ein Rascheln. Dann das Knicken von Ästen. Angestrengt spähte er ins Dunkel. Das war kein Reh. Die trampelten nicht so. Sollten es schon die Männer der Frühpatrouille sein, die sich verlaufen hatten? Meistens mieden sie die Lichtung um diese Jahreszeit wegen der Jäger. Umrisshaft konnte er vier Gestalten ausmachen, zwei größere, vermutlich Erwachsene und zwei Halbwüchsige. Er nahm seine Büchse von der Schulter, entsicherte sie und ging, das Gewehr im Anschlag, auf sie zu. Die Vier traten auf die Lichtung und waren im Mondlicht gut zu sehen. »Anfänger. Städter«, schoss es Georg durch den Kopf. Ihn hatten sie nicht bemerkt und so fuhren sie vor Schreck zusammen, als er bis auf zwei Meter an sie herangekommen war. Beim Näherkommen sah er, dass es eine Familie war. Der Mann trug einen Koffer und die Aktentasche hatte er an einem Gurt umgehängt. Die Frau hielt ihre Einkaufstasche in der Rechten, mit der Linken umklammerte sie eine Handtasche. Die Kinder, – das Mädchen, es mochte beinahe so alt sein wie er, und der Junge, eher ein paar Jahre jünger -, trugen einen Rucksack. Der Mann blickte ihn ängstlich an. Das mussten sie sein: laut Propaganda die ärgsten Feinde der Nazis und die jedes aufrechten Deutschen! Wissentlich war Georg noch nie zuvor Juden begegnet. Er kannte nur die Plakate an den Litfasssäulen in der Stadt mit der widerlichen Aufschrift: Jude verrecke!

Die Familie trug dünne Stoffmäntel, die Frau ein Kapotthütchen, der Mann einen dunkeln Herrenhut, das Mädchen hatte lange, blonde Zöpfe, der Junge kurz geschnittene, streng gescheitelte Haare, so wie er selbst sie tragen musste, weil die Mutter fand, nur so sehe er anständig und gepflegt aus. Die eben noch straffen Schultern des Mannes sackten zusammen, sein Kopf sank nach vorne auf die Brust. Er stellte den Koffer ab. Georg war erschüttert, ob dieser Geste vollkommener Resignation. Der Vater schien sich in ein unabwendbares Schicksal zu fügen, kein Aufbegehren, alle Kraft schien den etwa vierzig Jahre alten Mann verlassen zu haben.

Georg entlud sein Gewehr, steckte die beiden Patronen in den Hosensack, um zu zeigen, dass er ihnen nichts Böses wollte.

»Wo müssen wir jetzt langgehen, Vati?« die Stimme des Mädchens, die hinter der Mutter halb verborgen stand, war leise, aber eindringlich.

»Es ist vorbei, Sarah.« Die Mutter stellte ihre schwere Einkaufstasche ab. Ihre Stimme war leise und tonlos.

Als Georg noch näher kam, zuckten alle vier vor ihm zurück, rückten enger zusammen. »Ich tu' Ihnen nichts!« Seine Worte vermochten die panische Angst der kleinen Gruppe nicht zu verscheuchen. »Wo wollen Sie hin?«

Es war das junge Mädchen, die einen Schritt nach vorne trat, ihm gegenüber stehen blieb, und ihn musterte. »In die Schweiz!« Sie war fast so groß wie er. Mochte vierzehn Jahre als sein. Er lächelte sie an, weil er ihren Mut bewunderte. Jetzt, wo die Eltern alles verloren glaubten, da wollte sie nicht aufgeben, sondern sie sprach in einem fordernden Ton. »Ich bin Sarah Winter. Wo müssen wir lang gehen? Welches ist der richtige Weg?«

In der Ferne waren Tritte und Hundegebell zu hören. Städter im Wald. Die Frühpatrouille! Man wusste nie genau, wann sie kamen. Sie hielten weder feste Zeiten ein noch nahmen sie vorhersehbare Wege. »Weg von der Lichtung!« Georg flüsterte den Befehl. Wegen des Hundegebells prüfte er die Windrichtung. Dann griff er den Arm des kleinen Jungen, zog ihn hinter sich her in Deckung, hinter das Dickicht, das an der Ostseite der Lichtung aufgehäuft lag. »Dahin!« Er winkte den anderen und deutete mit dem Kopf auf das Unterholz im Wald. So leise es ihnen möglich war, liefen sie auf das aus Gestrüpp, trockenem Reisig und Geäst bestehendem Unterholz zu. »Hinlegen!«

Der Blondschopf der Tochter war sichtbar. »Ein dunkles Tuch über Sarahs Haar. Gesichter zum Boden. Nicht rühren!« Die Mutter zog eine graue, selbst gestrickte Mütze aus der Tasche und stülpte sie der Tochter über. Georg beschmierte sein Gesicht mit Erde. Obwohl es tagelang nicht geregnet hatte, war der Boden kühl und feucht. Vorsichtig hob er den Kopf, spähte durchs Geäst.

Eine Patrouille von sechs Mann, Maschinengewehr in Anschlag, ging mit einem Schäferhund, den ein Soldat an der langen Leine führte, am gegenüberliegenden Rande der Lichtung, im Schutze der Bäume, entlang. Minuten bangen Wartens verstrichen so langsam wie die Frühmesse, wenn er unausgeschlafen ministrieren musste. Die Patrouille verschwand auf einem Trampelpfad und ihre Schritte entfernten sich, wurden leiser.

Hinter Georg raschelte es. »Sind sie weg?« wollte Sarah wissen.

»Unten bleiben, sie laufen oft Zick Zack. Vielleicht kommen sie noch mal in unsere Nähe.« Mit der kleinen Taschenlampe, die er abdunkelte, leuchtete er auf seine Armbanduhr. Er wartete volle zehn Minuten. Lauschte in die Dunkelheit. Die Patrouille ging weiter Richtung Nordwesten. Er kannte ihre Trampelpfade, denn stets hielten sie sich abseits der Wege. Das Wild mied diese Pfade der Patrouillen, weil sie immer Hunde mit sich führten. Langsam erhob er sich, spähte um sich, gab den Anderen ein Zeichen, es ihm gleich zu tun. Ästchen brachen, der Reisig knackte. Sie waren zu laut, diese Städter. Er musste den sicheren Weg für sie alleine auskundschaften. »Bleiben Sie hier. Wenn Sie etwas hören, hinlegen, Kopf in den Dreck. Keinen Mucks!« Gesprochen hatte er wie Georg, der Pfadfinderführer aus der Katholischen Jungschar, der seine Befehle so zackig an die Kleinen auszugeben pflegte.

»Kennst du den Weg in die Schweiz?« Sarah, die neben ihm im Dreck gelegen hatte und sich nun aufkauerte, blickte zu ihm hoch.

»Ich muss herausfinden, wo es heute Morgen am Sichersten ist. Welche Routen die Grenzer nehmen. Rührt euch nicht. Die Patrouille nimmt einen anderen Weg zurück. Hier seid ihr für mehr als eine Stunde sicher.«

* * *

Die Neuigkeit verbreitete sich in Windeseile. Doch erst am Abend, als der Fridolin wegen irgendwelcher Papiere zum Bürgermeisteramt gefahren kam und vor der Heimfahrt nach Singen bei den Verwandten seiner Frau auf dem Hof eine Pause einlegte, um dem Großvater zu besuchen, gelang es Andreas, Einzelheiten über den grausigen Fund im Wald zu erfahren. Fridolin grüsste freundlich, küsste die Cousine seiner Frau auf die Wange und setzte sich neben den Großvater. Er tätschelte ihm lieb die linke Hand. Der Alte hatte den Zugereisten aus dem Osten zu seinem Neubeginn im Westen geholfen. Nur die Mutter und Andreas wussten, dass er sogar eine Bürgschaft für den Protestantischen gegen gezeichnet hatte, als der damals einen Kredit für die Einrichtung der Wohnung von der Bank brauchte. Fridolin war heute wegen des unbekannten Toten ein gefragter Mann. So saßen sie alle nach dem Abendessen beieinander in der Küche, der Schlummertrunk wurde gereicht.

»Was weiß man über die Leiche.« Der Vater redete nicht lange herum, kam gleich zum Thema.

»Die Leiche, das heißt, das Skelett, ist sehr gut erhalten. Selbst die Zähne sind noch vorhanden. Dem Gebiss nach handelt es sich um einen jungen Mann. Er hatte sich mal den rechten Oberarms gebrochen, scheint sonst aber gesund gewesen zu sein. Da er in einem trockenen Boden lag, kann es sich um eine sehr alte Leiche handeln, sogar über 60 Jahre alt.«

»Also jemand aus dem 2. Weltkrieg?« Der Vater wollte es so genau wie möglich wissen.

»Sehr wahrscheinlich, denn bei ihm lag eine Gürtelschnalle aus Metall, so wie sie die Gestapo früher am Koppel trug. Vielleicht ein Polizist, denn später wurde die Polizei der Gestapo angegliedert, hat mir mein alter Chef erzählt. Keine Schusswunden, jedenfalls nicht auf den ersten Blick erkennbar.«

»Wo hat man die Leiche gefunden?« Der Vater beugte sich zu Fridolin rüber. Als der Großvater verblüfft aufsah, fügte er hinzu: »Wo genau? Drüben in unserem Wald, unserem ehemaligen Jagdrevier, das weiß ich schon. Aber wieso hat man die Leiche nach so langer Zeit überhaupt entdeckt?«

»Sie lag unter den Holzstämmen und dem Brennholz, das jeden Winter am Rande der Lichtung aufgeschichtet wird. Jetzt, im Herbst, war der Platz leer. Weil der Holzschlag nächsten Monat beginnt, hat einer der Waldarbeiter den Platz mit dem Bagger planieren wollen. Dabei hat er mit der Schaufel einen Schädel freigelegt.«

Es klopfte und der pensionierte Polizeimeister Rebus trat ein. »Hab den Leichenwagen vom Fridolin gesehen. Wollte wissen, was es mit der Leiche auf sich hat. Könnte einer von uns sein, von früher.«

»Wieso? Wer denn?« Andreas war verwirrt. Der ehemalige Polizeimeister mochte so alt wie der Großvater sein. Konnte der wirklich wissen, was es mit der Gestapo-Schnalle auf sich hat?

»Junge, davon verstehst du nichts. Damals, so im Herbst 1942 rum, da ging uns ein junger Kollege verloren. Verschwand spurlos. Der Heiko Dürst. Ein Nazischwein, würdest du heute sagen. So ein zweihundertprozentiger. Goldenes Parteiabzeichen, das hieß, er ist der NSDAP vor 1930 beigetreten. War älter als ich. Ich war noch ein Pimpf auf der Polizeischule, da war der Heiko schon aktiv dabei. Hat uns schikaniert. Eines Tages war er weg. Spurlos verschwunden. Hat die kurze Zeit seines Lebens gut genutzt, um sich eine Menge Feinde zu machen.«

»Hat man ihn gesucht?« fragte Andreas, der gerade in der Schule über den Nationalsozialismus etwas gelernt hatte, und deshalb ganz begierig war, mehr aus dieser Zeit zu erfahren.

»Einer aus dem 2. Weltkrieg? Das dürfte in den europäischen Ländern nicht so selten sein. Da liegen noch so manche Gebeine unter der Ackerkrume.« Die Mutter schüttelte nachdenklich den Kopf. »Manche Frau mag da vergeblich auf ihren Sohn gewartet haben und es hieß nur: vermisst!« Dann wandte sie sich Andreas zu, die halbvolle Flasche mit dem Selbstgebrannten in der Hand. »Du weißt gar nicht, wie gut wir, dein Vater und du und natürlich auch ich, es haben. Seit mehr als sechzig Jahren leben wir in

Frieden.« Die Mutter bekreuzigte sich. »Der Großvater musste noch in den letzten zwei Jahren des Krieges zu Flak, trotz seiner TB.«

»Wir haben den Heiko natürlich damals gesucht, sogar eine Fahndung wurde herausgegeben. Sag, Fridolin, kann unser Skelett so alt sein?«

Die Mutter ging um den Tisch herum und schenkte vom Selbstgebrannten in kleine Gläser.

»Also ist es sicher? Es ist einer aus dem 2.Weltkrieg?« fragte der alte Wachtmeister den Leichenbestatter, der sich im Bewusstsein der Aufmerksamkeit und Wertschätzung, die er durch die Familie und den alten Polizisten erfuhr, sichtlich wohl fühlte.

»Es sind Proben genommen worden, die gehen zur Forensik. Dort wird aus den alten Knochen die DNA ermittelt. Da noch die jüngere Schwester von diesem Heiko Dürst lebt, ist sie für morgen früh nach Singen bestellt. Sollte es ihr Bruder sein, dann kann sie ihn endlich begraben. Sonst bekommt der Unbekannte ein einfaches Begräbnis hier im Ort, denn er ist in eurer Gemarkung ausgebuddelt worden. Seine DNA bleibt in den Unterlagen der Polizei. Es wäre eher ein Zufall, wenn sich dann noch lebende Verwandte fänden. Ist schließlich lange her und wenn er nicht hier aus der Gegend stammt…« Fridolin schüttelte fachmännisch zweifelnd den Kopf, wie um zu zeigen, was für eine außergewöhnliche Leistung es war, nach so langer Zeit, jemanden identifizieren zu wollen.

Der Großvater stürzte bereits das zweite Glas Schnaps herunter. Ganz zackig, so machte er das immer. Er hob den linken Arm an, legte den Kopf nach hinten und leerte sein Glas mit zwei, drei Schlucken. Die Mutter schenkte ihm nach, als er sie heranwinkte, murmelte aber: »Du sollst doch nicht so viel …, Vadder.« Dann wandte sie sich wieder an Andreas: »Wenn dein Großvater noch reden könnte … Der weiß eine Menge über die Nazis.« Damit spielte sie auf die Zeit vor seinem Schlaganfall an. Sechzig Jahre nach Kriegsende, alle Fernsehanstalten brachten Sondersendungen über das Dritte Reich. Jeden Abend hat der Großvater bis Sendeschluss gesessen, jedes Programm, egal, wann es ausgestrahlt wurde, musste er sich bis zum Ende ansehen. Wenn er dann oft erst nach Mitternacht aufstand und den Kasten abschaltete, hatte er immer »Saubande, verdammte Saubande« vor sich hingemurmelt.

* * *

Als Georg nach mehr als einer Stunde wieder über die Lichtung ging, sah er, dass die Familie ihr Versteck verlassen hatte und seitlich vom Unterholz, unter den großen Bäumen, auf ihn wartete. Der Vater stand aufrecht, spähte in die Dunkelheit, die anderen hockten am Fuße des Baumes. Er schrak zusammen, weil er Georg nicht gleich erkannte. Was ist dir zugestoßen?«

Georg schüttelte abweisend den Kopf. »Nicht schlimm«, flüsterte er. Seine Regenpelerine fehlte, das Gesicht war blutig, aus der Nase tropfte Blut aufs dunkel karierte Hemd. Die Lederhose war verdreckt. Sarah und ihr Vater traten an den Rand der Lichtung, blieben vor ihm stehen. Sarah reichte ihm ein Taschentuch, das er unter seine blutende

Nase hielt. »Bist du jemandem begegnet?« Die Stimme des Vaters klang hoffnungslos.

Georg schüttelte verneinend den Kopf.

»Er kommt wieder, wie er versprochen hat!« Die Stimme des Jungen war noch hell, vor dem Stimmbruch, und sie klang unangemessen fröhlich.

»Sei still!« Der Vater zischte die zwei Worte leise zwischen den zusammen gebissenen Zähen hervor. Der Sohn gehorchte, lehnte sich an den Mantel der Mutter, die ebenfalls aufgestanden war.

»Wie heißt du?« wollte der Junge wissen.

»Ich bin der Georg.«

»Kannst du uns in die Schweiz bringen, Georg?«

Für ihn war es einfacher, mit dem kleinen Jungen zu reden, ihm Fragen zu beantworten, ihm etwas zu erklären, als mit den verängstigten Eltern zu sprechen, die die lebensnotwenigen, die dringendsten Fragen nicht zu stellen wagten. Jüngere Kinder, die war er von den katholischen Pfadfindern gewöhnt. Da fehlten ihm nie die Worte. »Und wie heißt du?«

»Jakob«

»Jakob, ich will es versuchen.« Er fühlte sich schwach nach der Prügelei mit Heiko Dürst, dem Polizisten, dem Gestapo-Heiko, den er mit dem Gewehrkolben hatte bewusstlos schlagen müssen, weil der die Pistole gegen ihn gezogen hatte.

Offensichtlich hatte der Vater der Familie die Orientierung in der Dunkelheit so sehr verloren, dass von ihm kein Vorschlag zu erwarten war. Er dagegen kannte jeden Stock, jeden Stein und hatte gelernt, sich in einer klaren Nacht nach den Sternen zu orientieren. »Wir müssen vor Sonnenaufgang drüben sein.« Alle nickten zustimmend, jetzt wieder munterer und hoffnungsvoll. Zu hoffnungsvoll. »Die Mutter und Jacob gehen direkt hinter mir, Jacob, du fasst die Hand der Mutter oder hältst dich am Mantel. Sarah nehme ich an die Hand. Sie«, er zeigte auf den Vater, »bilden die Nachhut, Sie gehen als letzter. Nicht auf Stöcke treten, keine Zweige umknicken, nicht ausrufen, wenn ein kleiner Ast ins Gesicht oder an den Körper schnellt. Ich halte jeden Ast fest, bis Sie«, er zeigte auf die Mutter, »ihn ebenfalls halten und an Ihren Mann weitergeben.« Alle nickten. Sie hatten verstanden. »Jeder Schritt muss geprüft werden, nicht auf trockenes Reisig treten. Bei dem Befehl RUNTER sich ganz langsam und möglichst geräuschlos auf den Boden sinken lassen, Gesicht auf den Boden drücken.«

Wieder nickten sie bestätigend, um zu zeigen, dass sie ihn verstanden hatten. Die geflüsterten Befehle des Sechzehnjährigen ermutigten sie. Sarah drängelte sich an der Mutter vorbei, wollte seine Hand ergreifen. Georg lud das Jagdgewehr, hängte es über die Schulter. Er überlegte, was noch zu beachten sei. »Bevor wie losgehen …« er stockte, weil er nicht wusste, wie er das peinliche Anliegen formulieren sollte, dann entschied er sich in seiner Schüchternheit für den direkten Weg: »Die Männer pinkeln hier links, Frau

Winter und Sarah dort drüben, hinter dem dicken Baum.« Alle taten, wie ihnen befohlen. Georg war froh, endlich seine Blase entleeren zu können. Danach fasste Sarah seine Hand und sie gingen langsam los. Alles, was er in den letzten zwei Wochen vom Hochstand aus beobachtet hatte, die unterschiedlichen Wege, den die von ihm ausgespähten Morgenpatrouillen regelmäßig nahmen, alles, was er je in der Pfadi gelernt hatte, das Beachten der Windrichtung bei der Wahl des Weges, das Einkalkulieren von unvorhergesehenen Schwierigkeiten, wie eine aufgehenden Sonne, all das stand vollkommen klar vor seinem Auge, raste in sekundenschnelle durch sein Gehirn, ließ ihn die Entscheidung treffen, welcher Weg einzuschlagen war. Er spürte Sarahs Hand in seiner. Sie zitterte nicht, denn sie vertraute ihm. Er blickte nur nach vorne, umging trockenes Geäst, suchte Pfade, auf denen nicht zu viel Unterholz war, sorgfältig griff er nach jedem Ast und reichte ihn der Frau, die hinter ihm ging, weiter. Für ungeübte Städter bewegten sie sich ganz gut im Wald, nicht geräuschlos, aber immerhin leise. Einmal blieb er stehen, erhob die Hand, sagte kein Wort und sie hielten an, schwiegen, sahen fragend zu ihm hin. Hundegebell, das sich entfernte. Sie warteten endlos lange Minuten, bevor er es wagte, weiter zu gehen. »Wir müssen auf dem Hügel dort oben entlang. Die Patrouille ist vor uns. Der kalte Biesewind bläst denen ins Gesicht, so dass der Hund uns nicht riecht. Wir müssen etwa fünfzehn Minuten später genau hinter ihnen gehen. Dann sind wir relativ sicher.« Die Vier nickten, sie verstanden seine Überlegung. Er drückte Sarahs Hand, die lächelte ihm müde zu. Dann begann der Aufstieg. Ängstlich hielt sich die Familie hinter ihm, blickte sich um, spähte jeden Tritt aus, bemüht nur auf Steine oder Erde zu treten. Im Osten färbte sich der Himmel dunkelblau mit roten Streifen. Noch war die

Sonne nicht zu sehen. Auf dem Hügelkamm blieb er am Rande der Bäume stehen, sicherte die Umgebung, suchte nach Spuren menschlicher Späher. Zwei Rehe standen auf halber Höhe, ein Zeichen dafür, dass keine Soldaten in der Nähe waren. Langsam setzten sie ihren endlos scheinenden Marsch fort. Mehrere Male musste er Sarah ziehen, und als er sich umblickte, weil er fürchtet, dass die übermüdete Familie den Anschluss verpasste, sah er, dass die Mutter den halbschlafenden Jacob trug. Er lehnte sich an einen Baum, deutet auf einen gefällten Stamm. Sie legten eine kurze Rast ein. Die Familie war erschöpft. Erleichtert legte die Mutter den schlafenden Sohn ab.

Er ließ sie fünfzehn Minuten Pause machen, dann drängte er zum Aufbruch. Schon kroch das erste Morgenlicht im Osten über die Hügel. Es versprach, ein kühler aber sonniger Tag zu werden. Der schlafende Jacob wurde von der Mutter geweckt. Sarah reichte ihm unaufgefordert ihre Hand, er stieß sich von dem Baumstamm ab, die Eltern erhoben sich, streckten sich, die Mutter fasste den Sohn und schweigend, das aufgehende Sonnenlicht zu ihrer linken Seite, gingen sie weiter. Nach etwa einer halben Stunde blieb Georg stehen, sah sich lange sichernd um. Vier Augenpaare blickten ihn ängstlich an. »Seit ungefähr zwanzig Minuten laufen wir auf Schweizer Hoheitsgebiet.«

Die angespannten Gesichter spähten in der hügeligen Landschaft nach einem äußeren Zeichen für diese Behauptung, einer Flagge auf einer Kuppe, einem Schlagbaum quer über einem Waldweg. »Wir müssen so leise wie bisher weitergehen. Es kommt regelmäßig zu Grenzverletzungen. Noch sind Sie nicht sicher.« Sie marschierten noch über eine Viertelstunde in Richtung Süden, der Vater trug den Sohn auf der Schulter, Georg hatte ihm den Koffer abgenommen. Als sie nach dem langen Fußmarsch aus dem Wald traten, lag vor ihnen in der Ebene ein Dorf voll im aufgehenden Sonnenlicht. Georg blieb stehen. »Hier trennen sich unsere Wege!«

Die Mutter griff in ihre Einkaufstasche, holte eine Thermoskanne heraus, schenkte in den Deckel gut riechenden Bohnenkaffee und reichte ihm den Becher. Er trank gierig. Dann füllte sie den Becher wieder, gab dem Vater, selbst die Kinder bekamen einen Schluck. Sie selbst trank zuletzt. Dann verteilte sie an jeden eine Schnitte Graubrot mit guter Butter bestrichen. Georg bedankte sich bei ihr, dann wandte er sich an den Vater. »Sehen Sie da unten die Kirche? Da gehen Sie hin.«

Der Vater zögerte. »Aber wir sind Juden.« Er zeigte auf die linke Seite seines Mantels, wo die Umrisse des abgetrennten Judensterns ihre Spuren hinterlassen hatten.

»Ziehen sie die Mäntel aus, nehmen Sie sie so über den Arm, dass die Leute aus dem Dorf das Zeichen an ihren Mänteln nicht sehen. Auch in der Schweiz werden sie auf Feinde ihres Glaubens stoßen. Fragen Sie nach Pater Bonifatius. Er ist mein Götti – mein Pate«, fügte er erläuternd hinzu. »Sagen Sie ihm, der Georg hat sie geschickt, der Georg, sein Göttibub.«

Der Vater suchte seine Brieftasche heraus, wollte einen Schein ziehen, doch sein jugendlicher Grenzführer schüttelte abweisend den Kopf. »Aber warum hast du …?«

Der Vater sah ihn fragend an. Es gab so viele Fragen, die Georg gerne gestellt hätte. Ein Student aus München, den er von der katholischen Jugendgruppe her kannte, hatte zu ihm unter dem Siegel der Verschwiegenheit über Dinge gesprochen, die er sich nicht vorzustellen wagte. Wer hat die jüdische Familie in den letzten Jahren versteckt? Wo kamen sie her? Der Sprache nach waren sie Norddeutsche. Wie viele Nächte waren sie schon in der Hoffnung gen Süden gewandert, die rettende Grenze zu erreichen? Diese Fragen wagte er nicht zu stellen. In der Predigt am letzten Sonntag hatte ein junger Priester über eine Stelle im Alten Testament gepredigt: 2. Moses 20, Vers 13. Es war totenstill in der Kirche gewesen, einige Frauen hatten geschluchzt. An der Kirchentür warteten zwei Männer in schwarzer Uniform auf den Priester. Seitdem wurde er in der Gemeinde nicht mehr gesehen. Nach ihm zu fragen, das sei gefährlich, hat ihn der Vater gewarnt. All das ging ihm durch den Kopf, während er der fremden Familie gegenüberstand. Doch in all seiner Erleichterung, in der glücklichen Aufregung, sie unangefochten über die Grenze geführt zu haben, stammelte er nur: »Das 5. Gebot lautet: Du sollst nicht töten. Es geschieht so viel Unrecht in Deutschland. Ich bin so hilflos, ich kann so wenig tun. Deshalb!« Georg wandte sich ab, griff sein Jagdgewehr, das er an einen Baumstamm gelehnt hatte, während sie gemeinsam frühstückten und schulterte es.

Der Vater trat an ihn heran. »In Hebräisch heißt das 5. Gebot: Lo Tirzach!« Sie standen sich schweigend gegenüber, musterten sich, dann reichten sie sich zum Abschied die Hand.

* * *

Die Leiche bot dem Dorf ein paar Tage lang Gesprächsstoff. Dann lenkten die Probleme des Alltags von einem

Unglück ab, das mehr als sechzig Jahre zurückliegen mochte, bis eine weitere Neuigkeit zu reden gab. Vom Wirtshaus trugen die Männer die Nachricht an den heimischen Esstisch. Gerade, als die Bauern und Forstarbeiter wieder bei ihrem Lieblingsthema, dem zu warmen Herbst waren, platzte nämlich der pensionierte Wachtmeister Rebus in die Wirtsstube und verkündete die Aufsehen erregende Neuigkeit. »Die Leiche ist identifiziert.«

Fridolin selbst hatte den Sarg mit der Leiche von der Pathologie in Singen ins Dorf gebracht. Die Schwester wollte den verschollenen Bruder am nächsten Morgen begraben lassen. »Er soll endlich in geweihtem Boden seine Ruhe finden«, soll sie dem Fridolin gesagt haben. »Er war ein Ruheloser, ein Unruhestifter und unser Vater hat immer behauptet, es nähme ein unrühmliches Ende mit ihm. Einmal muss Schluss sein. Der Priester wird morgen früh ein Gebet an Heikos Grab sprechen.« Nachdem der Sarg in der Friedhofskapelle abgestellt war, kam der Fridolin bei der Cousine auf dem Hof vorbei und hatte alles haarklein berichtet. Sie saßen beim Essen zusammen, die Mutter deckte für den Gast auf, sie schöpfte dicke Suppe. Zuerst wurde gebetet, dann gegessen.

Danach durfte Fridolin mit seiner Erzählung fortfahren. Weil's eine gruselige Geschichte war, schenkte die Mutter nach dem Essen vom Selbstgebrannten aus. Fridolin hatte sich das Beste an seiner Geschichte, die wahre Identität des Toten, bis zum Schluss aufgespart. »Heiko Dürst, so heißt er. War ein junger Kerl, als er verschwand. Die Schwester sagt, sie hat nie von ihm gehört, all die Jahre.«

Der Großvater kippte seinen Schnaps ganz zackig runter und hielt der Schwiegertochter sein Glas gleich wieder hin. Die füllte es auf, murmelte nur »Du sollst doch nicht ...« und wandte sich dann wieder dem Gast zu, der so viel Spannendes zu erzählen wusste. Sie sah nicht, dass der Großvater sich mit der Hand, der linken, die er noch bewegen konnte, übers Gesicht fuhr, als wolle er etwas wegwischen, etwas aus dem Gedächtnis, oder etwas, was er gerade sah?

* * *

»Lo Tirzach – Du sollst nicht töten, 2. Moses, 20.« murmelte Georg vor sich hin, als er sich über den auf dem Boden liegenden jungen Mann in Uniform bückte. »Lo Tirzach« wiederholte er leise, weil es so schön klang, weil es ihm fremd war, weil es die Möglichkeit bot, sich hinter den ausländisch klingenden Worten zu verbergen. Es bestand kein Zweifel, der Polizist Heiko Dürst hatte sich im Fallen das Genick gebrochen. Jetzt, wo die Sonne höher und höher kletterte, sah Georg nur zu deutlich, dass der Heiko beim Sturz mit dem Hals auf einen Stamm gefallen war. Auch hatte sich ein kleiner, abgebrochener Ast seitlich in die Schulter gebohrt. Eine Blutspur lief an dem Ast auf den Boden. Das Blut am Holz war bereits getrocknet. Der Kopf war unnatürlich zur rechten Seite verdreht und so sah Heiko wie eine weggeworfene Kasperlefigur aus, der die menschliche Hand fehlte, die ihr Leben einhauchte. Warum hatte der Heiko ihn nie in Ruhe lassen können? Damals, vor fünf Jahren, hatte er den Grundstein zu ihrer Abneigung, ja, eigentlich Feindschaft, gelegt. Er hatte dem elfjährigen den Fußball, den aus Leder, den der Götti aus der Schweiz ihm gerade zum Geburtstag mit der Post geschickt hatte, den hatte er ihm abgenommen und mit seinem Hirschfänger aufgeschlitzt. Das hatte Georg ihm nie vergessen können. Warum Heiko ihn heute Morgen hier im Wald wieder angreifen musste, verstand er nicht. Jeder wusste, dass die Jagd seinem Vater gehörte, dass er frühmorgens auf dem Hochstand sitzen durfte, dass er das Recht hatte, ein Jagdgewehr zu tragen. Aber nein, Heiko hatte ihm das Gewehr wegnehmen wollen, hat was von verbotenem Schusswaffenbesitz und einem neuen Gesetz gefaselt, von anzeigen und mitkommen zur Polizeiwache. Damit hatte er ihm gedroht. Das durfte nicht sein, nicht heute, denn Georg war verantwortlich für eine Familie, die hier fremd war, und die ohne seine Führung nicht die leiseste Chance hatte, an ihr Ziel zu gelangen. Er musste Heiko für kurze Zeit unschädlich machen – irgendwie.

Heiko hatte bemerkt, dass der Sechzehnjährige keine so willfährige Beute seiner sadistischen Gelüste sein würde und hatte ohne Vorwarnung angefangen, auf ihn einzuprügeln. Der verzweifelte Junge gab zum ersten Mal fest zurück, und, als er seinen Vorteil sah, begann er richtig auszuteilen, setzte sich mit aller Kraft zur Wehr, schlug hart zu. Da hat der Heiko sich aus der Umklammerung frei gemacht, war zurückgetreten und führte die Rechte zur Pistolentasche hin, löste die Lasche, griff zur Waffe. Georg hielt nur ein ungeladenes Gewehr, noch dazu am Lauf, in der Hand. Er holte aus und ließ den Kolben des Jagdgewehrs auf die Schläfe des Angreifers krachen. Heiko verlor das Gleichgewicht, stürzte nach hinten, blieb regungslos liegen. Georg zog seine vom Kampf zerrissene Regenpelerine aus, legte sie um den Bewusstlosen, um ihn vor dem Tau am Morgen zu schützen. Um ihn würde er sich später kümmern. Jetzt musste er weg, denn es war bereits eine Stunde vor Sonnenaufgang. Nun, da die jüdische Familie in Sicherheit war, stand Georg vor der Leiche und betrachtete seinen Widersacher. Seine Hände zitterten, die Knie drohten nachzugeben. Er dachte nach. Du sollst nicht töten, das klang so hart, so unnachgiebig, es schien kein Verzeihen zu geben. Gab es wirklich keine Ausnahme? Lo Tirzach, das klang in seinen Ohren freundlicher, milder, so als ob Vergebung dieser ungeheuerlichen Tat möglich sei. Er ging ein paar Schritte durch den Wald, bis er wieder an den Rand der Lichtung kam. Hier lagen Holzspäne herum, hier hatten die Arbeiter die gefällten Bäume für den Abtransport zerlegt. Die Holzreste waren gestern auf Pferdewagen verladen worden. Der Platz war vorbereitet, weil demnächst neue Baumstämme geschlagen und aufgestapelt werden sollten. Er nahm ein Stück von einem Ast, ein flaches, abgespaltenes Stück Holz, das herumlag und begann den trockenen, fast sandigen Boden zur Seite zu schaufeln. Er arbeitete sehr lange, ehe er nur eine fünfzig Zentimeter tiefe Kuhle ausgehoben hatte. Splitter waren in seine Hände gedrungen, die bluteten. Dann schleifte er die Leiche zu der Stelle, wo er das Grab vorbereitet hatte. Er legte Heiko hinein, nachdem er ihn in die kaputte Pelerine gewickelt hatte. Bevor er Erde auf den Toten schaufelte, steckte er die Pistole ein. Sie wollte er im nah gelegenen Weiher versenken. Dann verwischte er die Schleifspuren mit herumliegenden Ästen von Tannen, so wie er es bei Karl May gelesen hatte, und streute die Holzspäne, die am Rande des Sägeplatzes lagen, auf die ausgehobene und wieder abgedeckte Stelle.

Als er kurz vor Mittag nach Hause kam, packte ihn der Vater beim Kragen, wollte ihm grad wegen des zu Spätkommens eine runterhauen, als die Mutter laut rief: »Der arme Junge! Ist vom Hochsitz gestürzt. Ist ganz zerschunden, sieh nur, das blutiges Gesicht, seine Hände … Er wird längere Zeit bewusstlos gewesen sein!« Es wurde nach dem Doktor geschickt, die Mutter säuberte die Wunden mit warmem Wasser, die Hände wurden mit in Streifen geschnittenen alten Bettlaken verbunden und er bekam seinen Lieblingsschokoladenpudding, schön lauwarm. Danach musste er drei Tage im Bett bleiben.

* * *

Der Großvater saß den ganzen verregneten Nachmittag in seinem Zimmer. Andreas kam zu ihm, als es zu dämmern begann. Er schaltete die Leselampe ein. Der Großvater hielt die Fotographie von der fremden Familie in den Händen. Als der Enkel ihn ansprach, zuckte er zusammen und das Bild entglitt ihm, fiel zu Boden, der Rahmen brach auseinander.

Andreas bückte sich, hob die Fotographie auf und betrachtete sie mit Interesse. Ein etwa sechzigjähriger Mann, eine vermutlich gleichaltrige Frau, neben ihnen ein junger Mann im schwarzen Talar, den die junge Frau mit blonden Haaren anlächelte. Auf der Rückseite stand: »Die Familie Winter in New York mit Sarah und Jacob, anlässlich der Abschlussfeier zum Dr. med. 1959«. Andreas legte das Foto wieder in den Rahmen, den er sorgfältig zusammen schob, die Ecken verkeilte er neu, dann gab er es dem Großvater zurück. Den Vater hatte er gefragt, wer diese Leute auf dem Foto seien, aber der wusste nur, dass das Bild vor vielen, vielen Jahren per Post aus der Schweiz vom Götti des Großvaters, dem alten Priester, mit einem lieben Gruß gekommen war.

Andreas sah, wie der alte Mann mit seinem linken Zeigefinger über die Figur der jungen Frau streichelte. Sicher ist sie eine unerreichbare Jugendliebe, dachte er ein wenig wehmütig und war gleichzeitig Stolz, ein gut gehütetes Geheimnis seines Großvaters erraten zu haben.

Paul Lascaux
Zufällige Berührungen

ôwê, daz ich wart erkorn,
daz ich wart ir wachtære!
noch wendent uns ir swære:
den tag man kündet dur diu horn.

Oh weh, dass ausgerechnet ich
zu ihrem Wächter erkoren wurde!
Wendet doch unser Schicksal noch:
den Tag verkündet man durch das Hornsignal.

Johannes Hadlaub (Zürich, um 1300)

Stephanie betrachtet den schwarzroten Tropfen am Ausguss der Weinflasche, wie er langsam voller wird und sich schließlich, zu schwer geworden, vom Glasrand löst. Ihr verliebter Blick folgt ihm, bis er auf ihrer Haut in tausend Tröpfchen zerplatzt. Die Zeit dehnt sich, als ob der Fall des Weins eine Ewigkeit dauerte.

Stephanie und Martin saßen gelangweilt in ihrem blauen Opel-Zafira auf einem Parkplatz neben der Landstraße. *Land* so weit das Auge reichte. So viel Land, dass es beinahe schon unerträglich war. Die Zentrale in Bern hatte sie hierher beordert, an die Landstraße zwischen Ramsen und Singen.

Ramsen wäre fortan in Stephanies Leben ein Ausdruck für *Langeweile pur*. Die Landkarte auf ihren Knien war spannender als die Sicht aus dem Autofenster. Der *Rosengarten* südlich von Ramsen war ihr bei der Herfahrt von Stein am Rhein nicht aufgefallen. Aber dass sie nun ausgerechnet in einem Ortsteil namens *Moskau* standen, passte so gar nicht zur Gartenzwergarchitektur und den schmuck renovierten, gedrungenen Fachwerkhäuschen im Dorfkern. Ein Ort ohne Überraschungen.

Und die Ausfallstraße nach Singen? Eine reine Katastrophe! Selbst wenn sie in einem zivilen Fahrzeug saßen, würde man sie von Weitem erkennen. Martin war neben ihr eingepennt, sodass sie ihren Blick von der Karte weg auf die Straße richten musste. Stephanie wollte ihn nicht wecken. Sie brauchte seine Aufmerksamkeit später. Die beiden hatten sich in einem Kurs der Bundespolizei kennengelernt. Grenzbeamte sollten für spezielle Aufgaben ausgebildet werden, grenzüberschreitende Wirtschaftskriminalität, Terrorismus, Geheimdienstaktivitäten, Menschenhandel.

Als die Ablösung für die Nachtschicht an die beschlagenen Autoscheiben klopfte, schliefen beide.

Martin heißt der Mann, der die Flasche Blauburgunder hält und dessen Zunge am Ausguss mit der Flüssigkeit spielt. Stephanie kennt ihn erst seit wenigen Wochen, aber es ist ihr egal. Alles, was sie spüren will, ist der Aufprall des nächsten Tropfens auf ihrer nackten Haut. Rebgut Lindwurm, ein schüchterner Drache auf dem Etikett.

Stephanie und Martin fuhren zurück nach Diessenhofen, wo sie sich im Hotel ›Krone‹ eingemietet hatten. Sie hätten den langen Umweg über Stein am Rhein nehmen müssen. Als Beamte der Schweizer Bundespolizei durften sie nicht über deutsches Gebiet fahren. Aber sie taten es trotzdem, da die Grenzposten in diesem verwinkelten, unübersichtlichen Gebiet längst aufgehoben worden waren und die deutschen Kollegen wohl ein Auge zudrücken würden, falls diese sie in Gailingen anhielten.

»Alaska«, sagte Martin, der auf dem Beifahrersitz saß, »pass ein wenig auf die Straße auf, zum Träumen hast du bald Zeit genug.«

Stephanie murrte, fragte dann aber: »Woher kennst du meinen Spitznamen?«

Martin gab keine Antwort. Er starrte aus dem Fenster. »Der Auftrag ist genauso trüb wie das Wetter«, klagte er und blickte auf die herbstlichen Totenfelder der geschwärzten Sonnenblumen, die im strömenden Regen so viel Trostlosigkeit ausstrahlten, wie Freundlichkeit im Sommer. Aus dem Tal herauf leuchtete überraschend ein zitronengelbes Rapsfeld, in diesem Jahr besonders spät reifend. Aber schon in der nächsten Senke fielen büschelweise verblühte Goldruten in sich zusammen, die Wurzeln im sumpfigen Septemberboden.

Die Melancholie der Landschaft passte zur Unbestimmtheit des Auftrags. Es war wirklich eine seltsame Aufgabe, die ihnen die Berner Zentrale zugewiesen hatte. Stephanie und Martin sollten einen Verdächtigen aufspüren, der in einem schwarzen Citroën-Xantia mit seiner unverwechselbar kantigen Schnauze durchfahren würde. Eine genauere Beschreibung gab es nicht, aber der Wagen, der häufig vom Geheimdienst benutzt wurde, war auffällig genug. Ein Zugriff war nicht angeordnet. Die beiden sollten ihre Beobachtung dem Zoll weitermelden.

Stephanie riecht wilde Brombeeren und schweren Honig, altes Leder und Vanille mit Rauch, als Martin den Wein auf ihrer Haut verreibt. Tabak mischt sich mit den Heublumen ihrer Seife. Auf der prickelnden Haut zerläuft der Wein in roten Schlieren. Von Martins Fingern leckt sie ein paar Tropfen des samtigen Getränks.

Das Hotel ›Krone‹ stand direkt am Rhein neben der Holzbrücke, die Deutschland mit der Schweiz verband.

In Stephanies Gehirn hatte ein Alarmglöckchen geläutet. Aber nicht laut genug. Dennoch versuchte sie es noch mal, als sie im Hotelzimmer standen. »Woher kennst du meinen Spitznamen?«

»Er hat sich im Kurs rumgesprochen, weil du so kühl und unnahbar wirkst.«

»Seltsam«, sagte Stephanie, »den Namen hat mir ein Schulkollege mit 15 gegeben. Nun bin ich doppelt so alt, und er holt mich wieder ein. Alaska. Vielleicht war ich damals die coole Schönheit, hinter der sich meine Schüchternheit verbarg.«

»Lange blonde Haare«, mutmaßte Martin, »Mittelscheitel, aber oft hingen die Strähnen übers Gesicht. Verlorener Blick, schlappe Pullover, Miniröcke, aus denen du schlaksige Beine übereinander geschlagen hast.«

Stephanie lächelte. »So in etwa. Aber eigentlich hat er mir den Namen nach einem alten Song von ›Velvet Underground‹ gegeben. Lou Reed hat eine Stephanie besungen, die man ›Alaska‹ nannte.«

Dann wurde sie still. Wusste sie denn, wer Martin war? Sie wusste es nicht, und sie wollte es nicht wissen. Die Angst, die den Polizeieinsatz immer begleitete, war an seiner Seite einer überraschenden Intimität gewichen. Die beiden stellten den Auftrag trotz seiner Schwammigkeit nicht infrage. Sie stellten sich gegenseitig nicht infrage. Sie freuten sich auf die gemeinsame Nacht in der Kühle des abgeschrägten Zimmers. Sie würden das Doppelbett mit ihren Körpern wärmen.

Stephanie folgt dem Weg der Zunge über ihren Bauch, über jedes einzelne Härchen auf ihrer Haut, die Nervenendungen gespannt auf den weichen Druck, mit dem Martin den Lindwurm aufleckt und gleichzeitig Wirbel in ihrem Gehirn erzeugt.

Stephanie war kurz eingenickt nach der aufreibenden Nacht, die mehr Energie gebraucht hatte als so mancher gefährliche Einsatz. Die Nacht hatte eine Liebe gezeugt, die verzehrte und die Seele nährte, aber nicht taugte für die notwendige Aufmerksamkeit hinter den getönten Scheiben eines von spärlichen Sonnenstrahlen gewärmten Autos an der Ausfallstraße bei Ramsen.

Die Berührungen waren zufällig geworden, professionell, und jedes Mal schreckte einer der beiden aus dem Versinken in die Tagträume auf, die in die unmittelbare Vergangenheit reichten statt in die Zukunft.

Stephanie würde es nicht zulassen, dass ihnen beiden etwas geschah. Sollte die Lage unüberschaubar werden, würde sie den flüchtenden Wagen mit einem gezielten Schuss in die Pneus stoppen.

Der Polizeifunk spuckte zusätzliche Informationen über das Objekt der Beobachtung aus. Es handelte sich um einen Agenten des Innenministeriums, der geheimes Material außer Landes bringen sollte.

Raus aus der Schweiz, in die Europäische Union, dachte Stephanie. Erste Zweifel meldeten sich. Wenn man das an zuständiger Stelle bereits wusste, genügte es doch, die

Zollbehörden zu informieren. Weshalb saßen sie denn im aufgeheizten Wagen und langweilten sich?

War es ein Doppelagent? Gab es so etwas noch in der Schweiz, einem Land, das auf seine Modernität, seine kulturellen Errungenschaften und seine politische Integrität stolz war? Auch wenn am Lack gekratzt worden war und sich in den letzten Jahren ein paar hässliche Seiten bemerkbar gemacht hatten.

Stephanie dachte dies alles für sich. Die beiden sprachen nicht miteinander. Und plötzlich fiel ihr auf, dass sie auch in der letzten Nacht wenig zueinander gesagt hatten.

In ihrem Bauchnabel sammeln sich ein paar Tropfen der verräterischen Flüssigkeit. Martin berührt Stephanie an der falschen Stelle, die Haut spannt, der Bauch wölbt sich. Ein warmer Faden perlt über ihre Hüfte. Martin stellt ihm seine Lippen in den Weg.

»Ramsen!« Stephanie stieß den Ortsnamen wie einen Fluch aus, als sie auf demselben Parkplatz standen wie die letzten beiden Tage.

Martin lachte. Dann sagte er: »Ich erzähle dir eine Geschichte, die du nicht glauben wirst. Vor dem Ersten Weltkrieg wurde hier über die Grenze tonnenweise Saccharin geschmuggelt. Wie Heroin. In Manteltaschen, doppelten Kofferböden, was du dir vorstellen kannst.«

»Blödsinn«, sagte Stephanie wie ein ungezogenes Kind, »das erfindest du jetzt bloß, um mich zu beruhigen.«

»Als ich den Estrich meines Großvaters aufgeräumt habe, ist mir eine zerfledderte Broschüre in die Hand gefallen. *Der Saccharinschmuggler*, 1914 von einem Eduard Redelsperger-Gerig geschrieben zur Warnung für alle potenziellen Nachahmer. Die Leute wurden zu monatelangen Gefängnisstrafen und zu existenzvernichtenden Bußen verurteilt.«

»Erzähl«, sagte Stephanie, aber es tönte wie ein Befehl, ohne innere Überzeugung.

»Saccharin wurde 1878 in Deutschland als Abfallprodukt der Sprengstoffherstellung entdeckt. Die deutschen Zuckerbarone verteidigten ihr Monopol gegen den billigen Ersatzstoff jedoch erfolgreich. Nach einem Gesetz von 1902 war Saccharin nur noch in Apotheken erhältlich. Die Produktion verlagerte sich in die Schweiz, wo sie legal blieb. Also haben Abenteurer und verarmte Existenzen begonnen, in großem Maßstab künstlichen Süßstoff aus der Schweiz nach Deutschland und Österreich-Ungarn zu schmuggeln.«

»Warum kommt dir das gerade jetzt in den Sinn?«, fragte Stephanie.

»Einmal hat ein Schmuggler einen Leichenzug organisiert und über die Grenze geschickt. Ein Konkurrent hat ihn an den Zoll verraten. So kamen im Sarg ohne Leiche und bei den Trauergästen über 100 Kilogramm Saccharin zusammen.«

Stephanie lachte.

Martin räusperte sich und sagte: »Ich stelle mir vor, was ich tun würde, wenn jetzt gerade ein Leichenzug zu Fuß die Grenze überqueren wollte.«

»Vielleicht«, erwiderte Stephanie, »ist das eine Metapher für das, was uns blüht. Vielleicht warten wir nicht auf ein Geheimdienstauto. Möglicherweise ist es ein Leichenfahrzeug.«

»Oder ein Heuwagen.«

Schlagartig fühlte sich die Luft im Opel-Zafira kühl an.

Die Zunge reibt mit ihrer rauen Oberfläche über Stephanies Brust. In ihrem Gehirn platzen Blasen und schillern in allen Farben, als die Feuchtigkeit ihre geschwollene Haut erreicht und Lippen an ihr saugen, Zähne nagen, Weinspeichel tropft. Stephanie lässt sich fallen.

Plötzlich gab es eine überraschende, aber angenehme Wende. Aus Bern erreichte sie ein Anruf, sie sollten den Beobachtungsposten Ramsen aufheben und einen neuen errichten. In Diessenhofen vor der aufgehobenen Zollstation gebe es einen Parkplatz. Direkt vor der gedeckten und rundum mit Holz verkleideten alten Brücke. Direkt gegenüber dem Hotel ›Krone‹, aber davon wussten die Berner nichts. Oder doch?

Da waren sie wieder, Stephanies Zweifel. Sie überlegte ernsthaft, ob sie diesem Job gewachsen war. Im Kurs hatten sie gelernt, an den Befehlen von oben dürfe nicht gezweifelt werden, selbst wenn sie vordergründig keinen Sinn ergäben.

Nun saßen sie also unter dem Glasdach des Zollhauses, das den Nieselregen teilweise zurückhielt. Vor sich die Einfahrt zur Rheinbrücke, 1292 erstmals erwähnt, 1799 von russischen Soldaten auf dem Rückzug vor den französischen Truppen niedergebrannt, 1816 neu errichtet, 1944 auf deutscher Seite von den Amerikanern bombardiert und vor wenigen Jahren renoviert. Stephanie las das Schild neben dem denkmalgeschützten Bau mit ihrem Feldstecher durch die Frontscheibe hindurch.

Sonst taugte das Fernglas nicht viel. Die Dunkelheit im Innern der Brücke war äußerst ungünstig zum Observieren. Man erkannte entgegenkommende Fahrzeuge im Scheinwerferlicht erst, wenn sie an einem vorbeifuhren. Nur die aus der Schweiz Ausreisenden erblickte man früh genug. Sie kamen die gepflasterte Rheinhalde hinunter, bremsten vor der engen Linkskurve und hielten neben dem Zollhaus an, da sie in der Brücke keine Vorfahrt hatten.

Direkt gegenüber dem Beobachtungsposten lag ihr Hotel ›Krone‹ mit seiner lachsroten Fassade, den unscheinbaren Fenstern mit weinroten Holzläden. Heute gab es Zander, Saibling, Egli, Kretzer und Felchen auf Kürbissauce sowie Meerfisch, Riesencrevetten und frische Pilze. Auf einem Abfallkübel prangte das Ortswappen der Stadt Diessenhofen, auf rotem Grund ein diagonal von rechts nach links aufsteigender goldener Löwe mit Krone und heraushängender Zunge, aber ohne Geschlecht.

Stephanie überlegte, warum sie immer noch hier standen und jedem der wenigen, nach Norden fahrenden Autos nachstarrten. Es war ruhig. Zu ruhig. Ihre sporadischen Berührungen gewannen wieder an Intensität und Bestimmtheit.

Der Auftrag war ungenau formuliert. Warum durften sie den Flüchtenden nicht aufhalten? Sollte er womöglich unerkannt bleiben? Wollte man ihn gar nach Deutschland entkommen lassen?

Besonderen Sinn ergaben ihre Gedanken nicht. Stephanie ließ sich treiben.

Die Zunge zieht rastlose Kreise auf ihrem rechten Schenkel, auf dem das Gewicht der Welt liegt. Sie gibt die weiche Innenseite dem drängenden, feuchten Eroberer preis. Der Rotwein ist längst auf der Haut getrocknet, neue Flüssigkeiten mit dem erregenden Geruch der Liebe sind aus ihr selbst entstanden. Das Salz des Meeres verdrängt die Heublumen.

Stephanie musste kurz eingenickt sein.

Das harte Geräusch zersplitternden Glases weckte sie. Es war die Frontscheibe des Opel-Zafiras, die auf ihre Schenkel rieselte.

Instinktiv ließ sich Stephanie um die paar Zentimeter nach rechts fallen, die nötig waren, um dem Schuss auszuweichen, der ihr galt. Sie rutschte nach unten, bereitete ihre Pistole vor. Alles blieb ruhig.

Aus den Augenwinkeln sah sie Martin im Fahrersitz. Das Blut tropfte aus seiner Brust, und sie wollte es auflecken, wie er in der Nacht den Rotwein von ihrem Bauch geleckt hatte. Als sie seinen starren Blick und die leblosen Hände sah, die sie vor Kurzem noch gestreichelt hatten, umfing sie eine seltsame Schwermut und tiefe Ruhe.

Die Stille dehnte sich aus, die Zeit hielt den Atem an, bis Stephanie das leise Klicken eines Schlüssels und das Starten des Motors hörte.

Dann zurrte die auseinandergezogene Zeit wie eine Springfeder zusammen und beschleunigte die folgenden Handlungen.

Stephanie ruckte abrupt auf und legte die Pistole an. Sie schoss das Magazin leer. Durch die Scheibe des startenden Citroëns. In den Tank.

Die Pneus verschonte sie.

Das Auto fuhr ein paar Meter an, verhedderte sich an einem Brückenpfeiler. Langsam züngelten die Flammen. Als der ganze Wagen brannte, erkannte sie den wahren Auftrag: die Tötung von Martin und Stephanie.

Sie würde aus der Schweiz verschwinden. Irgendwo neu anfangen.

Der Lärm der Schüsse hatte sie betäubt. Sie hörte kein Geräusch mehr. Aber warum sollte Stephanie nicht taub bleiben, wenn Martin bei der Liebe nicht mehr in ihr Ohr flüstern konnte?

Peter Zeindler

Komm, lieber Mai …

»Die Männer haben nun einmal eine kürzere Lebenserwartung.«

Die Natur war voll von Vogelgesang. Die beiden Frauen bewegten sich vorsichtig vorwärts, Schrittchen für Schrittchen auf dem unebenen Weg, der steil bergauf führte. Sie hatten sich unausgesprochen auf dasselbe Ziel geeinigt: den Hohentwiel. Senta sondierte wie eine Blinde mit ihrem Stock den tückischen Untergrund vor sich, und Lisa, natürlich noch immer wie damals mit unpassendem städtischem Schuhwerk ausgerüstet, trippelte neben ihr her und redete und redete. Sie benützte keinen Stock, obwohl ihre Sehkraft massiv nachgelassen hatte, was Senta gleich zu Beginn ihrer Wiederbegegnung nach beinahe vierzig Jahren mit scharfem Auge hatte feststellen können.

Die vertraute kegelförmige Silhouette des Singener Hausbergs Hohentwiel baute sich vor ihnen auf. Lisas Atem ging heftig. Sie würden es nicht schaffen, oben anzukommen, wo sie beide ihre ersten Liebeserlebnisse festmachen konnten: Die Versteckspiele zwischen den zerbröckelnden Mauern der ehemaligen Burg, die in einer Umarmung geendet hatten. Zu ihren Füßen die vertraute Landschaft des Hegau.

»Das ist ein Buchfink! Hörst du?«

Lisa blieb stehen und streckte ihren Zeigefinger in die laue Frühlingsluft. Als ob sie die Windrichtung prüfen wolle. Aber sie wollte sich nur eine Atempause verschaffen.

»Und das war ein Häher!«, kommentierte Senta einen schrillen Schrei, der plötzlich die Frühlingsidylle sprengte.

»Häher! – Natürlich! Häher! Das war doch sein Kosename!«

Lisas Stimme klang weich, sie lächelte verklärt. Sentas Stock dagegen bohrte sich in den Boden.

»Jetzt ist der Häher tot.«

Senta schaute Lisa wütend an.

»Eben. Sagt ich doch! Die Lebenserwartung der Männer lässt zu wünschen übrig«, entgegnete Lisa. In ihrer Stimme klang kein Bedauern mit.

»Er war schließlich dein Mann«, sagte Senta endlich bitter, zog mit einem unterdrückten Stöhnen die Spitze ihres Stockes aus der Erde und setzte den Aufstieg fort.

Es dauerte eine Weile, bis es Lisa wieder auf gleiche Höhe mit Senta geschafft hatte. Eine Weile gingen sie schwer atmend stumm nebeneinander her. Senta versank in Erinnerungen. Sie schaute ihre alte Schulkameradin von der Seite an. Lisa hatte ein Vogelgesicht. Das fiel ihr erst jetzt auf.

»Das ist ein Specht!«, sagte Lisa unvermittelt, als ein hölzerner Wirbel ertönte.

Natürlich! Lisa sah einem Specht ähnlich.

»Ein Buntspecht«, präzisierte Senta.

»Woher willst du das jetzt wissen?« Lisas Stimme klang scharf.

»Erwin konnte die Klopfgeräusche der verschiedenen Spechtsorten genau unterscheiden. Und er konnte sie imitieren. Dieser Wirbel seiner Finger auf meinem Nacken! Das war ein Gefühl.«

Lisa packte Senta am Arm. Ihr Griff tat Senta weh. Ein Greifvogel!, dachte sie, ließ sich aber nicht anmerken, wie sehr sie Lisas spitze Nägel schmerzten, sondern lächelte.

»Erwin war mein Mann!«, zischte Lisa.

Senta nickte, und Lisas Griff lockerte sich.

»Und jetzt ist er also gestorben«, sagte Senta nach einer Weile leise. »Und deshalb bist du von Zürich nach Singen zurückgekommen, um mir dies mitzuteilen? – Eine Todesanzeige hätte wohl auch genügt.«

»Leider nein! Er hat es so gewollt. Sag es Senta persönlich, hat er noch auf dem Totenbett gesagt. Und sag ihr … Aber dann ist er gestorben, bevor er den Satz zu Ende gebracht hat.«

»Das glaube ich dir nicht, Lisa! Erwin hat nichts unvollendet gelassen. Wenigstens das. Und er hätte noch im Sterben einen Satz vollendet und erst dann seinen Geist ausgehaucht! Sag ihr, dass ich sie noch immer liebe. Das hat er gesagt. Gib es zu!«

Senta zeigte mit ihrem Stock steil hinauf zum Himmel, von wo aus Erwin jetzt wohl auf die beiden Frauen hinabschaute, die sein Leben mitbestimmt hatten. Eine Weile war es still. Das heißt, beide Frauen hörten nicht einmal mehr das Tirilieren der frühlingsbesessenen Vögel, so waren sie in ihre Erinnerungen versunken. Der ganze Hegau schien in liebestrunkener Stimmung zu sein. Aber Rachegedanken und Hass besetzten die beiden Frauen.

»Er hat den Satz nicht vollendet!« Lisas Stimme klang schneidend.

Sie machten wieder ein paar Schritte und blieben dann erneut stehen. Diese späte gemeinsame Besteigung des erloschenen Vulkans war von Anbeginn zum Scheitern verurteilt. Das spürten sie jetzt beide. Ihre Kurzatmigkeit war das eine Handicap, aber viel belastender war das symbolische Gewicht dieses Ganges zurück in die Vergangenheit, die gewaltige Brocken aus ihrem noch immer glühenden Innern spuckte.

»Du hast mir Erwin weggekocht!«, sagte Senta endlich und streckte ihren Stock mit energischer Bewegung in die Luft. Wie ein Feldherr, der den Angriff befiehlt. Als ob es gälte, die Burg Hohentwiel ein weiteres Mal zu erobern.

»Weggekocht? Was soll das jetzt bedeuten?«

»Du weißt genau, was ich meine. Erwin und ich waren ein Paar, schon in der Schule.«

Lisa lächelte in sich hinein. »Wenn du dich da nur nicht täuschst. Ich erinnere mich an den gellenden Triumphschrei des Hähers, wenn er mich dort oben auf dem Hohentwiel nach einer wilden Verfolgungsjagd durch die Ruine eingeholt hat. Ja und dann …!«

»Vergiss es!«, schrie Senta wütend. »Episoden. Schließlich hat sich der Häher letztlich doch in mein Nest gesetzt. In mein Nest, nicht in deines!«

Eine Amsel flötete. Umsonst. Die beiden Frauen hörten nicht hin.

»Er hat sich geirrt, Senta. Du warst die miserabelste Köchin, die ich in meinem Leben kennengelernt habe. Und dieser Meinung war er auch. Und darum hat er dich dann eben doch verlassen.«

Triumph klang in Lisas Stimme mit.

»Kochen hat mich nie interessiert.«

Senta ließ die eingeatmete Luft mit einer kleinen Explosion wieder entweichen. Sie signalisierte Verachtung.

Lisa kicherte. »Du warst immer nur für das Dekorative. Schein anstatt Qualität. Sonst wärst du nicht Floristin geworden!«

»Blüten- anstatt Bratenduft. Das ist doch eine echte Alternative. Aber du bist wohl noch heute der Überzeugung, dass Liebe durch den Magen geht.«

»Was ich bewiesen habe. Hätte dich sonst Erwin verlassen, wenn ihm der Duft der Blüten mehr bedeutet hätte?

Männer wollen doch nur immer das eine, in welcher Form auch immer: Materie!«

»Ach so! Deshalb also hast du Kochkurse besucht: Um Erwin für dich zu gewinnen. Um ihn mir auszuspannen. Ich erinnere mich an diesen Maitag vor bald vierzig Jahren. Du hast uns zum Abendessen eingeladen. Du hast uns, das heißt, du hast ihn bekocht. Nach allen Regeln der Kunst. Weichgekocht. Und beim Nachtisch hast du dich über mich und meine Küche lustig gemacht. Und von diesem Tag an hat er sich über meine Küche beklagt. Und dann hat er mich verlassen. Und ein Jahr später habt ihr geheiratet.«

Senta holte Luft. Eine Feldlerche jubilierte. Von weither schlug eine Kirchenglocke fünf Mal. Die Herz-Jesu-Kirche? Senta schnupperte, schnüffelte. Erinnerungen kamen in ihr hoch, gebunden an den Duft, der sie jetzt so plötzlich bedrängte.

»Maiglöckchen!«

Lisa schaute sie erstaunt an. »Ich rieche nichts!«

Senta lachte in sich hinein. »Schade für dich. Eine Köchin ohne Geruchsinn!«

Lisa ging auf diese Bemerkung nicht ein. Sie kniff die Augen zusammen, und ihr Kopf auf dem dünnen Hals bewegte sich emsig hin und her.

»Dort!«

Sentas Stock zeigte die Stelle, wo weiße Glöckchen im lauen Frühlingswind zitterten.

»Erwin mochte Maiglöckchen«, fügte sie nach einer Weile hinzu, und schon hatte sie sich mit einem unterdrückten Stöhnen gebückt, um die Blumen zu pflücken.

»Er mochte Maibock auf chinesischen Nudeln«, korrigierte sie Lisa und bewegte sich nicht von der Stelle.

»Maiglöckchen, nicht Maibock. Mit Maiglöckchen hat es bei uns angefangen. Eines Abends im Mai hat er mit einem Sträußchen vor meiner Tür gestanden.«

Lisa lachte laut heraus.

»Maiglöckchen. Und da hast du gewusst, was es geschlagen hat?«

Senta stützte sich mit der Rechten auf ihren Stock, in der Linken streckte sie Lisa das Sträußchen entgegen, das sie gepflückt hatte.

»Mit Maiglöckchen hat es angefangen. Mit Maiglöckchen geht es zu Ende. Mein letzter Gruß an Erwin. Maiglöckchen! Seine Lieblingsblumen. Würdest du sie auf sein Grab …?«

Lisa schaute Senta erstaunt an. Sie zögerte. In der Ferne begann ein Glöcklein zu bimmeln. Zur Unzeit. War es das Glöcklein der Friedhofskapelle *Zur schmerzhaften Mutter Gottes*?

Lisa streckte ihre Hand aus und packte die Maiglöckchen.

»Begraben wir die schlechten Erinnerungen?«, fragte sie, streckte ihre Vogelnase in den Strauß und schnüffelte hörbar.

Senta nickte. »Begraben wir sie. Zusammen mit Erwin.«

Sie machte eine Pause und schenkte ihrer Rivalin ein strahlendes versöhnliches Lächeln. Senta erwiderte gequält dieses Lächeln.

»Ich lade dich zum Abendessen ein, Lisa.«

»Was?«

»Du wirst lachen, aber ich habe kochen gelernt«, fügte sie nach einer Weile hinzu, als Lisas Nase wieder aus dem Blumenstrauß auftauchte.

»Wie damals vor knapp vierzig Jahren. Nur mit umgekehrten Vorzeichen. Ohne Erwin und bei mir zu Hause, nicht bei dir.«

Lisa schaute ihre alte Rivalin erstaunt an. »Und was gibt es denn Gutes?«, fragte sie spöttisch.

»Risotto mit Bärlauch!«

Lisas Kopf wackelte aufgeregt.

»Bärlauch? Dieses wild wachsende Knoblauchgewürz? Etwas ordinär, aber wenn du meinst …«

Zwei Stunden später saß Lisa in Sentas Küche und schaute ihr mit zusammengekniffenen Augen zu, wie sie den Bärlauchpesto mixte: Bärlauch, Pinienkerne, Parmesan, Olivenöl.

»Ich mag den strengen Geruch«, sagte Senta, aber das surrende Geräusch des Mixers übertönte ihre Stimme.

Und als sie dann endlich am Tisch saßen, den Teller mit dem zartgrünen Risotto vor sich, als Lisa den ersten Bissen in den Mund geschoben hatte und mit geschlossenen Augen kaute, als draußen eine Amsel flötete und die Kirchenglocken von ganz Singen die Betzeit einläuteten, verzog sich Sentas Gesicht zu einer kleinen Grimasse. Sie schaute atemlos zu, wie Lisa eine zweite, dann eine dritte Gabel mit Bärlauchrisotto zum Mund führte, während sie selbst noch immer keinen Bissen zu sich genommen hatte.

»Was ist mit dir?«, fragte Lisa endlich erstaunt. »Du isst nicht?«

»Ich kann nicht!«, sagte Senta mit scheinbar erstickter Stimme. »Die Erinnerung an Erwin hat mich wieder eingeholt. Er liebte Maiglöckchen doch über alles!«

»Senta!«, sagte Lisa streng. »Du bringst wohl wieder alles durcheinander. Entweder meinst du jetzt Bärlauch oder du meinst Maiglöckchen.«

»Beides, Lisa, beides! Man kann die Blätter doch kaum voneinander unterscheiden! Die Blätter der Maiglöckchen sind giftig. Erwin hat mich immer davor gewarnt, wenn wir zusammen im Wald …!«

»Wovor?«, schrie Lisa und schob den Teller zurück. »Wovor hat er dich gewarnt?«

Senta stemmte sich auf ihrem Stock in die Höhe.

»Ach weißt du, Lisa, wir werden alt. Und zerstreut. Und es wäre ja möglich, dass ich aus Versehen die Blätter der Maiglöckchen in den Mixer getan habe anstatt den Bärlauch …«

»Nein!« Lisa sah sie entsetzt an.

»Du bist ja auch nicht mehr die Alte! Sonst hättest du als gelernte Köchin den Unterschied zwischen Maiglöckchen und Bärlauch gesehen und gerochen.«

Die Amsel vor dem Fenster jubelte. Die Kirchenglocken verklangen. Und Senta schaute auf Lisa hinab, die ausgestreckt auf dem Küchenboden lag und nach Atem rang.

Senta trat ans Fenster, öffnete es weit und schaute zum erloschenen Vulkan Hohentwiel hinüber, der langsam in der Abenddämmerung versank.

Keller+Kuhn
Julias Nachlass

Der vorliegende Text ist das erste Kapitel von ›Julias Nachlass‹, dem Romanprojekt des Autorenduos Prinz & Delgado, an dem dieses im dritten Keller+Kuhn-Roman ›Kein Buch für Igor Kulti‹ arbeitet. Letzterer wird 2008 erscheinen.

Hagnau, 12. August

Liebe Sofie,

wenn du diesen Brief erhältst, ist dein Erstaunen berechtigt. Habe ich dich sonst doch meistens mit Ansichtskarten auf dem Laufenden gehalten. Diesmal aber ist alles anders. Alles. Ich bin seit drei Monaten tot.

Ich habe dich schockiert. Nach drei Monaten noch einmal schockiert.

Wie ich es auch angehe, ich sehe keine Möglichkeit, dir diesen Brief zu ersparen. Du warst – bist! – meine beste Freundin.

Du liest ihn, nachdem alles vorbei ist. Wie viel Zeit zwischen heute, dem etwas verregneten, trüben 12. August, und meinem Tod liegt, weiß ich nicht, glaube aber zu ahnen, dass es nicht viel ist. Vielleicht weniger als ein halbes Jahr; vielleicht sogar weniger als ein Monat.

Dass du meinen Brief jetzt, ein Vierteljahr später, erhältst, soll dafür sorgen, dass sich die Aufregung gelegt hat und die Akten im Fall ›Julia Bodmer Kulti‹ geschlossen sein werden.

Es ist doch so? Alles erschien so klar, so offenkundig und eindeutig, dass kein Einwand die Harmonie des von Igor als Unfall inszenierten Mordes hätte stören können. Einwände des Opfers schon gar nicht. Außerdem: Was verleiht mehr vermeintliche Sicherheit, als verfließende Zeit. Der übermütige Sieger arbeitet an seiner Niederlage, heißt es bei Lafontaine.

Ich bin ermordet worden, Sofie. Der Täter ist mein Mann. Igor Kulti. Mein Tod soll gesühnt werden. Und die Tatsache, dass dich dieser Brief jetzt erreicht, bestätigt, dass ich mich nicht täuschte.

Ich will dich nicht in einen Albtraum verstricken, liebste Sofie, aber für die hinterhältigen Szenarien, mit denen zu rechnen ist, müssen alle deine Sinne geschärft sein.

Drei Monate ist es her: Die Bestattung auf dem Zürcher Zentralfriedhof, im Familiengrab, fand die gebührende Beachtung der an solchen Anlässen interessierten Gesellschaftskreise. Mutters sehnlichster Wunsch, es werde der Reihe nach bezogen, ist nicht in Erfüllung gegangen. Man wird sich im ›Grand Hotel Dolder‹, von wo etliche Trauergäste zu Fuß nach Hause gehen können, mit dezenten Tischsitten die Bäuche voll geschlagen haben. Die Männer sprachen ausgiebig dem Wein zu, und die üblichen Erklärungen wurden, dem zunehmenden Geräuschpegel entsprechend, immer ungehemmter ausgetauscht, rückten der wahren Meinung mit jedem Glas näher. Du bliebst im Hintergrund, stelle ich mir vor, am Rand, sprachlos traurig. Steichele dürfte dir seine zwingende Verhinderung angedeutet haben, bevor du ihn um seine Begleitung bitten konntest. Und Igor wird es mit jenem slawisch melancholischen Blick, den er so meisterlich beherrscht, gelungen sein, die Trauergemeinde zu rühren. Damit täuscht er sogar wirklich Trauernde, wie dich.

Wo beginnen?

Mit uns zwei? Mit Igor? Mit mir?

Das ist ein Abschiedsbrief, liebe Sofie. Vielleicht aber lasse ich ihn mir in einigen Jahren oder Monaten von der damit beauftragten Anwaltskanzlei zurückschicken, lese ihn wieder und lache über mich. Niemand wird wissen, dass je ein solcher Brief geschrieben wurde. Oder ist auch das eine jener Regungen, die Gefühlsimitator Igor Kulti mit kaum zu überbietender Perfidie zu wecken versteht? Hoffnung? Selbstbetrug? Illusion?

Aber du, du nimmst mich ernst und fragst dich, weshalb ich dich nicht einfach anrufe. Wie hättest du denn darauf reagiert? Und was würdest du in meiner Situation tun? Vielleicht schreibe ich diesen Brief nur, um mich nicht in einem albtraumhaften Gespinst zu verlieren. Also lass mich dir schreiben, Sofie. Lass mich mit Josef Steichele und dir beginnen.

Josef ist der unmittelbare Anlass für mein Vorgehen. Vor sieben Jahren, du wirst dich so gut erinnern wie ich, brachtest du ihn überraschend auf das Hochzeitsfest in unserer Hagnauer Villa am Bodensee mit, obwohl du diesen Polizisten gerade erst kennengelernt hattest. Kokett fragtest du vor versammelter Gesellschaft, wo man denn sicherer aufgehoben sei, als in den Händen der Polizei. Wobei Josef verstohlen Igor beobachtete. Meine Beziehung zu Josef Steichele war zwiespältig, und manchmal hatte ich den Eindruck, deine nicht weniger. Doch hatte ich von Anfang an bedenkenlos Vertrauen in seinen Gerechtigkeitssinn. Daran ändert auch nichts, dass mich außer ihm nur noch Igor mit seiner provozierend nachlässigen Art derart zu ärgern vermag. Was zur Folge hat, dass es beide immer wieder versuchen.

Liebe Sofie, ich möchte, dass Josef diesen Brief liest. Er wird ein Mehrfaches herauslesen, als ich bewusst hineingeschrieben habe. Instinktiv wird er Hinweise aufspüren, die ich selbst nicht mehr als solche zu erkennen vermag. Genau das soll er: Ich möchte ihn auf mich ansetzen!

Allein diese ›Problemstellung‹ müsste ihn reizen.

Dies ist mein letzter Wunsch, pathetisch meinetwegen, aber ehrlich. Über die Honorierung sprechen wir später. Vielleicht kommt dir, Josef, ein gut honorierter Auftrag sogar gelegen.

War es nicht vielleicht doch ein Unfall, höre ich dich fragen, Sofie (Ist es dir manchmal auch so gegangen, dass du meine Postkarten mit meiner Stimme im Kopf gelesen hast?). Und du fügst hinzu: Glaube ja nicht, ich wolle mich damit beruhigen.

Nein, liebe Sofie, das glaube ich nicht. Auch wenn es sich bislang um Behauptungen handelt. Ich kann nur Mutmaßungen liefern, die jedoch, sobald Josef unvoreingenommen (und anders kenne ich ihn nicht) zu recherchieren beginnt, bald zu Beweisen werden könnten. Woher ich meine Gewissheit nehme? Am besten vergleichst du, was mich fast pausenlos beschäftigt, mit dem, was sich ereignete.

Versuchen wir es? Igor wird nachdrücklich auf Nachforschungen in Richtung eines Gewaltverbrechens bestanden haben, mit der üblichen Beredsamkeit …

Bedenken Sie, meine Frau ist Wirtschaftsjuristin … in Kreisen, wo nicht die Nullen hinter den Sitzungstischen, sondern jene im Jahresabschluss zählen … Damit erwirbt man sich nicht nur Freunde … Tun Sie alles, um die Wahrheit aufzudecken, unabhängig von ›Namen‹ …

Nur gequält und mit gespielter Resignation wird er sich später der nun umso tragischeren Unfallversion gebeugt haben.

Josef, Sofie, wir müssen uns etwas Ungewöhnliches einfallen lassen, um ihm das Handwerk zu legen. Mein Tod könnte die Folge eines zwar bedauerlichen, letztlich aber beinah romantischen Unfalls sein. Ohne Dramatik, die vom Wesentlichen ablenkt. Manchmal hat Igor unvorsichtig lustvoll geschildert, wie raffiniert er bestimmte Konkurrenten endgültig aus dem Weg schaffen würde. Die Anlage könnte so banal sein, dass sie jeden Gedanken an Mord, als absurd erscheinen ließe. Ich werde in den Bergen, zum Beispiel im Engadin, umkommen. Nicht auf einer Extremtour. Keine dramatischen Umstände. Es könnte auf einer harmlosen Bergwanderung geschehen. Vielleicht von Zuoz über die Porta d'Escha am Piz Kesch vorbei, hinunter nach Bergün. Die Diagnose würde nicht auf die übliche Fahrlässigkeit der Städter lauten, die naiv glauben, die Natur passe sich ihnen an. Ich werde mich nicht verirren oder das Wetter falsch einschätzen. Der Inszenierung wäre eine gewisse Poesie nicht abzusprechen. Vielleicht pflückte ich eine Blume. Igor wird sie benennen …

Vielleicht beobachtete ich eine Murmeltierfamilie: Igor wird präzise Informationen über die Zusammenhänge zwischen dem Klima und der Dauer ihres Winterschlafs liefern.

Hier ein Ansatz für Josef: Manchmal ist er zu präzise. Das ist unsere Chance, ihm eine Falle zu stellen. Er wird

Überlegungen und Bilder liefern, als wäre er dabei gewesen. Und auf seine beängstigend allgegenwärtige Art, war er dabei. Für zufällig vorbeikommende Wanderer bietet sich ein Anblick von besonderem Reiz: Eine Frau ruht sich zwischen den Felsen inmitten von Bergblumen aus; man wird nur verstohlen hinzublicken wagen. Und es werden manche vorbeikommen, denn Igor wird mit Bedacht einen Ort wählen, den ein ›konventioneller‹ Mörder meiden würde. Sich seiner Überlegenheit gewiss, schreckt er auch vor einer Selbstmordvariante nicht zurück, gibt sie selbst bekannt, nur um sie sogleich wieder zu verwerfen … *Vergessen Sie es, denken Sie nicht an Selbstmord, nicht bei Julia. Sie war viel zu lebensfreudig, war voller Pläne, beruflich und privat …*

Wie wahr! Ein freiwilliger Tod würde Rückschlüsse auf mein Zusammenleben mit ihm aufdrängen! Auch die vorher errichtete Brücke zum gewaltsamen Tod reißt er selbst wieder ein, nur um eine neue, auch die Beamten fesselnde Variante anzubieten. Mit gramvollem Gesicht verweist er auf Symptome in den vergangenen Tagen und Wochen, wenn auch nur vage erkennbar. Jetzt könnten sie ihren fatalen Sinn erhalten, wird er soufflieren: unmotivierte Heiterkeitsanfälle, abgelöst von Depressionen, unerklärlicher Müdigkeit und untypischer Nachlässigkeit. Launen, die der Theorie einer längst nicht mehr erwarteten Schwangerschaft dienen. Staunend wird er sich an Hautveränderungen, an Ess- und Fressgelüste seiner sonst so disziplinierten Gattin erinnern … Verzeih mir meine Bitterkeit, Sofie.

Diese Erinnerungen wird man ihm nur mühsam und bruchstückweise abringen können, mit rücksichtsvoller Nachhilfe. Er wird den Eindruck vermitteln, weit weg zu sein. In Gedanken bei mir.

Wo er sich denn befand, als alles geschah, fragt ihr? Vielleicht beabsichtigten wir, in der Kesch-Hütte zu übernachten. Eine entsprechende Planung würde er vorbereitet haben. Anschließend befragte Leute erinnerten sich ausschließlich an seine Fürsorglichkeit. Dass er mich auf dieser Bergwanderung begleiten will, sich fast schüchtern ›bewirbt‹, macht mich eher verlegen als misstrauisch. Ich wandere lieber allein oder schließe mich bei Gelegenheit anderen Berggängern an. Dann, bereits in den ersten Serpentinen des Aufstiegs, Schweißränder ins Hemd gezeichnet, Igors Natel. Was wird der Grund für seinen vorgetäuschten Rückzug vom Tatort sein? Eine waghalsige Transaktion? Eine finanzielle Extremtour? Die Jahrhundertchance? Ein Deal in der Frankfurter Innenstadt zu einem Schleuderpreis und bestimmt zum Schaden anderer? Eine todsichere Sache? Zurzeit nicht ganz ausreichende Liquidität erfordert seine Präsenz vor Ort.

Du, Josef, könntest also der Frage nachgehen, weit hartnäckiger als es die Polizei tun wird, wer ihn aus den Bergen zurückruft. Ist dieser Anruf der Schwachpunkt? Er bedingt mindestens einen Mitwisser – oder spielt mir meine Fantasie einen Streich?

Und jetzt vergesst alles wieder. Alles kann sich auch ganz anders zugetragen haben. Aber: Die Parallelen werden da sein. Zu seinem Bedauern (der slawische Blick!) sieht Igor sich gezwungen, umzukehren und mich allein ziehen zu lassen, entgegen früherer Vorsätze.

Zufällige und eben deshalb glaubwürdige Zeugen, weil sie nachweislich weder ihn noch mich kennen, werden den Abschied beobachten. Die Schwierigkeit, diese Zeugen aufzutreiben, wird ihre Glaubwürdigkeit noch unterstreichen. Igor ist ein Meister der Täuschung. Er ist so gut, dass sie dir, auch wenn sie gegen dich gerichtet ist, schon wieder Bewunderung abringt.

Irgendwo im Süddeutschen, anderntags und so weit vom Geschehen entfernt, dass ein Verdacht absurd wäre, erreicht ihn die traurige Nachricht. Unverzüglich wird er seine ›Pilatus Porter‹ nach Samedan fliegen oder je nach Wetterverhältnissen in Altenrhein oder Agno aufsetzen, um von dort mit einem Mietwagen über die Pässe zu hetzen. Auch das ein möglicher Ansatzpunkt, Josef: Alles was er tut, wirkt logisch, zwingend, leuchtet ein und hat, wo Tarnung nötig ist, expansive Züge. Ohne Einschränkung wird er in der Folge den Behörden zur Verfügung stehen. Erschüttert, aber gefasst. Man wird – mit ihm – seine Haltung bewundern. Wie er solche Rollen genießt. Fehlt nur die dreiste Frage: Wie war ich?

Bin ich zur Zynikerin geworden?

Vielleicht hast du sogar ein Bild von mir gesehen, Sofie, das er mit sich trägt. Er ließ sich von der Polizei einen Abzug geben. Das Bergblumenbild. Du musstest ihn beinah nötigen, es dir zu zeigen. Es gehört zur Trauerarbeit, sagst du besorgt, und dein Mitgefühl gehört jetzt auch Igor. Er schiebt die Fotografie ausdruckslos über den Tisch. Du fühlst dich gedrängt, ihn zu trösten. Bis er flüstert: Schau es dir genau an. Ist es nicht ein Bild von Segantini? Er verblüfft im richtigen Zeitpunkt mit einem Namen, der passt. Und du nickst, auch wenn du ihn noch nie gehört hast, legst fürsorglich den Arm um seine Schultern. Demselben Igor, der dich Tage oder schon Minuten später bei passender Gelegenheit schamlos plündern würde. Liebste Sofie, glaub mir eins: ich kenne ihn, als hätten wir ihn in einem Seminar über Psychopathologie in einer Fallstudie seziert.

Meine Fantasie gehe mit mir durch, sagst du?

Beweis 1: Ich bringe mich nicht in Sicherheit, sondern deponiere diesen Brief bei der Anwaltskanzlei Dolder, Hüppi & Holl.

Beweis 2: Du hältst ihn jetzt in der Hand.

Hagnau, 14. August

Oh, Sofie! Wenn ich an unsere gemeinsame Zeit in St. Gallen zurückdenke! Drittes Semester, Herbst 1980.

Erinnerst du dich, wo wir uns zum ersten Mal begegnet sind?

Bei diesem mehlhäutigen Bäcker in deiner Straße, der jeden Mittag belegte Brote anbot, weitaus die Besten in der Stadt. Ich auf dem Weg zu den Dreilindenweihern. Du zunehmend verärgert bemüht, im kleinen Laden einen aufdringlichen Verehrer abzuwimmeln. Dein verblüfftes Gesicht (wir hatten uns zwar schon gesehen, aber noch kein einziges Wort miteinander gewechselt), als ich dich überfallartig vor die Ladentür zerrte mit dem Kriegsruf: Diesen Nachmittag hast du mir versprochen!

Ich tüftelte an gesellschaftsrechtlichen Fragen herum, während du für ein interdisziplinäres Seminar von Rebberg Marketingkonzepte entwarfst, welche die Verkaufszahlen fiktiver Firmen über Nacht in schwindelerregende Höhen treiben sollten. Du hast mich um meinen Blick in die Berge und den kurzen Weg zu den Vorlesungen beneidet, ich dich um den nahen Spaziergang durch die Altstadt, hinein ins postseminaristische Vergnügen, welches du dir – Feldforschung! – nicht entgehen ließest. Ich habe dich damals um diese Leichtigkeit beneidet und beneide dich jetzt, wie du Steichele eine lange Leine lässt (entschuldige, Josef).

Erinnerst du dich an unser erstes Picknick auf Dreilinden? Unter anderem mit hanseatischer Dauerwurst, geschickt von deiner Mutter. Die Flasche Wein, zur Kühlung an einer Schnur über die Böschung ins Wasser gehängt. Die Enttäuschung, als sich diese beim Heraushieven aus der Schlinge in die Tiefen des Weihers davonmachte.

Übermütig siedelten wir in den schlammigen Gründen ein weinseliges Monster an, das, je länger wir es uns ausmalten, Rebbergs Konturen annahm. Wir dehnten den Mittag auf den Nachmittag aus, ließen zuerst deine Vorlesung, dann meine fahren. Am Abend hattest du einen flächendeckenden Sonnenbrand, ähnlich wie am Sonntagabend nach dem ausklingenden Hochzeitsfest am Bodensee.

Hier sind sie wieder, Steichele und Kulti. Siehst du sie vor dir? Dem Schatten folgend, süffelten sie in den Abend hinein. Täusche ich mich, oder gab es damals so etwas wie ein unausgesprochenes Einverständnis zwischen den beiden? Kriminaler und Krimineller, die, wenn auch aus entgegengesetzter Optik, dieselben Talente einsetzen? Da hockten sie im Halbschatten, schwitzten, ersetzten die fehlende Flüssigkeit durch Alkohol und durchschauten sich, je schweigsamer sie wurden. Am späteren Abend war überhaupt kein Wort mehr aus ihnen herauszubringen.

Und noch ein Bild, von dem ich dir nie etwas erzählte.

Dabei hätte es dich wie mich amüsiert. Dasselbe Wochenende, Hochzeit. Samstag, gegen halb acht, vor dem großen Bankett. Ich will meinem unablässig kichernden Brautjungfern-Quartett, vier 10-jährige Gören aus Zürich, den Pavillon im Park zeigen, wo es später eine Mitternachtsüberraschung geben soll. Und wen treffen wir da? Mit verklärtem Gesicht und umgebundener Serviette? Vor einem Schüsselchen glitzernden Kaviars, den es erst am Bankett geben sollte, mit Toast und Butterscheibchen auf Eis, und einem weißen ›Kröver Nacktarsch‹, den es nicht einmal am Bankett geben sollte, der aber aus unserem Weinkeller stammte?

Es ist gut möglich, dass Kulti ihn dort bediente und sich dann der Symmetrie zuliebe ebenfalls allein und mit denselben Leckerbissen in den Pavillon auf der andern Seite des Parks zurückzog. Oder hast gar du – mit kundiger Beihilfe – den ›Kröver‹ im Keller gefunden?

Damals war ich wütend, weil sich Josef von dir einladen und dich dann zwischen den Gästen stehen ließ. In Gedanken unterstellte ich deinem fränkischen Detektiv sogar ein Techtelmechtel mit einem der appetitlichen Bedienungsschwälbchen. Und appetitlich waren sie, dafür hatte Igor gesorgt.

Ganz gleich, wer Josef zu Wein und Kaviar verholfen hat, er bringt die Leute dazu, von ihnen zu bekommen, was er will, und genau darauf baue ich jetzt. Ein bisschen schuldet er es mir.

Ist dir aufgefallen, dass Igor und Josef, je dramatischer sich eine Situation zuspitzt, umso gelassener werden, ja diese Zuspitzungen genießen? An einem nicht zu ortenden Punkt kristallisiert sich bei Josef ein Fanatismus heraus, der nicht weicht, bis der Gerechtigkeit Genüge getan ist.

Wobei du mit Vorliebe das Gesetz kreativ interpretierst, wenn ich dich richtig verstanden habe, Josef. Während sich bei Kulti skrupellose, kriminelle Energie freisetzt.

Beide, der eine wie der andere, nicht domestizierbar.

Ein Verhalten, das mir aus meinen Zürcher Kreisen unvertraut war. Das muss es gewesen sein, was mich an ihm anzog, als wir uns in Norwegen zum ersten Mal begegneten. So zufällig, dass es mir schon wieder schicksalhaft zwingend erschien. Anzog – und später lähmte. Manchmal bis zur Handlungsunfähigkeit.

So überwältigend jenes Fest verlaufen ist, so schnell und übergangslos lief meine Ehe mit Igor auf ein (vorerst einseitiges) Agreement mit gleicher Verpflegungsbasis hinaus. Offenbar hat er sich nie etwas anderes vorgestellt.

Von Anfang an existierten andere Beziehungen, wahrscheinlich auch immer mehrere gleichzeitig. Sein Organisationstalent ist so bemerkenswert wie seine Fähigkeit, die Gefühle anderer zu manipulieren. Ratlos frage ich mich, weshalb ich diese Tatsache bis zuletzt akzeptierte?

Meine Rebellion Igor gegenüber war anderer Art. Zunächst war ich verletzt, suchte rachsüchtig nach juristischen und anderen Winkelzügen, möglichst schmerzhaften, um ihn zu treffen. Durch jede noch so kleine Entdeckung ließ ich mich demütigen. Rasch wich meine Wut jedoch überraschender Gelassenheit.

Warum gehe ich nicht gleich vor wie bei komplexen Rechtsproblemen, fragte ich mich, nämlich analytisch? Mit dem Vorteil des nahtlosen Wechsels von der Theorie zur Praxis? Ich begann ihn wie ein exotisches Insekt zu studieren. Lud Gäste nur zu diesem Zweck ein, schuf Situationen, die er mit zwanghafter Gier nützen würde, wie ich ihn einschätzte. Ich legte ihm Köder vor. Unauffällig präpariert. Beobachtete jede Phase seiner Strategie. Die anfängliche Vergrößerung der Distanz. Das betont respektvolle, aufmerksame Verhalten. Danach das Heranpirschen. Seine, wie zufällig wirkenden, ersten Annäherungen. Glaubwürdig gespielte, jungenhafte Verlegenheit. Die Isolation des Opfers …

Halte mich nicht für gewissenlos, Sofie, obwohl mir jetzt beim Schreiben klar wird, was Kulti aus mir gemacht hat: *Ich* bin das exotische Insekt, das unter seinem Mikroskop liegt. Während ich ihn beobachte, beobachtet er mich. Ich zog bestenfalls mit ihm gleich, als ich begann, mit denselben Waffen zu kämpfen. Dass ich ihn nach meinem Tod – vielleicht – ein letztes Mal überhole, werde ich nicht als Sieg werten können. Seine Gefährlichkeit war mir nicht von Anfang an bewusst, was mich faszinierte, war seine Unberechenbarkeit.

Was, wenn er während des Spieles zu erkennen geben wird, dass er das Spiel als Spiel verlässt, um daraus Ernst zu machen? Das wird heißen, dass die Bedrohung für ihn real geworden ist. Wer ihn jagt, kann schnell und unbemerkt selbst zum Gejagten werden. Immer wieder gelingt es ihm, mit seiner Wandlungsfähigkeit seine Umgebung zu täuschen. Dies ist das Bestürzende meiner Lage: Ich kann die Falle, in die ich tappen werde, beschreiben.

Hast du seinen Chamäleoncharakter nie bemerkt? Ihn im Gerichtssaal zum Gegner zu haben, selbst auf der Anklagebank, wird alles herausfordern, was ein Anwalt zu bieten hat. Und genau deshalb braucht es einen ebenbürtigen Jäger, mit ähnlichem Instinkt und der Ausdauer eines Terriers, um ihn zur Strecke zu bringen. Auf unserem Schiff am Bodensee ist Kulti Kapitän. Eine Uniform braucht er dazu nicht. Auf einer Klettertour traut man ihm, ohne zu wissen warum, jeden Schwierigkeitsgrad zu. An der einen Verwaltungsratssitzung tritt er als knausriger Banker auf, der sich kaum einen Euro aus der Tasche leiern lässt. An der nächsten verwandelt er sich zum idealistischen Innovator. Und an der Dritten mutiert er zum Raider. Auf besagter Engadiner Wanderung prüft er den Weg routiniert voraus, übersieht keinen Stein und erteilt dir unversehens einen Rat zu einer Frage, die dir gerade durch den Kopf ging.

Als ich zum ersten Mal auch geschäftlich mit ihm zu tun hatte, saßen wir uns im Panorama-Sitzungsraum unserer Niederlassung schräg gegenüber. Ich als Mitarbeiterin im juristischen Stab ›meiner‹ Großbank. Er als Verhandlungsleiter einer Investorengruppe, die sich großmütig an den Tisch setzte, um einen jüngst erworbenen Unternehmensbereich wieder zur Verfügung zu stellen, nachdem sie ihn rasch und professionell ausgehöhlt hatte. Ich führte das Protokoll. Igor spielte den Solopart des engagierten, um die Mitarbeiter besorgten Unternehmers. Wir Banker übernahmen die Rolle der Festivalstrings und fraßen ihm bei seiner Waschaktion aus der Hand.

Betrachte ich meine damalige Reaktion, so komme ich immer zum selben Schluss: Er war für mich die erste Gelegenheit, Zürich definitiv zu verlassen. Er verhieß mir den Aufbruch in unbekannter Richtung, in eine andere Welt. Und wie die Meisten, die vor dieser Möglichkeit stehen, sah ich nur, was ich sehen wollte. Indessen bin ich so weit, diesen Entscheid weder zu bedauern noch zu beklagen: Es war mein Weg.

Zu große Worte? Ich meine sie winzig klein. So klein und unwichtig, wie ich mich beim Schreiben dieser Zeilen fühle.

Eben fällt mir etwas auf. Schon als Kind schrieb ich alles auf, was mich beschäftigte. Im Zusammenhang mit kleinen, familiären Vorfällen oder mit Peter, meinem Bruder. Auseinandersetzungen mit meinen Eltern, vor allem mit Papa, der mich am liebsten in einem mit Samt ausgeschlagenen Etui versorgt hätte, um mich vor der bedrohlichen Realität zu schützten. Mit der Gestalt, die meine kindlichen Sorgen auf dem Papier annahmen, wurden sie kleiner. Einen Teil dieser Zettel bewahrte meine Mutter auf und übergab sie mir, als ich die Matura machte. Ihre Geste war nicht als Vorwurf gedacht. Wenn dich etwas nicht loslässt, lies darin, sagte sie. Oder noch besser: Schreib weiter.

Ist es das, was ich jetzt tue? Und bin ich deshalb Juristin geworden? Was meinst du, kluge Sofie? Jene Zettel, die mir Mutter übergab, liegen in meinem Sekretär. Wenn du den mittleren Schubladenstock ganz herausziehst und hineingreifst, findest du auf der linken Seite ein Geheimfach. An einer fast unmerklichen Vertiefung kannst du es mit den Fingerkuppen fassen und herausziehen. Würdest du diese Papiere zu dir nehmen? Du brauchst sie nicht aufzubewahren, kannst sie umgehend vernichten, wenn du willst. Aber sie sollen nicht in falsche Hände geraten. Auf keinen Fall in *seine* Hände. Ins Haus zu kommen, selbst in meinem Zimmer allein gelassen zu werden, wird kein Problem sein. Der sentimentale Wunsch nach einem letzten Abschied wird bei Kulti genügen, wenn ihn eine Frau wie du äußert.

Nur: Wenn Josef bei dir wäre, würde ich mich sicherer fühlen. Lache mich ruhig aus. Was brauche ich mich denn noch sicherer zu fühlen. Du fragst, warum ich die Zettel nicht selbst vernichte? Es wäre ja möglich, dass – (...) Lass sie mich meiner Mutter zuliebe aufbewahren, solange ich Zettel schreiben kann.

Hagnau, 17. August

Was ich will, ist Gerechtigkeit, ganz gleich, ob auch wir mit Finten und Tricks arbeiten müssen. Um es noch deutlicher zu sagen: Die Frage, wofür Igor Kulti schließlich büßt, soll hinter der Tatsache, dass er büßt, verschwinden. Hast du mir nicht von einem Fall erzählt, wo Josef zuletzt einen Mörder für einen Mord verhaftete, den dieser nicht begangen hatte? Ich will verhindern, dass noch mehr Leute zu Schaden kommen. Dr. Kurt Dolder von Dolder, Hüppi & Holl wird dir diesen Brief persönlich überbringen. Seine Kanzlei nimmt auch unsere Familieninteressen wahr, was den Nachlass betrifft. Dolder wird ein Konto mit entsprechenden Mitteln ausstatten. Josef kann sich erlauben, jeder nötigen Recherchier- und Aufklärungsarbeit ohne Einschränkungen nachzugehen. Was nötig ist, entscheidet er selbst. Dolder wird sich 14 Tage, nachdem er dir den Brief überbracht hat, bei Josef melden. Sagt er nein, lassen wir die Sache ohne weitere Umstände auf sich beruhen. Du siehst: Ich gebe die Entscheidung ohne jeden moralischen Druck aus der Hand. Vielleicht stellt sich alles als Hirngespinst heraus, und vielleicht verunglücke ich tatsächlich.

Sehe ich ein Lächeln in deinen Augen, Sofie? Hast du etwas gemerkt? Gut denn: Wahr ist, dass Kurt Dolder und ich uns schon als Kinder mochten. Wahr ist, dass ich es nicht darauf anlegte. Unwahr ist, dass es uns beide überraschte. Im Gegenteil, es hätte schon früher so sein können. Sein müssen! Wenn wir weniger fixiert gewesen wären. Kurt und ich verbrachten den letzten Sommer, soweit es seine Arbeit zuließ, zusammen. Wehmütig stelle ich fest: Seit jenen vier Jahren in St. Gallen, die du und ich miteinander verbrachten, war es der erste Sommer, den ich nahezu unbeschwert erlebte. Liebste Sofie, du musst gespürt haben, wie oft ich mir wünschte, wir beide würden zusammen bei der Anlegestelle sitzen, mit baumelnden Füßen und länger werdenden Schatten über dem Wasser. Und ich könnte dir erzählen. Kürzlich habe ich versucht, dich anzurufen. Von deinem Sekretariat erfuhr ich, du seist in New York, auf einer Fachmesse, von wo mich Tage später auch eine Karte erreichte. Dann habe ich es nicht mehr versucht.

Zu den letzten Dingen vorstoßen.

Wie das klingt! Ich empfinde es als zu unbescheiden, oder dann bin ich zu nüchtern dafür. Aber es gibt noch einiges, das ich gerne tun möchte.

Hast du dir schon überlegt, was du noch tun würdest, Sofie? Unter solchen Vorzeichen? Vielleicht diesen Herbst noch einmal vom Cavloccio-See quer durch die Täler und über die Höhen hinaus nach Pontresina wandern? Allein? Im September ein paar Tage mit meinem Bruder auf dem Wasser verbringen, auf dem Zürichsee? Abend, Nacht und Morgen auf dem Wasser. Die letzten und die ersten Geräusche. Nach und nach sich auflösender Dunst. Schärfer werdende Konturen. Sich wie früher über den Anderen ärgern, um Nichtigkeiten streiten, sich lachend umarmen und wieder versöhnen? Oder fliegen lernen? Durch den Himmel wie durch Wasser schwimmen? Oder bescheidener: an der Anlegestelle sitzen? Dem wechselnden Licht auf den Wellen und den immer wieder scheinbar ziellos umherschießenden Brütlingen folgen. Rätselhaft gefügte Ordnung im einen und die völlige Auflösung dieser Ordnung im nächsten Augenblick? Noch einmal mit dir im Pavillon sitzen (Josef, du dürftest uns bedienen!) und lachen wie damals in St. Gallen? Vertrauen haben, statt Misstrauen? Und – haben wir uns nochmals gesehen?

Was für eine Frage!

Danke für alles, und viel Glück für das, was jetzt folgt. Auch dir, Josef. Seid vorsichtig! Alle beide. Ich umarme euch

Julia

Peter Höner

Miss Bodensee

… Ich beuge mich über sie und verstärke den Druck meiner Daumen. Die Nägel bohren sich in den schlanken Hals, blasse Sicheln mit einem gelblichen Schmutzrand, eine Fingerbreite unterhalb ihrer Kehle. Wie in einen Schraubstock ist ihr Becken zwischen meine Schenkel gespannt. Sie windet sich, zappelt unter meinen Händen. Eine Schlange in der Falle. Dann presse ich ihren Kopf ins Kissen. Tief und endgültig. Die Zipfel des Kissens bauschen sich auf, steife Hörner, die aus ihren Haaren stoßen.

Ihre Züge haben den Ausdruck einer leicht amüsierten Überraschung längst verloren. Der Mund steht offen, die Augen stieren mir verständnislos entgegen. Ihre Lippen kräuseln sich, spitzen sich zu. Die Nase zittert leicht und die Brauen wölben sich in die faltenlose Stirn. Dann strecken sie sich, werden zu schmalen Linien, bleiben endlich zitternd stehen und erstarren. Ihre Augen schwimmen davon.

Im Spiegel ihrer geweiteten Pupillen schimmern undeutlich die Umrisse des Hotelzimmers in der Aussicht des weit geöffneten Fensters. Lichterlose Strände eines gegenüberliegenden Ufers, die schwarze Silhouette eines Hügelzugs über der mondhellen Fläche des Sees. In der Vertikalen eine Pappel. Wind zischelt im Laub, durchs Fenster schaukeln die Düfte der Sommernacht.

Ich bewege mich schneller, und während ich tiefer in sie eindringe, gleiten die weißen Frotteeärmel meines Bademantels über meine Hände auf ihre Brust.

* * *

Wie immer erwachte ich einen Augenblick zu früh. Trotzdem dauerte es noch eine ganze Weile, bis die Erregung, die der Traum in mir ausgelöst hatte, verebbte und ich mich beruhigte.

Hinzu kam, dass ich mich in einem fremden Bett befand, in einem Hotelzimmer auf dem Land, irgendwo zwischen Himmel und See. Die Strahlung, der ich mehr oder weniger schutzlos ausgeliefert war, war vollkommen unberechenbar und beeinflusste mich offensichtlich ungünstig. Da beklagen wir uns über Elektrosmog und vergessen, wie schädlich die galaktische Strahlung ist, der wir unentrinnbar für alle Ewigkeit ausgesetzt sind. Vor den Reflexionen des Vollmonds im Spiegel eines nächtlichen Sees kann gar nicht eindringlich genug gewarnt werden. Ein Strahlengemisch, das uns um den Verstand bringt.

Ich gebe zu, dass es nicht das erste Mal war, dass ich von derartigen Träumen gepeinigt wurde.

Sie erregen und erschrecken mich, beides zugleich. Insgeheim mache ich sie dafür verantwortlich, dass ich – immer noch ohne Freundin – mich vor einer festen Bindung fürchte.

Auch von meinem ›Meister‹ wird mir eine außergewöhnliche Sensibilität zugestanden, die, so behauptet er, durch eine verdeckte, das heißt introvertierte Philophobie abgemildert, zu Gewalttaten neige. Zu meiner Verteidigung kann ich allerdings sagen, dass es noch nie zu irgendwelchen Übergriffen gekommen ist, und ich mir, außer meinen Träumen, nichts vorzuwerfen habe.

Nachdem ich mich erholt und auch meine körperliche Erregung nachgelassen hatte, stand ich auf und ging ins Badezimmer. Ich duschte mein Glied lange und gründlich mit kaltem Wasser, stellte mit Genugtuung fest, wie das Ding zu einem lächerlichen Würstchen schrumpfte und schließlich sogar zu schmerzen begann. Danach schloss ich trotz der sommerlichen Hitze das Fenster und zog die dicken Hotelvorhänge zu. Ich hasse es, im Dunkeln zu liegen, aber es war wohl die einzige Möglichkeit, mich vor dem verheerenden Einfluss meiner Umgebung zu schützen. Ich warf mich aufs Bett und wartete auf den Morgen.

Selbstverständlich konnte ich mir meinen Traum erklären, seine Deutung lag auf der Hand.

In dem Schloss am Bodensee, in dem wir unser Wochenendseminar durchführten, wurde auf dem Dachboden, neudeutsch im Attic, die Wahl einer Schönheitskönigin veranstaltet. Eine laute Gesellschaft mit Gästen aus Österreich, Deutschland und der Schweiz. – Ob es um die Wahl einer ›Miss Bodensee‹ ging oder nur um die Ausmusterung einer Dorfschönen, weiß ich nicht mehr, obwohl man es mir bestimmt gesagt hatte. – Doch das Fest interessierte mich nicht. Im Gegenteil. Es passte nicht hierher weder zur sportlichen Clubatmosphäre der Golf Lodges, noch zur Tradition des Schlosses. Wie die meisten von uns, fühlte ich mich durch den aufreizenden Charakter des Anlasses und durch die Frivolität der leicht bekleideten Damen gestört. Auch die Horde in bunter Freizeitbekleidung, die, wie sich später zeigte, an Seilen durch Bäume schwang, als müsste sie beweisen, wie verwandt wir den Primaten sind, deckte sich nicht mit meinen Vorstellungen eines Tagungs- und Seminarzentrums. Wenigstens diesen Blödsinn machten die Schönen nicht mit.

Einige von ihnen hatten ihre Zimmer auf demselben Stockwerk wie ich. In den Gängen und vor dem Lift herrschte ein reges Kommen und Gehen, und Begegnungen mit der einen oder anderen waren unvermeidlich.

Gestern, nach der Mittagspause und vor dem Beginn unserer ersten Session am See, stand ich mit einer der Kandidatinnen im Lift. Wir alle kennen die Situation, ein Klassiker der Peinlichkeit. Die Bodenseeschöne verwechselte mich mit einem ihrer Juroren und sprach mich an. Das Missverständnis war schnell geklärt, trotzdem, wir kamen ins Gespräch. Die junge Frau zeigte sich sehr interessiert an unserer Arbeit. Sie entlockte mir allerlei Einzelheiten über unsere Methoden und Strömungen, und ich, gegen jede Vereinbarung mit meinem ›Meister‹, verriet ihr meine Hellsichtigkeit. Selbstverständlich bat sie mich umgehend, ihr doch den Ausgang des Wettbewerbs vorherzusagen, und ich Esel prophezeite ihr einen glatten Sieg.

Ich nahm die Sache nicht allzu ernst. Smalltalk. Aber als ich spät in der Nacht in mein Zimmer zurückkam, fand ich neben dem Fernseher eine Flasche ›Verführer‹, ein Müller Thurgau eines überaus erfolgreichen Schweizer Weinguts, und ein Kärtchen. Die Schöne hatte die Wahl tatsächlich gewonnen und bedankte sich nun geradezu überschwänglich.

Nach dem wunderbaren Gespräch mit mir sei sie so entspannt und zuversichtlich gewesen, dass ihre Wahl zur Miss … – ich weiß den Namen wirklich nicht mehr und müsste das Kärtchen suchen, um nachzuschauen – einstimmig gewesen sei. Keine ihrer Konkurrentinnen habe auch nur annähernd eine so hohe Punktzahl erreicht wie sie.

Unser Seminar ›Kraft der Imagination‹ dauerte ebenfalls bis weit nach Mitternacht. Wir tagten im Freien, auf der Wiese beim Bootshaus. Für mich als Medium des ›Meisters‹ eine wahre Zumutung. Eine Session unter freiem Himmel ist weitaus anstrengender als in einem Tagungsraum. Das Trommeln der Teilnehmer trägt nicht. Mond, Mücken und die Musik, die vom Schloss durch den Park dröhnte, erschwerten meine Kontemplation. Ich war müde bis auf die Knochen und wurde überdies von entsetzlichen Kopfschmerzen geplagt, wofür ich weniger den Mond als den ›Meister‹ verantwortlich machte. Einmal mehr nutzte er meinen Gehorsam aus und schickte mich auf eine dieser anstrengenden Reisen, von denen ich mich erst Stunden danach wieder erhole. Ich bin das bevorzugte Medium des ›Meisters‹, trotzdem finde ich, dass er auf den einen oder anderen Effekt verzichten und mich schonender behandeln sollte. Ungeachtet meiner eigenen, später entdeckten Begabung des Hellsehens und der Prophetie, bin ich nämlich nicht in der Lage, mich dem Einfluss des ›Meisters‹ zu entziehen. Ich bin ihm als seinem Medium rückhaltlos und beinahe vollständig ausgeliefert. Seine magnetischen und hypnotischen Kräfte sind so stark, dass es ihm immer wieder gelingt, mich zu Wahrnehmungen seelischer Vorgänge eines anderen Menschen zu stimulieren, egal wo und wann dieser gelebt hat und sich jetzt befindet. Mir selbst bleiben allerdings keine Erinnerungen an meine Ekstasen, weswegen ich auch über den Verlauf einer Session nicht mehr weiß, als was man mir berichtet.

Bis heute quält mich darum der Gedanke, dass gerade hier der Schlüssel für eine zuverlässige Deutung meines

Traumes und die kommenden Ereignisse hätte gefunden werden können.

Irgendwann musste ich dann doch noch einmal eingeschlafen sein. Auf jeden Fall wurde ich erst kurz vor der angesetzten Frühstückszeit aus dem Schlaf gerissen. Durch den telefonischen Weckdienst des Hotels. Ich stand auf, duschte und schlüpfte in frische Kleider.

Es liegt mir daran, festzuhalten, dass ich kein einziges Kleidungsstück anzog, das ich schon am Vortag getragen hatte. Warum, wird aus dem Folgenden nur allzu leicht ersichtlich.

* * *

Im Hotelflur versammelte sich eine große Zahl von Leuten, die ich erst wahrnahm, als ich aus dem Zimmer trat. Eine stumme und verängstigte Menge, unter ihnen viele Beamte, Uniformierte und andere, die sich nur flüsternd unterhielten. Zumindest eine Erklärung dafür, weshalb ich solange nichts von den Leuten gehört hatte, die sich vor meiner Türe zwischen Lift und Treppenhaus stauten.

Ich entdeckte einen der Kursteilnehmer und fragte ihn, was der Menschenauflauf zu bedeuten habe. Er schaute mich aus müden Augen an, senkte den Blick und murmelte, die Schönheitskönigin von gestern Abend sei tot in ihrem Bett gefunden worden. Erwürgt. In Zimmer 5, nur wenige Schritte von dem meinigen entfernt. Und fast vorwurfsvoll fügte er hinzu, ob ich denn nichts gehört habe, einen Hilferuf oder einen Schuss? Worauf ich leicht pikiert bemerkte:

»Sie wurde doch erwürgt.«

Zwei Männer in Uniform kamen aus Zimmer 5, sie trugen eine Bahre, auf der, eingepackt in einen silbernen Sack, die Tote lag. Jemand machte eine Blitzlichtaufnahme. Dann drängten die Leute in den Lift oder stürmten hinter den Beamten die Treppe hinunter.

Um zum Lift zu gelangen, musste ich am Zimmer der Toten vorbei. Die Türe des Zimmers stand offen. Polizeibeamte waren dabei, das Schlosszimmer mit kleinen Pinseln und Spiegeln zu durchsuchen. Zwei Frauen mit Gummihandschuhen füllten alles, was sie fanden, in Plastikbeutel; Fussel, Zigarettenstummel, Kleider ... Ja selbst einen Blumenstrauß, ein prächtiges Bukett roter Rosen und weißer Lilien, rissen sie auseinander und packten jede Blume einzeln in ihre Säckchen.

Obwohl ich nur einen kurzen Blick ins Zimmer der Toten warf, das Bett und seine nähere Umgebung kaum wahrnahm, war mir der Raum sofort vertraut, und, noch bevor ich die einsame Pappel vor dem Fenster sah, wusste ich, dass ich das Zimmer kannte. Ich war schon einmal hier. Vergangene Nacht.

Ich erschrak zutiefst. Was für ein Abgrund. Am liebsten wäre ich in mein Zimmer zurückgeeilt und hätte mich im Bett verkrochen. Doch dann hielt ich Traum, Pappel und die tote Bodenseekönigin für einen unsinnigen Zufall, eine Ausgeburt meines übermüdeten Kopfes. Ich bezwang mein Zittern und schloss mich dem Teilnehmer an, der in der Nähe des Liftes auf mich wartete.

Wir fuhren ins Erdgeschoss und mein Begleiteter steuerte eine entferntere Ecke der Frühstücksterrasse an, den letzten Tisch vor dem Stamm der Pappel. Ich kaschierte mein Erschrecken geschickt mit einem Ausruf des Entzückens, »Was für ein schöner Morgen, und diese Aussicht!«, eine Kellnerin fragte uns: »Tee oder Kaffee?«, schrieb unsere Zimmernummern auf, mein Begleiter bestellte Speck mit Ei, und ich holte mir am Selbstbedienungsbüfett ein paar Früchte. Zwei weitere Kursteilnehmerinnen setzten sich zu uns: »Das ist aber nett, dass wir unseren Star einmal ein bisschen für uns haben.« Man lachte, plauderte und reichte sich die Butter. Niemand erwähnte auch nur andeutungsweise den Vorfall in Zimmer 5, die Aufregung im Flur, und darum unterdrückte auch ich meinen Wunsch, über das Unerhörte zu sprechen.

Die beiden Frauen behaupteten, dass ich, der ich eher ein scheuer und etwas linkischer Mensch bin, mich während der nächtlichen Session in einen ungewöhnlich charmanten Geist-Plauderer verwandelt hätte. Sie amüsierten sich über Anzüglichkeiten, die sie offensichtlich für besonders sexy hielten, etwas, das nun wirklich nicht zu meinen Eigenschaften gehört.

Unser Tischgenosse erzählte von seiner nächtlichen Rückführung.

Er behauptete, 1369 in Konstanz enthauptet worden zu sein. Er sei einer der neun Bewaffneten in Berner Diensten gewesen, der dieses Schloss, ehedem eine Burg, gegen die Angriffe Konstanzer Kaufleute verteidigt hätte. Man habe von hier aus den gesamten Handel mit Konstanz kontrolliert und mächtig zugelangt, zimperlich sei seinerzeit keiner gewesen. Aber gegen die Übermacht von 400 Mannen, die mit achtzehn Schiffen vor der Burg ankerten, sei man schließlich machtlos gewesen.

Ich stoppte den Schwätzer mit der Bemerkung, dass ich die Hotelunterlagen ebenfalls gelesen hätte. Leicht beleidigt machte mich dieser nur darauf aufmerksam, dass ich es gewesen sei, der ihn gestern am See mit den Berner Freiherren von Brandis bekannt gemacht habe. Der zukünftige Abt von Reichenau habe sich bei ihm persönlich entschuldigt und für die Verteidigung der Burg gedankt. Das sei die Wahrheit, auch wenn er sie mit dem Leben bezahlt habe.

Zum Glück fanden sich weitere Kursteilnehmer auf der Terrasse ein. Viele traten an unseren Tisch, lobten meine Leistung als Medium und selbstverständlich meinen ›Meister‹, dem es einmal mehr gelungen sei, ihrer aller Sein ins Transzendentale auszuweiten. In Zusammenarbeit mit meinen somnambulen Fähigkeiten hätten sie schließlich eine vollumfängliche Versammlung aller Bankerten Napoléon des Dritten als Gäste ihrer Sitzung erlebt. Im Schloss Arenenberg am Schweizer Ufer seien die Lichter ausgegangen.

Obwohl jedermann so tat, als ob er oder sie von der Ermordung der Schönheitskönigin nichts wusste und das Thema, trotz mehrfacher Anspielung meinerseits, sorgfältig vermied, spürte ich sehr wohl, dass alle voneinander wussten, dass sie wussten, was ich wusste, wenn ich auch sehnlichst hoffte, dass sie nicht wüssten, was nur ich wusste. Oder zumindest ahnte. Denn noch gab es für meine Tat keinen Beweis.

Unter dem Vorwand, ich sei von der gestrigen Sitzung noch müde, leide auch nach wie vor unter stechenden Kopfschmerzen – eine Ausrede, die man mir gerne glaubte, wusste doch jeder von uns, wie anstrengend meine Arbeit gewesen sein musste – entschuldigte ich mich und ging in mein Hotelzimmer zurück.

Ich zog die schweren Vorhänge zu und setzte mich im Halbdunkeln auf einen Stuhl, den ich wohlüberlegt zwischen Bett und Fernsehtisch platzierte und versuchte, meine Sinne zu kanalisieren, indem ich die letzten Stunden vor meinem inneren Auge nachstellte. Meine Versenkung glückte ohne erwähnenswerte Erschwernis, und fast übergangslos erreichte ich jenen halbwachen Zustand, der mich befähigt, gewissermaßen mit einem Fuß in meine Traumwelt einzutauchen, ohne deswegen meine Orientierung in der Außenwelt, sowohl zeitlich als auch räumlich, zu verlieren.

Schon sah ich, wie ich übermüdet in mein Zimmer zurückkehrte. Ich blickte auf die Uhr und schnitt eine Grimasse, die wohl den außergewöhnlich späten Zeitpunkt meiner Rückkehr kritisieren sollte. Bereits im Vorraum zwängte ich mich aus den Schuhen, die mich offensichtlich schon den ganzen Abend gequält hatten. – Die Schuhe waren neu und, wie sich später zeigte, eine ganze Nummer zu klein. – Ich massierte meine Füße und verschwand im Badezimmer.

Was ich genau im Bad machte, weiß ich nicht. Eine Beobachtungslücke, die mich aber nicht verwirrte, so dass ich der kurzen Absenz innerhalb meiner Trance keine Bedeutung zumesse.

Nach wenigen Augenblicken kam ich nackt aus dem Bad, meine Kleider trug ich über dem Arm, ein unordentliches Bündel, das ich auf die unbenutzte Hälfte des Doppelbetts warf.

Mit einem kurzen Seitenblick vergewisserte ich mich, dass die Kleider noch immer auf dem Bett lagen, genauso, wie ich sie hingeworfen hatte.

Nun drehte ich mich um und entdeckte das Geschenk neben dem Fernseher, die Weinflasche und das Kärtchen. Schon stand ich neben der Flasche ›Verführer‹ und beugte mich zum Kärtchen, das ich zu lesen versuchte, ohne es in die Hand zu nehmen, als wäre es etwas Fremdes, das ich nicht berühren dürfe.

Mein Anblick ließ mich schmunzeln. Diese Verbeugung vor einer Flasche, nackt, die Hände auf dem Rücken. Im matten Spiegel des Bildschirms schimmerte mein schlaffes Glied.

Endlich hob ich das Kärtchen hoch, las es und stellte es wieder zurück.

Über die Wirkung des Geschenks, ob ich mich freute, oder ob es mich erregte, kann ich keine näheren Angaben machen, da ich nur meinen Rücken sah. Und später, als ich mich noch einmal kurz von vorne erblickte, hatte ich bereits meinen Pyjama an, einen dunkelgrünen Schlafanzug mit einem feinen Karreemuster. Dieser lag jetzt direkt vor mir am Fußende des Bettes.

Ich ging zum Fenster und öffnete es. Minutenlang verharrte ich im mondhellen Geviert, starrte bewegungslos in die nächtliche Landschaft. Dann drehte ich mich und kam auf mich zu. Ich schlug die Bettdecke zurück, riss das Bettlaken unter der Matratze hervor, weil ich es gewohnt bin, die Füße aus dem Bett zu strecken und legte mich hin. Ich knipste das Licht aus, klopfte mein Kissen zurecht, und nachdem ich mich zur Seite gedreht hatte, schlief ich augenblicklich ein.

Ich hatte mich mittlerweile vollkommen beruhigt und war überzeugt, dass ich trotz meines Traumes mit dem Tod der Schönen nichts zu tun haben konnte. Hotelzimmer pflegen sich zu gleichen, und Pappeln gehören traditionell zu den bevorzugten Bäumen um Schlösser und Hotels. Vielleicht wurde die Pappel nur deswegen in meinen Traum geflochten, weil sie die Letzte einer einmal vollständigen Reihe, welche die Aussicht verstellte, gewesen sein dürfte. Sie störte. Allerdings nicht vor meinem Fenster.

Ohne Hast begann ich, mich aus meiner Versenkung zu lösen, als ich mich im Schlaf sprechen hörte, und unverzüglich nahm ich meine Beobachtung wieder auf.

Mein Traumgemurmel verstand ich nicht mehr. Sei es, weil es tatsächlich unverständlich war, sei es, weil ich mich bereits all zu sehr von meiner Traumwelt entfernt hatte, wie auch immer, ich sah, wie ich aufstand, und ins Badezimmer ging. Ich hörte das Klappern eines Kleiderbügels, wenige Sekunden später kam ich in einem weißen Frotteebademantel aus dem Badezimmer.

Der Mantel gehört zum Angebot des Hotels, das seinen Gästen den Besuch des hauseigenen Schwimmbads mit Sauna und Whirlpool empfiehlt und ihnen zu diesem Zweck einen Bademantel zur Verfügung stellt.

Ich steuerte auf die Weinflasche zu, als wolle ich sie ergreifen, doch dann blieb ich stehen, drehte mich um und verließ das Zimmer.

Die weißen Frotteeärmel meines Traumes! Mit einem Schlag war ich hellwach. Ich stürzte ins Badezimmer, riss den Bademantel von seinem Bügel, rannte ins Zimmer zurück. Ich warf den Mantel aufs Bett und begann fieberhaft, nach Spuren meines nächtlichen Ausflugs zu suchen. Einen Augenblick später hatte ich den Beweis.

In einer der Manteltaschen steckte eine zerknitterte, aber noch frische Lilie, eine Blüte aus dem Bukett im Zimmer der Ermordeten. Ich war in der Suite der Schönheitskönigin, ich … Meine Träume entsprachen der Wirklichkeit.

Zu allem Überfluss erinnerte ich mich jetzt auch wieder an den süßschweren Geruch des Parfüms der Toten. Der Mix aus Lilien und Rosen, der mir schon im Lift aufgefallen war, und der, so glaubte ich mich zu erinnern, mich umgab, als ich aus meinem Traum erwachte.

Man wird verstehen, dass mich meine Erkenntnis in einen schmerzhaften und verzweifelten Zustand versetzte. Ich weiß nicht, wie lange ich wie gelähmt auf dem Stuhl vor dem Bett saß, immer wieder in Gefahr, mich den dunkeln Verlockungen meiner Traumwelt zu überlassen, um dem Schrecken ein für alle Mal zu entrinnen.

Schließlich fasste ich mir ein Herz, und, auf einen milden Richter hoffend, entschloss ich mich, mich der Polizei zu stellen. Telefonisch meldete ich mich bei der Hoteldirektion, um ein erstes Geständnis abzulegen.

* * *

Der Hotelmanager erwartete mich in seinem Büro.

Ich blieb bei der Türe stehen, sprach ruhig, klar und bestimmt, von einer ernsten, fast feierlichen Stimmung getragen, wie es der Anlass verlangte. Schauspielerei – Dramatik oder Hysterie – sind mir zutiefst verhasst. Auch während meiner Arbeit als Medium verliere ich in keinem Moment meine Würde, selbst in Ekstase nicht, was mir alle, die mich als Medium des ›Meisters‹ kennen, mehrfach bestätigt haben.

In der unglücklichen Situation, in der ich mich jetzt befand, schien es mir allerdings nur natürlich, dass ich, um das Ungeheuere meiner Tat zu berichten, vor dem Schreibtisch des Managers niederkniete.

Der Hotelier forderte mich zwar auf, höflich, aber mit einem leicht ungeduldigen Unterton, mich in einen der Sessel zu setzen, die in seinem Büro standen. Ich aber verharrte regungslos in meiner Stellung, mehrere Minuten lang ernst und schweigend, bis ich spürte, dass der Mann bereit war, mir zuzuhören.

Meine Beichte brachte den Manager um Ruhe und Verstand. Er schrie mich an und beleidigte mich in einer Weise, die ich nicht verdient hatte, trotz allem, was letzte Nacht geschehen war. Dann stürzte er hinaus und beschimpfte seine Sekretärin.

»Warum zum Teufel haben Sie diesen Trottel in mein Büro gelassen?«

Er erkundigte sich nach der Zimmernummer meines ›Meisters‹, den er in seinem Anfall einen Oberspinner nannte, einen, vor dem er immer schon gewarnt habe. Leute, wie mein ›Meister‹ und ›der da drüben‹ brächten mit ihrem Hokuspokus, ihrem Trommeln und, was auch immer zu diesem Esoterikrummel gehöre, die gesamte Region in Verruf. Ich war entsetzt.

Kurze Zeit danach kam der ›Meister‹ ins Büro, höchstpersönlich und einigermaßen außer Atem. Er zog mich vom Boden hoch und schloss mich in seine Arme. Daraufhin verließen wir das Büro des Hoteldirektors, wortlos, und ohne uns um die Folgen meiner Aussage zu kümmern.

Der ›Meister‹ begleitete mich in mein Zimmer. Ich war völlig erschöpft und beklagte mich ein wenig.

Im Flur begegnete uns eine der Teilnehmerinnen der Schönheitskonkurrenz, die junge Frau, die mich schon gestern angesprochen hatte, und der ich, mehr aus Spaß als im Ernst, den Sieg des Wettbewerbs vorhergesagt hatte. Ich grüßte sie freundlich und fragte sie, wie denn der Abend für sie verlaufen sei. Sie lächelte spitzbübisch und meinte, zur ›Miss Bodensee‹ habe es zwar nicht gereicht, doch mit einem dritten Platz sei sie auch zufrieden. Worauf ich den Witz wagte, hätte die Jury nur aus mir bestanden, sie hätte mit Sicherheit den ersten Preis gewonnen.

Wir verabschiedeten uns freundschaftlich. Ich sog ihren Duft ein, Rosen und Lilien, frisch geschnittene Matten, ein sonnenreifer See. Dann, bevor sie in ihrem Zimmer verschwand, schenkte sie mir noch einmal ihr strahlendes Lächeln. Sie wäre wirklich eine verdiente Königin.

Der ›Meister‹ schüttelte missbilligend und leicht erstaunt den Kopf, schob mich in mein Zimmer, und befahl mir, mich tüchtig auszuruhen, ich würde noch gebraucht und für Abenteuer sei jetzt keine Zeit.

Ach du herrjemine. Was geht denn das den Alten an.

Ich legte mich ins Bett und versenkte mich. Den weißen Bademantel zog ich schon vorher an.

Ulrike Längle

Sherlock Holmes in Schoppernau

Beginn eines Kriminalromans

Alle Welt hält mich für tot. Im Moment liege ich unter einem rotkarierten Federbett und fröstle. Sie heizen die Schlafzimmer nicht in dem Gasthaus, in dem ich seit heute logiere, im ›Rössle‹ in Au. Au ist ein Dorf in der österreichisch-ungarischen Monarchie, ganz im Westen, im Kronland Tirol-Vorarlberg. Ich kann den Bleistift nur mit Mühe in meinen klammen Fingern halten.

Warum ich hier bin? Ich musste mich zurückziehen. Prof. Moriarty, mein Todfeind, die Spinne im Netz des Bösen, ist zwar vor meinen Augen in die Reichenbachfälle gestürzt, aber seine Komplizen sind hinter mir her. Es ist mir gelungen, ohne Verfolger aus Meiringen zu fliehen. Und nun habe ich einen Haken geschlagen, in dieses Nest im sogenannten Bregenzerwald. Hier muss ich mich ein paar Tage ausruhen, auf dem Weg nach Florenz. Watson, mein treuer Freund Dr. Watson, glaubt, dass ich mit Prof. Moriarty in den Tod gestürzt bin. In diesem Glauben muss ich ihn lassen. Alles andere wäre zu gefährlich. Ich muss für einige Zeit von der Bildfläche verschwinden.

Heute habe ich in der guten Wirtsstube im ›Rössle‹, sie nennen den Raum hier ›Herrenstüble‹ (ein Hinweis auf die undemokratische Verfassung der Gesellschaft), einen interessanten Mann kennengelernt. Ich saß so gegen 10 Uhr morgens an einem weißgedeckten Tisch, die Wirtin hatte ich dazu überreden können, mir Ham and Eggs zu braten und einen starken schwarzen Tee aufzugießen, was sie bisher sicher nur als Medizin bei Magenverstimmungen kannte – ich saß also bei meinem für mich ungewohnt nahrhaften Frühstück, aber die Ereignisse in Meiringen haben mich doch etwas mitgenommen –, als die Stubentür aufging. Herein trat ein kleiner Mann in einem langen Hausrock mit roter Kordel um den Bauch, einem mächtigen Matratzenbart und einer Art orientalischem Fez auf dem Kopf. In der Hand hielt er eine Tabakspfeife, aus der er kräftig schmauchte. Er grüßte mit dem landesüblichen »Grüß Gott«. Die Wirtin lächelte ihm freundlich zu wie einem alten Bekannten und meinte:

»Auch schon auf, Herr Adjunkt? Dasselbe wie immer?«

Er nickte, seine runden Brillengläser blitzten kurz auf, dann nahm er an dem Tisch neben dem meinen in der vornehm getäfelten Stube Platz. Offensichtlich ein Herr. Aus dem leichten Reif, der sich in seinen Haaren und seinem Bart festgesetzt hatte und aus dem Zustand seiner Stiefel schloss ich, dass er circa eine Viertelstunde zu Fuß hierher gegangen war. Kälte schien er nicht zu fürchten, da er nur diesen Hausrock trug. Die Wirtin brachte ihm in einer Karaffe ein Viertel Rotwein und ein Glas von sehr guter Qualität, geschliffenes Kristall, und schenkte ihm ein. Dazu alle Journale, die auf einem holzgeschnitzten Ständer bereitlagen. Eine ganze Weile lang sah ich nur eine stetige Rauchwolke hinter einer Papierwand emporsteigen und hörte ab und zu einen Ausruf wie: »Verdammte Fürstenknechte« oder »Fahrt endlich ab mit diesen elenden Römlingen!«, allerdings in einem Dialekt artikuliert, den ich nur schwer verstehen konnte. Für einen Gast des ›Herrenstübles‹ seltsame Worte.

Schließlich legte er das Blatt, in dem er zuletzt gelesen hatte, die ›Augsburger Allgemeine‹, aus der Hand und blickte aus seinem Tabaksqualm um sich wie Zeus aus einer Wolke im Olymp. Ich muss zugeben, er war mir von Anfang an sympathisch. Denn auch ich bin dem Laster des Rauchens verfallen wie selten einer. Er hatte bisher keine Notiz von mir genommen, doch nun fiel sein Blick auf mich. Seine leuchtend hellblauen Augen, die vor Intelligenz förmlich blitzten, bohrten sich in meine. Die Intelligenz schien mir höchstens durch einen gewissen Hang zum Fanatismus beeinträchtigt, den ich aus dem Zusammenkneifen der Augen und aus dem martialisch vorgereckten Kinn unter dem Matratzenbart zu erkennen glaubte.

Als er mir ins Gesicht sah, ging eine erstaunliche Verwandlung mit seinen Zügen vor sich. Die Augen hinter den Brillengläsern weiteten sich, einen Augenblick glaubte ich, die Pfeife würde ihm aus dem Mund fallen, doch dann hatte er sich wieder in der Gewalt. Er hob sein geschliffenes Weinglas, nickte mir zu und meinte in meine Richtung, bevor er einen Schluck trank:

»Willkommen in unserem kleinen Ländchen. Wie ich sehe, sind Sie Ausländer. Darf ich fragen, woher? Ich tippe auf die Britischen Inseln.«

Das alles wurde in korrektem Hochdeutsch vorgebracht. Ich war in der Tat verblüfft. Natürlich war es leicht, aus meinem Frühstück auf einen Untertanen Ihrer Majestät, der Queen Victoria, zu schließen, doch in diesem Dorf hatte ich eine solche Weltkenntnis nicht erwartet. Ich dankte ihm und lud ihn ein, an meinem Tisch Platz zu nehmen. Mein Frühstück hatte ich beendet. Da dies offensichtlich hier der Brauch war, bestellte ich bei der Wirtin ebenfalls eine Karaffe Rotwein, der übrigens vorzüglich schmeckte. Der Adjunkt nahm meine Einladung an, raffte seinen Hausrock, unter dem er einen korrekten Anzug trug, zusammen, und setzte sich mir gegenüber. Die Wirtin war schon eilfertig herbeigesprungen und stellte sein Rotweinglas und die Weinkaraffe auf meinen Tisch, bevor sie mir das Gewünschte brachte und es mit einem Spruch, der klang wie »Gsengisgott« vor mich hinstellte.

»Gestatten, Kaspar Moosbrugger, Gerichtsadjunkt a. D. in Bludenz und sozusagen auf Heimaturlaub in Au. Auf Ihr Wohl!«

»John Watson, Arzt aus London und ebenfalls auf Urlaub hier auf dem Kontinent. Sehr erfreut, Ihre Bekanntschaft zu machen.«

Wir stießen mit den gefüllten Gläsern an, die fröhlich klirrten. Mein treuer Freund Dr. Watson möge mir verzeihen, dass ich seinen Namen verwendete, aber ich hatte mich schon am Vorabend unter diesem Pseudonym ins Gästebuch eingetragen. Watson war ein häufiger Name in England, es konnte sich also leicht um einen anderen Träger dieses Namens handeln. Mir machte es sogar ein bisschen Spaß, als mein verehrter Freund Dr. Watson aufzutreten.

»Darf ich fragen, warum Sie bei meinem Anblick so erschrocken sind, dass Sie fast ihre Pfeife verloren haben?«

»Nun, das kann ich Ihnen leicht erklären. Sie ähneln einem teuren Freund, meinem Schwager, der leider schon vor 24 Jahren verschieden ist.«

Bei diesen Worten nahm der Adjunkt a. D., der etwas über 60 Jahre zählen mochte, die Brille ab und rieb sich die Augen. Nach einer Weile hatte er sich wieder gefasst.

»Dort drüben hängt sein Bild, die frühere Wirtin war eine große Verehrerin des Seligen. Sie ist leider auch schon tot.«

Moosbrugger führte mich zur gegenüberliegenden Stubenwand. Dort hing eine schön gerahmte große Fotografie, die einen jüngeren Mann zeigte. Außer dass er ebenfalls eine lange Nase und ein schmales Gesicht hatte, konnte ich keine Ähnlichkeit mit mir feststellen. Im Gegenteil: er hatte dunkle Haare, einen Schnurrbart und ein leicht fliehendes Kinn. Ein Auge blickte trotzig unter der dunklen Braue hervor, das andere wirkte auf dem Foto etwas verwischt.

»Franz Michael Felder. Haben Sie den Namen noch nie gehört?«

Der Adjunkt blickte mich fragend an. Ich schüttelte den Kopf und meinte:

»Aber Sie können mir sicher erzählen, wer er war. Auf jeden Fall ein guter Kopf.«

Ich warf dem Adjunkten einen aufmunternden Blick zu, aber er schüttelte nur sein mächtiges Haupt. Übrigens hatte er eine sehr hohe Stimme, die gar nicht zu seinem imposanten Äußeren passen wollte.

»Heute nicht. Vielleicht ein andermal. Die Erinnerung …«

Er nahm ein großes weißes Taschentuch aus seinem Morgenmantel und schnäuzte sich. Dann ging er mit schleppenden Schritten aus der Gaststube. Nicht einmal seinen Rotwein hatte er ausgetrunken.

Da das Wetter sich inzwischen gebessert hat, obwohl es für Anfang Mai noch immer sehr kalt ist, und ich die Gegend etwas erkunden wollte, habe ich einen Spaziergang gemacht. Ich wanderte ins nächste Dorf. Es heißt Schoppernau und ist ungefähr eine Stunde zu Fuß von Au entfernt. Es liegt am Ende des Tales in einem weiten Kessel zwischen hohen Bergen. Nicht so hoch wie in Meiringen, aber doch ganz beachtlich. Man hört von allen Seiten das Brausen von stürzenden Wasserfällen. Die Schneeschmelze hat bereits begonnen. Ich ließ die Kirche, die etwas erhöht steht, links liegen und nahm den Weg, der aus dem Dorf hinaus auf den Hochtannbergpass führt. Der Schnee war hier fast völlig geschmolzen, der Fluss, Bregenzerache genannt, führte ziemlich viel Wasser. Am Ende des Dorfes liegt links ein Wald, dann führt der Weg außen an einem Hügel herum in einer Art Schlucht am Ufer der Ache entlang. Links sieht man langgezogene Schotterkegel, die wohl von Steinmuren herrühren.

Ich marschierte munter vor mich hin, als ich plötzlich zwei Gestalten vor mir sah. Einer, ein junger Mann, trug eine Soutane, es war eindeutig ein katholischer Priester, ungefähr 30 Jahre alt. Der andere, etwas jüngere, war gekleidet wie ein Einheimischer. Vor mir befand sich ein kleiner Schuppen, und ich konnte der Versuchung nicht widerstehen, durch die offenstehende Tür hineinzuschlüpfen und die beiden durch eine Ritze in den Brettern zu beobachten. Plötzlich packte der Priester den anderen an der Gurgel, drängte ihn zum Wasser und schrie im hiesigen Dialekt, den ich aber schon recht gut verstand:

»Und du auch!«

Dann jedoch stürzte er sein Opfer nicht in den Fluss, sondern ließ wieder von ihm ab. Die folgenden Worte konnte ich nur bruchstückhaft vernehmen, der Fluss rauschte zu laut:

»... damit du nicht wirst wie dein Vater ... lieber tot als so einer ...«

Nun verschwanden die beiden hinter einer Wegbiegung. Ich schlüpfte aus meinem Versteck und sah noch, wie sie einträchtig Arm in Arm den Weg weiterwandelten. Ein seltsames Paar, in der Tat.

Auf dem Rückweg stattete ich der Kirche und dem Friedhof von Schoppernau einen Besuch ab. Dieser Felder, an den ich den Adjunkten a. D. Moosbrugger erinnere, scheint hier ein bekannter Mann gewesen zu sein. Auf dem Friedhof steht sein Denkmal. Es befindet sich an der Kirchenmauer und zeigt den Kopf im Profil, von einem Lorbeerkranz umwunden. Durch das Oval geht ein Riss, wie ich bei näherer Betrachtung feststellen konnte. Man scheint irgendeine Art von Gewalt angewendet zu haben. Als ich den Riss gerade genauer inspizierte, wurde ich von hinten angerempelt und rüde in dem nun besonders grob klingenden Dialekt angeschnauzt:

»Scher dich weg, du Lümmel, von dem verdammten Felder. Das hier ist ein Friedhof und kein Museum. Leute wie dich brauchen wir hier nicht!«

Ich wollte den Angreifer mit meinem Spazierstock züchtigen, da war er schon um die Kirchenecke verschwunden. Ich sah gerade noch, wie er in der Tür zum Pfarrhaus verschwand. Es scheint der Pfarrer gewesen zu sein.

Dem Denkmal entnahm ich, dass dieser Felder schon seit 1869 tot ist. Und jetzt schreiben wir das Jahr 1893. Der Lorbeerkranz scheint auf einen Dichter hinzudeuten. Er ist jung gestorben, denn sein Geburtsjahr ist 1839.

Bei der Besichtigung des Friedhofs bin ich auf das Grab seiner Familie gestoßen. Es liegt etwas am Hang, links hinter der Kirche. Außer Franz Michael Felder selbst liegen dort sein Vater Jakob, gestorben 1849, seine Frau Anna Katharina, das muss die Schwester des Adjunkten sein, gestorben 1868, mit gerade einmal 30 Jahren, und sein Sohn Martin sowie seine Mutter, die beide 1874 den Weg ins Jenseits angetreten haben. Der Sohn war 6 Jahre alt, die Mutter 75. Eigenartig, dass dieser Felder und seine Frau so jung und so kurz hintereinander gestorben sind.

Nach dem etwas späten, aber ausgezeichneten Mittagessen im ›Rössle‹, es gab Rindsbraten, der fast wie Roastbeef schmeckte, dazu breite Nudeln und eine Rotweinsauce, und ich aß viel mehr, als es sonst meine Gewohnheit ist, habe ich mich in mein Zimmer zurückgezogen, um etwas auszuruhen. Die Ereignisse in Meiringen haben mir doch etwas zugesetzt. Ich hoffe nur, dass Moriarty wirklich tot ist. Aber einen Sturz aus dieser Höhe in einen Wasserfall überlebt man nicht. Trotzdem muss ich auf meiner Hut sein.

Auch Dr. Watson, dessen Identität ich mir angeeignet habe, wäre dafür gewesen, dass ich mich etwas ausruhe. Zur Entspannung nahm ich meine Geige aus ihrem Kasten und spielte ein wenig, um meine Nerven zu beruhigen.

Dann stopfte ich mir eine Pfeife. Auf einem kleinen Bücherbord neben meinem Bett entdeckte ich ein paar Druckwerke. Ich nahm eine ältere Zeitschrift zur Hand. Sie hieß ›Wanderer‹, war in Wien erschienen, und zwar am 3. März 1868. Ich blätterte ein wenig darin herum, und plötzlich stieß ich auf einen Artikel, der mit ›Franz Michael Felder‹ gezeichnet war. Also doch ein Dichter oder Schriftsteller. Ich begann, mich in die Lektüre zu vertiefen. Der Artikel hieß ›Grobe Federzeichnungen aus dem Bregenzerwalde‹. Offensichtlich war dieser Felder heftig verfolgt worden, und zwar von der von der Geistlichkeit aufgehetzten Bevölkerung, weil er ›Bildung und Licht des Geistes‹, wie er schrieb, in sein enges Tal hatte bringen wollen. Er war damals vor einem Jahr, also 1867, zum Adjunkten Moosbrugger nach Bludenz geflüchtet, und nun, als er diesen Artikel schrieb, Anfang 1868, war sein Vetter, der ihn verteidigt hatte, fast umgebracht worden. Dieser Vetter war anscheinend vorher länger im Ausland, möglicherweise in Frankreich, gewesen. Hier eine Kostprobe:

O gewiss, als der Traubensaft der Provence dich erfreute und stärkte zu dem Entschlusse, deinen vor 10 Jahren unter Tränen verlassenen Freund, den einsamen traurigen Grübler wieder einmal zu besuchen, da dachtest du nicht im entferntesten daran, dass in einer raucherfüllten dumpfen Wirtsstube zwei Diener Gottes und des Pfarrers von Schoppernau – der Rösslewirt und sein Vetter – dich festhalten würden, damit ein Dritter und nötigenfalls auch vierter mit eisenbeschlagnen Bauernstiefeln die Härte deines immer so stolz aufgerichteten Kopfes erproben könne.

Offenbar heißen in dieser Gegend alle Gasthäuser ›Rössle‹. Es scheint da eine Schlägerei gegeben zu haben. Und der Pfarrer von Schoppernau – derselbe, der mich heute so rüde angerempelt hat? – hat offenbar den Angreifer von der Kanzel herunter verteidigt, denn er *stellte am folgenden Sonntag in einer Predigt, wie man sie selbst von ihm noch nie gehört haben will, den Rösslewirt als mutigen Glaubenskämpfer der teils erfreuten, teils erstaunten Gemeinde zum Muster und Vorbild auf, dass es jedes Kind bemerkte, wenn es die Schläge auf die alte Kanzel nicht zu sehr betäubt und erschreckt hatten.*

In was für eine Gegend bin ich hier geraten? Hier toben ja Religionsfehden wie im Mittelalter. Der Vetter soll jedenfalls gesagt haben, als ihm Felder von dieser Predigt erzählte, Schweigen wäre Gold gewesen. Dann bezichtigt sich dieser Felder selbst, seine ›geschwätzige Feder, welche die Sonderlinge in die Welt schickte‹, – wahrscheinlich der

Titel eines seiner Bücher – sei ›das Unheil, der Fluch, die Schande‹ seiner Heimat ›mit den engen Tälern und den noch engeren Begriffen‹. Er und seine Anhänger würden verfolgt wie eine Sekte, wie die ›bösen Mannharter‹. Rüscher habe gegen ihn, den ›verhasstesten Erzfreimaurer und Antichrist‹, und seine Werke gepredigt, so dass es furchtbare Unruhen unter der Bevölkerung gegeben habe. Dann heißt es noch in bezug auf das Sprichwort ›Schweigen ist Gold‹: *Ich konnte aber trotzdem nicht mehr schweigen. Ich will auch dieses Gold nicht, und wenn ich wieder fliehen und Brot und Recht betteln müsste von Tür zu Tür im neuverjüngten Österreich, ich will der Wahrheitsgeiger sein und bleiben, wenn man mir auch die Geige am Kopfe zerschlagen sollte, worauf auch wirklich immer mehreres hinzudeuten scheint.*

Dieser Felder wird mir immer sympathischer. Auch er spielte Geige, wenn auch nur metaphorisch. Wenn man bedenkt, dass das alles jetzt ungefähr 25 Jahre her ist, muss man über die Reaktion des Pfarrers heute auf dem Friedhof staunen. Damals hat dieser Pfarrer das Dorf so aufgehetzt, dass es fast zu einem ›Religionskrieg‹, wie dieser Felder schreibt, gekommen wäre. Die Behörden sind anscheinend nicht eingeschritten. Am Schluss will Felder doch nicht schweigen und schickt diesen Artikel in die Welt hinaus: *Ich bin kalt, hart geworden zwischen diesen starren Bergen und sehe furchtbar klar, welche Folgen dieser Hilferuf, der hier herum sicher nicht überhört wird, für den armen Bauern haben kann, aber es handelt sich nicht mehr nur um mich und meine Ruhe.* Darum gehe er hinaus in die Welt, sobald der Bote wieder einmal aufs nächste Postamt geht. *Herzlichen Gruß allen den Glücklichen da draußen in frischer freier Luft, die den Druck der schwielenbedeckten Hand nicht verschmähen.*

Hier hat wohl ein Einzelner gegen die Diktatur einer fanatischen Geistlichkeit gekämpft. Das war sicher aufreibend. Aber dass er und seine Frau so jung gestorben sind, das erscheint mir seltsam. Ich werde vielleicht doch den Adjunkten a. D. Moosbrugger etwas aushorchen.

Nach einem kurzen Mittagsschläfchen – ich bin hier schließlich quasi eine Leiche auf Urlaub und kann mir Dinge erlauben, die ich sonst nie täte – zog es mich wieder hinaus. Ich wanderte noch einmal nach Schoppernau. Links am Dorfeingang liegt das stattliche Gasthaus ›Rössle‹, wo damals die Schlägerei stattgefunden haben muss. Ich betrat die Wirtsstube, es war gegen vier Uhr nachmittags. Um diese Zeit saß kein einziger Gast in der Stube, die bedeutend einfacher eingerichtet war als mein ›Herrenstüble‹. Ich bestellte wieder ein Viertel Roten. Dann fragte ich die Bedienung, eine ältere, korpulente Frau mit gelblichem Gesicht, wer dieser Franz Michael Felder sei, dessen Denkmal ich auf dem Friedhof gesehen hätte. Ihr Blick wurde plötzlich stechend, sie schlug ein Kreuzzeichen und stieß zwischen den Zähnen den Satz hervor: »Den kennen wir hier nicht. Und außerdem sperren wir gleich zu.« Sie warf mich also hinaus.

Heute Abend in meinem ›Rössle‹ in Au, dem ›Rössle‹ der Felder-Freunde, habe ich ein bisschen im Fremdenbuch geblättert. Die Wirtin hat es mir hingelegt, für eine Eintragung. Engländer kämen schließlich nicht jeden Tag in Au vorbei. Ich fand dort Sprüche wie ›Gott, du schufst zu unsrer Wonne, Himmel, Erde, Mond und Sonne. Und sie sind in ihrer Pracht, Zeugen deiner Huld und Macht‹ oder ›Wer da liebt Wein so auch Weib und Gesang, dem wird es in Au im Rössle nicht bang. Er sitzet vergnügt und wärs auch noch so lang beim rothen Traminer und Zitherklang‹. Beim Blättern in der Gästeliste fand ich zu meinem Erstaunen nicht nur Reisende aus Bregenz, dem Hauptort des kleinen Ländchens Vorarlberg, sondern auch aus Ulm, Leipzig, Schaffhausen, Zürich (die ganze Altherrensektion eines Turnvereins und ein Waisenvater mit 15 Zöglingen), München, Frankfurt, Oldenburg und Paris. Meine Landsleute von den Britischen Inseln waren gleich reihenweise hier gewesen: ein Mr. G. Browne aus Cambridge, der kein Reiseziel angegeben hatte, ein Herr aus London. J. Marry, jedoch ohne Angabe des Standes, des Reisezieles und des Ortes, woher er gekommen sei. Wir Briten lieben solche Schnüffeleien des Staates nicht. Zwei originelle Künstler aus Amerika, die Nr. 148 und 149 des Jahres 1873: Fred L. Crane, ›Stand: Künstler, gewöhnlicher Wohnort: Boston, U.S.A., Woher sie kommen: Leipzig, Wohin sie gehen: Schoppernau, Datum der Ankunft: 5. August, Datum und Ort, wo der Pass ausgestellt: Washington, U.S.A., July 29th 1872, Reisezweck: Gesundheit und Glücklichsein. Bemerkungen: Auf nach Valencia!‹ Sein Begleiter hatte außer in der Spalte ›Namen der Reisenden‹, wo C. Alden stand, überall ›ditto‹ eingetragen, bei ›Bemerkungen: Gar nix‹. Im Jahre 1876, am 18. August, war sogar ein ›Writer to her Brit. Majesty's Signet‹ eingetragen, Robert B. Blythe aus Edinburgh, der mit einem Mr. Fairholme, Student aus Bregenz und weiteren Freunden gekommen war. ›Zweck der Reise: A lark. (Ein Jux.) Bemerkungen: Oh what a day we are having.‹

Ich muss der Wirtin wahrscheinlich Abbitte leisten. Ich bin sicher nicht der erste Gast, der Tee und Ham and Eggs zum Frühstück wollte. Aber ich bin vielleicht der Einzige hier, der weiß, dass ein ›Writer to her Brit. Majesty's Signet‹ kein Schriftsteller ist, sondern ein Rechtsanwalt und

Mitglied einer uralten schottischen Juristenvereinigung dieses Namens.

Gerade als ich das Fremdenbuch der Wirtin zurückgab, kam der Adjunkt a. D. Moosbrugger in die Wirtsstube. Er trug wieder seinen Schlafrock, den ich inzwischen für einen Hausrock halte, grüßte mich erfreut, setzte sich zu mir, bestellte ein Viertel Roten und zündete sich eine Pfeife an. Ich tat es ihm gleich. Nachdem wir beide ein Weilchen schweigend vor uns hingedampft hatten, brach ich eine Konversation vom Zaune.

»Mein verspätetes Beileid, Herr Adjunkt«, sagte ich, »ich habe heute auf dem Friedhof von Schoppernau das Grab Ihrer verehrten Schwester und das von Franz Michael Felder gefunden. Dass das Paar so jung sterben musste. Und der kleine Martin ist auch schon tot. Da ist ja eine ganze Familie ausgestorben.«

Ich war gespannt auf seine Reaktion.

»Keineswegs, keineswegs«, schüttelte er sein mächtiges Haupt mit dem Matratzenbart.

»Felder hat es mir zwar nicht gleichgetan als Vater, er ist ja schon mit 29 gestorben und ich habe inzwischen 14 Kinder, aber er war in diesem Punkte recht tüchtig. Es sind noch vier Kinder am Leben. Lauter frische, tüchtige junge Leute –«, hier machte er eine Pause und schien nachzudenken, »außer vielleicht dem Jakob. Meine Schwester wäre stolz auf sie gewesen. »Ja, meine Schwester«, er nahm einen tiefen Schluck aus dem Weinglas, wischte sich über die Augen und fuhr dann fort:

»Sie hätten Sie kennenlernen müssen, Dr. Watson. Alle Fremden, die sie in Schoppernau gesehen haben, waren begeistert von ihr. Der Pfarrer Hirzel aus Zürich, der meinen Schwager und sie besucht hat, hat sogar in der Neuen

Zürcher Zeitung darüber berichtet. Ich weiß noch auswendig, was da stand: ›Sein munteres, gescheites Fraueli, schon von fünf kleinen Kindern umtummelt, empfing uns mit liebenswürdiger Unbefangenheit. Die jetzt 70jährige, ehrwürdige Mutter Felders hilft ihr in der Beaufsichtigung der Kinder und der Besorgung des Hauswesens so weit nach, dass sie ihrem Gatten bei Lampenlicht vorzulesen und dadurch sein Auge zu schonen die Zeit erübrigen kann, wie sie denn offenbar an seinem schriftstellerischen und praktischen Wirken überhaupt den regsten Anteil nimmt.‹ Wenn er die Nanni nicht gehabt hätte, hätte er es nie soweit gebracht, der Franzmichel. ›Jetzt ist es aus, und mit mir auch‹, hat er an ihrem offenen Grab gesagt, als die Totengräber die ersten Erdklumpen auf den eingesenkten Sarg kollern ließen. Und acht Monate später war er dann wirklich selber tot.«

»An was ist sie denn gestorben?«, fragte ich schnell, denn der Adjunkt bekam schon wieder verdächtig feuchte Augen.

»Nervenfieber, hat der Doktor gesagt. Oder Bauchtyphus. Oder Bauchfellentzündung. Sie war vorher nie krank. Sie hatte ein gesundes Naturell, wie alle in unserer Familie. Sie hat hohes Fieber bekommen und furchtbare Bauchkrämpfe und nach zwei Wochen war sie tot. Am Anfang hat die alte Mutter sie und die fünf Kinder gepflegt, weil Felder zum Heuen nach Hopfreben musste. Dann hat er eine Pflegerin genommen. Meine Schwester war furchtbar unruhig, in ihrem hohen Fieber, Felder hat sie dann in sein Bett gelegt, weil sie sich dort sicherer fühlte. Sie hat die Sterbesakramente empfangen, natürlich nicht vom Rüscher, sondern vom Pfarrer Stockmayr, der gerade da war. Und am 31. August 1868 ist sie dann gestorben. Man hat einen Boten zu mir geschickt, der noch in der Nacht angekommen ist. Am nächsten Tag bin ich mit ihm nach Schoppernau geeilt, und da war dann das Felderhaus über und über schmerzerfüllt.«

Der Adjunkt schnäuzte sich und wischte sich die Augen.

»Sie müssen verzeihen, Dr. Watson, aber die Sache geht mir noch immer sehr nahe. Ich werde alt und sentimental. Aber wenn ich an den Rüscher denke, kommt meine Wut zurück. Der Pfarrer und seine Anhänger haben gejubelt, als die Sterbeglocke für Nanni geläutet hat. So war das damals in Schoppernau – und jetzt ist es auch nicht besser.«

Er nahm einen Schluck aus seinem schönen Kristallglas, das ihm die Kellnerin anscheinend immer hinzustellen pflegte, dann fasste er in eine Innentasche seines Hausrockes.

»Ich trage ihn immer bei mir. Es ist ein Brief meiner Schwester, den sie mir vor ihrer Hochzeit geschrieben hat. Lesen sie ihn und bringen sie ihn mir morgen zurück. Ich sage für heute Adieu.«

Er streckte mir einen Brief in einem hellblauen Kuvert entgegen und ging schleppenden Schrittes aus der Wirtsstube. Ich sagte gleichfalls Gute Nacht zur Kellnerin und zog mich in mein Zimmer zurück, um in Ruhe lesen zu können.

Nun liege ich wieder unter meinem Federbett, weil noch immer nicht geheizt ist.

Selbst in diesem abgelegenen Bergdorf lässt mir das Verbrechen keine Ruhe. Da haben wir einen jungen Mann, Bauer und Schriftsteller, der heftig verfolgt wird, und seine ungefähr gleichaltrige Frau, die nie krank war, und beide sterben innerhalb von acht Monaten mit nicht einmal 30 oder knapp 30 Jahren. Es fehlt nur noch, dass es gegen die beiden Morddrohungen gegeben hat, aber das bringe ich aus diesem Moosbrugger schon noch heraus. Der schwache Schein der Kerze fällt auf den Brief, den der Adjunkt mir gegeben hat, ein Blatt zartes hellblaues Papier, das oben und unten abgeschnitten und mit einer feinen, schwungvollen Schrift beschrieben ist. Es ist gerade hell genug, dass ich noch lesen kann. Nach ein paar Naturschilderungen und Bemerkungen über die Situation der Familie kommt diese Nanni dann zur Sache:

»Und ich, ich nun in einem Alter von beinahe 23 Jahren, nicht groß, aber doch erwachsen, auch ich fühle, wie die ganze Menschheit, den Durst nach Glück. Und ich habe Dir zu gestehen, Bruder, dass ich den Schleier der Zukunft schon ziemlich weit gelüftet habe. Ich habe ein Herz, das, wie ich sagte, glücklich sein will, u. dieses Glück fand ich in der *Liebe*. Ich fand ein Wesen, das mir dieses Gefühl erwiderte. Ich liebte und wurde geliebt, und bin nun glücklich und entschlossen, einen Bund auf ewig zu schließen. Die Zeit rückt schon schnell, wo ich mich von den Meiningen, von meiner lieben Mutter trennen muss, an die ich bisher durch die Bande der Natur fest geknüpft war. Wirst Du mich vielleicht auch lieblos, wie meine Mutter, nennen, weil ich sie schon so früh, zu früh, wie sie sagt, verlasse?

Ich verlasse sie nur deshalb, damit *der, den ich liebe*, nicht verlassen sei. Du kennst ihn vielleicht, ihn –

Er ist von Schoppernau, der einzige Sohn einer alten Mutter, mit Bauernwirtschaft. Er war in Hopfreben oft bei uns, weil er dort unser Nachbar ist. Du erinnerst Dich vielleicht noch an ihn: Die Natur hat ihm den Gebrauch des einen Auges entzogen, hingegen ihn aber mit großen u. schönen Talenten begabt. Hat vieles durch sich selbst gelernt mit Beihilfe seiner Bücher, von den ersten deutschen Männern, kennt das Leben, die Welt, die Menschen, wie nicht leicht einer. Er ist ein originaler seltener Kopf des Bregenzerwaldes. Und dazu so gut, voll Mitgefühl, u. gutherzig. Er ist halt, wenn ich ihn ganz nenne, ein *Mann,* sein Name ist Franz Michael Felder, 14 Monate jünger als ich. Ich habe Muth genug, die Reise durchs Leben mit ihm zu wagen. Schon 3 Jahre stehe ich mit ihm im trauten Verhältnis, daher geb ich mich ihm gerne als eigen hin, u. bin recht glücklich, wenn nur du und alle meine Geschwister auch so glücklich wären.

In der nächsten Fastnacht wird unser Bund gemacht.

Deine Schwester

Ich könnte Dir noch vieles, vieles von ihm, dem guten schreiben, aber der Raum u. Tag geht zu Ende.«

Man versteht, dass der Adjunkt noch immer trauert. Oder ist er eifersüchtig auf den Felder?

Am nächsten Tag kam der Adjunkt wieder, wie gewohnt, zu seinem Morgenschoppen. Ich gab ihm den Brief zurück und bemerkte:

»Bemerkenswert, höchst bemerkenswert, die junge Frau. Man versteht, dass ihr Mann ihr nachgetrauert hat. Aber dass er so kurz nach ihr gestorben ist? Gerade einmal acht Monate später? Das ist doch seltsam.«

Moosbrugger sah mich triumphierend an.

»Genau das habe ich auch immer gedacht. Mir ist dieser Tod auch seltsam vorgekommen. Und drum habe ich den Felder obduzieren lassen. Man hat aber nichts gefunden?«

»Wie, nichts gefunden? Gesund ist er wohl nicht gestorben, mit nicht einmal 30.«

»Ach, wenn Sie wüssten …«

Moosbrugger wurde schon wieder elegisch, ich musste versuchen, den Mann bei klarem Kopf zu halten.

»Haben Sie den Obduktionsbefund noch?«

»Im Kopf hatte er ein Blutgerinnsel, von einem Schlaganfall, zwei Monate vor seinem Tod. Von dem hat er sich aber wieder einigermaßen erholt. Gestorben ist er an Tuberkulose. Die ganze Lunge war voller Eiter. Da war nichts mehr zu machen. Da hat man nicht mehr nachhelfen müssen.«

»Wieso denn nachhelfen?«

Ich wollte doch wissen, was er mit seinen Andeutungen meinte.

»Hier herinnen sind die Menschen nicht zimperlich. Wenn da einer nicht so tut, wie es den Mächtigen passt, dann tut man ihn schon einmal ›auf die Seite‹, wie es im Dialekt heißt. Gegen den Felder sind Morddrohungen geäußert worden. Man solle ihn erstechen, seine Hütte anzünden, seine Brut ausrotten. Der Knecht des Adlerwirts in Schnepfau hat gedroht, wenn er einmal in der Nacht allein durch den Schnepfauer Wald kommt, dann hat er ein Messer im Rücken. Und bei Nannis Begräbnis haben die Pfarrer-Anhänger gesagt, ihr Tod sei die gerechte Strafe für den Freimaurer und Antichrist. Eine junge Frau von 30 Jahren mit fünf Kindern, das jüngste gerade vier Monate alt!«

Moosbrugger holte schon wieder das Taschentuch aus dem Hausrock, wischte sich die Augen ab, trank seinen Wein aus und verschwand wortlos.

Ich fasse zusammen: ein junges Paar von ungefähr 30 Jahren wird wiederholt mit Umbringen bedroht. Dann sterben beide innerhalb von acht Monaten. Der Obduktionsbefund des Felder scheint klar zu sein. Aber die Frau? Ich werde einmal versuchen, den Pfarrer auszuhorchen. Und dieser junge Geistliche, der zuerst seinen Begleiter ins Wasser stoßen wollte und dann Arm in Arm mit ihm daherkommt, dem komme ich schon auch noch auf die Schliche.

Wolfgang Hermann

SPAM

Ein Geschäftsjahr ging zu Ende. Fördergelder mussten vor dem 31. Dezember ausgegeben werden, um im kommenden Jahr Anspruch auf Gelder in derselben Höhe zu haben. Bilanzen wurden für den Schlusspfiff geschönt. Die Aktienkurse stiegen. Der Goldpreis zog kräftig an, nicht wegen der Weihnachtseinkäufe indischer Händler, sondern weil große Geldmengen vor Jahresschluss eine Anlageform suchten. Im Frühjahr, wenn Kursgewinne realisiert worden waren, würden die Gelder in ostasiatische Fonds verschwinden, die nach rasantem Aufstieg und entsprechenden Gewinnmitnahmen rapide fallen würden.

Das alles ging den staatlich befugten und beeideten Wirtschaftstreuhänder Hugo Hämmerle nichts mehr an. Er schaltete den Bildschirm ab und sah aus dem Fenster. Der See lag spiegelglatt unter den rot leuchtenden Föhnwolken. Die Sturmböen der letzten Nacht waren am Morgen in einen helleren Himmel übergegangen, die Temperatur war stündlich gestiegen, die Abwasserkanäle hatten ihren Modergeruch freigegeben. In der Fußgängerzone, wo er am Vormittag eine Besorgung zu machen hatte, waren da und dort Leute beisammengestanden. Sie schienen es nicht eilig zu haben, der Föhn legte ihnen die Worte auf die Zunge und wärmte ihre Nieren. Erstaunlich, wie sehr sich Bregenz an einem wärmeren Tag veränderte.

Hugo Hämmerle war ans Ende der Fußgängerzone und hinüber auf den großen Parkplatz gegangen, um das Schauspiel des wie geblähten Föhnhimmels zu betrachten. Über den Schweizer Bergen hatte sich der beruhigte Vormittagshimmel hoch aufgewölbt. Er hatte irgendwie verheißungsvoll geleuchtet. Das musste ein gutes Vorzeichen sein.

Als Hugo Hämmerle im roten Widerschein der Abendsonne das Mobiltelefon vom Ohr nahm, wusste er, dass der Vormittagshimmel gelogen hatte. Vielleicht hatte er am hellen Wolkengewölbe ein Warnzeichen übersehen. Dr. Schrottenbaum sagte es klar und ohne Beschönigung: Der Krebsbefund war aussichtslos. Hugo Hämmerle hatte noch sechs Monate, vielleicht ein Jahr zu leben. Dr. Schrottenbaum sagte, es tue ihm aufrichtig leid. Er werde alles tun, um ihm die zu erwartenden Schmerzen zu nehmen. Hugo Hämmerle hatte in der Krebslotterie eine der aggressivsten und schmerzhaftesten Arten gezogen.

Wie still so ein Föhntag sein konnte. Man konnte meinen, man selbst dehne sich bis an den Horizont aus. Auf der anderen Seite des Sees war sogar der Buckel des Hohentwiel erkennbar. Das überhelle Licht des Föhns war der richtige Hintergrund für den Ausnahmezustand, in dem sich Hugo Hämmerle befand.

Er würde sterben. Nicht irgendwann, sondern in ein paar lächerlichen Monaten.

Das Boot hatte er noch nicht eingewintert. Es lag im Yachthafen. Hugo Hämmerle löschte das Licht und verließ das Büro.

Die Dunkelheit war wie ein Hohlkörper, durch den sich sein Wagen schob. Als er den Motor abstellte, bemerkte er, dass er am Yachthafen war. Er wollte seine Familie nicht völlig im Unklaren lassen. So schrieb er im Wagen ein paar Abschiedszeilen auf die Rückseite einer Bewirtungsrechnung und legte sie auf den Beifahrersitz.

Langsam tuckerte das Boot an der Hafenmole entlang. Vor der Mole legte er den Hebel auf halben Schub, das Boot stieg vorn und nahm Fahrt auf. Er warf einen Blick zurück ans Ufer, wo er sein Leben zurückließ.

Barbara Hämmerle hörte die Stimme ihres Mannes auf seiner Mobilbox. Sie hinterließ keine Nachricht, er würde ihren Anruf auf dem Display sehen. Es war nach elf Uhr. Sie zögerte, dann rief sie Peter, den besten Freund ihres Mannes an. Vielleicht saßen die beiden beisammen und hatten die Zeit vergessen. Peter war gerade dabei schlafen zu gehen und hatte Hugo schon seit Tagen nicht gesehen. Sie legte auf und rief bei ihrer Tochter Sonja an. Auch sie hatte nichts von ihrem Vater gehört. »Machst du dir Sorgen, Mutter?«, fragte sie. »Nein«, antwortete ihre Mutter, »es ist alles in Ordnung. Er wird bei Freunden sein.« Doch ihre Stimme klang wenig überzeugt. Hugo hatte sie nie im Unklaren gelassen, wo er war. Er würde sie nicht in Sorge zu Bett gehen lassen.

Auch ihr Sohn Thomas hatte nichts von seinem Vater gehört. Die Stimme seiner Mutter klang brüchig. »Ich komme rüber zu dir«, sagte er und legte auf.

Barbara und Thomas Hämmerle saßen bis lange nach Mitternacht beisammen. Sie hörten immer wieder die Tonbandstimme ihres Mannes und Vaters.

Gegen drei Uhr legte sich Thomas in sein zu kurzes Jugendbett, seine Mutter zog sich in ihr Schlafzimmer zurück, wo sie erst im Morgengrauen einschlief. Immer wieder fuhr sie im Schlaf auf, glaubte die Haustür zu hören. Doch es kam niemand.

Am nächsten Morgen saßen Barbara Hämmerle und ihre Kinder im Wohnzimmer. Sie riefen bei Bekannten und Freunden an. Niemand hatte Hugo Hämmerle in den letzten Tagen gesehen. Seine Mutter wollte die Polizei einschalten, doch Thomas meinte, es wäre dafür noch zu früh. Sollte sein Vater sich bis Mittag nicht gemeldet haben, dann würden sie zur Polizei gehen.

Am Nachmittag meldete sich Inspektor Wohlgenannt von der Kripo Bregenz bei Barbara Hämmerle. Der Wirt vom Yachtklub habe Meldung erstattet. Der Wagen ihres Mannes war seit gestern Abend beim Yachthafen geparkt. Sein Boot fehlte. Ob sie gleich zum Yachthafen kommen könne?

Barbara Hämmerle kam in Begleitung ihrer beiden Kinder. Sie hatte den Zweitschlüssel des Wagens. Auf dem Beifahrersitz lag das Mobiltelefon ihres Mannes, seine Brieftasche sowie eine Restaurantrechnung vom vorletzten Tag. Auf der Rückseite war ein handschriftlicher Vermerk. Sonja las die Notiz, versteinerte einen Augenblick und ließ die Rechnung in ihrer Manteltasche verschwinden.

Eine Stunde später kam per Funk die Nachricht vom Fund des Bootes von Hugo Hämmerle. Vom Bootshalter keine Spur. Eine länderübergreifende Großrettungsaktion war in Gang gebracht worden. Auch wenn die Überlebenschancen im kalten Wasser gering waren. Sie durften nichts unversucht lassen.

Die Wasserpolizei lief mit Hugo Hämmerles Boot im Schlepptau in den Hafen ein. Barbara Hämmerle stand gebannt am Bootssteg. Ihre beiden Kinder hielten ihr zu beiden Seiten den Arm.

Sie vertäuten das Boot neben einer zweistöckigen Yacht, die Hugo Hämmerles Boot sehr klein aussehen ließ. Inspektor Wohlgenannt hielt Barbara Hämmerle vom Betreten des Bootes ab. Sie wand sich los und wollte an Bord gehen, er hielt sie jedoch zurück. Erst musste die Spurensicherung das Boot untersuchen.

»Fährt Ihr Mann öfter in der Dunkelheit raus auf den See?«, fragte Inspektor Wohlgenannt Barbara Hämmerle und reichte ihr eine Tasse Kaffee über seinen Schreibtisch auf der Wache. Barbara Hämmerle reagierte nicht, er stellte die Tasse vor ihr auf den Tisch. Sie sah ihn von weit weg an. »Halten Sie es für möglich, dass Ihr Mann sich selbst etwas angetan hat? Hat er sich in letzter Zeit verändert?«

»Mein Mann war fröhlich wie immer«, antwortete sie. »Er war voller neuer Ideen fürs Büro. Nein, er würde nie …« Sie stockte und sah zu Boden.

»Eine letzte Frage«, sagte Inspektor Wohlgenannt. »Es fällt mir schwer, aber ich muss Sie fragen, ob Ihr Mann Feinde hatte.«

Barbara Hämmerle bedachte ihn mit einem Blick, der ihm deutlich machte, dass sie nicht verstand.

Er brachte sie zur Tür. Im Flur warteten ihre beiden Kinder. Sie verließen gemeinsam die Sicherheitswache.

Im Auto wechselten Sonja und Thomas Hämmerle einen langen Blick. Thomas begleitete seine Mutter nach Hause. Er würde eine weitere Nacht in seinem Jugendbett verbringen. Sonja kündigte sich zum Frühstück an. Sie würde die nächste Nachtschicht bei ihrer Mutter übernehmen.

Barbara Hämmerle saß blass am Frühstückstisch vor ihrer kalten Tasse Kaffee. Das Wohnzimmerfenster gab den Blick frei auf den Pfänderhang, der bis weit ins Tal weiß angezuckert war. Der Föhn war zusammengebrochen, die

Temperatur war erheblich gesunken. Sonja nahm sich vor, das Schweigen zu durchbrechen. Sie wollte eben auf den Neuschnee hinweisen, als ihr klar wurde, dass sie lieber den Mund halten sollte. Ihre Mutter hatte sicher gesehen, dass der Winter nun da war. Schnee bedeutete, dass ihr Mann draußen im See keinerlei Chance mehr hatte. Sonja sah ihn mit offenen Augen im See treiben. Schnee fiel auf seine Stirn. Sie schüttelte unmerklich den Kopf, um das Bild zu vertreiben.

Barbara Hämmerle ging wie in Trance ins Bad.

Sonja sagte im Flüsterton: »Wann sagen wir es ihr?«

Thomas reagierte nicht.

»Thomas, wir müssen es ihr sagen!«

»Ist dir klar, dass keine Lebensversicherung der Welt bei Selbstmord ausbezahlt wird, wenn sich der Versicherte innerhalb der ersten drei Jahre umbringt?«, flüsterte Thomas.

»Bist du dir sicher?«, wisperte Sonja erschreckt.

»Klar doch«, flüsterte Thomas. »Sie bezahlen bei natürlicher Todesursache. Und bei Mord.«

Sonja und Thomas sahen einander an.

»Und wie sollen wir das anstellen? Alles sieht nach Selbstmord aus. Wenn ich die Restaurantrechnung nicht hätte verschwinden lassen.«

»Wir brauchen einen Verdächtigen«, meinte Thomas.

»Wie stellst du dir das vor?«, fragte Sonja.

»Psst, sie kommt.«

»Es ist so schrecklich still«, sagte Barbara Hämmerle mit erschöpfter Stimme. »Leg bitte was auf, Thomas.«

Bryn Terfel sang die Arie ›Non più andrai, farfallone amoroso‹ aus dem Figaro.

Die Türglocke klingelte.

Inspektor Wohlgenannts Gesicht zeigte den gebotenen Ernst, als er sagte: »Frau Hämmerle, die Spurensicherung konnte keinerlei Hinweise auf die Anwesenheit einer zweiten Person an Bord feststellen. Alle Fußspuren stammen von ein- und demselben Paar Schuhe.«

»Ja, und?«, fragte Thomas Hämmerle.

Inspektor Wohlgenannt sah ihm in die Augen. »Das schließt mit großer Wahrscheinlichkeit Fremdeinwirkung aus.«

»Was meinen Sie damit?«, fragte Sonja Hämmerle.

»Ich will den Ermittlungen nicht vorgreifen«, meinte Inspektor Wohlgenannt. »Die Firma Ihres Mannes läuft nicht schlecht, soweit wir sehen. Es liegen in letzter Zeit keine ungewöhnlichen Behebungen vor. Womit wir Erpressung weitgehend ausschließen können.«

»Wer sollte meinen Mann erpressen?«, fuhr Barbara Hämmerle auf. »Und weswegen?«

»Wir müssen jede Möglichkeit in Betracht ziehen«, sagte Inspektor Wohlgenannt ruhig. Zu Sonja und Thomas gewandt, sagte er: »Könnte ich mit Ihrer Mutter einen Augenblick allein sprechen?«

Die beiden erhoben sich, zogen ihre Mäntel an und gingen vors Haus.

»Frau Hämmerle, verstehen Sie mich nicht falsch, aber ich muss Sie fragen: Hatte Ihr Mann Geheimnisse vor Ihnen?«

»Was für Geheimnisse?«, antwortete Barbara Hämmerle und hob den Kopf.

»Eine Geliebte?«, fragte Inspektor Wohlgenannt.

»Wenn es ein Geheimnis wäre, wüsste ich ja nichts davon«, antwortete sie. »Nein, das hätte ich gespürt. Nein, es gibt da niemand anderes.«

»Wissen Sie über die Bewegungen auf dem Konto Ihres Mannes Bescheid?«

»Natürlich weiß ich Bescheid. Wir haben ein gemeinsames Konto.«

»Gibt es Nebenkonten Ihres Mannes?«

»Nicht, dass ich wüsste.«

»Der derzeitige Kontostand ist für einen erfolgreichen Wirtschaftstreuhänder ungewöhnlich niedrig. Wo sonst könnte Ihr Mann sein Geld deponieren?«

»Wie meinen Sie das?«

»Fuhr er auffallend oft in die Schweiz oder nach Liechtenstein?«

»Hören Sie! Bringen Sie mir meinen Mann wieder! Mit Ihren Fragen lassen Sie mich bitte in Ruhe!«

»Wissen Sie von der Lebensversicherung Ihres Mannes?«

»Ich bin müde! Könnten wir später ...«

»Ihr Mann hat vor zwei Jahren eine ungewöhnlich hohe Lebensversicherung abgeschlossen. Die Versicherungssumme beträgt 2 Millionen Euro. Wissen Sie davon?«

»Natürlich weiß ich davon. Wir haben keine Geheimnisse ...«

»Bei Selbstmord wird das Geld nicht ausbezahlt. Wussten Sie das?«

»Ich habe noch nie daran gedacht, Herr Inspektor. Und jetzt entschuldigen Sie mich, aber ich bin sehr müde.«

»Selbstverständlich«, sagte Inspektor Wohlgenannt und erhob sich.

»Wir müssen es ihr sagen, Thomas! Sonst wartet sie bis ans Ende ihres Lebens. Sie braucht Gewissheit!«

»Wenn wir es ihr sagen, können wir die Lebensversicherung vergessen. Mutter kann so was nicht für sich behalten.«

Sonja hatte wieder mit dem Rauchen angefangen. Thomas sparte sich einen Kommentar.

Der Kellner servierte zwei Espressi. Sonja gab zwei Stück Zucker in ihre Tasse und rührte nervös um.

»Willst du nicht lieber einen Kamillentee bestellen?«, fragte Thomas.

Sonja sah ihn an und er schwieg.

»Wie stellst du dir das vor?«, fragte sie und sah sich um. »Einen Verdächtigen? Auf wen willst du den Verdacht lenken? Es gibt keine Spuren auf dem Boot. Keinen Kampf, nichts. Und eine Vergnügungsfahrt in der Nacht im Dezember fällt wohl aus.«

»Ich will niemandem den Mord anhängen. Aber wenn nur Selbstmord bleibt, dann ist unser Geld futsch. Vielleicht finden wir was in Vaters Büro.«

»Da kommen wir doch nicht rein.«

Thomas zeigte ihr die Schlüssel.

»Mensch, woher hast du die?«

Er sah sich vielsagend um.

Der für gewöhnlich sauber aufgeräumte Schreibtisch Hugo Hämmerles war in einem bemerkenswerten Zustand. Ordnung war für einen Wirtschaftstreuhänder das halbe Leben. Von diesem halben Leben war nicht viel übrig. Die Polizei hatte sämtliche Schubladen untersucht. Sie waren durch die Bücher gegangen. Hugo Hämmerles Laptop hatten sie mitgenommen. Sie hatten das Büro freigegeben, da bislang von keinem Verbrechen ausgegangen werden konnte. Solange es keine Leiche gab, die eindeutige Spuren aufwies.

»Wonach suchen wir?«, flüsterte Sonja.

»Wir suchen nach allem, was nicht offiziell ist«, flüsterte Thomas zurück. »Warum flüstern wir eigentlich? Wir tun nichts Verbotenes.«

Sie öffneten Schublade für Schublade, sichteten Aktenordner mit Registrierungsnamen wie Rewo 2001-06, Afgh 13-27, Stadtmarkt MENTE. Den Letzten nahm sich Thomas vor. Nach einer Stunde Sichtung von Briefkopien und E-Mails ausdrucken war er sich sicher.

»Soweit ich sehe«, sagte Thomas, »war Vater in die Projektierung eines Einkaufs- und Bürokomplexes einbezogen. Nach den Unterlagen ist gegen das Projekt seit Jahren ein Einspruch beim Obersten Gerichtshof anhängig. Es geht hervor, dass Drechsler, der Chef der Supermarktkette SPAM mit allen Mitteln das Projekt zu Fall bringen möchte. SPAM ist Miteigentümerin der Drogeriewarenkette THINK, die auf dem Projektgelände einen unbefristeten Mietvertrag laufen hat, mit dem sie im Mieterschutz sind. Sie bezahlen die monatlichen Raten, um einen Fuß in der Tür gegen das neue Projekt zu haben. Vater und seine Compagnons versuchen seit Jahren, THINK durch ein großzügiges Angebot zum Verzicht auf die Ausübung des Mieterschutzes zu bewegen. Ein Treffen mit THINK hat ergeben, dass sie bereit dazu wären. In den Wochen darauf war keiner von denen erreichbar. Vater hat jeden Anruf, jede Mail, jede Besprechung genau vermerkt. Hier steht unter der Überschrift ›Vertraulich‹: ›Nach jahrelangen Versuchen, mit THINK eine Übereinkunft zum Verzicht auf Ausübung des Mieterschutzes zu erreichen (siehe Sonderkosten), muss davon ausgegangen werden, dass nur Direktverhandlungen mit SPAM zum Ziel führen können. Möglicherweise ist Drechsler zur Einigung bereit, wenn wir unseren Hauptpartner, den Vollsortimenter MENTE aus unserem Vorvertrag entlassen (Risiko und Folgekosten prüfen). Nach unseren Informationen wird SPAM den Standort Bregenz keinesfalls seinem größten Gegner überlassen. Dabei geht es auf Seiten von SPAM nicht allein um wirtschaftliche Überlegungen. Eine alte Feindschaft mit dem Vorstandsvorsitzenden von MENTE, Gottfried Nussbaumer, scheint jede Einigung unmöglich zu machen. Großzügige Angebote unsererseits wie Übernahme der Umzugskosten für THINK, Einräumung der ersten Standortwahl, Nachlass der Mietkosten auf einen Fünfjahreshorizont haben bislang nicht gefruchtet. Die einzige Lösung scheinen diskrete Gespräche mit einem Discounter, der eventuell an die Stelle von MENTE treten könnte. Nur ein Vollsortimenter oder ein Discounter garantiert die benötigte Kundenfrequenz. Mit dem Discounter wäre das Projekt allerdings insgesamt zu überdenken, da die Klientel sich doch erheblich vom Vollsortimenter der gehobenen Klasse unterscheidet. Das hätte Konsequenzen für den Betrieb der geplanten Gastronomieflächen, den Wellnessbereich ebenso wie für das Bankinstitut und den angeschlossenen Cineplex.‹ Das ist es«, rief Thomas. »Wir haben es!«

»Was haben wir?«, meinte Sonja unsicher.

»Wir haben das Motiv! Wir haben Drechslers Motiv!«

»Ich verstehe kein Wort.«

»Drechsler will seine Vormachtstellung im Lebensmittelhandel in Bregenz keinesfalls aufgeben. Vater und seine Compagnons projektieren ein großes Einkaufs-, Büro- und Wellnesszentrum in unmittelbarer Nachbarschaft zu Drechslers SPAM-Flaggschiff hier in der Stadt. Drechsler muss etwas unternehmen. Auf THINK allein kann er sich nicht verlassen. Möglicherweise führt man dort bereits Geheimverhandlungen, ist mit Sonderzahlungen zu gewinnen. Also?«

»Was also?«

»Also muss unser Vater verschwinden!«

»Aber er ist doch nicht deshalb verschwunden!«

»Vielleicht doch!«

»Thomas, du hast doch seinen Abschiedsbrief gelesen. Drechsler oder SPAM oder wie der heißt, steckt nicht dahinter!«

»Das wissen wir beide. Aber wenn wir der Polizei keinen Verdächtigen liefern, kriegen wir das Geld von der Versicherung nicht!«

»Das Geld! Du denkst nur an das Geld!«

»Ist es dir egal, ob du in einer Villa am Meer wohnst oder nicht?«

Sonja schwieg.

»Hat Vater nicht mal davon gesprochen, dass Drechsler die größte Yacht im Hafen liegen hat?«

»Ich höre bei so was nicht zu.«

»Konzentrier dich, Sonja! Die zweistöckige Yacht liegt neben Vaters Boot! Wir brauchen eine Spur zu Drechsler! Wir spielen diese Dokumente der Polizei zu. Davor bringen wir einen Gegenstand aus Vaters Besitz an Bord von Drechslers Yacht.«

Sonja und Thomas warteten im Wagen bis zur Sperrstunde des Yachtklubs. Nach Einbruch der Dämmerung sahen sie den Wirt in seinen Wagen steigen und davonfahren. Sie warteten noch eine Weile, dann betraten sie den Bootssteg. Drechslers Motoryacht ragte hoch aus dem Wasser. Sie lösten die Ösen der Schutzabdeckung aus den Befestigungen, Thomas streifte zwei Plastiktüten über seine Schuhe, zog Handschuhe an und kletterte aufs Boot. Er tastete sich die Leiter ins obere Stockwerk hinauf und ans Steuerrad. Er legte einen Schuh seines Vaters in einen Winkel.

Auf dem Rückweg hielten sie bei einer Abfallsammelstelle, Thomas warf den zweiten Schuh in einen Container.

Am nächsten Morgen händigte er Inspektor Wohlgenannt die Dokumente zum projektierten Einkaufszentrum aus.

»Das könnte Sie interessieren«, sagte Thomas. »Sie fragten doch, ob mein Vater irgendwelche Feinde hat. Ich bin hier auf einen möglichen Feind gestoßen. Lesen Sie selbst.«

Eine Stunde später läutete bei Direktor Clemens Drechsler das Telefon.

»Guten Tag Herr Drechsler, hier spricht Inspektor Wohlgenannt von der Kripo Bregenz. Ich würde Ihnen gerne ein paar Fragen stellen.«

Nachwort

Das Spiel mit der Angst

Sex sells? Knapp 1000 neue Kriminalromane werden Jahr für Jahr im deutschsprachigen Raum veröffentlicht, gut die Hälfte stammt aus deutschen Federn, der andere Brocken sind Übersetzungen. Mehr als ein Fünftel des Umsatzes der so genannten Belletristik wird mit Krimis erzielt, Tendenz steigend, und die Spiegel-Bestsellerliste führt derzeit die bis vor Kurzem völlig unbekannte Andrea Maria Schenkel mit ihrem beklemmenden Krimi ›Tannöd‹ an. Spannende Unterhaltung steht weit oben auf der Wunschliste der Leserinnen und Leser. Mit den Worten der geschäftstüchtigen Branche: ›Crime sells!‹

Das war hierzulande nicht immer so. Zwar gehören Verbrechen und Verbrecher auch zu unserer Gesellschaft, nicht aber die entsprechende Literatur. Wobei damit nicht jene ›Verbrechensdichtung‹ aus dem kleinen, aber feinen Klassikerkanon gemeint ist, bei der – wie etwa in Friedrich Schillers ›Verbrecher aus verlorener Ehre‹ oder E.T.A. Hoffmanns ›Das Fräulein von Scuderi‹ – Mord, Totschlag oder Diebstahl die tragenden Säulen bilden. Auszuschließen sind auch jene Titel, die womöglich als Krimis geschrieben und gelesen wurden, noch bevor es den Begriff überhaupt gab – dabei gilt die Einschränkung, dass es Kriminalkommissare erst seit dem 19. Jahrhundert gibt, als die alten Methoden der Beweiserhebung nicht mehr griffen; Nein, wir denken an das unerhörte Spiel der Fiktion mit der Angst, die den Kriminalroman so fesselnd und aktuell macht.

Wahr ist wohl auch, dass die meisten deutschen Autoren der Gegenwart, die im Krimi-Genre unterwegs sind, mitsamt ihren Leserinnen und Lesern sich nicht wirklich auf eine eigene Tradition berufen können. Mangels guter Vorbilder schielte dieses Völkchen nolens volens zunächst auf die Krimilandschaft der Angelsachsen (Edgar Allan Poe, Agatha Christie) oder nach Übersee (Raymond Chandler, Dashiell Hammett). Da wundert es den Beobachter auch nicht, dass der ›Glauser-Preis‹, der renommierteste deutsche Krimi-Preis, nach dem Schweizer Autor Friedrich Glauser (1896-1938) benannt ist.

Zu jammern, dass wir den Anschluss verpasst haben, ist müßig. Es gab Gründe dafür: einen idealistischen deutschen Kulturdünkel, der die Nahaufnahmen in soziale oder seelische Unterwelten als Verfall der guten Sitten verwarf; da operierte ein Obrigkeitsstaat, der freundlich aber bestimmt verlauten ließ, alles im Griff zu haben, also auch die Kriminalität. Eine Literatur jenseits der offiziellen Deklamationen hatte es nicht nur schwer sich durchzusetzen, sie wurde gegebenenfalls einfach wegzensiert. Und schließlich gab es den Traditionsbruch durch die Nazibarbarei. Deren Kunstdoktrin sah die Verherrlichung des braunen Systems vor, die Literatur der Moderne passte nicht in dieses Programm, sie wurde verbannt oder verbrannt.

Tempi passati. Heute braucht sich Deutschland, auf der Krimikarte nicht zu verstecken. Das gilt für den Boom auf dem zunehmend globalisierten Krimimarkt – vor allem Lateinamerika hat hier zugelegt –, ebenso wie für die Qualität der aktuellen Kriminalromane – sie ist inhaltlich und stilistisch vielfältiger denn je. Dass auch die Zahl der tatorthungrigen Autorinnen und Autoren sprunghaft steigt, hat damit zu tun. Sie bilden inzwischen eine Macht. So haben sich allein mehr als vierhundert Autoren – die Hälfte davon Frauen! – in der Krimiautorenvereinigung ›Syndikat‹ organisiert. Das klingt nach Gewerkschaft, ist es aber nicht. Das ›Syndikat‹ engagiert sich dafür, das Profil des Genres und seiner Autoren zu prägen. Öffentlichkeitsarbeit spielt dabei eine große Rolle. Dazu gehört auch der ›Glauser-Preis‹, den die Autoren-Vereinigung jedes Jahr neben dem ›Martin‹ (für den besten Kinder- und Jugendkrimi) vergibt. Die renommierten Preise – der Glauser gilt als der ›Oscar des Krimis‹ – werden im Rahmen der ›Criminale‹ vergeben, dem größten Krimifestival des deutschsprachigen Raums. Inzwischen hat sich dieses Festival zu einer Marke für die Autorenvereinigung und zu einem bedeutenden Kulturevent der beteiligten Städte und Regionen entwickelt.

Im Jahr 2009 liegt der Tatort der ›Criminale‹ in Singen am Hohentwiel. Dort nimmt man die Sache ziemlich ernst und hat bereits 2004 eine ›SoKo Criminale Singen‹ gegründet, die das Großereignis vorbereitet – immerhin werden 200 Autorinnen und Autoren erwartet, die fünf Tage lang die Region mit Lesungen in Angst und Schrecken versetzen wollen … Eine der ersten Aufgaben haben die Mitarbeiterinnen und Mitarbeiter der ›SoKo‹ mit Bravour gelöst: Die Herausgabe einer Krimi-Anthologie mit unverkennbaren Bezügen zum Grenzland zwischen Hegau und Bodensee. ›Grenzfälle‹ lautet daher folgerichtig der Titel dieser im Meßkircher Gmeiner-Verlag erschienenen Anthologie mit Kurzkrimis. Eine von der ›SoKo Criminale Singen‹ berufene Jury wählte die magischen 13 Textstücke unter 50 Einsendungen aus, die auf eine entsprechende Ausschreibung im SÜDKURIER eingesandt wurden. Jeder vierte Text wurde für gut befunden, kein schlechter Schnitt übrigens. Die Leserinnen und Leser honorierten das blutrünstige Unternehmen: die erste Auflage der Grenzfälle war nach kurzer Zeit vergriffen.

Doch damit nicht genug. Im Februar 2007 erschien – ebenfalls als Einstimmung auf die ›Criminale‹ und ebenfalls im Gmeiner-Verlag – der Roman ›Bodensee-Blues‹, herausgegeben vom Schweizer Schriftsteller Paul Ott. Hier ist nachzulesen, was herauskommt, wenn sich zehn namhafte Krimiautorinnen und -autoren aus Deutschland, Österreich und der Schweiz auf einen literarischen Stafettenlauf begeben. Der Begriff scheint passend, denn wie bei einem Stafettenlauf der Stab von einem zum anderen Läufer weiter gereicht wird, haben die zehn Autorinnen und Autoren einer nach dem anderen, Kapitel für Kapitel ihre fesselnde Geschichte über das mörderisch harte Speditionsgeschäft im Grenzland zwischen Hegau und Bodensee bis zum furiosen Finale fortgeschrieben …

War es das? Nein, natürlich nicht. Der Dritte im Bunde dieser von der cleveren ›SoKo Criminale Singen‹ angezettelten Krimireihe liegt Ihnen, liebe Leserinnen und Leser, mit der Anthologie ›Tod am Bodensee‹ nun vor, deren spannungsgeladene Storys wiederum – der sprechende Titel verrät es bereits – im Dreiländereck spielen. Gegenüber den vorangegangenen Publikationen haben sich die Herausgeber dieses Bandes etwas Neues einfallen lassen, eine Art Einladungsturnier. Wir haben Autorinnen und Autoren, die in irgendeiner Weise mit der Landschaft verbunden sind oder sich ihr verbunden fühlen, hier geboren sind, hier leben oder gelebt haben, ihre Freunde und Verwandte am Bodensee oder im Hinterland wissen oder die Region als Urlaubziel schätzen, gefragt und um Texte gebeten. Voilà jetzt liegen sie vor.

Das Spannende daran: Von den 19 Textbeiträgern können nur einige Erfahrungen mit dem Genre vorweisen, wie etwa die Stuttgarter Glauser-Preisträgerin Uta-Maria Heim und Marc Buhl aus Freiburg, der mit ›Der rote Domino‹ einen Kriminalroman aus der Welt der Bücher geschrieben hat, oder der ›Ehren-Glauser‹-Träger Peter Zeindler, der mit seinem retirierten Agenten Sembritzki eine der interessantesten Figuren des deutschen Kriminalromans erschaffen hat. Auch Walter Wolter kann auf viel beachtete Romane mit einem Ex-Profiboxer als Detektiv verweisen, und Jürgen Lodemanns ›Anita Drögemöller‹ ist längst zum Klassiker des Revierkrimis geworden.

Das Gros der Autorinnen und Autoren aber legt mit dieser Anthologie ein Krimidebüt vor. Beispiele: Die in Allensbach lebende Gaby Hauptmann fuhr bisher mit frechen Frauen-Romanen große Verkaufserfolge ein; Büchner-Preisträger Arnold Stadler machte sich einen Namen als Chronist der oberschwäbischen Region; Reinhard Gröper hat sich vor allem in seinen Erinnerungsbüchern als bedeutsamer Erzähler erwiesen; Petra Gabriel, ein Kind der Bodenseelandschaft, ist bekannt als Autorin von historischen Romanen; auch Ulrike Längle, in Bregenz lebende Autorin und Archivarin, ist – ebenso wie ihr Landsmann Wolfgang Hermann – mit ihrem Beitrag eine Fremdgängerin. Dass Martin Walser, der Patron unter den Schriftstellern am Bodensee, sich nun im Krimigewerbe tummelt, ist auch ungewöhnlich. Sein Beitrag ›Requiem in Langenargen‹ ist nicht nur der längste, sondern auch der einzige Text, der bereits erschienen ist: 1989 in einer seit Langem vergriffenen, um nicht zu sagen vergessenen Anthologie. Walsers grüblerische Detektivgeschichte darf – und deshalb haben wir sie aufgenommen – als ein frühes Beispiel eines am Bodensee verankerten Regionalkrimis gelesen werden. Ein historischer Text, wenn man so will, aber auch eine gelungene Fingerübung, die das Zeug für einen großen Roman hat.

Diese ›Artenvielfalt‹ bestätigt sich – aus Sicht der Herausgeber – auch in den Kurzkrimis der Anthologie ›Tod am Bodensee‹. Ob Figurenzeichnung, Plotkonstruktion oder die Erzählstruktur – an originellen Entwürfen und Gegenentwürfen besteht kein Mangel. So wird in einem Stück der klassische Rätselkrimi zum Spielball, in einem anderen gerät das hehre Bild des Detektivs in Schieflage; Thriller und galliger Gesellschaftsroman, so scheint es, gehen in einem dritten ›Fall‹ ein unvorhergesehenes Bündnis ein, während ein vierter ›Fall‹ dem Genre-Schematismus übermütig mit einem Sprachexperiment begegnet. Dass es bei den meisten dieser Kurzkrimis nicht wirklich darauf ankommt zu wissen, wer der Mörder ist (außer dem Gärtner), gehört ebenso zu den neuen Freiheiten, die sich das Genre herausnimmt, wie der Einsatz von Ironie und, ja, Hochkomik.

In der Reihenfolge, in der die Kurzgeschichten einander folgen, soll sich – neben der Ordnung nach Autorennationalität – die angesprochene Artenvielfalt widerspiegeln. So, das hoffen jedenfalls die Herausgeber, hält die daraus entstehende Spannung den Leser bis zur letzten Seite in Atem.

Dass die etwas anderen 19 kriminalistischen Aufklärungsfeldzüge in der als ›sanft‹ beschriebenen Hegau- und Bodenseelandschaft angesiedelt sind, ist mehr als eine feine Zugabe. Sie schreibt einen Prozess fort, der mit der Anthologie ›Grenzfälle‹ begonnen wurde: Sie führt die Krimi-Kultur aus dem Schattendasein heraus, die sie bisher in der traditionsreichen Literaturlandschaft geführt hat. Ob wir mit dieser Auswahl richtig liegen? Darüber entscheidet, wie im ersten Band, der Leser. Um im Bilde zu bleiben: Der Leser als Ermittler.

Barbara Grieshaber, Siegmund Kopitzki

Autoren

Marc Buhl

Marc Buhl wurde 1967 in Sindelfingen geboren und studierte Germanistik, Anglistik, Politikwissenschaft und Betriebswirtschaft. Nach ausgedehnten Reisen, vor allem durch die Wüstengebiete Afrikas, Asiens und Amerikas lebt er heute mit seiner Familie in Freiburg. Veröffentlichungen: »Der rote Domino«, Roman, 2002; »Rashida oder Der Lauf zu den Quellen des Nils«, Roman, 2005; »Das Billardzimmer«, Roman, 2006

Jan Christ

Geboren 1934 in Genthin in der Mark Brandenburg/ Deutschland. In den Kriegsjahren in Polen, nach dem Krieg in Mitteldeutschland. Schauspieler und Buchhändler in der DDR bis 1957. Jahrelang ohne festen Wohnsitz. Nach der Flucht Studium der Pädagogik in Göttingen (2. Bildungsweg), 1962-1974 im Niedersächsischen Schuldienst tätig. Seit 1974 freier Schriftsteller, lebt seit 2005 in Berlin. Auszeichnungen und Preise:

1983/84 Autorenstipendium des Darmstädter Literaturfonds. 1986 Literaturförderpreis der Stadt Hamburg. 1987 Autorenstipendium der Hamburger Kulturbehörde. 1990 Stipendium des Förderkreises deutscher Schriftsteller in Baden-Württemberg.

Petra Gabriel

Petra Gabriel-Boldt ist am Bodensee aufgewachsen und lebt heute mit ihrer Familie in der kleinen, mittelalterlichen Stadt Laufenburg am Rhein. Sie arbeitete viele Jahren als Redakteurin beim »Südkurier«. Die Mutter von zwei Kindern ist gelernte Hotelkauffrau, Dolmetscherin, war im Außendienst tätig, hat in der Erwachsenenbildung gearbeitet und ist dabei kreuz und quer durch ganz Deutschland gezogen. Zuletzt erschienen: »Der Kartograph«, Historischer Roman, Knecht 2006.
Weitere Informationen unter *www.petra-gabriel.de*

Reinhard Gröper

Pseudonym für Egbert-Hans Müller. Geboren 1929 in Bunzlau/Schlesien. Jurastudium. Von 1959 bis 1994 tätig in der Kulturverwaltung des Landes Baden-Württemberg, von 1974 bis 1994 Stellvertretender Leiter der Kulturabteilung im zuständigen Ministerium. Seit 1994 Freier Autor. Lebt in Stuttgart. Literaturpreis der Stadt Stuttgart 1994. Mitglied des P.E.N.

Veröffentlichungen u.a.: »Limfjordmuscheln«, Roman, 1979; »Schöne Tage in Ratswyl«, Roman, 1988; »Herrn Arnolds Garten«, Roman, 1990; »Erhoffter Jubel über den Endsieg. Tagebuch eines Hitlerjungen 1943-1945«, 1996; »Nachkriegshäutung. Tagebuch einer deutschen Pubertät«, 1998; »Nach Venedig«, Novelle, 2002; »Vom Glück bei großen Gärten zu wohnen«; »Erinnerungen«, 2006; »Mein literarischer Salon. Aufzeichnungengen eines passionierten Büchermenschen«, 2007.

Christof Hamann

Geb. 1966 in Ludwigshafen am Bodensee, lebt in Solingen. Schriftsteller und Mitarbeiter am Institut für Neuere Deutsche Literaturwissenschaft an der Universität Bamberg. Im Herbst 2007 ist, nach »Seegfrörne« (2001) und »Fester« (2003), sein dritter Roman »Usambara« erschienen (alle im Göttinger Steidl-Verlag). Für sein literarisches Werk wurde er u. a. mit dem »Förderpreis des Landes NRW« und dem Preis »Debüt im Buddenbrookhaus« ausgezeichnet.

Gaby Hauptmann

Gaby Hauptmann, geboren 1957 in Trossingen, lebt als freie Journalistin, Filmemacherin und Autorin in Allensbach am Bodensee. Sie schrieb eine Reihe von Bestsellern, die in zahlreiche Sprachen übersetzt und erfolgreich verfilmt wurden.

Uta-Maria Heim

Uta-Maria Heim wurde 1963 in Schramberg geboren. Schon während des Studiums arbeitete sie bei der Stuttgarter Zeitung als Kritikerin und schrieb für verschiedene Rundfunksender. Nach vier Prosa- und Lyrikbänden erschien 1991 ihr erster Kriminalroman »Das Rattenprinzip«, für den sie mit dem 3. Platz beim Deutschen Krimi Preis ausgezeichnet wurde. Ihr dritter Roman »Die Kakerlakenstadt« schaffte es 1994 auf den 2. Platz. Für ihren Psychothriller »Engelchens Ende« erhielt sie im Jahr 2000 den Friedrich-Glauser-Preis. Seit Juli 2006 ist Uta-Maria

Heim Dramaturgin der SWR-Hörspielredaktion und lebt in Baden-Baden. 2006 erschien im Gmeiner-Verlag der Kriminalroman »Dreckskind«, 2007 »Totschweigen«.

Wolfgang Hermann

Wolfgang Hermann, geboren 1961 in Bregenz, Studium der Philosophie in Wien, langjährige Auslandsaufenthalte. Zahlreiche Buchveröffentlichungen seit 1988, zuletzt: »Fliehende Landschaft«, Roman , 2000; »ins tagesinnere«, Gedichte, 2002; »Das japanische Fährtenbuch«, 2003; »Das Gesicht in der Tiefe der Straße«, 2004; »Herr Faustini verreist«, Roman, 2006; »Die Unwirklichkeit«, Erzählungen, 2006; »Fremdes Ufer«, Legenden, 2007.

Peter Höner

Peter Höner wurde 1947 in Eupen (Belgien) geboren. Er wuchs in Belgien und in der Schweiz auf, wohin seine Familie gezogen war. Nach der Matura absolvierte Höner ein Schauspielstudium an der Hochschule für darstellende Kunst und Musik in Hamburg. Danach arbeitete er als Schauspieler unter anderem in Basel, Bremen und Berlin. Seit 1981 ist Peter Höner freier Schriftsteller, Regisseur und Schauspieler. Neben Theaterstücken und Hörspielen hat der Autor in den letzten Jahren vor allem mit Kriminalromanen auf sich aufmerksam gemacht. Inspiration lieferte Höner unter anderem auch sein Afrikaaufenthalt von 1986 bis 1990. Von 1997 bis 2000 präsidierte Peter Höner die Schriftstellervereinigung »Gruppe Olten«. Nach einem längeren Wienaufenthalt lebt Peter Höner heute in Frauenfeld.

Otto Jägersberg

Otto Jägersberg, geboren 1942 in Hiltrup in Westfalen, hat sich als ein scharf beobachtender und die Trivialität des alltäglichen Lebens boshaft sezierender Erzähler profiliert, der Randgruppen und Randzonen der bundesdeutschen Wirklichkeit analysiert. Veröffentlichungen u.a.: »Weihrauch und Pumpernickel«, »Vom Handel mit Ideen«, »Der letzte Biss«. (alle Diogenes)

Keller+Kuhn

Christoph Keller, New York/St. Gallen und Heinrich Kuhn, Paris/St. Gallen) arbeiten seit den frühen 90er-Jahren zusammen. Bisher haben sie die Romane Unterm Strich, 1994 und Die blauen Wunder, 1997 vorgelegt.

Der vorliegende Text ist das erste Kapitel von Julias Nachlass, dem Romanprojekt des Autorenduos Prinz&Delgado, an dem dieses im dritten Keller+Kuhn-Roman Kein Buch für Igor Kulti arbeitet. Letzterer wird im Frühjahr 2008 erscheinen.

Derzeit entstehen Kurz- und Kürzestgeschichten um die beiden Flaneure Maag und Minetti, die genauso gut aus der Feder von Prinz&Delgado stammen könnten.

Paul Lascaux

Als Paul Ott 1955 in Romanshorn geboren. Seit Mitte der 80er Jahre schreibt er unter dem Pseudonym Paul Lascaux Kriminalromane und kriminelle Geschichten, deren Handlungsorte meist die Stadt Bern oder Gemeinden und

Gegenden um Kanton Bern sind. Neben seinen Kriminalromanen und Kurzkrimis ist Paul Ott in der Schweiz auch Herausgeber und Mitautor diverser Sachbücher.
2008 erscheint im Gmeiner-Verlag sein neuester Krimi »Salztränen«.

Ulrike Längle

geb. 1953 in Bregenz, studierte und promovierte in Innsbruck, Leiterin des Franz-Michael-Felder-Archivs und des Vorarlberger Literaturarchivs in Bregenz. Literaturwissenschaftliche und literarische Arbeiten. Veröffentlichungen: »Am Marterpfahl der Irokesen«, Erzählungen, 1992; »Der Untergang der Romanshorn«, Erzählungen, 1994; »Tynner«, Roman, 1996; »Il Prete Rosso«, Erzählungen, 1996; »Vermutungen über die Liebe in einem fremden Haus«, Roman, 1998; »Mit der Gabel in die Wand geritzt«, Gedichte, 1999; »Bachs Biß. Eine Liebe in Lüneburg«, Novelle, 2000; »Seesucht«, Roman, 2002.

Jürgen Lodemann

Jürgen Lodemann, geboren in Essen, Studium der Germanistik und Geographie in Freiburg. Ab 1965 beim SWF-Fernsehen in Baden-Baden, 143 Mal Moderation und Redaktion der Fernsehreihe »Literaturmagazin«, 1975 initiierte er die SWF-Bestenliste. Dokumentarfilme. Mitglied des PEN-Zentrums. Lehrtätigkeit an den Universitäten Stuttgart, Frankfurt, Marburg und Freiburg. Lebt in Freiburg, Essen und im irischen Galway. 1978 Kerr-Preis für Literaturkritik. Zuletzt erschienen von ihm der Roman

»Muttermord«, 1999, die Biographie »Lortzing«, 2001, die Nibelungenchronik »Siegfried und Krimhild«, 2002. Neu: »Nora oder die Gewalt- und Liebessachen«, 2006.

Jutta Motz

Jutta Motz wurde 1943 in Halle an der Saale geboren. Sie wuchs in Frankfurt am Main auf und studierte Archäologie und promovierte in Kunstgeschichte. Nach langer Tätigkeit in Schweizer Verlagen und einer literarischen Agentur ist sie heute in einem kleinen Wirtschaftsunternehmen in leitender Stellung tätig und lebt in Zürich. Auch in den Krimis von Jutta Motz geht es um Wirtschaftskriminalität.

Arnold Stadler

Arnold Stadler wurde 1954 in Meßkirch geboren. Er studierte Theologie in München und Rom, anschließend Germanistik in Freiburg und Köln. 1986 debütierte er mit dem Lyrikband »Kein Herz und keine Seele«. 1989 folgte mit »Ich war einmal« sein erster Roman, den er in den folgenden Jahren mit »Feuerland« und »Mein Hund, meine Sau, mein Leben« zur ebenso komischen wie melancholischen Trilogie vervollständigte. Dem 1989 verliehenen Förderpreis der Jürgen-Ponto-Stiftung folgten zahlreiche weitere Preise und Stipendien, 1999 wurde er mit dem Alemannischen Literaturpreis und dem Georg-Büchner-Preis ausgezeichnet. Er ist Mitglied der Mainzer Akademie der Wissenschaften und der Literatur und der Deutschen Akademie für Sprache und Dichtung in Darmstadt. Arnold Stadler lebt in Rast und Berlin. Zuletzt erschienen: »Eines

Tages, vielleicht auch nachts«, Roman, 2003; »Komm, gehen wir«, eine Liebesgeschichte, 2007.

Martin Walser

Martin Walser, 1927 in Wasserburg (Bodensee) geboren, lebt in Nußdorf (Bodensee). 1957 erhielt er den Hermann-Hesse-Preis, 1962 den Gerhart-Hauptmann-Preis und 1965 den Schiller-Gedächtnis-Förderpreis. 1981 wurde Martin Walser mit dem Georg-Büchner-Preis, 1996 mit dem Friedrich-Hölderlin-Preis der Stadt Bad Homburg und 1998 mit dem Friedenspreis des deutschen Buchhandels ausgezeichnet. Zuletzt erschienen: »Angstblüte«, Roman, Rowohlt 2006.

Walter Wolter

Jahrgang 1950, war Reporter, als es ihn in den 1970er Jahren ins Abenteuer zog. Die Begegnungen mit Kriegern, Kopfjägern und Steinzeitmenschen beschrieb er in Büchern und Reportagen. – Nach journalistischen Wanderjahren in Süddeutschland und der Schweiz kehrte Wolter Ende der neunziger Jahre in seine saarländische Heimat zurück. Neben Kurzgeschichten hat er mehrere Kriminalromane veröffentlicht, zuletzt »Eisblumen«, Gollenstein 2006.

Peter Zeindler

Peter Zeindler, 1934 in Zürich geboren, hat Germanistik und Kunstgeschichte studiert und bei Emil Staiger promoviert. Er war Dozent an Goethe-Instituten, Redakteur beim Schweizer Fernsehen und bei Radio DRS. Seit 1974 lebt und arbeitet er als freier Autor und Journalist in Zürich. Peter Zeindler veröffentlichte neben Hörspielen, Theaterstücken und Drehbüchern für den »Tatort« mehrere Kriminalromane, von denen vier mit dem Deutschen Krimipreis ausgezeichnet wurden. 1996 erhielt er den Ehrenglauser für sein Gesamtwerk.

Die Herausgeber

Barbara Grieshaber

1951 in Hüfingen/Schwarzwald-Baar-Kreis geboren, nach dem Abitur Studium an der Fachhochschule für Bibliothekswesen in Stuttgart, seit 1975 als Dipl.-Bibliothekarin bei der Stadtbücherei Singen/Htwl. Mitglied der Jury »Erzählzeit in Singen« und der Soko Criminale Singen.

Siegmund Kopitzki

geb. 1951 in Lauenburg/Polen. Abitur in Singen/Htwl. Studium der Germanistik, Geschichte und Politik an den Universitäten Konstanz und Sussex/England. Lebt in Konstanz als Kulturredakteur. Herausgeber einiger Anthologien, Beiträge für Lexika, Kunstkataloge etc. Mitglied der Jury der »Erzählzeit Singen« und der Soko Criminale Singen.

Weitere Krimis finden Sie auf den folgenden Seiten und im Internet: www.gmeiner-verlag.de

Matthias P. Gibert
Nervenflattern

323 Seiten, 11 x 18 cm, Paperback.
ISBN 978-3-89977-728-4. € 9,90.

In Kassel geschehen kurz hintereinander zwei tragische Unfälle – jedenfalls scheint es zunächst so. Ein anonymer Brief an den Oberbürgermeister der Stadt lässt jedoch erhebliche Zweifel an der Zufälligkeit der Ereignisse aufkommen – und urplötzlich steckt Kommissar Paul Lenz mitten in einem brisanten Fall: Die *Documenta*, bedeutendste Ausstellung für zeitgenössische Kunst der Welt, wird durch einen Anschlag mit einem hochgiftigen Nervenkampfstoff bedroht. Und mit ihr die Einwohner der Nordhessischen Metropole und die zahlreichen Ausstellungsbesucher.

Marcus Imbsweiler
Bergfriedhof

419 Seiten, 11 x 18 cm, Paperback.
ISBN 978-3-89977-742-0. € 9,90.

Der Heidelberger Bergfriedhof. Auf dem Grab eines Kriegsopfers liegt eine Leiche. Privatdetektiv Max Koller steht vor einem Rätsel. Sein geheimnisvoller Auftraggeber, der ihn mitten in der Nacht an diesen Ort beordert hat, will ihn plötzlich mit allen Mitteln von weiteren Nachforschungen abhalten. Und auch der Tote ist am nächsten Morgen spurlos verschwunden.
Die Neugier des Ermittlers ist geweckt. Kollers Spur führt in die Heidelberger High Society. Und allmählich wird ihm klar, dass sein Gegenspieler viel mehr zu verbergen hat, als nur eine Leiche.

KRIMI IM GMEINER-VERLAG

Wir machen's spannend

Friederike Schmöe
Januskopf

271 Seiten, 11 x 18 cm, Paperback.
ISBN 978-3-89977-737-6. € 9,90.

Im unterfränkischen Königsberg stürzt eine Frau in den Tod. War es ein Unfall, Selbstmord oder gar Mord? Dem neuen Klienten der Bamberger Privatdetektivin Katinka Palfy wird der mysteriöse Todesfall per anonymem Brief in die Schuhe geschoben. Noch rätselhafter ist allerdings der Mann selbst: Ewald Isenstein leidet seit einem Unfall an einer Persönlichkeitsspaltung, sein Innenleben ist unberechenbar. Katinka hält ihn für unschuldig, doch dann geschehen zwei Morde, und Isenstein hat wieder kein Alibi. Als auch ein Anschlag auf Katinka verübt wird, macht Kommissar Harduin Uttenreuther eine erstaunliche Entdeckung: Der Mörder scheint E.T.A. Hoffmanns Die Elixiere des Teufels »nachzuspielen«. Doch wenn das stimmt, wird es einen dritten Mord geben …

Klaus Erfmeyer
Todeserklärung

274 Seiten, 11 x 18 cm, Paperback.
ISBN 978-3-89977-735-2. € 9,90.

Als der Dortmunder Rechtsanwalt Stephan Knobel von seinem neuen Mandanten Gregor Pakulla den Auftrag erhält, dessen verschwundenen Bruder Sebastian zu suchen, wundert er sich zunächst, warum Pakulla hierfür einen Anwalt benötigt. Aber der Fall klingt interessant: Die Geschwister sind die alleinigen Erben eines großen Vermögens. Doch ohne Sebastian kann Gregor seinen Anteil nicht kassieren – wird sein Bruder hingegen tot aufgefunden, erhält er sogar alles.
Schnell wird klar, dass Gregor mehr weiß, als er zugibt. Knobel folgt Sebastians Spuren bis nach Mallorca, wo sich ihm ein bis ins Detail durchdachtes teuflisches Spiel offenbart.

KRIMI IM GMEINER-VERLAG

Wir machen's spannend

Ihre Meinung ist gefragt!

Mitmachen und gewinnen

Als der Spezialist für Themen-Krimis mit Lokalkolorit möchten wir Ihnen immer beste Unterhaltung bieten. Sie können uns dabei unterstützen, indem Sie uns Ihre Meinung zu den Gmeiner-Krimis sagen!

....

Senden Sie eine E-Mail an gewinnspiel@gmeiner-verlag.de und teilen Sie uns mit, welchen Krimi Sie gelesen haben und wie er Ihnen gefallen hat. Alle Einsendungen nehmen automatisch am großen Jahresgewinnspiel teil. Es warten ›spannende‹ Buchpreise aus der Gmeiner-Krimi-Bibliothek auf Sie!

Die Gmeiner-Krimi-Bibliothek

KRIMI IM GMEINER-VERLAG

Wir machen's spannend

Das neue Krimijournal ist da!

2 x jährlich das Neueste
aus der Gmeiner-Krimi-Bibliothek

ISBN 978-3-89977-950-9
kostenlos erhältlich in
jeder Buchhandlung

In jeder Ausgabe:

- Vorstellung der Neuerscheinungen
- Hintergrund-informationen zu den Themen der Krimis
- Interviews mit den Autoren und Porträts
- Allgemeine Krimi-Infos (aktuelle Krimi-Trends, Krimi-Portale im Internet, Veranstaltungen etc.)
- Die Gmeiner-Krimi-Bibliothek (Gesamtverzeichnis der Gmeiner-Krimis)
- Großes Gewinnspiel mit ›spannenden‹ Buchpreisen

KRIMI IM GMEINER-VERLAG

Wir machen's spannend

Alle Gmeiner-Autoren und ihre Krimis auf einen Blic

Anthologien: Mords-Sachsen 2 (2008) • Tod am Bodensee • Bodensee-Blues • Mord
Sachsen • (2007) • Grenzfälle (2005) • Spekulatius (2003) **Artmeier, H.:** Feuerross (200
• Katzenhöhle (2005) • Schlangentanz • Drachenfrau (2004) **Baecker, H-P.:** Rachege
lüste (2005) **Bauer, H.:** Fernwehträume (2008) **Beck, S.:** Totenklang (2008) • Duftsp
(2006) • Einzelkämpfer (2005) **Blatter, U.:** Vogelfrau (2008) **Bode-Hoffmann G./Hof
mann M.:** Infantizid (2007) **Bomm, M.:** Notbremse (2008) • Schattennetz • Beweisla
(2007) • Schusslinie (2006) • Mordloch • Trugschluss (2005) • Irrflug • Himmelsfelse
(2004) **Bosch van den, J.:** Wassertod • Wintertod (2005) **Buttler, M.:** Dunkelzeit (200
• Abendfrieden (2005) • Herzraub (2004) **Clausen, A.:** Ostseegrab (2007) **Danz, E**
Nebelschleier (2008) • Steilufer (2007) • Osterfeuer (2006) **Detering, M.:** Puppenman
• Herzfrauen (2007) **Dünschede, S.:** Solomord (2008) Nordmord (2007) • Deichgra
(2006) **Emme, P.:** Ballsaison (2008) • Tortenkomplott • Killerspiele (2007) • Würste
massaker • Heurigenpassion (2006) • Schnitzelfarce • Pastetenlust (2005) **Enderle, M**
Nachtwanderer (2006) **Erfmeyer, K.:** Todeserklärung (2007) • Karrieresprung (200
Franzinger, B.: Jammerhalde (2007) • Bombenstimmung (2006) • Wolfsfalle • Dinoto
(2005) • Ohnmacht • Goldrausch (2004) • Pilzsaison (2003) **Gardein, U.:** Die letz
Hexe – Maria Anna Schwegelin (2008) **Gardener, E.:** Lebenshunger (2005) **Gibert, M**
Nervenflattern (2007) **Graf, E.:** Elefantengold (2006) • Löwenriss • Nashornfieber (200
Gude, C.: Binärcode (2008) • Mosquito (2007) **Haug, G.:** Gössenjagd (2004) • Hütter
zauber (2003) • Tauberschwarz • Riffhaie • Tiefenrausch (2002) • Höllenfahrt (2001)
Sturmwarnung (2000) **Heim, U.-M.:** Das Rattenprinzip (2008) • Totschweigen (2007)
Dreckskind (2006) **Heinzlmeier, A.:** Bankrott (2006) • Todessturz (2005) **Imbsweiler, M**
Bergfriedhof (2007) **Karnani, F.:** Turnaround (2007) • Takeover (2006) **Keiser, G.:** Apo
lofalter (2006) **Keiser, G./Polifka, W.:** Puppenjäger (2006) **Klausner, U.:** Die Pforten d
Hölle (2007) **Klewe, S.:** Wintermärchen (2007) • Kinderspiel (2005) • Schattenriss (200
Klingler, E.: Königsdrama (2006) **Klugmann, N.:** Die Tochter des Salzhändlers (200
• Kabinettstück (2006) • Schlüsselgewalt (2004) • Rebenblut (2003) **Kohl, E.:** Wille
los (2008) • Flatline (2007) • Grabtanz • Zugzwang (2006) **Köhler, M.:** Tiefpunkt
Schreckensgletscher (2007) **Koppitz, R. C.:** Machtrausch (2005) **Kramer, V.:** Todesg
heimnis (2006) • Rachesommer (2005) **Kronenberg, S.:** Weinrache (2007) • Kultopf
(2006) • Flammenpferd • Pferdemörder (2005) **Kurella, F.:** Das Pergament des Tod
(2007) **Lascaux, P.:** Salztränen (2008) **Lebek, H.:** Schattensieger • Karteileichen (200
• Todesschläger (2005) **Leix, B.:** Waldstadt (2007) • Hackschnitzel (2006) • Zucke
blut • Bucheckern (2005) **Mainka, M.:** Satanszeichen (2005) **Matt, G./Nimmerric
ter, K.:** Schmerzgrenze (2004) • Maiblut (2003) **Misko, M.:** Winzertochter • Kindsbl
(2005) **Puhlfürst, C.:** Rachegöttin (2007) • Dunkelhaft (2006) • Eiseskälte • Leiche
starre (2005) **Senf, J.:** Knochenspiel (2008) • Nichtwisser (2007) **Seyerle, G.:** Schwe
nekrieg (2007) **Schmitz, I.:** Mordsdeal (2007) • Sündenfälle (2006) **Schmöe, F.:** Pfei
gift (2008) • Januskopf • Schockstarre (2007) • Käfersterben • Fratzenmond (200
• Kirchweihmord • Maskenspiel (2005) **Schröder, A.:** Mordsgier (2006) • Mord
wut (2005) • Mordsliebe (2004) **Schuker, K.:** Brudernacht (2007) • Wasserpilz (200
Schneider,H.: Ernteopfer (2008) **Schulze,G.:** Sintflut (2007) **Schwab, E.:** Angstfal
(2006) • Großeinsatz (2005) **Schwarz, M.:** Zwiespalt (2007) • Maienfrost • Dämone
spiel (2005) • Grabeskälte (2004) **Steinhauer, F.:** Menschenfänger (2008) • Narrensp
(2007) • Seelenqual • Racheakt (2006) **Thömmes, G.:** Der Bierzauberer (2008) **Thad
waldt, A./Bauer, C.:** Blutblume (2007) • Kreuzkönig (2006) **Valdorf, L.:** Großstad
sumpf (2006) **Vertacnik, H.-P.:** Abfangjäger (2007) **Wark, P.:** Epizentrum (2006) • Ba
longlühen (2003) • Albtraum (2001) **Wilkenloh, W.:** Feuermal (2006) • Hätschelkir
(2005) **Wyss, V.:** Todesformel (2008) **Zander, W.:** Hundeleben (2008)